O LIMITE DO CÉU

MARC J. GREGSON

O LIMITE DO CÉU

Tradução: Vic Vieira Ramires

nVersos

Para Ashley, que sonhou e chorou comigo durante toda a minha jornada e celebrou quando meu dia finalmente chegou.

— MJG

01

EU ME RECUSO A SER COMO MEU PAI, MAS METADE DELE AINDA SOU EU.

Mesmo seis anos depois, a morte dele é uma úlcera, uma ferida que se abre quando olho para a mansão no topo da montanha. Um lembrete persistente de tudo que perdi quando tinha apenas dez anos.

Está tudo quieto no sótão em cima da taverna, exceto pelo vento enevoado sibilando pela brecha da janela entreaberta. Eu e minha mãe nos sentamos próximos ao fogo minguante. Os cabelos dela, de um branco esquelético, caem sobre a pele pálida. Os dedos frágeis agarram o apoio da cadeira.

Estou sendo um fracasso com ela. Não consigo sequer arrumar moedas o suficiente para o remédio ou para aquecê-la com cobertores quentes. E mesmo sem ter certeza se sinto saudades de meu pai, a ausência fez com que ela se tornasse um fantasma de quem foi. Anos atrás, ela havia sido poderosa e carregava um bastão de duelo. Aquela arma, símbolo de orgulho e honra, teria nos protegido e nos guiado de volta para a Região Superior.

Só que então veio a tosse. Os tremores. E desde então, nunca mais vi o seu bastão.

Ela olha para mim.

— Está pensando em quê, meu filho?

O ar do inverno sopra pela rachadura mais recente no telhado, ameaçando as últimas brasas da nossa lareira. Estremeço e recolho os joelhos contra o peito. No passado vivíamos como a realeza, mas tudo mudou quando encontrei meu pai em seu escritório, estirado sobre uma poça do próprio sangue.

Disseram que foi suicídio.

Cerro os dentes.

— Conrad — diz minha mãe, rouca —, você está pensando *nele*. Outra vez. — Ela cobre uma tosse e agarra meu ombro, me forçando a encará-la. — A vingança não trará tudo de volta, filho.

— Mas traria de volta uma coisa.

Ela recolhe a mão e recai em silêncio, os lábios tremendo. Fecho os olhos. Nunca deveria lembrá-la da minha irmãzinha, o buraco em seu coração. Nunca.

— Conrad — sussurra ela —, o mundo quer que você tome as coisas. Sempre conquistar. Existe um motivo pelo qual o seu pai nunca estava satisfeito. Você quer ficar igual a ele?

— Mãe...

Por que ela não consegue ceder?

— Quer?

— Não.

— Então seja melhor do que o mundo espera de você — diz ela, esforçando-se. — Seja melhor.

Ficamos em silêncio e eu queria que fosse mais fácil ser melhor. Porém, é quase impossível quando esse mundo impiedoso não vê problema algum em nos afundar no lixo que jogam lá da Região Superior.

Minha mãe diz que gentileza gera gentileza. Foi assim que conseguimos abrigo nesse lugar sem precisar pagar. Uma década atrás, ela deu a McGill algumas moedas para abrir a sua taverna. Porém, além da bondade de McGill, seu ditado se provou não valer mais do que bosta de pássaro. E quanto aos meus antigos amigos, aqueles a quem banhei de generosidade? Onde eles estavam quando meu tio nos exilou?

Passo a língua pelos dentes, amargurado.

Minha mãe estende a mão para pegar a água, mas o tremor a faz derrubar a caneca. Repentinamente, ela começa a tossir com a força do disparo de um canhão. Eu me levanto em um pulo.

— Mãe!

Ela se engasga e começa a convulsionar. A cabeça é atirada para trás e ela cai para frente. Eu a seguro antes que desabe no chão e a abraço com força. Os braços dela se sacodem e o corpo está travado.

Será que essa é a última vez?

Uma bile preta escorre dos seus lábios, os olhos reviram para trás. Eu a acomodo sob meu queixo e a aperto como se pudesse parar a convulsão, como se eu tivesse controle. Como se eu tivesse qualquer controle sobre alguma coisa desde a morte do meu pai.

Os tremores continuam até que, depois de um estremecimento final, seu corpo fica flácido. O pavor eriça os pelos da minha nuca. Eu não quero verificar o batimento cardíaco. Não quero que essa seja a última vez que eu a seguro. Meus dedos pressionam o pescoço. Não há nada... Nada até sentir um ritmo suave de encontro à ponta dos dedos.

Meus olhos se enchem de água e eu luto contra a falsa sensação de alívio. Os tremores vão voltar. Eles sempre voltam. São como um predador à espreita, aproximando-se mais e mais na calada da noite. Por esse motivo durmo no chão ao lado da cama dela.

Minha mãe respira fraca em meus braços, frágil como um bebê. Eu a carrego para o colchão puído e a cubro com nosso lençol fino. Então, penteio os seus cabelos, afastando-os olhos, e enxugo sua boca com a manga da camisa.

Minha mãe é a metade de mim que exige compaixão, mesmo quando não é merecida. No entanto, como posso alcançar o topo quando somos sortudos só por encher a barriga com os restos da taverna?

Travo a mandíbula ao encarar a janela. As luzes da cidade galgam ao topo da montanha, o caminho inteiro até a grande mansão da ilha. Aquele lugar teria sido a minha herança, mas, quando o pai morreu, eu era novo demais. E minha mãe não tinha o sangue.

Então agora meu tio é o Arquiduque.

Só que eu não dou a mínima para quem é meu tio. Um dia ele vai estar sob os meus pés, sangrando, e vai sofrer do jeito que nos fez sofrer. Um dia ele vai implorar por misericórdia.

A respiração da minha mãe fica rouca, e a testa está quente. Enquanto ela batalha, a voz do meu pai me corta como uma lâmina enferrujada. *Ela está morrendo.*

Balanço a cabeça. Não. É só uma noite fria. Vou pegar um pouco de lenha e cuidar do bar para o McGill, até eu conseguir pagar uma sopa quente. Ela vai se recuperar.

Você sabe o último desejo dela, sussurra a voz do meu pai. *Traga Ella para a sua mãe.*

Eu sei que meu tio tem moldado a minha irmã à sua imagem traiçoeira. Ainda assim, não posso deixar minha mãe. Não posso abandoná-la. Porém, quando minha mão toca seu peito e sinto seu coração enfraquecido, fecho os olhos. Um sentimento, como a névoa gelada na janela, nubla minha cabeça.

Preciso fazer alguma coisa. Agora.

O bastão de duelo do meu pai cintila sobre a lareira — um cilindro de noventa centímetros exibindo uma águia prateada na ponta. Cada rachadura na superfície preta é uma história, a história da ascensão dos meus ancestrais, e essa tem sido a única maneira de fazer dinheiro desde que perdemos tudo.

Em certas noites, eu pegava a arma e me esgueirava para a rinha da Região Baixa. Lá, na arena decrépita, lutava com Baixos desesperados por um punhado de moedas, enquanto a plateia gargalhava e fazia apostas. Meu pai me ensinara a arte do bastão, mas os Baixos lutam com avidez, e muitas vezes paguei por minhas vitórias com hematomas e olhos roxos, tudo para alimentar minha mãe.

Porém, a comida não vai ajudá-la agora. Inferno, provavelmente nem remédios ajudariam. Ela precisa de esperança outra vez. Um motivo para continuar lutando.

É da Ella que minha mãe precisa.

Dou um beijo na testa de minha mãe, pego o bastão e me esgueiro pela janela, saindo para a nevasca.

A cidade branca escala a montanha solitária da ilha de Holmstead e se agiganta sobre mim. A fumaça sopra das chaminés mequetrefes da Região Baixa. Sobre os casebres dos Baixos, e subindo mais a montanha, erguem-se as casas de tijolos dos Médios. E mais alto ainda, próximo ao cume, cintilam as deslumbrantes mansões dos Superiores. Cada uma exibe colunas reluzentes, espaços privativos e quartos aconchegantes.

Minha respiração se condensa em névoa enquanto me abaixo sobre o telhado instável da taverna, agarro um cano de drenagem e deslizo até a viela. A dor dispara quando meus calcanhares descalços colidem na terra lamacenta, mas o frio não vai me impedir. O inverno já levou embora o meu dedo mindinho do pé esquerdo, não vou deixar que leve mais nada.

Começo a correr. As ruelas estreitas e íngremes fedem a lixo apodrecido. O vento frio açoita meus cabelos.

Minhas pernas ardem devido à inclinação, e eu franzo a testa. Preciso me esforçar.

A sombra me abraça enquanto a lua brilhante mergulha atrás de uma ilha vizinha que flutua no céu. A ilha flutuante, pontilhada por árvores e encoberta de neve, paira em meio às nuvens. Está silencioso como nos becos.

Então, escorrego até parar de repente — um homem jaz deitado de bruços embaixo dos pingentes de gelo de um barraco. Meu corpo enrijece. Vasculho a neve, em busca de provas de um ataque ou armas ensanguentadas. Pegadas que se confundem, mas não encontro nada.

Ele morreu com frio e sozinho.

Continuo a corrida, apertando o bastão com mais força, só por precaução.

Minha mãe gostaria que eu sentisse algo pelo homem congelado, mas meu pai me ensinou apenas o bastão e a impiedade. No meio da noite, ele me arrastava da cama, enfiava um bastão de duelo na minha mão e me forçava a enfrentá-lo na Praça Urwin. Meu pai foi um combatente lendário, treinado desde o dia em que aprendeu a andar. Ele sempre me desarmava. Ele me batia até me derrubar na terra e nunca cedia. Não importava o quanto eu chorava ou me debatia, encharcado do meu próprio sangue.

Isso, dizia ela, era para me preparar para quando meu dever fosse proteger a família dos desafiadores.

Cuspo no chão.

Paro na saída de um beco e observo uma rua dos Baixos. Meu coração está acelerado, a respiração tensa, os pés ardendo. A rua é um caos de pessoas dormindo amontoadas nos cantos, animais vagando sem rumo e fogueiras escassas. Um trio de Baixos, com suas jaquetas em farrapos, aquecem os dedos sujos ao redor de um barril com chamas. Atrás deles, duas mulheres se agridem com gravetos. Sem bastões de duelo. Estão tão ocupadas se batendo por causa de um pedaço de pão que um cachorro o abocanha e sai correndo.

Faço uma careta.

A Meritocracia é estruturada para fazer com que nós, os Baixos, ansiemos por mais. Para provocar desejo de ascensão, mas o problema é que somos fracos demais, malnutridos demais para ameaçar aquelas acima de nós. E isso é exatamente o que os Superiores querem: Mantenha os Baixos no chão e eles nunca serão fortes o suficiente para duelar com você ou desafiá-lo pelo seu status.

Disparo atravessando a rua, entro em outro beco e continuo além dos barracos dilapidados. Por fim, alcanço a entrada murada da Região Média. Sem portão. O suor escorre da minha testa enquanto corro pela rua dos Médios, composta de casas singelas de tijolos. As janelas brilham com o calor. Cercas e portões emolduram as casas maiores — proteção contra os ladrões Baixos. Lâmpadas de cristal pairam sobre as calçadas enevoadas.

Parece que estão todos dormindo, acomodados em paz nas suas camas.

Quando viro a esquina, vislumbro uma procissão de carruagens flutuantes que sobe as belas ruas dos Superiores. Essas carruagens, abastecidas por energia de cristais, atravessam o ar como balas de prata, e vão todas na direção de um grandioso portão de aço gorgantuano.

O portão para a Mansão Urwin.

Meu tio está dando outra festa.

Passo a língua nos lábios, sigo para além das casas dos Médios, e alcanço a entrada para as ruas dos Superiores. O portão está fechado. Mordo o meu bastão, envolvo as barras enregelantes com as mãos e começo a subir.

De repente, um guarda se aproxima vindo da rua dos Superiores logo adiante. Droga. Meu coração acelera. Ergo a perna sobre o topo do portão. E logo antes de ele desviar o olhar, deslizo pelas barras e mergulho atrás de uma carruagem estacionada. Ralo os joelhos no processo.

Faço uma careta, então vou mancando até a vizinhança dos Superiores, usando as árvores e as carruagens estacionadas para me esconder.

Assim que me afasto do guarda, encaro a paisagem inacreditável dos Superiores. A água do gelo derretido jorra das ruas aquecidas e é despejada nos drenos pluviais. Árvores podadas ladeiam as calçadas e acompanham os muros impressionantes que separam cada mansão. Luzes douradas brilham através das janelas dos terraços e sacadas grandiosas.

A água morna corre entre meus dedos do pé, aliviando a dor insistente dos calcanhares. Esfrego um pouco da água nos joelhos ensanguentados, mas não posso me demorar. Mais guardas tomam conta de cada esquina, os olhares rancorosos varrendo a tempestade.

Eu me abaixo quando carruagens de metal avançado passam voando, então as acompanho, por baixo das janelas, enquanto carregam os ricos para a festa do meu tio. Essas carruagens silenciosas, forjadas de aço gorgantuano puro, flutuam quase como fantasmas. Porém, elas não são um bom modo de me esconder porque deixam minhas pernas expostas, então eu me esgueiro para dentro de uma galeria de águas pluviais. Abaixo o olhar para a passagem escura. Devido às ruas aquecidas, parece uma sauna cheia de vapor.

Os guardas verificam esses túneis com regularidade. Se eu tiver sorte, a festa do meu tio vai ser uma distração. Agarro o bastão junto ao corpo e avanço pela água morna, espiando através das grades de drenagem pelo caminho. Por fim, vislumbro um alvo fácil. Arregalo os olhos, surpreso com a família que deixou o seu portão aberto.

Os Haddocks. Esses ricaços desgraçados.

Do lado de fora da imensa porta, um condutor está em pé ao lado da carruagem aberta, a coluna ereta.

Meus dedos ficam inquietos. Não terei uma segunda chance. Preciso ser rápido.

Eu me esgueiro para fora da galeria e começo a correr. A ventania gelada é cortante na minha pele úmida. Meus pés estão doloridos, meus joelhos ardem. Mas ignoro a dor porque minha mãe está morrendo.

Enquanto o condutor da carruagem se concentra no caminho de paralelepípedos que leva à Mansão dos Haddock, aperto o botão no lado oposto da carruagem. A porta se levanta silenciosamente e um par de degraus é baixado. O interior da carruagem contém dois bancos de couro aparafusados ao piso carpetado, bebidas com gelo e um pequeno globo de calor pulsante.

Com cuidado, subo na carruagem e fecho a porta. Ah, está aquecido. Eu escorrego para baixo do banco de trás e ajeito dois cobertores dobrados para impedir que me vejam.

A voz do condutor é abafada.

— Boa noite, Haddocks. A carruagem os espera.

Uma voz familiar responde.

— Sim, sim — diz Nathan de Haddock. — Está um frio de gelar.

Ouvir a voz de Nathan outra vez me faz apertar o bastão de duelo. Esse homem foi tão gentil comigo quando eu era um garoto. Levava doces para mim e para Ella, mas só porque ele precisava de favores do nosso pai. Quando minha mãe e eu fomos exilados, os Haddocks não fizeram nada por nós, mas essa noite, a carruagem deles é o meu passaporte para a grande festa do tio.

Espreito pela brecha entre os cobertores. Nathan sobe na carruagem, fazendo-a balançar um pouco. Ele retira a cartola preta e arruma o paletó elegante. Seu bastão de duelo, preso ao cinto, é adornado no topo com um pato dourado. Sua esposa, Clarissa de Haddock, entra logo depois dele, trajando um vestido com um casaco de pele vermelha, e agarrando o seu bastão cinza rente ao corpo.

A porta sibila ao ser fechada e a carruagem sacode quanto o motorista entra na sua cápsula de direção na parte da frente. Então, o solo ruge sob mim quando a carruagem se ergue. Sinto o motor de cristal vibrando de encontro ao meu rosto, e o carpete macio contra meu corpo. Se meu coração não estivesse disparado de nervosismo, a carruagem aquecida me embalaria até o sono. Ainda assim, eu me mexo um pouco, me afastando do trinco de metal que cutuca o meu quadril.

Conforme a carruagem se afasta da mansão dos Haddocks, sinto a estabilidade nas minhas entranhas, como se estivesse flutuando em uma nuvem. Embora esteja confortável, não demora para que a conversa do casal me irrite. Reclamam do gesto rude de um vizinho, da ousadia de não terem sido convidados para um almoço e a irritação ao ter que despedir um cozinheiro Médio por ter queimado a torrada do café da manhã.

Esses dois logradores não são Superiores de verdade. Carregam bastões de duelo, mas as armas não são a prova de sua força. Não há rachaduras. Pagam duelistas profissionais para assumir o seu lugar, tudo para que possam desfrutar de suas carruagens aquecidas, suas vidas de excessos, sem ter que trabalhar por isso.

Finalmente, o ritmo diminui até parar. Uma voz abafada cumprimenta o condutor e, presumivelmente, ele apresenta o convite dos Haddock para a festa.

A carruagem começa a se movimentar outra vez e eu não preciso enxergar para saber onde estamos.

A Mansão Urwin.

A mansão onde nasci. O terreno onde brinquei quando menino e onde treinei duelos com meu pai na Praça Urwin.

Eu só havia atravessado para o outro lado dos portões da mansão duas vezes desde que meu tio assumiu o comando. Na primeira vez eu usei o dreno pluvial, mas não avancei nem dois passos antes de ser pego. Desde então, meu tio trancara os drenos pluviais com grades.

Da segunda vez, roubei um pequeno barco na Região Baixa e voei para a doca celeste de Urwin. Quase cheguei até a porta, mas um infeliz de um guarda acabou me vendo.

Meu tio me poupou as duas vezes — pelo mesmo motivo que tinha para não enviar assassinos para acabar comigo e minha mãe. Ele precisa de mim. Mas eu não vou levar sua oferta em consideração. Jamais.

Ainda assim, ele prometeu que se eu pusesse os pés na propriedade de novo, ele mandaria que me jogassem para fora da ilha. Bem, eu não serei pego. Não dessa vez.

— Nathan — diz Clarissa. — Está sentindo esse cheiro?

Ele inspira.

— Hum, sim. Achei que tivesse percebido algo suave. Como um cachorro molhado.

Ela dá uma fungada.

— Acho que está vindo de baixo do meu assento.

Meu estômago se revira. Ah, que inferno.

No instante seguinte, Clarissa se abaixa para olhar. Ela segura os cobertores, pronta para puxá-los para fora. Porém, eu levanto o trinco sob o meu quadril e caio por uma escotilha que me deposita diretamente no caminho diante da Mansão Urwin.

Rolo para longe da sombra da carruagem e em direção aos arbustos enevoados. Os galhos cortam meus braços e minhas costas. Clarissa e Nathan estão em pé na carruagem, confusos, investigando a escotilha aberta que costuma ser usada para guardar a bagagem.

Meu coração acelera enquanto eles observam pelas janelas. Devem saber que havia alguém lá dentro, mas o que podem fazer, denunciar para os guardas da Ordem? Provar que eram tão fracos que não podiam nem mesmo detectar um Baixo fedorento escondido?

Eles fecham a portinhola e se sentam, os rostos enojados enquanto a carruagem avança. As outras carruagens seguem seu caminho.

Enquanto minha camisa está embebida, olho através dos arbustos para a Mansão Urwin. Aquela mansão cintilante com as sacadas luxuosas, a doca celeste gigantesca, os terrenos que se espalham pelo cume

— é o lar de Ella. Onde a minha irmã tem morado pelos últimos seis anos. Ela está com doze anos agora.

Qual será a sua aparência? Será que vai me reconhecer?

Eu me arrasto para fora, subo correndo um lance pedregoso de escadas e entro em um pátio pequeno. Ali perto, guardas fazem a patrulha dos jardins incrustados de gelo ou percorrem os caminhos que levam ao lago atrás da mansão. Cada um deles está armado com mosquetes automáticos. Enquanto isso, mais carruagens continuam em direção à entrada da mansão, onde uma porta colossal se ergue atrás de uma gigantesca fonte aquecida que dispara água colorida.

A neve encharca os meus trapos puídos.

Corro para as sebes congeladas que formam fileiras a oeste da entrada da mansão. Preciso tomar cuidado com a mansão porque em cima dos telhados, e ao longo das varandas e terraços, vários guardas da Ordem observam as filas de convidados pomposos entrando na propriedade.

Repentinamente, dois navios celestes escuros e elegantes sobrevoam a mansão, soprando o vento sobre mim. Parece que o tio não convidou só os Superiores da ilha Holmstead, mas Superiores de outras ilhas também. Os navios descem em direção às Docas Urwin, onde mais membros, entre ricos e poderosos, desfilam ao descer pelos passadiços das embarcações atracadas.

Muitas dessas pessoas são falsos Superiores — logradores — aqueles que meu pai desprezava. Todos cheios de uma pompa insegura com maquiagem pesada, extensões de cílios e bastões de duelo assinados por estilistas.

O influente casal Amelia e Isla de Bartiss desce de sua carruagem. Elas são donas do Banco Holmstead e cobram juros obscenos. Arregalo os olhos para o homem que vem atrás das duas: o Almirante Goerner. Seu uniforme branco chacoalha com o vento, e os dreads grossos balançam sobre as ombreiras. Sua postura imponente esconde o andar oscilante devido ao quadril que arruinou em um duelo de honra. Goerner não é um dos falsos Superiores, ele conquistou a sua posição com sangue e suor.

— Ei!

Alguém apoia a mão no meu ombro e eu quase grito. No segundo seguinte, estou olhando para o rosto de um enorme guarda da Ordem. Ele franze o cenho.

— Você não deveria estar aqui, Baixo.

Ele ergue o pulso para falar na joia de comunicação e alertar os guardas na mansão sobre minha presença.

Meu coração martela contra as costelas. Os braços desse homem são duas vezes mais grossos que os meus. Seu corpo é rígido e cheio de músculos. Porém, não é a mãe dele que está morrendo. Ele não perdeu tudo e precisou virar-se do avesso para conseguir comida.

Eu libero a trava no meu bastão, dobrando-o de tamanho.

Em seguida, eu o enterro em seu estômago e o golpeio no pulso. O guarda oscila para trás e, quando está prestes a rugir, eu giro, cortando as gengivas dele com a águia de prata.

Ele cai no chão.

Pulo em cima dele, pronto para esganá-lo com o bastão contra o seu pescoço, mas ele se desvencilha de mim. Perco o ar quando caio no chão. O homem se levanta furioso. A boca ensanguentada.

Merda. Não consigo respirar. Preciso respirar.

— Você é meu — diz ele.

Ele me agarra pelo pescoço e me levanta no ar como se eu fosse um amontoado de roupas vazias. Amassa meu estômago com um soco e caio no chão, sem fôlego. Droga. Não vou conseguir dominá-lo. Estou malnutrido há tempo demais. Ainda assim, meu pai me ensinou a lidar com aqueles que têm uma vantagem de tamanho: por quaisquer meios necessários.

Eu o chuto no meio das pernas, ele solta um grunhido e estremece. Quando me levanto, ele ergue o mosquete automático, mas eu o contorno e bato com a águia em sua têmpora.

Dessa vez, ele não se levanta.

Eu cuspo nele, enxugo a boca e levo as mãos ao estômago dolorido enquanto inspiro o ar. Então, saio mancando, sorrindo de leve, pensando que os ventos estão soprando a meu favor essa noite. Consegui voltar à propriedade e derrotar um guarda. Vou levar Ella de volta para nossa mãe. E a nossa sorte vai mudar. Talvez Ella tenha algum dinheiro. Podemos pagar por uma embarcação de passageiros e ir embora juntos, como uma família. Ir para outra ilha, bem longe da influência do tio.

Vou mancando até a ala oeste da mansão e passo por baixo dos arbustos cobertos de gelo. Seis guardas fazem a patrulha dos terraços, e um deles está em pé no telhado logo acima de mim, esfregando os braços enquanto dança sem sair do lugar.

Torço para que não observe de perto o homem inconsciente escondido nas sebes.

Assim que o guarda se afasta, pulo para me agarrar no parapeito da primeira janela. Quase escorrego e meus pés descalços arrastam na parede áspera. Por fim, meus braços doloridos me impulsionam, e eu me ergo o suficiente para bisbilhotar pela janela. O escritório aguarda, vazio.

Porém, o trinco da janela não cede.

Droga.

É claro que meu tio trancaria as janelas, mesmo quando tem um esquadrão inteiro de guardas protegendo a casa. Talvez, porém, se subir mais um pouco, terei sorte.

O guarda de cima volta. Eu continuo imóvel. Por um momento, ele se inclina para a frente e olha na minha direção. Os pelos na minha nuca se eriçam. Certamente estou prestes a ouvir um grito de alarme.

Só que não ouço nada.

Mais uma vez, ele se afasta.

Expiro antes de voltar a escalar. Meus pés sangram. Depois de prosseguir com cuidado, meus dedos encontram onde se agarrar entre as pedras, e alcanço uma sacada no terceiro andar. Uma porta de vidro expõe o interior de um quarto.

Ali, eu paro. Estava tão preocupado que eu quase me esqueci a quem pertence esse quarto. Era o quarto de Hale quando vinham visitar. Sinto o estômago revirar quando penso nos meus avós, nos pais de minha mãe.

Os Hales eram Médios — do tipo que nunca se importaram em ascender para Superiores. Eram de outra ilha. Eu e minha mãe deveríamos ter ido morar com eles depois do nosso exílio. Os dois viriam nos buscar. Esperamos por dois dias na doca dos Baixos, à espera deles. Porém, o navio celeste sofreu um acidente no caminho e caiu.

Meu tio foi o responsável.

Aquele desgraçado me prometeu que eu sofreria se recusasse a oferta dele.

Meu corpo parece oco quando vasculho o quarto, latejando sob os raios de um globo de calor. Então, seguro a maçaneta e fecho os olhos.

Por favor, esteja destrancada. Por favor.

A maçaneta gira e a porta da sacada se abre. Inacreditável. Ainda assim, dou um sorriso triste ao entrar no cômodo aquecido. Uma memória me assombra: ficar sentado no sofá macio ao lado do meu avô enquanto a minha avó contava histórias e trançava o cabelo de Ella perto do globo de calor. Meu avô piscava para mim enquanto Ella ria quando ele fazia uma voz engraçada na narração.

Eu me deixo levar pelas memórias, fazendo o meu melhor para combater o vazio terrível dentro de mim.

Controle suas emoções, sibila a voz de meu pai. *Mexa-se.*

Meus dedos brincam com a barra desfiada da minha camisa. Parte de mim duvidava que um dia eu conseguiria entrar nessa casa, mas aqui estou. O carpete grosso é macio sob meus pés ensanguentados.

Preciso encontrar Ella. Há mais de sessenta quartos ladeando os corredores dessa mansão. Quatro cozinhas. Dezenas de banheiros. Ela poderia estar em qualquer lugar. Felizmente, conheço essa mansão tão bem quanto a minha própria voz.

As dobradiças rangem quando abro a porta. Um tapete cor de calêndulas se estende até o fim do corredor. Mesmo que o salão de bailes fique no centro da mansão, a festa torna-se um zumbido permanente no resto da casa. O bater dos talheres, o ruído dos instrumentos musicais e o burburinho das conversas.

Enquanto me esgueiro pelo corredor, ouço duas vozes irritadas partindo da base da escada. Com cuidado, eu me apoio sobre o corrimão e observo uma mulher erguendo um dedo acusatório na cara do Almirante Goerner.

— Quero garantias, Almirante — diz a mulher. O vestido azul simples que usa combina com seus olhos severos. — A frota da Ordem deve ser despachada imediatamente. Interceptar os gorgântuos antes da migração.

— A Ordem já está sobrecarregada, Beatrice — diz Goerner com seu sotaque suave. — Além disso, os gorgântuos não são minha responsabilidade.

Beatrice? Franzo a testa. Ah, *aquela* Beatrice. A Duquesa do Vale Congelado, uma ilha ao norte daqui. Ela é durona, uma verdadeira Superior. Ela não se preocupa com a última moda ou cosméticos ou qualquer outra coisa que os logradores da minha ilha se ocupam de exibir por aí. Seu bastão, como o meu, exibe as cicatrizes da ascensão de sua família.

— O trabalho da Ordem é fornecer segurança às Terras Celestes — decreta ela.

— Não me ensine as minhas próprias responsabilidades, Beatrice. Os ninhos do sul ameaçam as linhas de suprimento perto da capital. Os céus do Centro mantêm o Mercantil funcionando, a economia e todo o resto. Se aquelas linhas até a Ilha da Costa do Ferro forem excluídas, a economia entrará em colapso por toda parte, incluindo no Vale Congelado.

Ele começa a se afastar pisando duro, mas ela o segura pelo ombro. Ele olha para os dedos dela.

— A minha ilha está sendo deixada para morrer — diz ela.

Faz-se um silêncio tenso. Por um instante, parece que ele vai estapeá-la. Em vez disso, ele sacode o ombro para afastar a mão que o prende e endireita o seu paletó branco.

— O Ofício da Caça foi incumbido com a tarefa de afastar os ninhos gorgantuanos do sul. Se forem bem-sucedidos, enviarei a frota da Ordem da Costa do Ferro para ajudar a sua ilhazinha.

— A Caça? — diz Beatrice. — Eles não têm conseguido lidar com as Ilhas do Norte há seis anos. Isso não é bom...

— Eles são tudo o que você tem. — Ele começa a se afastar de novo. — Eu não voltaria para o Vale Congelado se fosse você. É mais seguro aqui.

— Almirante — diz ela —, não é seguro em lugar nenhum.

As palavras dela gelam o ar, pinicando minha pele. Gorgântuos são os horrores dos céus. Eles são tomadores. Tomam das Terras Celestes, destroem e consomem. Quando meu pai era arquiduque, ele se encontrava frequentemente com os líderes da Caça, sempre fazendo o melhor possível para proteger a Ilha de Holmstead e as outras Ilhas do Norte de um ataque dos gorgântuos.

A ameaça gorgantuana aumentou, até mesmo além do que foi quando meu pai estava vivo.

Porém, tenho preocupações mais urgentes agora.

Depois de virar a esquina do corredor, meu coração passa a bater tão rápido que sobe pela garganta. Esse é o corredor da Ella. E agora, de pé outra vez em frente à porta roxa do seu quarto, eu me sinto pequeno. Lembro de todas às vezes em que brincamos. Quando espalhamos lama pelos corredores ou desenhamos caretas nas pinturas antigas. Ah, nós quebramos tantas janelas.

Por favor, esteja aí dentro. Por favor.

Fecho os olhos. Giro a maçaneta e empurro a porta.

Pisco por um instante, ajustando a visão à luz. O quarto mudou. Não tem mais brinquedos. O piso está impecável, os livros estão arrumados com esmero e a cadeira está guardada sob a mesa. Meus olhos percorrem o cômodo até a fileira de bastões de treino nas paredes. Cada um deles exibe as rachaduras do uso. Então, percebo um colar dourado na superfície de madeira da escrivaninha.

É só quando dou um passo em frente que percebo a sombra em pé, ao lado da cama.

Um guarda, com o mosquete automático apontado diretamente para o meu crânio.

02

SOU CERCADO IMEDIATAMENTE. CORTO O QUEIXO DE UM GUARDA COM O bastão, mas a luta os favorece. Minha raiva cede frente aos meus músculos fracos e malnutridos. Eles me arrastam pelos corredores. Minha respiração arde, minhas costelas doem e o mundo gira.

Descemos pelos andares da ala oeste, deixando o calor para trás, e sou jogado nas profundezas das masmorras, tendo meu bastão confiscado. A porta se fecha com força atrás de mim, me deixando na escuridão quase completa, exceto pelo brilho de um cristal na parede de pedra.

Coloco a mão na lateral do corpo, gemendo enquanto um medo insistente me corrói, dizendo que passarei fome durante dias e serei arremessado para fora da ilha.

Mãe. Eu quase consigo vê-la, me chamando com a voz fraca. Ela está com frio, faminta. Pensar nela reaviva o que resta da minha energia. Vou mancando até a porta.

Trancada.

Não que estivesse esperando algo diferente. Da última vez, machuquei o meu ombro colidindo contra a madeira maciça.

Deslizo até o chão, apoio a cabeça entre os joelhos e um silêncio vazio me engloba.

Meus dedos tremem quando puxo o colar dourado do bolso. Encontrá-lo foi a pior coisa que aconteceu hoje. Eu o presenteara a Ella em seu sexto aniversário como uma promessa de que não importava o que acontecesse, sempre estaríamos juntos. Contanto que ela o usasse, nunca nos separaríamos.

Agora o colar repousa em minha mão, uma corrente leve com um emblema da águia de Urwin no pingente. As nossas iniciais, *CoU & EoU*, foram gravadas na parte de trás. Ella e eu ascenderíamos nesse mundo juntos, como irmão e irmã.

Prendo o colar ao redor do meu pescoço.

De repente, a porta é aberta. Eu berro e me lanço sobre alguém. Um instante depois, estou no chão, tossindo e segurando o pescoço. Um par de botas de couro param na minha frente. Eu as morderia, mas todos os meus pensamentos animalescos se interrompem quando ele fala.

— Patético.

Ele para diante de mim com um uniforme cinza real, a postura rígida e a coluna ereta como a de um soldado. O homem que abastece as chamas do meu ódio.

Tio. Ulrich de Urwin. O Arquiduque.

— Você continua voltando — diz ele. — E eu esperava que, em uma dessas ocasiões, você teria realmente se tornado algo digno. — Ele dá um passo, me contornando. — Olhe só para você, Conrad. Você não cresceu e virou um homem, e sim um roedor.

Trinco os dentes. Não vou ficar deitado aqui ouvindo insultos desse homem. Fico de pé em um salto e avanço. Meu tio dá um passo para o lado e me observa cambalear até a parede.

— Você provou que a minha teoria é falsa — diz ele.

Cuspo sangue.

— Eu não me importo com suas teorias, tio.

— Que pena. Se a minha teoria estivesse correta, você seria forte agora. — Ele faz uma pausa. — Você se esqueceu da minha oferta, Conrad? O teste? — Ele examina minhas roupas esfarrapadas e minhas costelas sobressalentes. — Talvez, sem a nutrição adequada, seu cérebro não seja mais o que já foi um dia. — Ele levanta a manga e fala em uma joia de comunicação. — Traga a comida.

Um guarda entra carregando uma bandeja cheia de cartilagem e vegetais comidos pela metade. Uma refeição pegajosa que deve ter sido cuspida por uma criança.

— Onde está a Ella? — pergunto.

— Coma. Então podemos conversar.

— Um rato não comeria isso.

— Se eu deixasse você nesse lugar por tempo o suficiente, você comeria qualquer coisa.

Faço uma careta de desprezo, mas o ronco do meu estômago me trai.

Ele sorri.

Não há como saber quando ele me trará comida outra vez. E eu já comi coisas piores. Muito piores. Então, encaro seus olhos e levo punhados daquela papa até a boca.

— Onde está a minha irmã?

Meu tio se senta em um banquinho e passa os dedos pelo cabelo grisalho.

— Um Urwin verdadeiro teria aceitado a minha oferta. Fico me perguntando se você é mesmo filho do meu irmão. — Ele sorri de leve. — Talvez sua mãe tenha desfrutado da companhia de outro homem...

A fúria inunda minhas veias. Avanço contra ele, preparado para destruir a pessoa que queimou meu nome e tirou tudo de mim.

Meu tio parece entretido até meu punho ossudo acertar a sua mandíbula. Então, algo desperta em seus olhos azuis. Um segundo depois, estou no chão, segurando a barriga.

Ele se agacha na minha frente.

— Talvez — diz ele, levantando meu queixo para que nossos olhos se encontrem —, ainda haja algo de Urwin dentro de você. Você só precisa de um... empurrãozinho. — Ele dá um passo para o lado, com as mãos atrás das costas. — Você se lembra do motivo de ter poupado você todos aqueles anos atrás? Por que continuei poupando você depois das suas tentativas pífias de "resgate"?

Eu não respondo.

— O sangue Urwin é especial — declara ele. — Raro. E apenas os mais fortes dentre os Urwins devem liderar a família. — O entusiasmo incendeia seus olhos. — Eu já falei como você pode recuperar isso, conquistar o seu lugar no Muro de Urwin.

Franzo a testa. Provar a minha força e me unir a esse homem? O homem que traiu o próprio irmão? Que exilou a mim e a minha mãe e nos deixou apodrecer na sarjeta dessa ilha?

Meu tio se inclina para a frente.

— Entre na Seleção.

Solto uma risada seca.

— Se for bem-sucedido, Conrad, vai receber comida. Recursos. Um status que não poderá ser desafiado. Tudo que você poderia desejar.

Certo. Eu também posso morrer.

Meu tio me observa e toca na joia de comunicação em seu pulso. Ela se ilumina, irradiando luz branca.

— Traga para cá.

A porta se abre e um guarda joga o bastão do meu pai. Meu tio o apanha no ar. Então, com os dentes, ele arranca a luva cobrindo seus dedos e alisa as rachaduras do bastão. Por um instante, ele encara a águia lascada dos Urwins na extremidade com uma expressão quase nostálgica em seu rosto.

— Estou chocado que conseguiu mantê-lo — diz ele. — Com certeza outros Baixos o cobiçaram.

— Eles teriam que arrancar o bastão do meu cadáver.

Ele acaricia um entalhe recente com o polegar.

— Você tem duelado?

Não respondo.

— Por remédios para a sua mãe? — Ele gira o bastão, os dedos acompanhando as rachaduras. — Você está forjando uma nova história com esse bastão.

— Você deveria se unir a mim — digo. — Na rinha da Região Baixa.

Ele me encara.

— Ah. Então você quer me desafiar um dia.

— Sim.

Ele ri.

— Você é um instrumento cego, Conrad. Porém, com certo refinamento, talvez possamos afiar os seus gumes.

Ele continua a investigar as histórias que acrescentei ao bastão. Algumas rachaduras apareceram na noite em que batalhei contra quatro Baixos, um seguido do outro. Quase quebrei uma costela. Lasquei um dente e tossi sangue por dois dias.

Porém, consegui o suficiente para adquirir remédios e dar mais vida à minha mãe.

— Você pode subir no sistema de duelos — diz ele, me analisando. — Você está magro. Mas é implacável.

Talvez até seja possível, mas subir no sistema de duelos não seria o suficiente para o meu tio. Ele quer alguém com o status de Selecionado na família. Isso diria ao mundo que o poder de Urwin se expande para além da destreza física.

Olho de esguelha para o bastão do tio, preso ao cinto. O dele também exibe a águia de Urwin, e o impacto dos duelos, mas não é bem a mesma história do meu.

— Considerei manter esse bastão antigo — diz meu tio em relação à minha arma. — Mas estou levando a família a regiões Superiores ainda mais altas, traçando um novo caminho. A família permaneceu estática por tanto tempo. Os Urwins estão destinados a coisas maiores. Nosso poder deve crescer.

Estreito os olhos, e então ele atira o bastão no chão.

Segurá-lo de novo me oferece a força de meus ancestrais. Os Urwins lendários que manusearam esse bastão para defender nossa família, para nos levar à Região Superior, para nos tornar arquiduques e arquiduquesas de um dos lugares mais poderosos das Terras Celestes.

— Conrad... — Ele me encara, sério. — Essa é a sua chance de salvar a sua mãe.

Eu preferiria comer o meu próprio pé em vez de fechar um acordo com meu tio.

— Onde está Ella?

— Segura.

Ficamos de pé, nos encarando. Claramente, ele não me dará mais informações a respeito do paradeiro da minha irmã.

Franzo a testa.

— Então me dê remédios.

Um sorriso largo se expande naquele rosto malicioso.

— Então, você vai engolir o seu orgulho e finalmente aceitar o desafio?

Orgulho? Ele acha que eu o recusei por causa de orgulho?

— A questão nunca foi o orgulho — digo, me levantando, meu dedo aproximando-se perigosamente da trava de extensão do meu bastão.

— Você acha que eu apenas me esqueceria de que você fez um buraco no crânio do meu pai e então nos expulsou e nos relegou ao sofrimento? Que você matou os meus avós? Não, tio, eu não serei o seu experimento. Não provarei de jeito nenhum a sua teoria de que todos os Urwins ascendem um dia. Prefiro morrer de fome na Região Baixa.

Ele suspira, balançando a cabeça.

— Você condenaria sua própria mãe à morte?

— Você a condenou à morte quando nos expulsou! Estamos na Região Baixa, tio, onde o vento carrega as nuvens ácidas para dentro dos barracos. Minha mãe tosse bile preta, seus pulmões estão podres! Você não pode conceber um herdeiro, então tomou Ella. Agora quer que eu prove merecer um lugar ao seu lado? Eu sei do sangue que flui em minhas veias, e não tenho nada para provar a um traidor assassino como você.

A raiva do meu pai se apossa de mim. Todas as batalhas na Região Baixa me treinaram para esse momento. Meu tio sentirá a minha fúria.

Estendo o meu bastão e avanço.

Meu tio me atinge no estômago com o seu bastão e me golpeia atrás da cabeça.

Caio com força no piso. Em seguida, ele arranca o bastão da minha mão e me bate na parte de trás da cabeça duas vezes. Fico ofegante. Meus olhos se enchem de água. O corpo dói.

Ele me olha de cima, balançando a cabeça de decepção, antes de se virar e partir. Quando a porta se fecha atrás de mim, sou deixado com a impressão ameaçadora de que aquela seria a última vez que eu o veria.

◆◆◆

É estranha a sensação de ser arrastado para a sua morte sob um céu noturno e sereno.

Minha visão escurece nas extremidades. Os pulmões ardem. Sou arrastado pelos calcanhares, descendo as escadas pedregosas para longe da mansão. Minhas costas arranham de encontro à pedra, minha cabeça quica no chão. A cada passo, a cada pancada, minhas costelas chacoalham. Nem mesmo a neve amortece o baque.

O guarda corpulento anda a passos largos com propósito. A cabeça suada reflete a luz do luar, o colarinho alto da jaqueta ondula no vento. O bastão de meu pai pende em seu cinto.

O caminho se torna plano, enquanto a terra gelada enche minhas feridas. As luzes da mansão cintilam à distância atrás de nós, refletindo na lagoa aquecida atrás de nós. O som dos instrumentos de corda é carregado pelo vento.

— Rato imbecil — diz ele. — Você foi avisado de que isso aconteceria, e mesmo assim voltou. De novo e de novo.

Eu não conheço esse guarda, sei apenas que ele está sempre ao lado do meu tio. Todos os guardas que eu conhecia antes do meu exílio desapareceram. Foram mandados embora porque o meu tio já tinha a própria equipe.

— Me solte — digo.

— E arriscar ser jogado daqui? — Ele solta uma risada de escárnio.

— Até parece.

Ele continua a me puxar com firmeza. Quando minhas costas encontram a prancha lisa da doca sul de Urwin, o medo revira meu estômago. Ele vai me arrastar até o final da prancha, me erguer sobre a sua cabeçorra e me arremessar para além da fronteira da ilha em direção aos céus. Então, eu cairei até atingir as nuvens pretas ácidas que vão dissolver a minha carne.

Eu me agarro a um pilar de madeira e seguro firme com as duas mãos. A mão dele desliza do meu calcanhar.

— Baixo estúpido — resmunga ele.

O ar cortante preenche meus pulmões enquanto me coloco em pé. Eu sairia correndo, mas não sei ao certo se conseguiria avançar o suficiente antes de ele chamar os outros guardas. É melhor ficar e lutar. Deixá-lo inconsciente antes que alerte alguém.

— Então vamos lá — digo, acenando para que ele venha na minha direção. — Anda, seu bosta de pássaro!

Ele avança a passos duros. Dou um soco em seu peito e estendo a mão para pegar o bastão do meu pai, mas ele segura meu braço e aperta meu pulso. A pressão incha atrás dos meus olhos e eu caio de joelhos.

Ele me acerta com o bastão, bem na bochecha. Cuspo na cara dele, e então recebo outro golpe.

— Ulrich mandou jogar você com isso.

Ele enfia o bastão na minha camisa, e começa a me arrastar pelas mãos.

As farpas me espetam na barriga. Quando paramos na ponta da doca, ele reposiciona as botas e segura meus braços.

Eu grito. Tento me livrar, me debatendo com força, mas ele me levanta acima da cabeça. Não acredito que será assim meu fim. Que jeito estúpido de morrer.

Logo antes do guarda me arremessar, um guincho estranho preenche o ar. Um guincho que gela a minha pele em um instante. Faz o meu coração disparar em pânico.

— Impossível — murmura o guarda. — Os ninhos não estão...

No instante seguinte, seus olhos são tomados de horror. Ele me larga na doca e o bastão desliza para fora da minha camisa.

— Gorgântuos! — Grita ele na joia de comunicação, disparando para longe. — GORGÂNTUOS!

Minha visão rodopia. Tudo dói. Porém, eu pego o bastão de meu pai e o apoio na prancha para me ajudar a levantar.

O guincho estridente toma o ar mais uma vez. Eu me viro na direção das nuvens e meu estômago afunda.

Não.

As sirenes de emergência de Holmstead são acionadas. Todas as luzes de cristal da cidade se apagam. E contra o semblante pálido da lua, uma dúzia de serpentes celestes surgem, ondulando em nossa direção com escamas de aço e olhos dourados e fatais.

03

SIGO MANCANDO POR UMA RUA MÉDIA COMO UM PEIXE NADANDO CONTRA A corrente.

As pessoas apavoradas me empurram ao passar por mim. Elas saem de suas casas e correm para a Região Superior. Acima de nós, perto das mansões ricas, canhões anti-G disparam bolas explosivas no céu. O ar irrompe com chamas azuis, clareando as sombras serpenteantes que circulam no alto.

Um gorgântuo guincha. Nós caímos de joelhos e cobrimos os ouvidos.

As crianças choram. Ninguém ajuda. Há poucas formas de morrer que são piores do que se contorcer ainda vivo dentro da barriga de um gorgântuo.

Minhas pernas latejam de dor. A adrenalina e o apoio do bastão ajudam, mas minha força é limitada.

Então, um homem Médio colide contra mim. Caio no chão, e, ao mesmo tempo, a multidão avança por cima de mim. Botas pisoteiam meus dedos, enquanto esmagam minhas mãos e pernas. Eu grito, derrubo um homem com o meu bastão antes que ele possa amassar meus ossos e me arrasto pela lama até alcançar um beco.

Meu dedo mindinho esquerdo está retorcido para o lado. Eu o encaixo de volta no lugar, a dor estourando em mim. Porém, não tenho tempo para me recuperar, pois preciso chegar até minha mãe. Caminho mancando pelos becos e, quando viro a esquina, a barriga prateada de um gorgântuo desliza no céu.

Puta merda, é gigantesco. Talvez um de Classe-4, com mais de cento e vinte metros. Fico boquiaberto, aterrorizado e maravilhado, enquanto o corpo da criatura parece nunca acabar. É uma faixa gigante e voadora de escamas de aço.

A cabeça do gorgântuo vira na direção da ilha, a boca se escancarando. Então, como uma pá, sua mandíbula mói bairros inteiros da Região Baixa, consumindo casas e pessoas aos gritos.

Antes que possa voltar para mais uma refeição, uma saraivada de bolas anti-G colide com a lateral do corpo da besta. Pequenas detonações são deflagradas, irradiando ondas de calor pelos meus cabelos.

Começo a correr, trincando os dentes enquanto a dor arde nas pernas. Eu sou o único idiota seguindo pelo caminho errado. Em Holmstead, as casas dos Médios e dos Superiores são conectadas ao sistema de emergência. As luzes se apagam automaticamente quando as sirenes são ativadas. No entanto, os Baixos não são conectados ao sistema. Nossas casas são aquecidas pelas lareiras, iluminadas com velas. E os Baixos já começaram a queimar. Mais gorgântuos se aproximam, atraídos pela luz crescente do fogo.

Ao virar a próxima curva, paro em cima de uma inclinação, vislumbrando o horror lá embaixo. Os Baixos são uma massa de detritos e chamas enquanto gorgântuos abocanham ruas inteiras. As bestas destroçam o solo com suas mandíbulas de metal. Casas desabam sob seus dentes horrendos. Vozes são silenciadas quando a madeira é partida.

Um medo instintivo me implora para voltar para a Região Superior. Porém, conforme os bairros desaparecem, eu vejo a Taverna de McGill. E o brilho amarelo onde minha mãe dorme.

Eu nunca deveria tê-la deixado!

Logo acima da taverna, um gorgântuo de Classe-1 abaixa a cabeça. Ele agacha o corpo de trinta metros na direção...

Eu grito. Bato um par de tampas de lixeira uma na outra. Pulo para cima e para baixo. Sacudo os braços. Porém, nada funciona.

Meus olhos se enchem d'água.

— Mãe!

Antes que a fera possa engolir a taverna inteira, uma forma preta avança na direção da Região Baixa. Voa tão perto do solo que o vento derruba vários barracos e me desequilibra.

É o *Golias*! O cruzador de batalha do Almirante Goerner voa como uma flecha preta, disparando armas gigantescas com canos mais compridos do que dez homens. E quando atira, o céu se parte. A explosão que se segue é tão poderosa que a onda de choque me arremessa contra uma pilha de caixotes.

Chamas raivosas se espalham ao longo das escamas do gorgântuo de Classe-1. A besta se debate enquanto as escamas ardem, vermelhas. O gorgântuo abandona as escamas ardentes, lançando dezenas de discos metálicos incandescentes sobre a cidade. Os outros gorgântuos erguem suas cabeças colossais em direção ao *Golias*. Os olhos dourados brilham de ódio.

É uma batalha de titãs.

Eu tento me levantar, mas meu apoio no bastão vacila. Meu corpo está tão fraco que nem mesmo a adrenalina é capaz de ajudar.

Outro gorgântuo guincha e se lança atrás do *Golias*. O rabo da besta, afiado como uma cimitarra, arrasta pelo beco em direção a mim. Ele corta a terra quando passa raspando e então, com um golpe violento, parte o prédio de tijolos atrás de mim em dois.

O prédio começa a ranger.

Os tijolos caem como chuva ao meu redor. Um atinge as minhas costas, me fazendo cambalear. Estou atordoado. Quando me viro, a parede inteira entorta para a frente, a caminho de me esmagar.

Repentinamente, um par de mãos agarra meus ombros. Elas me levantam para trás e me deslizam pelo beco gelado. A parede colide no piso onde eu estava segundos atrás.

Minha visão gira enquanto cuspo a poeira.

Uma garota sai do nevoeiro. Ela tem a minha idade, e seus cabelos espetados se erguem como fogo loiro. Olhos de um azul tão selvagem quanto o rio Holmstead. Nossos olhares se encontram. Usando roupa cinza e limpa, fica claro que ela não é uma Baixa.

— Quem é você? — pergunto, com a voz rouca.

Ela sai correndo fumaça adentro.

— Ei! — chamo.

Só que ela já se foi.

Quando chego mancando até a Região Baixa, o fogo se espalhou, derretendo a neve. Meus pulmões queimam apesar de respirar através da manga da camisa.

O *Golias*, diminuído e rodeado pelo ninho inteiro, está sendo atacado. A colisão é estrondosa. O navio-almirante da Ordem gira no ar, atirando em todas as direções, alguns disparos atingindo os Baixos. Porém, antes que o ninho possa derrubar seu inimigo, o *Golias* se endireita e parte veloz em direção ao horizonte, atraindo todas as serpentes para longe da ilha.

O navio nos salva.

Eu sequer consigo sentir alívio. Cada passo causa uma dor aguda na lateral do corpo. A fumaça arde nos meus olhos e me faz tossir.

Eu me apresso pelas ruas. As pessoas jogam baldes d'água sobre suas casas em chamas. Outras gritam à procura de seus entes queridos. Algumas sentam-se na rua, com o olhar perdido, os rostos cobertos de fuligem sem expressão em meio ao caos.

Bairros inteiros desapareceram. Esmagados. Pilares de madeira saltam da terra como as costelas de um cadáver.

Finalmente, eu me aproximo de uma esquina e paro de andar, encarando em choque a confusão de prédios destruídos à frente. Essa era a minha rua. Meu bastão faz um ruído baixo no solo enquanto eu avanço com dificuldade, em pânico. Passo pelo muro de pedras em ruínas e pelo pequeno mercado onde eu às vezes fazia trocas por pão. E eu paro, o corpo formigando, diante dos restos em brasa da Taverna de McGill.

Destruída.

Eu largo o bastão, então disparo em frente. Meus pés ardem nas cinzas, os olhos se enchem de água. Começo a cavar debaixo das placas de madeira chamuscadas. O vidro quebrado me corta. Por fim, encontro o velho colchão da minha mãe, queimado até as molas enferrujadas. E não há nada mais. Tudo se foi.

Tudo.

Cambaleio para trás. Talvez eu devesse gritar, ou chorar, não sei. E quando finalmente percebo que não estou respirando, meus pulmões se enchem de novo.

Mãe.

Eu me levanto, caio, me levanto outra vez, e caminho a passos trêmulos até o meio-fio. Durante vários minutos fico sentado, me sentindo prestes a vomitar. Completamente enojado comigo mesmo por não ter estado aqui. Por ter quebrado a minha promessa de que a protegeria.

Ela não pode ter morrido... Não pode!

Porém, enquanto essa realidade desliza pelas minhas costas como gelo, um vazio horrível me engole por inteiro. Qual foi a última coisa que ela me dissera? Ela queria que eu fosse melhor. Que não tomasse. Essas foram as últimas palavras de Elise de Hale.

Estou prestes a me levantar, correr e nunca mais parar de correr, quando uma mão gentil se apoia no meu ombro. A mulher mais forte que eu já conheci está de pé atrás de mim. E ela não é mais a pessoa frágil que eu aninhava na cama todas as noites. Não é mais a mulher de quem cuidei, alimentando-a com sopa morna. Não, ela é a nobre Senhora de Holmstead outra vez. A mulher que uma vez já comandou os ventos tão facilmente quanto o coração de meu pai.

Ela sorri para mim. Só que ela não é real.

McGill olha para mim.

— Eu... Eu tentei — diz ele, me entregando o bastão caído.

Minha cabeça pende, e eu me pergunto quem vou me tornar sem ela.

◆◆◆

Uma camada fresca de neve misturada com cinzas empoeira os restos da taverna, e o sol matinal derrete a neve coroando minha cabeça. Meu corpo dormente está formigando. Meus dentes batem. Eu deveria me mexer, encontrar abrigo, descansar, mas não importa para onde vá, não vou escapar da culpa terrível estrangulando meu coração.

Eu deveria ter estado aqui.

Morte e destruição abarrotam a rua. Crianças órfãs. Maridos desesperados procurando pelas esposas. Mães em prantos se ajoelhando diante de familiares sem vida. Esse é o sofrimento dos Baixos. Nós levamos os golpes para que os Superiores possam continuar em seu conforto e, quando sofremos, permanecemos fracos, para que raramente tenhamos força para desafiar aqueles acima de nós.

Uma lágrima escorre pela minha bochecha. Minha mãe não morreu por nada! Eu não tinha esperanças de devolver Ella, provavelmente ela sequer me reconheceria e, mesmo que o fizesse, não tenho nada a oferecer a ela que meu tio não possa fornecer.

Abaixo a cabeça.

A luz do sol brilha sobre os navios flutuantes da doca Baixa à distância. Alguns poucos navios celestes, antigos modelos de madeira com mastros em vez dos motores de cristal, chegam ao porto. Os marinheiros encaram a destruição. Alguns correm dos seus navios, em busca de familiares.

McGill para ao meu lado. Na noite passada, ele me pediu para ficar com ele e sua família, mais perto dos Médios. Eles teriam oferecido um espaço em seu chão para mim. Porém, eu não podia deixar minha mãe. Nunca mais.

— Soube que os postos foram invadidos — diz McGill. — Os gorgântuos chegaram tão rápido. Eles não puderam reagir. Então nós...

— Levamos o golpe.

Ele coça o queixo enrugado e cheio de pelos.

— Sei que essa não é a melhor hora, mas... A sua mãe me deu isso quando ficou doente pela primeira vez. Caso, bem...

Ele levanta a jaqueta suja para exibir uma caixa comprida que escondia no tecido. Rachaduras cobrem a superfície antiga. Ele a apoia no meu colo. É pesada. O brasão prateado de Urwin, uma águia com as garras abertas, decora a tampa.

Eu encaro o objeto, atônito. Essa caixa, por si só, poderia ter comprado um mês de comida para mim e minha mãe. E McGill sabe disso. Quando ergo o olhar para o velho homem, eu o respeito ainda mais do que antes. Ele poderia facilmente tê-la roubado.

Ele me dá um tapinha nas costas.

— Você sabe onde me encontrar, filho.

Então, depois de olhar de relance para o que costumava ser sua taverna, McGill exala, puxa o colarinho para cima, e vai embora a pé, com as mãos enfiadas nos bolsos da jaqueta.

Seja lá o que essa caixa contém, veio da mansão, antes da minha mãe e eu sermos banidos. E com esse pensamento, com tantos olhos espiões em volta, corro na direção das docas, subo os degraus de pedra até os jardins Baixos, e encontro um banco isolado que sobreviveu ao ataque. Sob os galhos parcos de um pinheiro, abro a tampa.

Fico boquiaberto. Imediatamente enfio a mão e pego o bastão da minha mãe. Um bastão branco com um veado preto, o emblema dos Hales. A superfície do bastão conta com algumas rachaduras, muitas do tempo em que ela praticava com meu pai, mas outras de antes de os dois se conhecerem.

Eu guardo o bastão na minha camisa. Então encaro as doze moedas de ouro no fundo da caixa. Cada uma é entalhada com um símbolo de um dos Ofícios.

Passo o polegar em algumas. Agricultura. Ordem. Academia. Cada uma delas exibe o emblema do Ofício. Duas espigas de milho. Um punho. Um livro aberto.

Minhas mãos tremem. Se ela tivesse me dado essa caixa antes, nós poderíamos ter alugado nosso próprio apartamento, mais próximo da Região Média, onde é mais seguro. E talvez pudéssemos ter adquirido um globo de calor ou conseguido comprar mais remédios.

Por que ela escondeu isso de mim?

Um vento frio sopra e quase consigo ouvir a voz dela.

Eu não podia dar isso antes a você, diz ela.

Por que não?

Porque você teria gastado.

Com o quê?

Comigo.

Aquele pensamento parte meu coração. Faz com que eu morda meu lábio trêmulo com tanta força que sangra. Eu me sento, angustiado, observando o céu cinzento, em prantos.

Acima, reluzindo na luz do amanhecer, ergue-se o lar dos meus ancestrais: a Mansão Urwin. Minha mãe pode ter partido, mas não estou sozinho. Ela não disse quando estava viva e desperta, mas queria sua filha de volta desesperadamente. Minha mãe sussurrava para Ella enquanto dormia e falava com ela quando achava que eu não estava por perto.

Ah, você está com gravetos nos cabelos de novo, Ella.

Olha só os seus pés, Ella! É igual ao seu irmão. Sempre correndo por aí descalça. Você ainda vai perder um dedão.

Eu acomodo a caixa embaixo do braço enquanto o vento açoita meus cabelos. Minha mãe tinha razão.

Gasto a primeira moeda com o seu funeral.

Depois que as últimas brasas da taverna se apagam, vasculho as cinzas mornas em busca dos seus restos mortais. Quando os encontro, eu embrulho minha mãe em um cobertor e alugo um pequeno barco. Então, juntos, com o som do motor de cristal pipocando, voamos em direção ao céu limpo. Assim que estamos longe da ilha, ficamos sentados ali, só nós dois, desfrutando da paz. Aproveitando a sensação do vento como um beijo delicado. Aproveitando nosso último momento juntos.

Eu falo com ela. Conto tudo o que aconteceu. Peço desculpas por não ter estado lá. Porém, eu não faço promessas que não posso cumprir. Para conseguir Ella de volta, terei que me desfazer do meu lado mais gentil. Terei que ser tão podre e cruel quanto os Superiores lá no alto. A única promessa que faço é a que será mais difícil de ser cumprida.

Porém, eu não vou fracassar.

Depois de assoar o nariz e secar os olhos, levanto o corpo dela. E então eu a seguro com força como fiz todas aquelas noites quando ela tinha convulsões. Minha voz estremece enquanto entoo "A Canção dos Caídos". Os versos lúgubres marcam todos os funerais. Contam como todos vivem para ascender, ganhar status e riquezas. Porém, no final, somos todos iguais. No final, todos caímos.

Deixo minha mãe ali e a devolvo para o céu. Enquanto ela cai, faço uma prece silenciosa, esperando que onde quer que os ventos a levem, que ela encontre a paz.

04

EU SOU CONRAD DE ELISE.

Não sou um Urwin. Esse sobrenome foi roubado, tomado por um homem que trairia seu próprio sangue. E tampouco sou um Hale, porque prefiro assumir o nome de minha mãe para mantê-la por perto. Ainda assim, sem sua influência estável, minhas ambições mais obscuras se adensam até se transformarem em uma escuridão absoluta.

Eu deveria ter estado com ela, mas não fui eu o responsável por nosso banimento para as ruas rançosas dos Baixos. Não fui eu quem fez um buraco no crânio do meu pai. Ou que assassinou os Hales. Não fui eu quem queimou o nome de um garotinho e destruiu seu futuro.

Apoiado em um telhado de estanho sob o sol quente da tarde, eu me sento e observo as janelas da mansão Urwin cintilando na gigantesca montanha lá em cima.

Meu tio vai se arrepender do que fez comigo.

A destruição causada pelos gorgântuos ainda é visível daqui, mesmo um mês após o ataque. Os Haddocks perderam o jardim de inverno e o reconstruíram dentro de dois dias, mas pouco foi feito para reparar a Região Baixa. A fila para pegar água do poço fica cada vez maior pelas manhãs. O pessoal da Hidráulica ainda não consertou a tubulação, portanto, a nossa única alternativa é fazer a longa caminhada até o rio de Holmstead.

Desço do telhado num pulo e aterrisso na neve que está derretendo. O gelo é esmagado sob as minhas novas botas enquanto avanço pelo beco na penumbra. O bastão do meu pai pende do cinto. O bastão da minha mãe está guardado com a família de McGill.

— Jaqueta bacana — ouço uma voz chamar atrás de mim.

Continuo andando.

— O que um Médio boa pinta está fazendo na Região Baixa? — pergunta uma mulher. — Se perdeu, docinho?

Passos me seguem.

— Ei, garoto! — Alguém agarra meu ombro. — Eu disse que jaqueta...

Acerto o homem na garganta com o bastão do meu pai. Ele tropeça para trás, tossindo. Seus amigos, um homem e uma mulher, rosnam e exibem dentes podres. Eles estendem os próprios bastões.

Estreito os olhos.

Com a ajuda da minha herança, não estou mais tão fraco. No último mês, eu comi. Construí massa muscular. Comprei roupas. Mesmo esses ladrões, em grupo, não são capazes de enfrentar a fera que cresce dentro de mim.

Quando estão uivando de dor sob meus pés, retraio meu bastão, levanto o colarinho da jaqueta e sigo em frente. Minhas novas roupas e botas podem atrair certa atenção aqui na Região Baixa, mas vou me misturar às pessoas quando subir mais a montanha.

Passo por cima do trio gemendo de dor.

Minha mãe disse para ter empatia com os Baixos. Não uma falsa empatia, do tipo egoísta, que os logradores têm, mas compaixão genuína. Infelizmente, essa é uma tarefa impossível quando esses três teriam arrancado meus olhos só pela minha jaqueta. Alguns Baixos fortes encontram um jeito de ascender a despeito de todos os obstáculos colocados em seu caminho. No entanto, a maioria são caranguejos em um balde, do tipo que puxa para baixo qualquer um que tenta subir.

O sol morno roça meu pescoço quando saio do beco.

Peguei a minha herança e me tornei algo novo. Ainda assim, minha bolsa de moedas não está cheia o bastante para o que eu preciso fazer em seguida. E o que eu preciso fazer vai contra tudo do qual me convenci desde que fui rebaixado.

Em pouco tempo, entro na Região Média, e com o fedor azedo dos Baixos para trás, caminho pelas casas de tijolos e barracas de comida. Nessa parte de Holmstead, as crianças correm livres pelas ruas. Pessoas felizes estocam as barracas de sobremesas, comendo bolo ou bebendo chocolate quente com caramelo importado de Lago Leste. Eles desfrutam de suas iguarias sob a sombra das árvores.

Os Médios têm a noção de moda dos Superiores, exibindo cartolas, vestidos grandes e maquiagem feia. Porém, são imitadores baratos. Paletós finos e botas falsificadas.

Minhas novas roupas se misturam bem entre eles. Meu terno, comprado de uma loja de segunda mão, possui um colete branco, um paletó preto e botas pretas e grossas de cadarço. Não é todo dia que um vendedor Médio vende um vestuário completo para um Baixo. No entanto, dinheiro é dinheiro, não importa de onde venha.

A rua seguinte está agitada próxima das docas celestes Médias. Dezenas de navios celestes, como lanças no horizonte azul, voam em direção à nossa ilha. Na doca, marinheiros descarregam seus navios metálicos gigantescos, alguns trazendo uma caçada fresca. Dois homens guiam uma caixa flutuante sobre a madeira. A caixa está cheia de crustaunos monstruosos. Essas criaturas de um metro e meio, arredondadas como caranguejos gigantes, tentam partir inutilmente a rede grossa com suas pinças metálicas.

Alguns guardas da Ordem observam a multidão quando passo pelo portão, entrando na Região Superior. A Ordem protege a Meritocracia e se certifica de que o status adquirido pelos privilegiados continue pertencendo a eles. Eles ficam muito mais relaxados durante o dia, até mesmo despreocupados pelos Baixos que passam ali, provavelmente porque um duelo está prestes a começar na Arena Superior de Duelos e a entrada é gratuita para qualquer um que queira assistir.

As lojas na Região Superior são maiores, estendendo-se por múltiplos níveis, e as vitrines dos restaurantes exibem itens caros como flanco de gorgântuo, medalhões de carne macia e pichone com crosta de limão. Cada corte vale mais do que a minha herança inteira. Os Superiores se sentam em varandas cobertas por plantas, beberincando chá doce e discutindo o duelo daquele dia ou especulando a respeito de qual família Superior será desafiada por um Médio. Entre duas colunas grossas, esvoaçando nas cores dourado e azul, uma faixa exibe os nomes das duas famílias que vão duelar na Arena Superior hoje.

ATWOOD *versus* MURIEL.

Faço uma careta. *Atwood*. A palavra entope meus ouvidos como uma cera pegajosa. Aqueles desgraçados enchem todos os cômodos em sua mansão enorme. Eles parem bebês quase o mesmo tanto que machucam rostos. Os Atwoods têm sido inimigos mortais dos Urwin há mais de quarenta anos, desde que meu bisavô paterno esmagou a traqueia de Steffan de Atwood em um duelo. Steffan fora o duque da ilha do Vale Congelado. Depois de sua morte, meu bisavô deu o título de Steffan para um de seus aliados. E meu bisavô deveria ter mandado os Atwoods para a Região Baixa, mas ele respeitava a força da família, então os deixou na Região Superior. Ele pensou que se concedesse uma mansão na ilha Holmstead para eles, a rinha entre famílias terminaria.

Mas só piorou.

Meu pai me contou essa história para ilustrar que a misericórdia apenas fornece uma abertura aos nossos inimigos.

— Você acha que Glinda de Muriel tem chances contra um Atwood? — Uma mulher Superior próxima a mim pergunta para sua esposa.

— Sabe, Glinda é veloz como um chicote e forte como um bastão.

— Não. Glinda é só mais uma Média que será esmagada por um Superior — responde a outra mulher.

— Qual Atwood vai aceitar o desafio?

— E isso importa? São todos do tamanho de gorgântuos.

As duas caem na risada.

Os Atwoods são conhecidos por suas vitórias em duelos. Não pela graça, mas pela força bruta. Seja quem for essa Glinda de Muriel, está prestes a ser destroçada.

Eu preferiria esfregar serragem nos olhos a participar de um duelo dos Atwood. Porém, se eu comparecer, então, com sorte, a última parte do meu plano vai se encaixar. Meu tio odeia os Atwoods tanto quanto eu, e ele jamais perderia uma chance de vê-los passando vergonha na arena.

Viro na próxima rua, longe do mercado, e me aproximo de um prédio enorme e de teto abobadado. A Arena Superior de Duelos. Bandeiras com bastões cruzados esvoaçam do lado de fora da entrada. Uma multidão entra passando por um túnel de aço. Quando eu sigo o fluxo, ouço um estrondo abafado ao longe. O túnel se abre para um grande anfiteatro de arquibancadas. As escadas descem até a base, onde o concreto duro da área de combate aguarda os combatentes.

As pessoas passam por mim animadas. Um garotinho sentado sobre os ombros do pai sorri. Alguns expectadores trouxeram espigas de milho açucarado e gomos de geleia doce.

A arena comporta milhares de pessoas. Embora a entrada seja gratuita para assistir dos balcões, diversas cabines de ingressos aguardam por aqueles que gostam de ficar perto da ação.

Caminho na direção da cabine mais próxima, até que meus olhos se estreitam, observando uma pessoa sentada no meio de um grupo de estudantes da Universidade, as botas enlameadas repousando sobre a grade do balcão. Ela não está usando brincos, nem lápis de olho ou batom. É de aparência bruta, mas definitivamente não é uma Baixa.

Ela ri com seus amigos, um garoto e uma garota.

Estou prestes a me mexer quando ela me avista, e seu olhar me afunda em águas azuis. Será que ela se lembra de me puxar para longe da parede de tijolos que desabou? Estava escuro naquela noite, e tudo era um caos. Ela sorri e se levanta do banco para vir até mim.

Enquanto ela caminha, olho de relance por cima do ombro, como se esperasse ver a pessoa que ela está procurando.

— Uau — diz ela para mim —, você fica bonito assim arrumadinho. Tem comido proteína?

— Algo do tipo.

— Colar bonito — diz ela, acenando com a cabeça para a corrente de Ella ao redor do meu pescoço. — O que é?

Levanto o meu colarinho.

Ela franze a testa.

Minha mãe me diria para expressar gratidão, mas estive perto de muitas pessoas com segundas intenções.

— Então, o que você quer? — pergunto.

— Você acha que eu quero alguma coisa?

— Acho.

Ela balança a cabeça.

— Só estava fazendo o que qualquer um faria. — Ela estende a mão. — Bryce de Damon.

Hesito um instante. Espero pelo momento de revelação de suas verdadeiras intenções. Quando não acontece nada, aperto devagar a mão pequena que ela oferece. O aperto dela é forte. A pele é áspera, mas quente.

— Você é um cara desconfiado, não é? — Diz ela.

— Nunca ouvi falar nos Damons.

Ela assente.

— Não somos de Holmstead. Estou estudando aqui na Universidade, mas não sei bem mais quanto tempo ficarei por aqui. Planejo entrar na Seleção, e estar na Universidade me dá uma chance melhor de ser escolhida. — Ela abre a mão, esticando-a. — Você poderia soltar minha mão?

— Ah. Certo.

Depois de enfiar as mãos nos bolsos da jaqueta, ela examina os assentos sendo preenchidos. O duelo começa dali a poucos minutos.

— Qual é o seu nome? — pergunta ela.

— Conrad.

Ela olha para a águia de Urwin no meu bastão. Talvez ela a reconheça.

— Você tem um nome de família?

— Sim.

— E qual é?

Quando não respondo, ela franze o cenho.

— Bom, parece que exaurimos o seu desejo por conversa. Foi bom ver você de novo, Conrad. — Ela dá um passo para trás. — Aproveite o duelo.

Porém, quando ela se afasta, eu a chamo.

— Por que você me salvou?

— Eu já falei. O que mais você gostaria que eu dissesse?

— Não existem atos altruístas de verdade.

Ela não olha para trás para responder quando diz:

— Algumas pessoas querem ser melhores do que o mundo espera que sejamos, Conrad.

Sinto o calor subir pelo pescoço. Ela soa igual minha mãe.

Quando pago a entrada na cabine de ingressos usando uma das últimas moedas da minha herança, olho de relance para a garota no balcão. Ela está me observando com um sorrisinho.

Quem essa Bryce de Damon pensa que é?

Depois de afastá-la da minha mente, encontro um assento em um banco próximo à base da área de combate. Ao meu redor, Médios entusiasmados mastigam popcraque picante.

É surreal estar aqui outra vez. Essa é a melhor arena na ilha inteira. Meu pai e eu costumávamos vir aqui todo fim de semana. Ele usava isso como uma lição. Quase consigo vê-lo, elegante em seu uniforme cinza, admirado pelos Baixos e Superiores enquanto se sentava, tão suntuosamente, na plataforma do arquiduque.

A voz dele permanece clara na minha cabeça.

Um dia, Conrad, você será o líder de Urwin. E você será desafiado. Alguém vai querer o seu título, a sua casa, a sua riqueza. Perante toda a ilha, você terá que defender-se com honra. Lembre-se, filho, é melhor morrer na arena de duelos do que sobreviver com a vergonha de ter feito a sua família perder tudo.

A plataforma do arquiduque se agiganta sobre a arena, desocupada. Minha perna se mexe um pouco para cima e para baixo. É melhor que meu tio apareça.

Logo a multidão grita quando a colossal família Atwood sai de um túnel escuro e caminha em direção à área de combate. Baixos se levantam em um pulo, aos berros. Os Atwoods, liderados por seu patriarca, Aggress de Atwood, levantam os braços em triunfo. Faço uma careta. Muitos dos Atwoods usam mangas dobradas, enquanto outros trajam um modelo de vestido repugnante.

A equipe inteira veio. Até mesmo os bebês.

Meu corpo formiga quando uma pessoa, um Atwood pior do que os outros, sai a passos duros da escuridão. Suas botas são do tamanho de barcos, músculos do tamanho de pedregulhos. Ele foi apelidado de *Pound*, e tem dezesseis anos, assim como eu. A sua cabeçona feia foi raspada e as sobrancelhas são tão claras que se confundem com a pele branca.

Pound não é somente o herdeiro dos Atwoods, ele é um bosta de pássaro dos grandes que tem quase dois metros de altura. Depois que fui banido, ele me procurou na Região Baixa. Uma vez, ele roubou remédios da minha mão quebrada e ensanguentada e jogou tudo no esgoto. Eu lutei em troca de moedas na rinha da Região Baixa durante horas, apenas para encontrá-lo me esperando quando fui embora. Ele viera para assistir e esperou até que eu estivesse fraco. Desgraçado.

Eu nunca o derrotei em uma luta.

Do outro lado da arena, uma mulher solitária com um olhar cortante vem desfilando do túnel oposto. Os Atwoods sibilam para ela, assim como os Baixos nos balcões.

A Média, Glinda de Muriel, aperta seu bastão de duelo vermelho, passando o olhar por todos os Atwoods, talvez tentando determinar com qual terá que lutar.

Eu a respeitaria se não soubesse quem a colocou nessa situação. Poucas pessoas se atrevem a desafiar os Atwoods. Eles são monstros com mandíbulas tão densas que poderiam quebrar a pata de um leão. Os Atwoods têm sido uma pedra no sapato dos Urwins há anos. Sempre ameaçam desafiar um dos aliados do meu tio, outros duques e duquesas dos céus do Norte. Se recuperassem aquele título perdido, poderiam desafiar o meu tio. Porém, se alguém pudesse derrubar o status dos Atwoods, meu tio não teria que se preocupar com eles.

Afinal, apenas um duque ou duquesa pode desafiar um arquiduque. A quantidade de moedas que meu tio deve ter pago para Glinda arriscar a vida em um duelo onde não poderá sair vitoriosa...

Guardas aparecem no topo do anfiteatro e entre eles surge uma figura que eu odeio mais do que o Pound. Uma figura que me faz apertar o meu bastão de duelo.

Ulrich de Urwin caminha em direção à plataforma especial. A sua companheira mais recente, alguma mulher Superior com cílios enormes, anda ao lado dele, segurando seu braço como se fosse a corda que vai puxá-la para o status de celebridade.

Os Atwoods gesticulam para o Arquiduque com o dedo do meio levantado. O nosso ódio compartilhado pelo Arquiduque é provavelmente a única coisa que eu tenho em comum com essa família horrenda. No entanto, o meu tio olha direto por cima da cabeça deles. Como sempre faz.

Meu tio se senta em seu lugar na plataforma, e o oficial do Comitê de Duelos se apresenta perante a plateia, anunciando os duelistas. Quando é revelado quem foi o Atwood que aceitou o desafio de Glinda, arregalo os olhos. Ele avança a passos pesados, com um longo bastão de duelo na mão.

Pound.

Ele mal tem idade para aceitar um desafio em nome da família. O rosto é azedo quando olha para Glinda. Quase posso ouvir o bastão chiar sob o aperto de ferro. Eu conheço aqueles punhos melhor do que a maioria. Eles me forçaram em direção à lama, fizeram com que eu sangrasse.

Meu tio afasta a mulher pendurada em seu braço e se inclina para frente. A vitória cintila em seus olhos. Ele sabe, assim como eu, que Pound é capaz de espancar qualquer um com seus punhos, mas a sua habilidade com o bastão? Está longe de ser digna de elogios.

Para os Atwoods, essa é a chance de Pound provar que ele é o mais forte. Que quando os seus pais falecerem, ele defenderá nobremente o status de sua família.

O oficial do Comitê de Duelos ergue a joia de comunicação em sua manga, ampliando a voz para que seja ouvida por toda a arena.

— Glinda de Muriel desafiou os Atwoods por status. Se vencer, tudo que os Atwoods possuem será dela, e os Atwoods cairão para a Região Baixa. — Ele faz uma pausa com um sorrisinho malicioso no rosto. — Mas como desafiadora, se ela perder, então estará à mercê dos Atwoods. A vida dela estará nas mãos do vencedor.

Os Atwoods compartilham olhares animados. Lobos, todos eles.

Um grupo de percussionistas acima da área de combate começa a ressoar os tambores enquanto Glinda e Pound desabotoam suas jaquetas, revelando a roupa larga por baixo. Então, sob a ordem do oficial, os duelistas dão um passo para dentro do círculo pintado. A multidão se levanta e o duelo começa.

Pound avança para cima dela, querendo acabar com a situação logo. Porém, ela desvia do ataque e então o golpeia nas costelas. Ele grunhe, caindo de joelhos.

Um golpe. Rápido assim.

A multidão inteira se vira para os três juízes. Eles estão sentados sobre uma plataforma acima dos duelistas. A conversa entre eles é breve. Então, eles desenham o número um embaixo do nome de Glinda no quadro branco anexado à mesa.

Os Baixos sibilam.

Não consigo evitar dar um sorrisinho quando Pound ruge de frustração.

Ninguém derrotou os Atwoods em um duelo desde o tempo do meu bisavô. E por causa da misericórdia dele, os Atwoods têm mantido o seu status pelos últimos oitenta anos.

Enquanto a plateia está atordoada, meu tio se levanta, aplaudindo. Falta apenas mais um ponto para Glinda e os Atwoods vão cair. Há poucas coisas que eu adoraria mais do que ver Pound ser derrotado, mas, agora, quando o segundo *round* começa, eu preciso me mexer.

Prendo meu bastão no cinto, passo por pessoas irritadas e chego às escadas. Na beirada do balcão, uma série de guardas vigia perto dos pilares grossos que sustentam a plataforma do arquiduque. Algumas pessoas fazem cara feia para mim quando desço as escadas, mas a maioria se concentra no duelo conforme a ação se intensifica.

Os bastões de Pound e Glinda colidem.

Um guarda encostado no pilar traseiro me observa. Diversos Superiores estão sentados na frente dele. De repente, tropeço e empurro o Superior mais próximo na direção do guarda. Ambos perdem o equilíbrio e, na comoção, salto para o pilar e começo a escalada. Não importa que o guarda caído esteja gritando, só preciso de tempo o suficiente para chegar ao alto.

Eu me impulsiono para cima até agarrar a beirada da plataforma. O guarda lá embaixo grita na sua joia de comunicação e, de repente, alguém me agarra pelas costas e me puxa para a plataforma. Sou jogado no chão imediatamente. Uma bota é pressionada contra meu pescoço.

É o guarda grandalhão que estava se preparando para me arremessar para fora da ilha. Ele me encara com os olhos arregalados.

— Você?!

Porém, eu abro um sorriso quando escuto a voz do meu tio.

— Conrad está vivo?

Meu tio se levanta, furioso enquanto olha para mim e para o guarda sobre mim.

— Eu... — diz o guarda. — O ataque do gorgântuo...

— Silêncio!

A multidão ruge quando os juízes marcam um ponto para Pound. O duelo está empatado.

O rosto do meu tio enrubesce quando os Baixos celebram. Pound, rindo, limpa o sangue da bochecha e espera que Glinda se levante. Ela segura a lateral do corpo, com uma expressão dolorida.

A mulher de meu tio olha para mim.

— Quem é esse, Ulrich?

— Saia — diz ele.

— Como é que...

— Saia daqui! — Ele aponta para que ela vá em direção às escadas. — Já estou farto de você.

A mulher, horrorizada, se apressa em sair, levantando o vestido para não tropeçar.

Em seguida, meu tio caminha na minha direção, os olhos afiados como lâminas.

— Parece — diz ele, as luvas rangendo —, que você recebeu mais uma segunda chance e a desperdiçou. Outra vez.

A bota do guarda pressiona com mais força, esmagando minha garganta. Faço uma careta. Meu tio se agacha ao meu lado, observando. Quase fascinado. Meus músculos estremecem para levantar a bota pesada. Antes que minha visão escureça, meu tio acena para o guarda sair de cima.

Eu rolo para o lado, tossindo. Minha garganta arde.

Digo com a voz rouca:

— Eu vim para ver você, tio.

Ele estreita os olhos.

— Por quê?

Eu seguro a grade para me apoiar até conseguir ficar de pé, arrumo a jaqueta e encontro seu olhar gélido.

— Porque decidi aceitar a sua oferta. Eu vou entrar na Seleção.

Faz-se um silêncio entre nós. Os olhos do meu tio miram o bastão do meu pai que trago pendurado na cintura.

— Você acha que é digno de ser um Urwin?

A voz dele é tóxica. Ameaçadora. E, por um instante, temo ter cometido um grande erro e que ele jamais vai acreditar que mudei de ideia. Mas então ele sorri triunfante e talvez acredita que eu desfruto desse momento, como se houvesse me esquecido de que ele assassinou meu pai e os meus avós e roubou minha irmã para moldá-la à sua imagem.

Ele me leva ao assento ao seu lado. Então, juntos, assistimos em silêncio, enquanto Glinda desvia da última série de ataques de Pound. Quando ela dá um passo para trás, ele se apoia em seu bastão. Cansado.

Ela acena para que ele avance.

Pound ruge e vai para cima dela outra vez. Sacudindo o bastão de maneira selvagem e feroz. Porém, Glinda escapa de tudo. Enquanto isso, os Atwoods gritam ansiosos. Todos oferecem dicas. E enquanto ele está distraído, Glinda avança.

— Cuidado! — grita um Atwood.

O bastão dela golpeia Pound bem debaixo do queixo. Ele parece pronto para atacar mais uma vez, mas então seus pés bambeiam e ele cai no chão.

Inconsciente.

Uma vitória instantânea.

Meu tio se levanta em um pulo. Aplaudindo. A arena inteira fica em silêncio, atordoada porque o inimigo mortal dos Urwins finalmente será rebaixado.

— Ascender — diz meu tio, olhando para mim —, está no nosso sangue.

05

A ORDEM NEM MESMO ESPERA ATÉ DE MANHÃ PARA DESPEJAR OS ATWOODS de sua casa.

Uma fileira de guardas da Ordem, como uma serpente branca, marcha pelos portões negros da mansão Atwood para conduzir para fora a gigantesca e horrorosa família.

Eu me inclino para a frente e agarro as barras da varanda da mansão Urwin. Esse ponto de vista vantajoso oferece um panorama desimpedido da ilha e das mansões mais próximas abaixo. Outros Superiores observam a cena de suas varandas e alguns até mesmo aguardam do lado de fora do portão Atwood.

Minha respiração condensa na noite congelante. Há muito tempo que os Atwoods sombreavam meus passos pelos becos da Região Baixa. Esse momento deve ser apreciado, mas observar meu tio celebrar ao meu lado me enche de uma náusea borbulhante.

— Nossos inimigos estão fadados a fracassar — diz ele.

Pelo menos cinquenta Atwoods saem pisando duro de sua antiga casa, gritando como foram roubados. Alguns tentam arrastar bens valiosos. Ou bolsas de moedas. Vasos antigos. Qualquer coisa de valor. Porém, a Ordem arranca tudo deles, a não ser por seus bastões de duelo e as jaquetas que estão vestindo.

Tudo que os Atwoods já possuíram um dia, agora pertence a outra pessoa. Glinda de Muriel observa, sorrindo atrás de uma fileira de guardas da Ordem enquanto a família marcha em direção ao portão. A mansão Atwood agora é a mansão Muriel. Ela pertence a Glinda, além de sua própria moradia na Região Média. Talvez ela venda aquela propriedade, é o que a maioria dos novos Superiores faz.

A queda dos Atwoods da glória não é silenciosa. Eles continuam gritando noite adentro.

Esse é o sistema. A Meritocracia. Apenas os mais fortes podem continuar como Superiores, e o resto se digladia pelas migalhas.

— Os Superiores lideram porque foram feitos para liderar — diz meu tio. — Nossos Baixos desenvolveram força e resiliência. E até mesmo eles podem nos defender se nosso grande inimigo voltar um dia.

Meu tio pausa e contempla o horizonte de pequenas ilhas flutuantes, onde brilham minúsculos pontos de luz.

— Eles estão lá fora, em algum lugar.

Fecho a boca. Meu pai às vezes falava coisas parecidas. Ele me avisara a respeito das ameaças às Terras Celestes. Ele mencionara que havia um motivo pelo qual nossas ilhas ficam no céu. Um motivo para a existência das nuvens negras abaixo de nós.

Meu olhar repousa sobre os barracos arruinados dos Baixos. Meu tio está errado em relação aos Superiores. Eles não são fortes. Eles mantêm o poder porque os Baixos estão enfraquecidos e famintos. E muitos dos Superiores nessas mansões vizinhas são glutões. A Meritocracia em Holmstead é uma alucinação. Meu tio, em toda a sua astúcia, explorou as fraquezas do sistema. Ele paga aos Médios para que desafiem seus inimigos Superiores. Encoraja os amigos Superiores a desafiar os duques rivais das ilhas vizinhas. E ele encheu a alta sociedade de logradores ricos que não possuem ambição alguma a não ser comprar roupas de grife caríssimas e se empanturrar de comidas decadentes. Talvez Glinda de Muriel ascenda sobre seus pares. Talvez algum dia, ela desafiará a duquesa, mas eu já vi muitos Superiores ficarem complacentes e confortáveis com seu status.

— Veja, é o seu rival da juventude — diz meu tio, apontando para Pound, que segue ao final da fila dos Atwood.

Pound abaixa a cabeça enquanto sua irmã mais nova estende a mão para segurar a dele.

— Não está se deleitando com isso, Conrad? Eles estavam moldando-o para desafiá-lo um dia.

A cabeça careca de Pound brilha sob o luar. Quando ele olha na direção da mansão Urwin, seu rosto se enche de raiva.

— Agora que ele perdeu tudo — diz meu tio, sorrindo um pouquinho —, eles vão deserdá-lo. Por mais que despreze essa família odiosa, posso respeitar essa capacidade impiedosa de cortar o que é desnecessário.

Enquanto Pound caminha a passos lentos atrás de sua família, vários deles gritam insultos para ele. Porém, eu me recuso a sentir pena de Pound. Como posso me esquecer dos punhos que ele enterrou no meu estômago faminto? Ou de quando jogou os remédios da minha mãe no esgoto?

— O destino dos Atwood nunca deve ser o mesmo dos Urwins — declara meu tio. Ele se vira para mim com um olhar determinado, como aço gorgantuano. — Você quer a sua irmã de volta, uma reunião de família, Conrad. E estou disposto a reuni-los e pintar o seu nome de volta no Muro de Urwin. Mas primeiro precisa provar a sua força Urwin. Prove que ascender flui no seu sangue, mesmo entre os Ofícios.

Ele caminha a passos largos para dentro do escritório aquecido, onde um globo de calor pulsa. Dou uma última olhada na direção dos Atwood descendo a montanha, caídos, envergonhados. Destinados a algum lar desconhecido na Região Baixa — se é que existe algum abrigo para eles essa noite. Provavelmente vão expulsar alguém de sua casa, ou até mais de uma pessoa. Talvez um bairro inteiro.

— Venha — diz meu tio.

Quando entro no escritório, a lua espreita através das janelas arqueadas, iluminando uma parede familiar de livros e um manto adornado com os bastões dos meus ancestrais. Meu tio me observa do seu assento atrás da escrivaninha. Seus dedos cheios de anéis se curvam embaixo do queixo.

— Urwin está no topo de Holmstead há gerações — diz ele —, mas ninguém na história da família foi Selecionado por um Ofício.

— Ele faz uma pausa. — Este ano, a Ordem e a Caça estão procurando muitos recrutas.

— A Caça e a Ordem? Eu provavelmente vou morrer.

— Mas se não morrer... Terá tudo que sempre quis e muito mais.

— Tudo? Minha mãe está morta.

— Sim, fiquei sabendo.

Travo o maxilar. Não há sentimento algum no coração desse homem. O que existiu um dia foi torcido, deixando para trás apenas uma casca ressecada dentro do peito. No entanto, meus dedos se fecham sobre o colar de Ella. Minha irmã é a única razão de eu estar aqui, em pé diante desse homem. E eu preciso levá-la para longe dele.

— Foi por causa da morte da sua mãe — diz ele com a voz suave — que você mudou de ideia?

— Eu faria qualquer coisa pela minha família.

Ele parece entretido.

— Se isso fosse verdade, sua mãe ainda estaria viva. Se tivesse aceitado o desafio um mês atrás, Conrad, eu teria trazido a sua mãe para morar aqui conosco. — Seu olhar encontra o meu. — E teria comprado remédios para ela.

Meu estômago se embrulha com essa revelação. A dor do arrependimento me faz agonizar, mas considero a reação da minha mãe. Eu sei que ela nunca teria permitido isso. Meu tio matou o marido dela. Os pais dela. Ela não iria me arriscar, nem mesmo pela chance de se reunir com Ella.

— Você esconde bem suas emoções, sobrinho, mas você vai precisar esconder ainda mais para ser bem-sucedido no desafio, não importa qual Ofício o Selecione. — Ele para de falar e encontra meu olhar. — Mais do que isso, seja qual for o Ofício em que entrar, deve ascender e provar a sua força.

— E se eu não for Selecionado?

— É melhor que seja.

Passo a língua nos dentes. Não aguento mais esse homem. Não aguento mais essa sala. Não aguento saber que ele ainda respira enquanto meu pai está morto.

— Onde está Ella?

— Ascendendo.

— O que isso significa? Onde ela está?

— Ela está em outro lugar, Conrad, tornando-se digna de sua herança.

— Ela não tem idade o suficiente para a Seleção, tio.

Ele dá uma risada.

— Eu sei. Se você ascender, vocês vão se reencontrar. — Ele aponta sobre o meu ombro para uma bolsa perto da porta. — O dinheiro que você vai precisar para a Seleção está ali. — Ele faz uma pausa e se recosta na cadeira. — Imagino que não vá fugir com ele, abandonar Holmstead e deixar tudo para trás? Você pode começar uma vida nova.

— Isso jamais vai acontecer. — Eu guardo a bolsa. — Eu não vou abandonar a minha família.

Ele dá um sorriso de canto de boca.

— Dessa vez, certifique-se de que isso seja verdade.

Eu mordo a língua e me viro para ir embora. Quando atravesso o corredor com o tapete de calêndulas, meu tio me chama.

— Ascenda, Conrad, ou não volte nunca mais.

◆◆◆

As semanas transcorrem e passo o tempo ajudando McGill a reconstruir sua taverna enquanto me preparo para a Seleção. Os Ofícios da Caça e da Ordem exigem destreza física. Assim, carrego lenha para McGill e corro nos fins de tarde para fortalecer meus pulmões. Entro na arena de duelos da Região Baixa quase todas as noites. O treino com o bastão nunca acaba. Melhorando minha força e resistência, meu corpo finalmente começa a realizar o que a minha mente exige. Venço duelos facilmente. E ganho um pouco de moedas também. Moedas que McGill merece por todos os anos que nos deixou ficar em sua taverna de graça. Moedas que dou a ele por ter me deixado ficar com a sua família.

Por fim, chega o Dia da Seleção e eu atravesso a multidão nas ruas Médias. Acabei de sair da biblioteca Média, onde completei o teste da

Seleção, e agora minhas notas lacradas repousam em segurança em um envelope no bolso da jaqueta. O Dia da Seleção é o feriado mais celebrado do ano. Vozes animadas enchem as ruas. Pessoas bebendo lotam as tavernas, e músicos cantam canções em celebração nas calçadas. Lojas vendem broches especializados para honrar cada um dos Ofícios. Enquanto apenas dois dos Ofícios irão Selecionar em Holmstead esse ano, cada um dos Ofícios trouxe um representante para a ilha.

Um homem do Ofício da Hidráulica percorre a multidão. Os robes de azul-celeste, estampados com a cachoeira agitada da Hidráulica, esvoaçam atrás dele. Uma medalha prateada reluz sobre o uniforme. Ele é um Líder. Alguns Baixos dirigem olhares para ele. Enquanto batalham para encher seus baldes, ele está aqui apenas para o Dia da Seleção. E a Hidráulica não está sequer Selecionando esse ano.

Continuo avançando pela multidão agitada e bêbada, segurando o bastão do meu pai rente ao corpo. O teste da Seleção exauriu minha cabeça, me forçando a relembrar as lições que minha mãe me ensinara anos atrás. Porém, não me esqueci das palavras dela, e sua voz me guiou pela seção sobre engenharia cristálica. Embora tenha encontrado dificuldades em algumas áreas, estou confiante que os ensinamentos dela valeram a pena.

Quando passo pelo portão Médio e entro nas ruas Baixas abarrotadas, o fedor rançoso de lixo invade minhas narinas. Fico tentado a desviar para os becos e evitar potenciais batedores de carteira, mas nessas roupas quentes, é melhor ficar sob a luz do sol com ladrões do que na sombra com assaltantes que ficariam felizes em me matar só para pegar minha jaqueta.

Quando viro a esquina, dou de cara com o maior bosta de pássaro que já conheci.

Ele sai de um beco, o rosto manchado por uma fúria vermelha. E quando ele encontra meu olhar, o mundo parece estancar.

Pound de Atwood. Pelo menos... Creio que ele ainda é um Atwood. Só faz algumas semanas que ele virou um Baixo, e ele parece faminto e ainda mais perigoso.

— Urwin. — Ele cospe a palavra.

Ele tem um rosto tão largo e feio. Parece um javali careca.

— Eu não sou um Urwin — digo. — Eu sou um Elise.

— Isso não muda o que está no seu sangue. — Ele olha para o meu bastão. — E você, *Antawood*? A família ainda está mantendo você por perto?

Ele estrala os nós dos dedos. Um pouco de sangue coagulado escorre dos punhos. Atrás dele, um homem jaz inconsciente no beco. Os bolsos revirados, expondo o forro branco.

Pound varre o olhar por minhas roupas quentes.

— Olha só você. Rico de novo? Passe para cá as suas moedas.

— Prefiro não fazer isso.

Ele ruge. Eu me abaixo sob os braços colossais dele. E antes que ele possa me apanhar, estendo o meu bastão e o golpeio no queixo. Então corro.

— Covarde! — berra ele.

Detesto fugir. É algo que um logrador faria, mas com a minha altura, chego apenas no peito daquele brutamontes. E não posso arriscar perder tudo para ele.

Ele me persegue com suas botas gigantescas. Pound pode ser muitas coisas, mas veloz não é uma delas. Cada passo que ele dá parece esmigalhar a terra. Sacudir os prédios.

Quando viro uma esquina, salto sobre uma carruagem Baixa enferrujada que passa. Ela me leva para além de um grupo de Baixos que cantam.

Pound para de correr, estreitando os olhos à procura. Quando finalmente me encontra no final da rua, dou uma risada e levanto o dedo do meio em uma saudação. Ele apenas me encara. E algo a respeito daquele olhar desperta um pressentimento obscuro no meu âmago. A batalha entre nós nunca vai terminar. Ele vai me caçar até o fim dos céus.

Assim que estou a algumas ruas de distância, pulo para fora da carruagem, preparado para passar as próximas horas ajudando McGill a reconstruir sua taverna. Porém, toda vez que volto para cá, onde minha mãe faleceu, eu me sinto vazio. Enojado.

— Vai — diz McGill para mim. — É o Dia da Seleção. A fila é longa. E se você for Selecionado, pode nunca mais precisar duelar outra vez.

— Você tem certeza?

— Ainda sou ágil — diz ele, pegando o meu martelo. — Vai logo.

— Ele sorri e dá um tapinha na minha bochecha. — Boa sorte, Conrad de Elise. Deixe a sua mãe orgulhosa.

— Sorte? Há milhares de inscritos esse ano. Vou precisar. Mesmo com a influência do meu tio, as chances não são boas.

Corro pela região Baixa, pego uma carona na traseira de uma carruagem pela Região Média, e chego ao gigantesco prédio imperial de doze colunas brancas. O Equilibrium. As janelas gigantescas cintilam sob a luz do sol. Esse é o lugar em que qualquer pessoa pode oficializar seu desafio de duelo. É o coração da Meritocracia de Holmstead. Embora a vista seja grandiosa, meu coração afunda diante da fila imensa se contorcendo para fora da porta giratória de vidro. Jovens estão por toda parte. Pessoas que eu conhecia quando era um Superior. Pessoas com quem lutei nos becos da Região Baixa. Pessoas que um dia me chamaram de amigo, mas me deixaram tremendo na sarjeta gelada depois que fui rebaixado.

Próximo da porta está um garoto, Sergei de Kuznetsov, que costumava brincar comigo pelo labirinto de cerca viva da propriedade Urwin. Quando éramos crianças, ele dizia que o céu se partiria antes que qualquer coisa pudesse acabar com nossa amizade.

Ele está rindo com outro garoto. Quando vira o rosto na minha direção, eu encontro seu olhar.

Eu o deixo me ver. Lembrar.

Ele fecha a boca e rapidamente se vira na direção da porta. Continuo encarando-o de costas, enojado por um dia tê-lo considerado meu amigo.

Eu paro no final da fila. Todos os que estão na minha frente tem a minha idade ou são um pouco mais velhos. Recebemos três chances de sermos Selecionados. Três anos. Se não formos escolhidos antes de completar vinte anos, nunca seremos escolhidos. Alguns Ofícios, como a Academia e a Política, preferem Selecionados mais velhos, de dezenove anos. Já a Caça e a Ordem? Eles preferem os novos e maleáveis.

Depois de uma hora, passo pela porta giratória de vidro e entro em uma câmara branca com um teto abobadado. Acima de mim se erguem os Quatro Pilares da Meritocracia: Selecionado, Superior, Médio, Baixo. Eu era um garoto na última vez que entrei no Equilibrium. Meu pai me trouxe até aqui para escolher um bastão de duelo que seria meu até que herdasse o dele. Minha arma escolhida era uma combinação de aço gorgantuano e carvalho feito sob medida. Custou quinhentas moedas. Ah, eu mal podia esperar para tê-lo, mas meu pai morreu logo antes que pudéssemos buscar o pedido.

Os Médios enchem o espaço ao meu redor, mas um número decente de Superiores também compareceu. O status de Selecionado é para aqueles que querem ascender sem duelar. Enquanto algumas pessoas possuem músculos, outras possuem cérebros. O status de Selecionado é responsável pelos melhores e mais inteligentes, independente se conseguem empunhar um bastão.

Atrás de um balaústre de mármore que leva ao segundo andar marmorizado acima, um homem está de pé com a mesma sombra do semblante do meu pai. Inteligência e majestade. Olhos dominadores inspecionando aqueles abaixo dele. Porém, não é um homem. Quando aperto os olhos, percebo que é a Mestra Koko de Ito, a Mestra da Caça. Ela está aqui para escolher algumas pessoas nessa enorme fila para treinar com ela.

A lama salpica suas botas. Um rasgo estraga a bainha quase perfeita dos robes prateados. Ela tem quase oitenta anos. Ela não usa nenhum bastão pendendo do seu cinto. Pouquíssimos do Ofício dela carregam uma arma do tipo.

Os olhos recaem sobre mim, mas não por muito tempo. Não sou especial. Ela provavelmente não esperaria ver o filho de Allred de Urwin aqui. Provavelmente não se importaria mesmo se visse. Para os Selecionados da Caça... Não importa a sua origem. A morte não se importa com sua ancestralidade.

Outra figura de robe branco se junta a ela.

O Almirante Goerner parece tão alto e poderoso quanto da última vez que o vi na festa de meu tio. Ele é outro Mestre que vai Selecionar em Holmstead. Pelo modo como nos encara com desprezo, ele espera apenas encontrar peças úteis para preencher a sua eficiente máquina militar. A Ordem não é um Ofício seguro, particularmente considerando o aumento de incursões de piratas e ataques de gorgântuos. Porém, é o Ofício mais antigo e mais poderoso. As melhores Seleções da Ordem recebem treinamento para se tornarem Oficiais da Frota Celeste. E eles podem comandar andorinhões, cruzadores de batalha e porta-navios. Não é como o Ofício da Mestra Koko.

— A taxa de mortalidade na Caça é de vinte por cento — murmura uma garota atrás de mim para uma amiga. — Foi o que eu ouvi. Que vinte por cento dos Selecionados morre durante o treino.

Minha pele se arrepia e eu acaricio o pingente no colar de Ella. Não serei muito útil para a minha irmã se estiver morto.

Ainda assim, Caçadores são bem pagos e podem comandar seus próprios navios celestes. Além do mais, há liberdade na Caça. Compre o seu próprio navio e será capaz de escolher os seus contratos. Voe para onde quiser — desde que esteja caçando.

Acima do Almirante e da Mestra Koko estão penduradas as bandeiras dos Doze Ofícios. Cada um possui uma cor e um símbolo diferente. Arte, Ordem, Agricultura, Academia, Hidráulica, Saneamento, Mercantil, Exploração, Direito, Arquitetura, Política e Caça. Seja escolhido por um e esse será o seu Ofício pelo resto da vida. E o status de Selecionado nunca pode ser retirado por um duelo. Porém, ainda precisamos ascender dentro do próprio Ofício. E se assim o fizermos, se ascendermos para nos tornarmos Mestres, então seremos capazes de desafiar outros para nos tornarmos Rei ou Rainha.

O Superior entre os Superiores.

Diversos dedos apontam para a Mestra Koko e o Almirante acima de nós. Alguns garotos e garotas tagarelam animados. Porém, há uma tomada de ar coletiva quando outra figura para ao lado do Almirante Goerner. Um homem corpulento e cabeludo trajando robe marrom com o emblema da reciclagem em seu peito. Ele tem um nariz chato e apenas alguns cabelos na cabeça arredondada. Ele faz uma expressão ameaçadora, nos encarando como se fôssemos manchas em um vaso sanitário.

Esse homem é Herm de Decloos, o Mestre do Saneamento.

— Seleção do Saneamento? — diz uma garota com nojo. — Vou dar o fora daqui.

Ela não é a única a pensar nisso. Vários outros a seguem porta afora, murmurando que preferem arriscar-se no sistema de duelos. Logradores, todos eles. Superiores ricos que acreditam ter mais a perder do que ganhar ao estarem aqui.

— Isso mesmo! — grita Herm para os Superiores que se retiram. — Estou aqui, seus fazedores de bosta! — Todos ficam em silêncio enquanto ele retorce a expressão para o resto de nós. — Vão em frente, fiquem na fila. Gastem essas suas duzentas moedas. Mas saibam, seus esguichos de bunda, um de vocês será Selecionado por *mim*. Ninguém quer isso, mas não há nada que possam fazer. Eu vou condenar um de vocês para o Ofício mais *merda* do mundo. E o escolhido ficará preso nessa vida. Para sempre.

O salão encara em choque. Mais logradores partem, mas os Baixos e os Médios presentes estão famintos. Eles não foram paparicados. E estão ansiosos para provarem quem são. Muitos Superiores também ficam. Meu pai acreditava que os Superiores que entravam na Seleção eram logradores, fracos demais para protegerem seus status através dos duelos, mas nem todos os Superiores pensam dessa forma. Um contingente cada vez maior acredita que a Seleção é uma grande honra, que a inteligência é superior à força bruta.

E meu tio quer provar que os Urwins têm ambos.

Ainda assim, mesmo que sejamos ensinados que os Ofícios são iguais, poucos querem o Saneamento. As pessoas querem entrar para a Ordem, a Política ou a Academia. Talvez até mesmo a Caça. Nunca o Saneamento. Meu tio nunca permitiria que o nome Urwin fosse associado ao Ofício que lida com o esgoto.

Herm encara com ódio os logradores que escapam, então se vira e desaparece pelo corredor.

Logo a fila é dividida em três grupos e um rosto familiar aparece na fila ao meu lado.

— Não esperava encontrar você por aqui — diz ela.

Eu não respondo.

— Você está transbordando entusiasmo, né? — diz Bryce. — Ainda acha que eu quero alguma coisa por ter salvado a sua vida?

— Sim.

Ela ri.

— Nunca achei que você fosse do tipo que apareceria para a Seleção, Conrad. — Ela me olha de cima a baixo. — Você tem a compleição de um duelista.

— Só porque consegui comida.

Ela assente.

— Agora vai me dizer o nome da sua família? — Ela sorri. — Eu não vou desistir de perguntar.

Eu simplesmente não entendo essa garota. Por que ela está sendo amigável comigo? Somos competidores para a Seleção.

— É Elise.

Ela franze a testa.

— Nunca ouvi falar.

— É o nome da minha mãe.

— Tenho certeza de que ela está muito orgulhosa.

— Ela está morta.

Meu comentário é como um *iceberg* jogado na conversa. Bryce abre a boca, então a fecha. Ela murmura algum tipo de condolências, mas eu não escuto porque as nossas filas nos separam.

— Bem... — diz ela. — Boa sorte.

Eu desejaria o mesmo para ela, mas não posso deixar nada me impedir de salvar Ella da língua venenosa e corruptora do nosso tio.

Minha fila sobe por uma escada. O ar fede a mau hálito e Baixos imundos. A fila atravessa um corredor cheio de retratos pintados dos Mestres atuais. A luz do sol brilha através das janelas. No final do corredor, os atendentes da Seleção, trajando robes pretos exibindo os sinais de todos os doze Ofícios, sentam-se atrás de uma mesa e recebem dinheiro e as notas dos testes.

Dentre os atendentes, vem uma voz que faz a minha pele se arrepiar.

— Eu já dei a droga do meu dinheiro, agora me inscreva na Seleção ou eu vou espancar essa sua cara feia.

— Senhor, eu não posso — diz a atendente da Seleção, as mãos calmamente entrelaçadas diante de si. — Ou o senhor me dá todas as duzentas moedas ou não posso fazer a inscrição.

— As minhas notas são ótimas — diz Pound.

— Maravilha. Você será Selecionado se alguém o quiser. Porém, o senhor ainda não tem moedas o suficiente.

— Eu não vou voltar de mãos abanando.

— Então talvez não devesse ter perdido aquele duelo, Atwood — grita alguém na multidão.

Risinhos sarcásticos percorrem a fila.

Pound gira nos calcanhares, parecendo pronto para desferir alguns socos, mas antes que possa agir com raiva, uma pequena figura dá um passo à frente.

— De quanto ele precisa? — pergunta o outro garoto.

— Treze moedas.

Os olhos cor de jade do garoto se escondem por trás de uma cortina preta de franjas bagunçadas. Ele tem uma estatura minúscula, especialmente comparado ao Pound. Com cuidado, ele abre sua bolsa e procura lá dentro. Claramente, ele não tem muito. A jaqueta está um pouco desfiada nas pontas e o bastão de duelo está torto. Por fim, ele retira treze moedas e as coloca na mão enorme de Pound.

Pound encara o garoto com os olhos semicerrados. Deve pensar o que estou pensando. Esse garoto vai querer alguma coisa dele no futuro. Alguma coisa grande. Só que Pound não tem escolha. Ele abaixa a cabeça e murmura um agradecimento.

— Não foi por nada — diz o garoto. — Eu sou Sebastian de Abel.

— Eu sou Pound. Só Pound.

Eles dão um aperto de mãos.

Por fim, chega a minha vez.

Duzentas moedas, tudo pela chance de ser Selecionado. Foi tudo que o meu tio me deu. Entrego um envelope com as minhas notas do teste para a atendente.

— Boa sorte. — A atendente aceita o meu dinheiro e os papéis. — Se você for Selecionado, o seu nome será chamado essa noite no anfiteatro Superior.

Quando me viro para sair, um nó de ansiedade aperta minhas entranhas. Há muito tempo eu desejo controlar o meu destino, mas tudo que posso fazer agora é ter esperança.

06

EU ME SENTO LONGE DO PALCO ENQUANTO O MESTRE DO SANEAMENTO cambaleia perante o púlpito do anfiteatro Superior. A multidão se aquieta. Os olhos selvagens de Herm nos analisam. Então, depois de um forte soluço, ele começa em um resmungo inebriado.

— Bem, isso não é uma belezura? Olha só para todos vocês, seus bafos de peido animadinhos. Acho que eu deveria ficar feliz também, se tivesse esperanças de ser Selecionado por um Ofício agradável e honrável. Mas adivinhem? — O tom se torna lúgubre. — Eu fui Selecionado pelo Saneamento, e um de *vocês* vai ser também.

Engulo em seco.

Meus olhos encontram meu tio, sentado em cima da plataforma do Arquiduque próxima ao palco, as mãos apoiadas na beirada dos apoios para braços. Ele parece entediado e irritado.

Pound se senta no banco mais distante do palco. Ele está inclinado para a frente, as mãos enormes entrelaçadas. Os olhos são intensos e focados. Ele está sozinho — exceto por sua irmã mais nova, Cephalia ou algo do tipo. Acho que ela é chamada de Forca. Ela é o único membro da família que o acompanha.

Parte de mim saboreia a ideia de Pound ser escolhido pelo Saneamento. Sorrio um pouco, imaginando aquele brutamontes gigante se contorcendo pelas tubulações do esgoto no subterrâneo da cidade.

Porém, ele ainda teria um status de Selecionado que não pode ser desafiado. E toda vez que o Pound teve poder sobre mim, transformou a minha vida em um inferno.

— Chegamos ao ponto em que todos estivemos esperando ansiosamente. — Herm olha de relance para o papel na sua mão e limpa a garganta. — Seleção do Saneamento.

Meus joelhos oscilam. Fecho os olhos. Esse homem controla se terei uma chance de estar com Ella de novo.

— Eu estou muito *honrado* em Selecionar... Ariana de Alcose. Parabéns, Ariana.

A tensão nos meus ombros relaxa e a multidão inteira solta o ar coletivamente. Porém, o silêncio termina quando Ariana grita. Sua família Superior parece prestes a desmaiar.

A Ordem arranca Ariana de sua família. A mãe implora para que eles rescindam a entrada dela na Seleção. Não adianta de nada. E logo, com os olhos lacrimejando, Ariana faz uma curta caminhada até o palco. Ela é puxada para uma mesura com Herm, então segue relutante o seu Mestre cambaleante para fora do túnel. A caminho de ir treinar para se tornar uma limpadora de esgoto.

Depois que sua família transtornada sai às pressas do anfiteatro, uma onda de animação se espalha. Nós sobrevivemos ao Saneamento. Todos se aprumam mais um pouco no assento. Se a Caça não nos escolher com uma de suas múltiplas Seleções esse ano, teremos uma chance com a Ordem. Parece que o anfiteatro inteiro prende a respiração e, por um breve instante, eu me imagino, não como um guarda da Ordem protegendo a Meritocracia das Terras Celestes, e sim um membro da Frota Celeste que comanda um porta-navios cheio de falcões.

Eu me remexo inquieto no assento.

A multidão faz silêncio quando a Mestra da Caça se aproxima do púlpito. A Mestra Koko encara a plateia, o rosto inexpressivo como uma estátua enquanto analisa os candidatos. Por fim, ela sussurra na sua joia de comunicação.

— Dezoito por cento. Quase um a cada cinco Selecionados da Caça não sobrevivem ao treinamento. Quase um a cada cinco são queimados nas nuvens escuras, ou açoitados pelos tentáculos elétricos de um blobone, ou partidos ao meio por um poderoso crustauno, ou consumidos por um gorgântuo. Uma morte rápida na Caça — diz ela —, é uma benção. Quem dentre nós quer passar seus últimos momentos sendo dissolvido nas entranhas de uma fera gigantesca?

Silêncio.

— Mas se sobreviverem à Caça, serão forjados com aço gorgantuano. Nós, os Caçadores, somos endurecidos pelo fogo. Nós avançamos em direção à morte, enquanto outros fogem dela. Nós somos os destemidos que impedem o avanço da ameaça gorgantuana.

Meu coração começa a palpitar. Agora meu tio está olhando para mim com um sorrisinho minúsculo no canto da boca. Mordo o lábio, e calafrios percorrendo minhas costas. Meu tio interferiu. O desgraçado fez alguma coisa.

— Nossas tropas diminuíram — diz a Mestra Koko. — Neste ano, nós precisamos de cento e vinte e oito novos Caçadores. Eu fiz Seleções de Dandun a Eastrim. Nessa noite, faço em Holmstead. E logo vocês vão competir no treinamento pela honra de se tornar Capitão.

Ela pigarreia e diz rapidamente dois nomes para a Seleção.

— Sebastian de Abel e Bryce de Damon.

Pisco, confuso pela rapidez, mas um pouco grato também. A Mestra Koko faz uma pausa, olha para a plateia de novo, e lê outro nome. E quando ouço as palavras, uma faca atravessa meu estômago. O nome parece estranho. Falado com pouca fanfarra. Ele ecoa nos cantos mais distantes do anfiteatro.

— Conrad de Elise.

Meu coração dispara. Eu me levanto, aprumo a jaqueta, e caminho em direção ao corredor. Nenhuma das pessoas pelas quais eu passo me parabeniza. Alguns me dirigem olhares invejosos, mas muitos me veem como se eu já estivesse morto. A Ordem vem me coletar, mas não precisam se dar esse trabalho.

Assim, com a fúria de todos os ventos atrás de mim, eu marcho pelos degraus. O reconhecimento se abate sobre os rostos na multidão.

Eu sou o filho de Allred de Urwin, antigo herdeiro do Arquiduque anterior de Holmstead. E estou a caminho de enfrentar uma morte rápida. Será que vou rir na cara dela e ascender? Ou vou me desintegrar no estômago de uma criatura infernal e cair?

Depois de apertar a mão da Mestra Koko e ficar ao lado de Bryce no palco, no centro do anfiteatro, eu encaro a multidão e percebo mais uma coisa no rosto do meu tio: empolgação. Ele ainda não acabou. A sua influência poderosa se estende pelas Ilhas do Norte. Se ele se pronunciar, até mesmo os Mestres o ouvirão. E, enquanto o tio me encara, sei no meu coração que a Caça vai me matar... Ou me transformar na pessoa mais durona que já existiu.

— Eu tenho uma última Seleção — diz a Mestra Koko. — Um jovem rapaz sem um nome de família.

A multidão sussurra. Fofocando. Incerta de quem poderia ser. Porém, minhas mãos já se fecharam em punhos. Não basta que logo estarei caçando gorgântuos de mais de noventa metros de comprimento que são capazes de aniquilar uma cidade em uma noite. Não, meu tio quer que eu prove de uma vez por todas que ascender está no meu sangue.

— A Seleção final da Caça é Pound.

07

EU NÃO TENHO NADA DE MINHA MÃE, A NÃO SER O BASTÃO E MEMÓRIAS.

Depois de subir os degraus gelados dos jardins Médios de Holmstead, eu me sento no banco onde nós dois costumávamos nos sentar quando minha mãe estava saudável. Acaricio o bastão branco dela com o polegar, e lembro do seu sorriso, e como o vento fazia seus cabelos brancos esvoaçarem. Ela sempre encontrava um jeito de me fazer sorrir, mesmo quando comíamos pão duro.

Só que depois de um tempo, ela sempre ficava séria.

— O mundo quer que você seja algo que você não é — dizia ela. — Seu coração não é apenas Urwin, mas meu também. Lembre-se, ter poder sobre alguém não é força. Empurrar os outros para baixo não o fortalece. Superiores verdadeiros levantam os outros enquanto permanecem no topo.

Minha respiração fica trêmula. Quase consigo vê-la ao meu lado, sorrindo fraca. Porém, apesar de terem se passado só dois meses desde sua morte, seu rosto é um borrão. Menos discernível, como a fumaça de uma vela que queimou até se apagar.

Fecho os olhos. Tento me forçar a lembrar dela, não da coisa frágil que ela se tornou, mas da poderosa Senhora de Holmstead. A mulher que carregava a sabedoria dos céus.

Então, solto o bastão de meu pai do cinto e comparo os dois. O veado de Hale e a águia de Urwin. Ambos são parte de mim, mas na

Caça, o que a compaixão faria por mim? Não, o bastão da minha mãe não deve ser meu. Ela o guardou por todos esses anos, com a intenção de dá-lo a outra pessoa.

Eu fecho meus olhos. Por que ela teve que partir? A dor me rasga outra vez. Dilacera meu coração. Minhas mãos apertam o bastão. Trinco os dentes. Se ela estivesse comigo, abrigada sob os tentáculos congelados dessa árvore, ela me lembraria de nunca me perder. Lembraria que eu deveria ser o filho que ela criou. Porém, para onde vou agora, com os horrores que logo preencherão o meu futuro, não posso ser esse filho. As coisas que eu terei que fazer serão por Ella. Terei que ascender na Caça por quaisquer meios necessários. Provar que sou o mais forte. E não posso deixar a compaixão enfraquecer a minha determinação. Não posso, porque Ella teve apenas uma voz sussurrando em seu ouvido nos últimos seis anos. A voz com a vil língua de serpente.

Depois de alguns minutos de silêncio, prendo o bastão do meu pai no cinto, guardo o da minha mãe na bolsa, e deixo o banco solitário. Holmstead é a ilha dos meus ancestrais. O lugar em que Urwin nasceu e prosperou por mais de duzentos anos. Diversas gerações dos mais poderosos homens e mulheres a navegar pelos céus. No entanto, não sou apenas um Urwin, sou um Elise também. Eu trarei honra ao nome dela. E vou conseguir a filha dela de volta.

Depois de deixar os jardins Médios, passo pelas ruas até chegar às docas Médias, encarando o navio celeste que logo me levará para a ilha natal da Caça, Venator. O navio branco de metal se estende por dezenas de metros. Uma prancha de embarque gigante leva ao convés.

Dezenas de pessoas fazem o caminho até o navio. Esse navio não é só para as Seleções, também funciona como embarcação de passageiros. Alguns holmsteadianos viajam para o sul durante o inverno. Quando estou prestes a levar minha bagagem em direção à prancha, vejo as outras Seleções da Caça.

Sebastian de Abel, o garoto magrelo de franja preta, está com as mãos na cintura enquanto inspeciona o casco do grande navio. Ele é o primeiro a subir na prancha.

Bryce de Damon se ajoelha, sorrindo enquanto dá moedas para algumas crianças Baixas que perambularam para a área.

Em seguida, chega o maior bosta de pássaro já cagado por essa ilha. Ele sobe pela prancha, a testa franzida. Com determinação nos olhos. Como eu, ele perdeu tudo e agora quer tomar de volta.

Parece que ninguém veio ver os novos Caçadores partirem. Talvez a Mestra Koko tenha nos Selecionado por esse motivo. Se acabarmos desaparecendo, quem sentiria nossa falta?

Quando Bryce se levanta, dando tapinhas na cabeça de um menino, ela me vê. Já está vestida com o uniforme prateado e justo que todas as Seleções da Caça vestem. Feito para ter menos resistência ao vento. Porém, eu ainda não vesti o meu.

— Quais são as chances — diz ela, parando ao meu lado —, que o garoto que eu salvei de uma parede desabando acabaria no mesmo Ofício que eu?

— Poucas.

Ela ri.

— Não tem família para se despedir de você? — eu pergunto.

— Não é a minha ilha natal, lembra? Estive na Universidade pelos últimos dois anos.

— O que você estava estudando?

— Hierarquias sociais.

— Lucrativo.

— Que sarcástico. — Ela sorri. — Talvez essa linha de estudo não seja para os ricos, mas é uma área importante.

A sirene do navio apita, ressoando a chamada para embarcar.

— Bom, é melhor a gente subir — diz ela. — Vejo você no navio.

Subo pela prancha cambaleante e piso no convés. O último passageiro embarca e a prancha desliza para cima. Então, o navio celeste range, acordando. Seu poder me estremece até a medula, e meu coração dispara a martelar. Estendo a mão para a grade da popa e, por um instante, quase enxergo a minha mãe em pé no convés, os cabelos brancos ao vento.

Não deixe esse mundo governá-lo, sussurra ela. *Seja meu filho. Sempre.*

Porém, quando meus olhos sobem pela montanha branca e têm um vislumbre da mansão Urwin, uma voz mais obscura invade minha mente. Uma voz que me ensinou a arte do bastão e me deu os hematomas que chamou de amor.

Aqueles que desejam ascender, diz meu pai, *vão atrás do seu objetivo até o fim dos céus. Não deixe nada ficar no caminho da sua ambição, filho, e será capaz de abrigar o relâmpago nos braços.*

O navio parte em direção ao céu azul e Holmstead encolhe. Minha mãe sempre terá o meu coração, mas para ascender, precisarei ser mais cruel do que meu pai. Nada vai ficar no meu caminho — nem o Pound, nem as outras Seleções, e certamente nenhuma porcaria de gorgântuo.

Vou provar para meu tio que ascender corre no meu sangue, então vou deixá-lo espancado e ensanguentado aos meus pés.

Essa não é a última vez que verei Holmstead.

08

DOIS DIAS DEPOIS, ESTOU NO CONVÉS DO NAVIO CELESTE ENQUANTO VENATOR, a ilha da Caça, aumenta à distância. Eu me inclino para a frente, as mãos na grade, enquanto o ar úmido vespertino enche meus pulmões. Venator é uma enorme ilha de selvas, duas vezes maior do que Holmstead, com dezenas de ilhotas que a circulam.

Uma brisa quente sopra por meu cabelo, mas eu mal percebo por causa do meu uniforme elegante da Caça. O símbolo de um arpão preto marca o lado direito do peito. O uniforme me mantém confortável. Ainda assim, abro o zíper da jaqueta preta da Caça, deixando-a ser agitada pelo vento.

Cachoeiras costuram os numerosos picos de Venator como veias. Uma cordilheira montanhosa separa as duas cidades da ilha, Doca do Leste e Doca do Oeste. As cidades aparentam serem maravilhosas vistas de longe. Brilhos dourados enchem suas ruas. Porém, elas não poderiam ser mais diferentes. Turistas lotam a Doca do Leste, que margeia um lago imenso emoldurado por praias arenosas e vilas luxuosas da Região Superior de Venator.

Enquanto isso, os Caçadores brutos ocupam a Doca do Oeste. Não é um lugar para tirar os sapatos e relaxar. Em vez de praias arenosas, as construções rústicas se agarram a um litoral pedregosos do lago, na base de uma cordilheira íngreme. Não há mansões, apenas pouquíssimas casas, mas várias tavernas que oferecem refeição quente e bebida.

Aparentemente, beber é como os Caçadores lidam com todas as mortes em seu Ofício.

Nós zarpamos para a Doca do Oeste e, quando chegamos, seguimos uma fila de navios celestes aguardando para atracar. Navios de toda parte das Terras Celestes chegam, alguns com pontes de comando altas sobre o convés, ou mastros em vez de motores de cristal, e alguns têm cascos antigos de madeira. Todos eles trazem as mais recentes Seleções da Caça.

Abaixo de nós, dezenas de figuras caminham pela doca de madeira, em direção à Doca do Oeste e dos bancos que rodeiam as fogueiras ardendo em poços de pedra.

Então, alguma coisa prateada atravessa o céu. Um navio esguio. Ele parte afastando-se da ilha, o convés cintilando sob as luzes de Venator. Ele corta o ar. É lindo. Um dos novos navios dos quais ouvi falar. Classe Predador. Também conhecido como Espada Celestina.

Ele dispara à distância a uma velocidade incrível. A caminho da caça, de proteger as ilhas e de lutar contra a ameaça gorgantuana.

Balanço a cabeça, impressionado. Quanto tempo vai levar até que eu embarque em um desses navios? Quanto tempo até que eu comande um?

Pound observa o navio com uma expressão convencida, como se ele fosse comandar a embarcação um dia. Bosta de pássaro estúpido.

Nossa rampa bate nas tábuas e nós desembarcamos. Bryce vai primeiro, sorrindo enquanto inspira o ar que tem cheiro de frutas doces. Seus olhos azuis miram os meus.

Eu desvio o olhar.

Minhas botas tocam nas tábuas de madeira da doca e eu sigo a fila de Seleções da Caça, todos de uniforme, filtrando pela saída da doca, a caminho de se unir às outras Seleções sentadas ao redor das fogueiras. Inúmeras vozes formam um murmurinho.

De pé ao final da doca sob duas tochas gigantes de cristal, um Caçador veterano grisalho pressiona meu peito com a mão.

— Nome e ilha.

— Conrad de Elise. De Holmstead.

Ele confere meu nome no caderno.

— Junte-se às outras Seleções até a Mestra Koko chegar.

O calor emana das fogueiras nos poços. A fumaça mantém os insetos afastados. Todas as Seleções se conectam umas com as outras, sorrindo de forma falsa, buscando alguém que será vantajoso conhecer. Suas palavras fingem interesse. Amizade. Só que, na verdade, eles estão usando uns aos outros até o dia em que ascenderem. Então, vão observar os batentes de cômodos aquecidos enquanto seus supostos amigos são esmagados sob as suas botas. Meu tio me ensinou isso quando assassinou meu pai.

Minha mão direita aperta o bastão de meu pai.

Eu não vou cometer o mesmo erro novamente. Não vou deixar que se aproximem de mim.

Eu me sento sobre a bagagem que trouxe comigo, perto da névoa úmida da selva, nos arredores da luz e das risadas, e afasto os insetos irritantes com as mãos. Daqui, estudo meus oponentes. Algumas Seleções são embrutecidas, outras são belas. Vieram de toda parte das Terras Celestes: peles negras, marrons e brancas.

Esses são os mais fortes de suas ilhas. Os mais inteligentes, os mais astuciosos. E estão todos no meu caminho. Para meu tio, não é o bastante ser selecionado. Essa é a parte fácil. O desafio é se tornar o melhor da Caça. Subir de posições. Tornar-me Capitão, e depois... Urwin me será oferecido. Serei o próximo na linha sucessória de Arquiduque na Ilha de Holmstead.

Alguém se aproxima ocupando minha visão.

— É estranho — diz Bryce. — Passamos dois dias no mesmo navio e ainda assim eu mal te conheço.

— Não tem muito para conhecer.

Ela se senta em uma tora na minha frente.

— Bom, você costumava ser o herdeiro de Urwin. Acho que tem muita coisa para conhecer.

— Você andou perguntando de mim por aí?

— Pound me contou tudo. Aliás, ele odeia você pra valer.

— Ele é um imbecil.

— É mesmo? Por que ficou no seu quarto a viagem inteira? Acho que só te vi na cantina uma vez.

— Eu prefiro ficar sozinho.

Ela olha de relance para os insetos zunindo perto do meu pescoço e dá um sorriso de canto de boca.

— Bom, você não está sozinho agora.

Eu espanto alguns mosquitos para longe.

Ela ri, percebendo meu desconforto.

— Anda. Vamos conhecer algumas pessoas juntos.

— Não sou muito de socializar.

— Que pena.

— Por quê?

— Porque você não é como os outros aqui — diz ela. — Você é um babaca, mas pelos menos não finge ser outra coisa. Descobri que a honestidade nas Terras Celestes é uma virtude rara. Seja lá quem você for, Conrad, você é sincero.

Ela sorri um pouco. E metade de mim não se importaria em ficar junto dela mais um pouco. Porém, a outra metade, a voz profunda do meu pai, dispara avisos.

Ela é a sua oponente, sussurra ele. *Aproxime-se dela, e ela vai te machucar. Assim como todo mundo.*

— E aí, vai vir comigo? — pergunta ela.

— Não.

Ela amarrota a expressão, decepcionada. Por um instante, acho que ela vai tentar me convencer. Em vez disso, ela se levanta e declara:

— Você sabe que nunca vai ascender na Caça se ficar afastado de todo mundo, não é?

Logo somos apenas eu e os mosquitos outra vez. Tento ignorá-la enquanto ela serpenteia pela multidão, e desvio o olhar quando ela toca de leve o braço de um rapaz enquanto conversam.

Mais longe, parece que Pound já arranjou seguidores. Garotas dão risinhos com a altura dele e tentam levantar seus braços colossais sobre suas cabeças. Os garotos também são atraídos por ele porque é onde as garotas estão.

Repentinamente, a selva desperta com o bater dos tambores.

Todos ficam em silêncio enquanto a nossa Mestra, Koko de Ito, aparece. Ela fica em pé sobre uma inclinação, nos encarando. Sem o robe tradicional e trajando um uniforme prateado com jaqueta preta da Caça, ela é uma presença imponente.

Uma gangue dos veteranos da Caça mais cruéis estão atrás dela. Homens e mulheres endurecidos.

— Bem-vindos a Venator — diz a Mestra Koko. Ela aponta para as pessoas atrás de si. — Esses são os seus Treinadores. Vão ensinar os caminhos da Caça e todas as posições de um navio celeste: de Capitão a Esfregão. O trabalho deles é garantir que vocês não morram.

Ninguém emite um ruído sequer.

— Em breve vocês serão divididos em tripulações que vão comandar um navio celeste — diz ela. — Vocês vão competir na Provação, onde irão caçar os poderosos gorgântuos do sul. A tripulação com a maior quantidade de criaturas abatidas vai conquistar riquezas além da imaginação. O Capitão do navio também vai ganhar o navio utilizado.

Alguns sussurros entusiasmados se espalham.

— Não fiquem muito animados — diz ela. — No ano passado, vinte e seis Seleções não voltaram. Deem uma olhada com atenção nos seus vizinhos, ou para vocês mesmos, porque a probabilidade é de que muitos não retornarão.

Silêncio mais uma vez.

Um sorriso enruga o rosto dela.

— Então, quem está com fome?

Os Treinadores caem na gargalhada.

Momentos depois, fazemos uma fila pela trilha de terra, carregando nossa bagagem pela selva. Insetos devoram nossa pele enquanto o suor se acumula na testa. Quando saímos da região com árvores, começamos a subir uma inclinação comprida coberta de grama. Felizmente, minha bagagem é leve. Não posso dizer o mesmo a respeito de algumas das pessoas à minha frente.

Quando chegamos ao topo da primeira colina, enxugo a testa e encaro a montanha acima de nós. A Escola da Caça se estende pela encosta rochosa. As dezenas de construções antigas são feitas de pedra e cobertas por trepadeiras. A Escola é tão grande que poderia ser uma cidade.

Ficamos de pé ali, com as mãos na cintura, os corações acelerados. Um garoto cai, a barriga se inflando com cada inspiração.

— Levante-se, Robert de Smith — ralha a Mestra Koko. — Eu tenho quase 80 anos, e faço esse caminho todo ano. É hora de você ascender. De todos vocês ascenderem. Essa é a sua iniciação. Todos os novos Caçadores devem fazer a trilha até a Escola. É tradição. — Ela nos avalia. — Com sorte, Samantha de Talba, sua bagagem contém apenas objetos necessários.

Os olhos sorriem ao ver a garota de cabelos escuros toda suada, ao lado de quatro bolsas de bagagem. A garota, aterrorizada, busca por ajuda.

Ninguém se oferece, até que um garoto de barba levanta duas das bolsas dela.

— Obrigada, Roderick de Madison — diz a Mestra Koko. — Bem, então vamos continuar?

E com os Treinadores nos seguindo, ela começa a trilhar o caminho que serpenteia subindo a montanha em direção aos grandes portões da Escola.

Enquanto os outros a seguem, inspiro profundamente e acaricio o ouro liso do colar de Ella. Então, dou o primeiro passo em direção ao lugar onde vou aprender a ascender na Caça.

09

DEPOIS DE UM JANTAR DE ARROZ APIMENTADO E CARNE DE AVE DOCE COM caldo, uma Caçadora veterana guia a mim e vários outros do salão de jantar abarrotado para um lugar chamado de "as masmorras".

A veterana possui cicatrizes que sobem pelo braço esquerdo e uma expressão amarga. Múltiplas medalhas pendem do uniforme, a prova de anos de serviço. Ela não foi apenas Capitã, mas Tenente Comandante, o que significa que liderou uma armada inteira de navios Caçadores.

Os passos ecoam ao descermos a escadaria em espiral. O frio aumenta, junto da escuridão e umidade. Por fim, entramos por uma passagem lúgubre iluminada apenas por um ou outro globo de calor. As luzes avermelhadas pintam listras no piso de pedras.

— Aqui está o seu alojamento — declara a veterana, apontando para portas de aço gorgantuano. — Vocês vão encontrar seu nome escrito na porta. Cada um terá um colega de quarto.

Algumas pessoas resmungam. Um garoto Superior claramente nunca compartilhou seu espaço com ninguém antes. Antes que ele possa vocalizar o seu descontentamento, os olhos se estreitam mirando um pequeno buraco escavado na pedra embaixo de um globo de calor.

— Ah, sim — diz a veterana, acompanhando o olhar do garoto. — Ratilônios. Criaturinhas nojentas. As pinças de metal são especialmente boas em se enterrar nos ouvidos.

Uma garota arqueja, sobressaltada.

A veterana a encara.

— Se você não consegue lidar com um inseto do tamanho do meu polegar, como pensa que vai enfrentar um gorgântuo?

Um inseto prateado, como um escorpião sem rabo, sai correndo do buraco. Alguém grita. A carapaça revestida de metal do ratilônio reluz. A criatura vira a cabeça e diversos olhos pretos nos encaram. A veterana desprende alguma coisa do cinto e dá um passo em frente. O ratilônio ergue as pequenas garras metálicas, pronto para lutar. Até que a veterana o atinge com as chamas de uma latinha. O ratilônio guincha antes de se encolher todo em uma minúscula bola de metal.

— Eu recomendo sempre usar botas aqui embaixo — diz a veterana, atirando a bolinha para a garota.

Ela a larga, enojada.

A veterana dá um sorriso sacana, e depois nos guia pela passagem escura. Outros buracos de ratilônio salpicam as paredes. A Caça provavelmente os deixa infestarem as masmorras. Eles poderiam lidar com as criaturas facilmente, mas preferem não fazer isso. Esse é o modo pelo qual eles nos colocam em nossos lugares. Podemos ter o status de Selecionados, mas somos os mais baixos na Caça.

— À direita — diz a veterana —, vocês vão encontrar os chuveiros coletivos. As instalações de lavabo estão no final do corredor. Bem, boa noite. — Ela passa no meio de nós, seguindo em direção às escadas.

— Ah, eu também deixaria todos os seus pertences pendurados nas bolsas especialmente trançadas nas paredes. Mas é só uma sugestão.

A sombra dela desaparece escada acima. Um garoto parece prestes a vomitar. Então, alguma coisa arranha atrás da parede. Possivelmente outro ratilônio cavando uma toca.

— Eu nunca deveria ter entrado na Seleção — diz uma garota, ajeitando os óculos. — Eu queria a Academia. Mas agora estou presa aqui!

Encontro a minha porta e a abro com um empurrão. Um garoto me segue para dentro. Meu colega de quarto, imagino. É o mesmo garoto de barba que carregou a bagagem da Samantha de Talba. Ficamos parados ali, encarando o quarto sem janelas. Algumas bolsas vazias pendem das paredes e um par de redes, em lados opostos, balançam suspensas por correntes.

É frio e tem cheiro de mofo.

— Não tem colchões — diz ele.

— Os ratilônios usariam o enchimento como tocas — digo. — Cavariam até as suas costas enquanto dorme.

— Mas também podem descer pelas correntes da rede — diz ele.

— Talvez seja o objetivo. Quando estivermos lá fora em nossos navios celestes, caçando, sempre teremos que estar alertas.

O rosto dele azeda.

— É... Enfim, eu sou Roderick de Madison.

Eu digo meu nome e trocamos um aperto de mão. Ele me diz que tem dezesseis anos, mas as costeletas grossas e os braços musculosos o deixam quase com uma aparência de meia-idade. Ele foca sua atenção no pequeno buraco no canto.

— Eles não são venenosos, ou são? — pergunta ele.

— Não sei ao certo. E preferiria não descobrir.

Tiro as minhas botas sem as mãos, retiro as meias e guardo os objetos cuidadosamente em uma bolsa na parede.

— Hum, a gente não deveria ficar de botas? — diz Roderick.

— Não consigo dormir com elas.

O olhar dele repousa no meu dedo mindinho ausente. Ele abre a boca para perguntar, mas hesita em seguida. Eu não teria oferecido uma boa resposta, de qualquer forma.

Ele começa a organizar seus pertences, revelando um maço de papéis: desenhos e diagramas de... armas. Torres de arpão modificadas. Algum tipo de garra anexado à ponta de um lançador portátil.

Tiro as roupas até ficar só com as roupas de baixo da Caça, estendo a rede mais distante e me cubro com o trio de cobertores. Apesar do ruído de escavação nas paredes, apesar de Roderick cuidadosamente continuar tirando todas as roupas e papéis da bagagem, subo na rede e fecho os olhos. E em segundos, adormeço.

♦♦♦

Um disparo de canhão sacode a Escola. Rolo para fora da rede, tropeço na escuridão e caio no chão enquanto uma sirene de som agudo preenche o ar.

— Gorgântuos! — grita Roderick, correndo para ligar o cristal.
— Aqui? — grito por cima do alarme. — Essa é a ilha da Caça!
Gritos ecoam do lado de fora da nossa porta. Outro disparo de canhão sacode a poeira do teto. Roderick tosse.
Eu me apresso para vestir o uniforme.
— Onde está a porcaria do meu uniforme? — Roderick vasculha em múltiplas bolsas. — Eu coloquei...
— Vamos — digo, puxando-o pelo braço. — Não podemos ficar aqui.
— Mas estou praticamente pelado!
A sirene fica mais intensa, fazendo meus ouvidos zunirem.
Roderick vasculha mais um pouco, mas eu o puxo à força porta afora. Logo estamos no salão lotado. Eu com meu uniforme e uma única bota no pé em bom estado, e ele só de cueca. O salão está um caos completo. Todo mundo vai em debandada para a saída.
— Vocês querem morrer? — rugem os Treinadores, acenando-nos na direção da escada. — Anda logo, antes que colapse!
Nós saímos para um pátio gigantesco, tropeçando uns sobre os outros. Meu coração está disparado, meu corpo formiga.
Então, eu paro na grama molhada. Roderick também. As pessoas ao meu redor continuam aos gritos, mas eu encaro a manhã estrelada e silenciosa. Os céus estão completamente vazios. Em paz.
Sem gorgântuos.
A sirene para e gargalhadas explodem da plataforma de madeira à nossa frente. Os Treinadores dão risada. Uma onda de alívio me inunda, mas também sinto raiva. Essa merda de rito de iniciação.
O resto das Seleções entra no pátio, algumas pessoas mancando com membros torcidos. Há até mesmo um garoto que aparentemente dormiu pelado. Ele está se cobrindo com as mãos.

Koko surge em seguida.

— Patético! — Os olhos dela são ferozes. Ela atravessa os nossos grupos desorganizados. — A morte vem para os despreparados.

Ninguém emite um único som.

Ela para.

— O que aconteceria se estivessem em um navio e um gorgântuo colidisse no casco? Enquanto vocês procurassem pelas botas, o navio já estaria afundando nos céus!

O olhar dela faz o par de garotos mais próximo se encolher.

— Vocês estão fracos agora — diz ela baixinho para eles, antes de olhar para o resto de nós —, mas vamos torná-los fortes. — Ela aponta para a plataforma. — Esses são os seus Mestres Treinadores. Se gostam de respirar, sugiro que escutem o que eles têm a dizer. Agora, quando seu nome for chamado, devem seguir o seu Treinador. E eles vão ensiná-los a serem fortes.

Os Mestres Treinadores dão um passo à frente e começam a chamar os nomes.

Acabo no mesmo grupo de Roderick e Sebastian. Felizmente, não sou alocado com o Pound. Porém, ele fica no mesmo time de Bryce.

Minha Treinadora é Madeline de Beaumont. Uma mulher alta cujo cabelo castanho é, em boa parte, grisalho. Diferente de alguns dos outros Treinadores, que vestem robes, Madeline veste o mesmo uniforme que devemos usar agora. Várias medalhas se acumulam embaixo da insígnia de arpão no peito, incluindo um broche dourado de Capitã e uma faixa vermelha, uma medalha que indica que ela capitaneou uma tripulação que conseguiu derrubar um gorgântuo de Classe-6.

Classe-6. É uma fera de cento e oitenta metros. Eu não consigo nem imaginar a enormidade dessa coisa. Os de Classe-2 são conhecidos por devastar ilhas inteiras sozinhos.

Madeline nos leva para longe do pátio e para dentro do Prédio dos Aprendizes, uma construção de múltiplos andares, onde caminhamos por corredores de pedra até encontrarmos a nossa sala de aula. Felizmente, o garoto pelado, assim como Roderick e eu, recebemos permissão para voltar às pressas para nossos quartos e nos vestirmos de forma adequada.

Samantha de Talba encara meus quatro dedos do pé expostos.

— Candidatos fracos esse ano.

Faço uma cara feia para ela e depois me apresso pelo corredor. Enquanto Roderick grita com alguém por ter observado de perto sua roupa de baixo, um jovem rapaz tenta levar o seu cetro de duelo para outra aula de treino. A sua Treinadora Mestre o impede.

— Isso não é permitido aqui. Conflito físico não é o costume da Caça.

— Eu não fico longe da minha arma — diz o garoto.

— Guarde — diz ela. — de volta na sua bagagem.

O garoto resmunga, e depois volta correndo para o seu quarto.

O rosto de Roderick está corado. Não posso culpá-lo. Tudo que me falta é apenas uma bota. Porém, não demora muito até que estejamos todos vestidos por completo e retornamos para o Prédio dos Aprendizes. Madeline está nos aguardando dentro da sala de aula. Muitos assentos estão ocupados, então Roderick e eu nos separamos. Ele se senta na carteira de madeira na parte traseira do meio, enquanto eu me sento em uma no canto da parte da frente.

O garoto que antes estava nu, Harold, entra logo depois de nós. Quando ele se senta, Madeline começa a distribuir bolsas e cadernos. Em segundos, eu me encontro escrevendo anotações às pressas enquanto Madeline exibe o diagrama de um gorgântuo. Estamos todos exaustos e ainda com as emoções à flor da pele por causa do ataque falso, mas ela não liga. Acho que essa é a lição. Devemos sempre estar preparados.

Ela aponta para todos os órgãos internos do gorgântuo, incluindo o saco de gás e a longa faringe que passa pelo coração e pelos pulmões. Tudo protegido seguramente sob escamas de aço.

Horas se passam e não temos nenhuma pausa. Por fim, ficamos tão cansados que Harold adormece.

— Vocês devem sempre estar alertas! — exclama Madeline, antes de bater com a vara pontuda nas mãos dele.

Ele grita e quase cai da carteira.

Ela se aproxima.

— É meu trabalho garantir que você não morra depois de cinco minutos na Provação — ruge ela. — Então, Harold, diga a todos o que as escamas de um gorgântuo podem fazer.

— Como é que eu vou saber disso?

— Prestando atenção!

Ele fecha a boca.

— Levante, Harold. Você vai demonstrar a *limpeza* especial do cargo de Esfregão.

— O quê?

Ela bate com a vara na carteira dele e ele se apruma em um instante. Logo, ele está andando a contragosto na direção dela e então fica de joelhos. Ela abre um armário no canto e remove um balde cheio de água com espuma. Ele fica boquiaberto.

— Em uma embarcação, esse destino pode estar à espera de todos vocês — explica Madeline, largando o balde na frente dele. — O mais baixo dos Baixos. O Esfregão. Aquele que limpa o lavatório quando as privadas entopem e há pedaços no chão. — Ela o encara. — Limpe, Esfregão.

Harold olha para Madeline e sua vara e, por fim, mergulha as mãos no balde. Ele joga um pano no piso limpo.

Enquanto ele trabalha, estou pensando que ser o Esfregão não seria muito melhor do que estar no Saneamento. Meu tio nunca aceitaria que eu fosse nada menos do que o Capitão.

— Quando a Provação começar — prossegue Madeline —, cada um de vocês terá uma posição no navio. Não haverá veterano algum por lá para explicar como consertar uma rachadura no motor ou como desviar dos ataques de um Classe-4. Vocês estarão isolados, acompanhados apenas por sete outros Aprendizes.

Ela aponta para uma faixa das posições da Caça na frente da sala.

— Todos vocês têm o status de Selecionado — diz ela. — Mas na Caça, ainda há os Superiores, os Médios e os Baixos.

SUPERIORES
Capitão
Intendente
Navegador

MÉDIOS
Estrategista
Mestre Artilheiro
Mecânico

BAIXOS
Cozinheiro
Esfregão

Sebastian levanta a mão.

— Mestra Treinadora, como recebemos nossas posições?

— Vocês irão descobrir isso com o tempo. — Ela apoia a mão no ombro de Harold. O rosto dele fica vermelho, envergonhado. — Obrigada pela sua demonstração. Da próxima vez, eu vou te ensinar a passada em círculos do Esfregão.

— Mal posso esperar — murmura Harold.

A sala irrompe em risadas tímidas. Porém, as nossas bocas se fecham quando esperamos que Madeline nos acerte. Em vez disso, ela deixa transparecer um sorrisinho quase imperceptível, antes de se aproximar de uma pilha de livros rotulada de Engenharia Cristálica.

— Todos vocês tiveram uma manhã agitada — diz ela. — Acho que isso é tudo que vamos estudar até depois do almoço.

— Estou ansioso para continuar — diz Sebastian com as mãos entrelaçadas sobre a carteira.

Roderick parece pronto para arrancar a cabeça de Sebastian. Alguns outros estudantes também dirigem olhares mordazes para ele. Provavelmente estão famintos e ninguém gosta de um bajulador.

— Embora aprecie o seu entusiasmo, Sebastian — diz Madeline —, estou um pouco faminta também. Agora, todo mundo, por favor peguem um livro. Eu espero que leiam os primeiros quatro capítulos até amanhã.

Depois de pegar os livros e guardá-los na bolsa, Madeline nos guia até o salão de jantar. Seis mesas, cada uma com quinze metros de comprimento, ocupam o espaço do salão. Na parede dos fundos, onde o sol da tarde se derrama pelas janelas estreitas, um conjunto de escadas leva até a plataforma mais alta. Os Mestres Treinadores se sentam lá, em boa parte escondidos atrás de uma balaustrada.

Enquanto caminho, as pessoas ficam olhando para o meu pé esquerdo. Como se pudessem enxergar através da minha bota. Será que alguém andou fofocando? Samantha me dá um sorrisinho malicioso quando passo por ela. Então, eu me sento em um lugar no canto, longe de todos.

Alguns carrinhos de comida são trazidos para o salão, e logo estou me empanturrando com uma refeição pesada cheia de carboidratos oleosos. Enquanto me recosto na cadeira, desfrutando da sensação de um estômago cheio, adoraria ir direto para a rede depois. Infelizmente, as coisas não são tão fáceis para os Caçadores. Precisamos desenvolver não só o conhecimento, mas *também* os músculos. Então, assim que todos os Aprendizes terminam de encher a barriga, somos levados para fora, no pátio quente. Então, um homem com um único olho dá um passo adiante e nos diz para começar a correr.

— Nem pensar! — diz um garoto.

No entanto, o homem vem até nós com um pedaço de pau. Nem mesmo se apresenta para nós. Acho que vamos chamá-lo de "Varapau".

Começamos a correr, evitando os golpes. E em segundos uma garota se abaixa apoiada nos joelhos, vomitando o arroz cremoso. Ela ainda está botando tudo para fora quando o Varapau a acerta na parte de trás das coxas.

— Mexa-se! — grita o Varapau. — Você acha que um gorgântuo se importa que você acabou de comer uma refeição pesada? — Ele a persegue enquanto ela começa a correr. — Mexa-se, sua Esfregona inútil. MEXA-SE!

Meu estômago parece enjoado e embrulhado enquanto minhas botas pisam duro no chão. Uma cãibra dispara na lateral do corpo. Porém, eu trinco os dentes e corro passando pelos outros que se apoiam nos joelhos. Estou acostumado a correr. Ora, fazia isso descalço o tempo todo na Região Baixa. E deixar Samantha comendo poeira atrás de mim é especialmente gratificante. Aparentemente, ela não consegue acreditar que não sou tão fraco quanto ela pensou.

As Seleções ao meu redor reclamam. Todos esses logradores acham que sofrer é ter uma refeição cheia no estômago? Nunca passaram fome. Nunca viram suas mães desaparecerem.

Nunca perderam tudo.

Eu passo correndo por Pound. Ele está ofegando, as mãos no quadril. E quando ele me vê, franze a testa. Por um instante, ele começa a correr de novo, tentando manter o ritmo comigo, mas não consegue.

Por fim, estou liderando o grupo. Tenho bile subindo pela garganta, mas nada vai me impedir de ascender sobre cada uma das pessoas nesse pátio. Eu sou o filho do antigo Arquiduque. O garoto que enfrentou ventos amargos com nada mais do que uma camiseta em frangalhos.

Eu vou me tornar Capitão. E eu vou provar que ascender *está* no meu sangue.

◆◆◆

Depois de semanas estudando estratégias de caça, Madeline nos leva até o Prédio das Feras, onde aprendemos sobre outras criaturas mortais. Bestas voadoras, criaturas terrestres, um ecossistema inteiro de monstros com carapaças de aço que habitam as Terras Celestes.

— Muitos deles — diz Madeline —, não têm muito senso de autopreservação. Desejam apenas a destruição.

Passamos por salas que exibem cardumes de pichones empalhados — cada um com tamanhos variados como peixes, e com uma diversidade de nadadeiras coloridas e escamas de metal. A maioria é inofensiva e se alimenta de insetos ou mordisca a vegetação, mas o barricão longilíneo, com seus dentes proeminentes, é um devorador de homens.

Em seguida, encaramos um calamauno de seis metros. Seus tentáculos cheios de ventosas se recolhem junto ao corpo enquanto ele foge de um acidone de quinze metros. A boca sem articulações do acidone é larga, preparando-se para cuspir ácido no calamauno.

Também estudamos algumas criaturas da ilha, como o machitauno. Esses primatas de quatro metros e meio de altura são gigantes perto de nós.

— Eles caçam em grupo — sussurra Sebastian para Roderick.

Roderick arregala os olhos, talvez imaginando como seria terrível caçar um grupo inteiro daquelas criaturas.

— Vamos caçar apenas gorgântuos durante a Provação — diz Madeline. — Mas considerem a sua carreira no futuro. Alguns Caçadores se especializam em caçadas na ilha. Os contratos podem ser muito lucrativos.

Por fim, chegamos a uma besta que me faz parar. É uma criatura semelhante a um felino, comprida, com quatro patas, dentes grandes e uma estrutura metálica: um proulão. Enquanto os outros avançam, Madeline percebe que estou encarando a fera.

— Já viu um desses, não é? — sussurra ela ao meu lado. — Um vivo.

— Já.

— Você tem sorte do seu coração ainda estar batendo.

Eu não respondo.

Depois do almoço, Madeline nos leva até o Prédio de Munições e nos mostra as torres de tiro, os lançadores e outros armamentos. Ela nos leva até mesmo para uma sala cheia de arpões de variados tamanhos. Cada um deles foi construído com aço gorgantuano fortificado. São como lanças gigantes. Apenas alguns vêm com um aro na ponta para prender uma corda ou corrente.

— Eu tomaria cuidado — diz Madeline —, ao anexar uma corrente nos seus arpões.

— Por quê? — indaga Harold.

— Você gostaria de se prender a um gorgântuo do qual não consegue escapar?

Ele fecha a boca.

— Agora é o seguinte — diz ela, deixando os arpões e nos levando por um corredor escuro —, existem três armas que podem montar no ombro. Quem sabe quais são elas?

Roderick desata a falar.

— Canhão de ombro. Lançador móvel. Canhão antiaéreo.

— Muito bem, Roderick. Esses lançadores são importantes porque, diferente de uma torre que está aparafusada ao convés, eles são portáteis.

Ela enfia uma chave na fechadura e abre uma porta que dá para um depósito de armas escuro. Armas de vários tipos estão penduradas nas paredes, todas com canos longos e montadores para serem apoiados nos ombros.

— Hoje teremos treino de alvo — diz ela.

Uma falação animada irrompe.

Madeline nos dirige a pegar vários lançadores. Harold resmunga sob o peso de um lançador móvel e faz uma careta ao abaixá-lo até o carrinho flutuante que enchemos de armas e munição.

Madeline nos guia para o lado de fora, para um campo de terra cheio de alvos. O campo se estende por centenas de metros.

— O canhão de ombro — diz ela, dando um tapinha na arma que montou para demonstração —, dispara um projétil que vai explodir ao fazer contato. Observem.

Ela mira um alvo à distância, olha pelo retículo, aperta o gatilho e uma lata é lançada da ponta. O projétil gira e atinge o alvo, explodindo-o em chamas douradas.

Sebastian aplaude.

Depois de cada um experimentar o canhão de ombro e explodir diversos alvos, praticamos com o lançador móvel. Esse dispositivo pesado pode disparar um único arpão a centenas de metros. Depois, Madeline nos faz correr enquanto atiramos, como se estivéssemos sob o ataque de um gorgântuo.

Meu disparo desorientado sai voando em direção às árvores. O de Samantha acerta a terra. Mas Roderick? O arpão dele, como um dardo, espeta um alvo a cento e vinte metros de distância.

Olhamos para ele boquiabertos.

— Sorte — diz Madeline.

Roderick crispa os lábios.

Ela ergue um arpão da caixa de munição e o enfia na ponta do lançador móvel de Roderick.

— Outra vez.

Roderick faz um semblante determinado. Ele começa a correr pela terra, girando o quadril enquanto mira com o lançador. Ele aperta o gatilho, e o arpão dispara pelo campo. Ele raspa perto do alvo a sessenta metros de distância e atinge o solo.

Soltamos um grunhido.

— Melhore ou vai acabar morrendo — diz Madeline.

No instante seguinte, Madeline nos manda fazer flexões. Porém, enquanto a terra se entranha nas palmas, ela se agacha ao lado de Roderick e sussurra:

— Parece que você herdou o talento do seu pai. — Ela aponta para o alvo. — Um gorgântuo é muito maior do que aquilo. O seu disparo teria acertado.

Mais tarde naquela noite, depois do jantar, Madeline nos leva até o terraço para demonstrar o último lançador portátil que falta para a demonstração. Enquanto ficamos ali sob as estrelas, o vento sopra sobre nós, ela ergue o canhão antiaéreo. Ela aperta o gatilho e uma pequena lata esvoaça para o ar. Ela se rompe e de repente o céu se enche de faíscas. Como fogos de artifício.

— Estilhaços — diz ela —, vão machucar os olhos de um gorgântuo. E podem ser a diferença entre uma criatura comer a popa do seu navio ou mergulhar para longe. É basicamente uma arma de defesa.

— É perigosa? — Harold pergunta.

— Ah, isso vai corroer a carne dos seus ossos.

Ele engole em seco.

Pelo resto da semana, nós praticamos no campo de alvos. Minha mira melhora e estou acertando alvos com certa regularidade. Até mesmo Harold consegue, de algum jeito, atingir um alvo que está a cento e vinte metros de distância, mas o resto de seus disparos acertam a terra.

E quanto a Roderick? Ele está nos dominando. Em certo momento, ele acerta sete alvos um depois do outro, e quase acerta o oitavo quando o disparo erra por muito pouco um alvo a cento e oitenta metros de distância.

Todos lamentamos.

Depois desse erro, Madeline nos manda fazer mais flexões. Ela nos observa de braços cruzados. Porém, não sinto que ela está com raiva. Ela sabe que em breve poderemos estar voando para a nossa morte. Ela quer nos dar uma chance, quer nos transformar nas pessoas mais destemidas das Terras Celestes.

Teremos que ser, considerando o que nos aguarda nas nuvens.

◆◆◆

É manhã quando Madeline nos observa entrar em sala de aula.

— Eu tenho uma surpresa — diz ela.

Todos começamos a tagarelar, imaginando o que poderia ser. Então, ela nos chama para segui-la, e logo estamos do lado de fora, sob o ar úmido, seguindo uma trilha pedregosa que atravessa a vegetação rasteira verdejante. O caminho leva até um hangar enorme próximo a um pequeno porto de atracação.

— Esse é um hangar de reparos — diz Madeline quando entramos.

Ela aponta para a fila de embarcações de Caça danificadas. Rasgos compridos listram os cascos. Várias estão sem a popa, uma sem a proa.

Trabalhadores gritam uns para os outros e usam cordas e sistemas de roldanas para erguer pedaços gigantescos de metal que usam para soldar a estrutura.

Um dos navios, um colosso de metal, tem o dobro do tamanho dos outros. Madeline nos guia por meio de uma rampa até estarmos no convés.

— Vamos voar hoje? — pergunta Samantha. — É essa a surpresa?

Madeline balança a cabeça.

— Essas embarcações não estão prontas. Mas acho que você vai gostar do meu plano tanto quanto gostaria de voar.

Olhamos para o navio, ansiosos. Grades enormes rodeiam o convés. Uma rede elástica pende da grade, pronta para capturar quaisquer detritos que possam ser explodidos. E, mais impressionante que o resto, há canhões ômega enormes, torres de arpões, e outros armamentos que eu sequer reconheço. Ainda assim, apesar de todas as armas incríveis, cicatrizes de batalha listram o convés e o lado esquerdo inteiro foi destruído.

Roderick e Sebastian encaram os destroços, talvez considerando as únicas feras capazes de tamanho dano.

— Esse navio é de um amigo meu — diz Madeline. — Ele generosamente nos ofereceu para que pudéssemos treinar vocês com o novo equipamento da Caça.

— Equipamento da Caça? — repete Harold, animado. — Quer dizer que vamos recebê-lo hoje?

Ela sorri de leve, então aponta para um baú preto atrás de si.

Logo, estamos anexando óculos de vento na cabeça e olhando para os navios danificados à distância com as lunetas. Porém, são as botas que nos deixam verdadeiramente entusiasmados. Elas têm o calcanhar magnético que atraem nossos pés para o convés metálico.

Meus dedos brincam dentro da bota magnética. São mais apertadas do que meu par regular, mas um pouco folgadas na área do meu dedão esquerdo faltante.

— Isso — diz Madeline, jogando para nós cintos de couro que amarramos no torso —, controla as botas magnéticas. Experimentem o botão giratório do centro, ele vai ajustar a intensidade do magnetismo nos calcanhares. Tentem ligar e correr um pouco.

Dentro de segundos, os outros estão rindo enquanto corremos pelo convés com o magnetismo ligado. Minhas pernas ardem. Parece que pesam quilos a mais, e meus pés ficam prendendo no convés.

Roderick gira o botão até o máximo e range os dentes enquanto tenta levantar as pernas. Sebastian aponta para ele e solta uma risada pelo nariz.

— As botas magnéticas não são perfeitas — diz Madeline. — Vocês ainda podem ser arrancados do convés. Então não sejam estúpidos.

Se um gorgântuo colidir com força o bastante no navio, nem mesmo essas botas vão mantê-los presos. É por isso que temos as redes na grade.

Harold corre com o botão no máximo, mas se esquece de amarrar os cadarços da bota e seus pés escorregam para fora. Ele tropeça no convés. Todo mundo cai na gargalhada até Madeline andar até ele com fogo nos olhos.

— Você está morto — diz ela, o que nos faz calar a boca de imediato.

— Você acabou de morrer, Harold. Arrancado do convés pelos ventos ou pela velocidade do seu navio.

— Sinto muito — murmura Harold.

— Sinto muito também. Vou mandar minhas condolências para a sua mãe.

Harold, com o rosto corado, apressa-se para recolher suas botas perdidas e, dessa vez, aperta tanto os cadarços que chega a fazer uma careta.

Madeline se vira para o resto de nós.

— Bem, por que infernos vocês estão parados aí? Corram, seus Esfregões! Magnetismo no máximo.

Assim, eu corro com os outros, rangendo os dentes, as pernas doendo. É como correr com uma pessoa nas suas costas.

— Acostumem-se com isso — diz Madeline para nós. — Porque a partir de amanhã, o Varapau vai fazer vocês correrem toda manhã em uma pista de metal.

Sebastian grunhe.

Nós corremos por quinze minutos. Quando acabamos, Harold está deitado de costas no chão e Samantha está consolando Erin, de rosto vermelho, perto da grade.

— Uma última coisa — diz Madeline, nos chamando. — As joias de comunicação.

Enxugo o suor da testa e, apesar de minhas pernas parecerem gelatina morna, vou cambaleando até ela. Madeline prende uma pequena joia límpida na ponta da minha manga. Então faz o mesmo com Roderick e todos os outros. Nós tocamos nas joias, fazendo-as brilhar com vida, e praticamos enviar mensagens a curta distância uns para os outros, de lados opostos do navio.

— Durante a Provação — Madeline começa a explicar pelo comunicador, a voz saindo clara como se estivesse ao nosso lado —, isso vai ajudar vocês a se comunicarem com a tripulação. Vocês também podem falar com membros individuais do navio em uma conexão particular, ou podem enviar mensagens para o navio inteiro. Podem até mesmo receber comunicações a longa distância de fora da Provação, de algumas poucas pessoas selecionadas. Porém, não serão capazes de enviar mensagens de longa distância.

— Sem longa distância? — pergunta Samantha pelo comunicador. — Por quê?

— Porque a Provação prepara vocês para o dia em que estiverem em um navio, fora de alcance, e que não terão nada a não ser a sua tripulação. É para que fiquem isolados e sozinhos.

— E se acontecer uma emergência? — indaga Harold.

Madeline ri.

— Ah, Harold. Na Provação, sempre acontece uma emergência. Mas se precisar enviar uma mensagem, contate o seu navio espião. Eles estarão observando vocês sem interferir com a caça. Se realmente tiver algo importante para compartilhar, vão ativar a capacidade de longo alcance da sua joia temporariamente.

Alguns poucos estudantes trocam olhares desconfortáveis. Nós estaremos não apenas caçando as feras mais perigosas dos céus, mas também estaremos a sós.

Depois, estamos todos exaustos e prontos para um cochilo. Mas em vez disso, Madeline nos leva para o Observatório. A Caça mantém alguns dos mais poderosos telescópios de longo alcance em todo o mundo. Logo observamos um ninho de gorgântuos a quilômetros de distância. Há algo estranho a respeito das suas formas compridas, ofídicas, ondulando tão serenamente no céu. Talvez seja porque nós sabemos que não existem gorgântuos pacíficos. Eles destroem, mesmo com a barriga cheia. Gorgântuos já foram vistos comendo até vomitarem, e então comendo mais.

— Fome insaciável — diz Madeline, apontando para um gorgântuo macho particularmente grande, serpenteando pelas nuvens. — Eles nunca param de crescer.

— Além de um Classe-6? — pergunta Harold.

— Com o gorgântuo do sul? Sim, já aconteceu antes. Se conseguirem encontrar uma dessas criaturas incrivelmente raras na Provação, quer o meu conselho?

Nós a encaramos.

— Fujam.

◆◆◆

O treinamento prossegue, cada novo dia se mesclando ao anterior. Nas semanas desde que chegamos em Venator, desenvolvi músculos. Ainda estou liderando o grupo nas corridas do Varapau, mas serei o primeiro a admitir que Bryce de Damon tem me motivado. Ela é determinada, aquela garota. Pound melhorou durante o exercício também. Ele se movimenta tão bem quanto um saco gigante de batatas musculosas, mas é obstinado. Ainda assim, continua sendo um bosta de pássaro estúpido. Eu garanto que ele está sofrendo nas aulas.

Por fim, depois de mais um dia cheio de instrução na sala de aula, Madeline se senta na cadeira na frente da sala.

— Descansem um pouco essa noite porque amanhã, todos vocês vão voar em uma embarcação de classe Predador, e eu prefiro não morrer em uma explosão horrível porque um de vocês caiu no sono nas cordas. Por hoje, estão dispensados.

Fecho o caderno e sigo os outros em direção aos corredores cinzentos. Todos estão conversando animadamente sobre a oportunidade de voar em uma embarcação tão bela.

Roderick me alcança.

— Quer ir comer uma sobremesa?

— Talvez outro dia.

— Ah, que isso, você nunca vem comer sobremesa com a gente. Aposto que tem garotas na cantina.

— Eu preciso estudar o manual de voo outra vez.

Nossos passos ecoam pelo corredor de teto arqueado e janelas fechadas. Os outros seguem na frente, apressando-se em direção ao cheiro de doces bolos.

Estou prestes a me virar para a direita, longe da cantina, quando Roderick agarra meus ombros. Ele pode ser mais baixo do que eu, mas seu aperto poderia esmigalhar granito.

— A sua obsessão em ascender vai ser a garantia de que você não ascenda — diz ele.

— Todo mundo quer ascender, Roderick.

— Pode ser, mas nem todo mundo fica sozinho no próprio quarto escuro, rodeado por ratilônios. — Ele faz uma pausa. — E só para você saber, eu não me importo em ascender.

Eu o encaro.

— Você não precisa acreditar em mim, Conrad. Só estou aqui para seguir os passos do meu pai.

— Ele é um Caçador?

— Sim, um Mestre Artilheiro. E um dos bons. E no navio dele, ele é um Médio. Ele não se importa. Nem eu. — Roderick me avalia. — Pela sua cara, posso ver que você está com uma indigestão braba ou não acredita em uma palavra do que eu acabei de dizer.

— Não acredito.

— Bem, eu nunca vou tentar ser Capitão. Dá para imaginar? *Eu*, liderando pessoas? Eu sou o moleque que saiu correndo só de cueca na primeira noite, não sou líder.

Um sorriso repuxa o canto dos meus lábios.

— Ah. Olha só isso! Um raro sorriso do brilhante Conrad de Elise. — Ele me dá uma cutucada no ombro, sorrindo. — Vamos lá. Vem com a gente.

— Por que você se importa tanto com o que eu faço?

— Porque quando você não é uma praga carrancuda, a sua companhia não é tão horrível.

Solto um suspiro. Olho de relance por cima do ombro dele para a cantina e vejo todas as pessoas espalhando creme nas suas frutas vermelhas ou salpicando raminhos de açúcar em cima do pão doce. Todos estão competindo uns contra os outros para se tornar Capitão, mas agora estão sentados lado a lado. Aproveitando a vida.

Por um brevíssimo momento, eu me sinto tentado. Mas então Pound se senta em um banco ao lado de Bryce e fala com ela. Sinto a pele corar.

— Essa noite não — digo.

Roderick faz uma expressão decepcionada quando vou embora.

— O que deu em você? — Pergunta ele. — Por que você é desse jeito?

Eu trinco os dentes e sigo marchando em frente, deixando o barulho dos logradores socializando para trás. Sigo os degraus sinuosos que descem até as masmorras solitárias.

Não preciso de mais ninguém. Posso fazer isso sozinho.

10

ALGUMAS PESSOAS NUNCA VÃO ME ENTENDER. ELAS ACHAM QUE SOU UM desgraçado, e talvez eu seja, mas meu pai queria que eu estivesse preparado para a Meritocracia. Ele me ensinou a ascender, não importa o que isso me custasse.

— Se você for forte, ninguém ficará no seu caminho. Quando o desejo por misericórdia tentar dominá-lo, pense no ódio. Pense no que deve ser seu.

Semanas antes da morte de meu pai, quando eu tinha apenas dez anos, ele me disse que iríamos para uma das Ilhas de Lagos ao sul. Só nós dois, por dezoito dias inteiros. Iríamos pescar, explorar a selva úmida, subir a montanha e dormir sob as estrelas. Então, pegamos um pequeno barco celeste de madeira e partimos. O sol queimava especialmente intenso naquele dia. Quente. O vento soprava no meu rosto entusiasmado.

Meu pai me disse que quando voltássemos para Holmstead, eu seria um homem. Os dias que passamos velejando foram alguns dos melhores da minha vida. Meu pai também estava diferente. Livre de manter as aparências ao redor dos outros, ele exibira um lado mais suave. Até mesmo me abraçou um dia, quase como se esperasse que alguma coisa horrível fosse acontecer conosco e desejava que eu soubesse, apesar de tudo, que ele ainda me amava.

Por fim, nosso destino se descortinou entre as nuvens. A ilha era verde, exuberante e bela. Árvores enormes, parcialmente ocultas pela bruma, galgavam a encosta pedregosa de um tom cinza azulado. Um bando de pichones zarpavam, circulando a montanha enquanto pássaros brancos voavam sobre nós, grasnando em direção à ilha.

Era um pequeno paraíso, só para nós. Era tudo que eu sempre quis: tempo com meu pai, mas livre do seu bastão e da sua crueldade.

Só que logo depois que saltei da escada e pisei na ilha, meu pai começou a puxar a escada de volta para o barco onde ainda estava.

— Pai?

— Isso — disse ele, o vento açoitando seus cabelos —, é como você se provará digno do nome Urwin. Nossas cidades nos enfraquecem, filho. Apenas quando estamos a sós, na natureza, é que somos capazes de descobrir a nossa coragem. Os Superiores ascendem e os Baixos caem. Você viveu uma vida com segurança, com tudo que sempre quis, mas agora será posto à prova. Ascenda como seus ancestrais, Conrad. Ascenda.

— O quê? Pai? PAI?!

O barco se afastou e o medo se apossou do meu coração. Minha visão borrou com as lágrimas. Eu me lembro de tudo com tanta clareza. Lembro do barco voando na distância, onde se tornou um pontinho preto em contraste com o sol que se punha. Lembro que, assim que ficou claro que ele estava me abandonando na ilha coberta de florestas, eu não tive escolha a não ser limpar o nariz e as lágrimas e partir em busca de abrigo.

Dois dias depois, com o estômago revoltado de fome, aprendi que não estava sozinho na ilha. Eu perambulava pela vegetação rasteira úmida e ao redor das árvores cobertas por vinhas quando o encontrei. Meu coração estremeceu. Meu corpo congelou. Um formigamento aterrorizante, como as patas de uma aranha me fazendo cócegas, subindo pelas minhas costas.

Eu me deparei com um proulão.

A fera era um pesadelo saído das histórias. Um felino parrudo de metal com garras serrilhadas, olhos gelatinosos e presas que pingavam baba. Uma fera com um coração orgânico, mas a armadura de uma máquina.

A criatura me examinou com seus olhos laranja. Ainda não sei ao certo o motivo de não ter acabado comigo naquele momento. Proulões, assim como gorgântuos, têm uma fome voraz por carne humana. Porém, por algum milagre, a fera balançou sua longa cauda de aço e esgueirou-se para longe.

Eu planejei evitar a criatura por completo, mas depois de uma semana, minha fome se tornou insuportável. As frutinhas que eu achara não eram o suficiente. A polpa vermelha manchava meus dedos e fazia minha barriga arder. Os pássaros cor de arco-íris que voavam sobre minha cabeça toda manhã não possuíam muita carne nos ossos. Havia apenas um animal grande o suficiente na ilha para me sustentar até que meu pai voltasse.

Então, voltei ao lugar em que encontrei o proulão, cortei meu dedo e andei pelas árvores ao redor, espalhando o sangue nos troncos. Depois, aguardei deitado de barriga para baixo na lama morna. O ar saturado encheu meus pulmões. Insetos minúsculos se arrastavam sobre mim. Folhas molhadas colavam no meu rosto.

Em certa altura, a selva ficou em silêncio. O proulão chegou como uma sombra entre as árvores e os cipós pendurados. Ele caminhava à espreita, o focinho se contraindo enquanto farejava. As patas grandes amassavam a terra. A fera circulou pelas árvores e lambeu a casca. Sabia que eu estava ali. Ainda podia sentir meu cheiro mesmo coberto de lama.

O peito prateado se ergueu com a poderosa respiração silenciosa. Então, veio andando em minha direção.

O medo me consumiu, mas minha fome era mais forte.

Quando a fera se aproximou o suficiente, eu me levantei e soltei um berro aterrorizado. O proulão parou. Naquele instante, eu atravessei a minha lança no seu olho. Fincando no cérebro. Infelizmente, a lança ficou presa no crânio. Fiz pressão na lança outra vez, desesperado, querendo que ela acabasse com a fera horrível.

Só que eu não conseguia empurrar mais fundo.

Então, ataquei os ombros da criatura, tentando atingi-la entre as placas de metal. Golpeei de novo. De novo e de novo. Feridas de perfuração abriram entre as listras de metal e o sangue branco escorreu pelo solo.

A besta caiu, gemendo. Eu me senti entorpecido enquanto ela se contorcia fraca na lama. Alguma coisa no modo como ela se agarrava à vida me incomodou.

Porém, ouvi a voz do meu pai na cabeça. *Quando o desejo por misericórdia tentar dominá-lo, pense no ódio. Nada deve ficar no seu caminho para a ascensão. Nem os amigos. Nem o mundo. Se baixar sua guarda, mesmo por um instante, você será rebaixado.*

Rugindo, levantei uma pedra grande e a joguei em cima do crânio do proulão. A fera estremeceu e tudo parou. O último sopro de qualquer vida que ainda restava havia se contraído no solo da selva.

Fiquei ali parado ao lado do seu corpo, gritando e batendo no peito.

No dia seguinte, depois de comer uma refeição farta de proulão assado, meu pai desceu a escada para mim. Ele me ajudou a subir no convés e se abaixou, apoiando-se em um joelho, para ficar da minha altura. Um sorriso orgulhoso traía sua expressão estoica de costume. Ele me abraçou rapidamente e disse que havia observado tudo à distância. Disse que havia considerado vir me buscar na noite em que eu fiz a lança para ir atrás da fera.

Perguntei a ele apenas uma coisa.

— Você sabia que a fera estava na ilha?

Ele piscou, surpreso.

— Sim. Eu a coloquei lá.

Essas foram as últimas palavras que troquei com meu pai. Não conversamos durante a viagem para casa. Não nos falamos nem quando retornamos e minha mãe nos perguntou, durante o jantar, quantos peixes havíamos capturado.

Meu pai me transformou no homem que ele queria que eu fosse. Suas lições, de certo modo, foram um ato de amor, certificando-se de que eu estaria preparado para qualquer coisa que o mundo jogasse na minha direção. A única repercussão?

Eu o odiei por isso.

◆◆◆

Após mais uma corrida matinal na pista metálica com o Varapau, sigo para a cantina para comer sozinho. Os outros Aprendizes socializam. Dão risadas. Mergulham as linguiças do café-da-manhã em xarope quente de frutas. Eu os observo. Eles são a minha competição, sim, mas alguns estarão no meu navio.

Então, estive estudando-os.

Eldon de Bartemius, um garoto esguio, costuma ser a sombra de Sebastian. Em muitas manhãs, ele escreve uma carta para seus pais. A bela caligrafia prova que ele é capaz das habilidades motoras delicadas necessárias para ser um Navegador eficaz. Ele seria um piloto impressionante.

Outra opção interessante é Keeton de Jonson. Ela tem um sorriso luminoso e a pele marrom escura. Guarda os livros de engenharia debaixo do braço como os Superiores guardam seus bastões de duelo, e pode ser encontrada estudando na Biblioteca da Caça. Ela seria uma ótima Mecânica.

Por fim, precisaria de alguém para ser um Intendente forte. Essa posição exige habilidades sociais e a capacidade de manter uma tripulação unida e fiel ao Capitão. Quando eu for Capitão, vou precisar de alguém para manter a tripulação do meu lado. Alguém como Bryce.

Nesse instante, ela está rodeada por um grupo de amigos. Parece que não importa aonde vá, as pessoas se sentem atraídas por seu entusiasmo. Porém, eu e ela não nos falamos muito desde que aterrissamos. Acho que ela desistiu de tentar comigo.

Depois de terminar minhas observações diárias, folheio o manual de voo e mastigo meu iogurte de amoranja com castanhas. Alguém se aproxima por trás, bloqueando a luz do sol da minha leitura.

— Ei — digo —, você poderia sair...

Fecho a boca quando me deparo com a Mestra Koko. Eu me levanto em um sobressalto, reconhecendo sua presença. Assim como todos no salão. Ela se senta à minha frente, do outro lado da mesa.

Nunca estive tão perto dela. Meu coração está martelando, mas tento manter uma expressão tranquila. Seja qual for o motivo para ela estar aqui, não pode ser coisa boa.

— Bem, o que está esperando, *garoto*? — diz ela, irritada. — Um trompete?

Esperando?

— Sente-se, Conrad.

Eu obedeço. Os olhos dela são tão intensos que eu quase preferia enfrentar o proulão outra vez. Cicatrizes marcam sua pele pálida e enrugada. Ainda assim, mesmo com a idade avançada, existe uma dureza incrível nela. É uma existência necessária, considerando que passou uma vida inteira caçando gorgântuos.

O salão inteiro se senta. Alguns ainda nos observam, confusos pela exclusividade que ela decide compartilhar comigo, mas a maioria retorna às suas conversas.

Koko sussurra:

— Você sabe por que estou aqui?

— Não...

Ela abre uma pasta entre nós dois.

Estreito os olhos. Estou esperando provas de ter feito algo errado ou ter caído numa armadilha dos meus inimigos. Em vez disso, a pasta exibe comentários que Madeline de Beaumont escreveu a meu respeito.

Koko traça com os dedos a minha performance na pista de metal, meu conhecimento das feras, minha mira com as armas, minhas notas do teste e uma anotação sobre a minha determinação.

— Você é o primeiro na sua turma — diz ela. — Você é inteligente.

— Sou.

— E arrogante.

— Também.

Ela me analisa e se recosta no assento.

— Eu conheci o seu pai, Allred de Urwin. Como você manteve sua educação depois de ter caído e virado um Baixo?

— Minha mãe foi a minha tutora.

— Ah, sim. Elise de Hale. Mulher poderosa. Soube do que aconteceu com ela, e também seus avós. Sinto muito.

Eu dou de ombros, mas a lembrança da minha mãe me deixa abalado, e não quero parecer emotivo na frente da Mestra Koko, então dou um gole na minha bebida.

Ela fecha a pasta.

— Então, me diga, Conrad de Elise: Por que você está aqui?

— Para ascender.

— Você já ascendeu — diz ela. — Você é um Selecionado. Por que você está aqui? Por que sequer se deu ao trabalho de entrar na Seleção?

Eu hesito em responder.

— Bom, estou aqui pela minha irmã.

Ela ergue as sobrancelhas, surpresa.

— Interessante.

— Como assim?

— Achei que você não se importava com ninguém. — Então ela aponta para os outros no salão. — Veja. Estão todos sentados juntos. Criando amizades. Aliados. Mas você, durante todas as refeições, está sozinho.

— Somente uma pessoa pode ser Capitão.

— E você acha que voar sozinho vai te fazer Capitão por muito tempo? — pergunta ela. — A sua tripulação faria um motim. Então quem iria defender você? Esse é o caminho da Caça. Os mais fortes são os destinados a liderar, porque a tripulação os escolheu.

Fecho a boca.

— Você tem potencial — declara ela. — Infelizmente, você tem sido uma decepção. A Seleção mais fraca desse ano.

Estreito os olhos. Deve ser algum tipo de piada. No entanto, o rosto dela está completamente sério. E, ao reconhecer que ela realmente acredita nisso, minha pele se aquece de vergonha.

— Existe um fogo dentro de você — diz ela —, e vai precisar dele. A Provação vai começar em breve. A questão, Conrad, é se o seu fogo vai queimar o seu navio ou se você vai usá-lo para forjar uma tripulação vitoriosa e ascender sobre todos.

Então, ela bate com os nós dos dedos na mesa, levanta-se e vai embora sem dizer outra palavra.

Depois que ela se vai, Roderick e Sebastian aparecem apressados na minha mesa, perguntando o que ela me disse. Ninguém mais recebeu um tratamento especial desses. No entanto, estou frustrado demais para responder.

— Conrad? — inquere Roderick, me seguindo quando saio enfurecido da cantina. — Que isso, cara, desembucha.

Só que eu não falo. Pelo resto da manhã, fico remoendo as palavras dela e não consigo tirá-las da cabeça. Não consigo falar até entrar no Prédio dos Aprendizes a caminho da aula e trombar com um brutamontes.

Ele está de pé, sob as escadas, cutucando os dentes.

— Olá, *Elise* — diz ele.

— Agora não, Pound.

Ele ri debochado e se desencosta da parede. Um segundo depois, estou olhando para a sua mandíbula, que é tão grossa que poderia quebrar uma pedra.

— Covarde de Urwin — diz ele.

— Conflito físico não é o caminho da Caça.

— Tá certo. — Ele olha de relance para o corredor vazio. — Ainda bem que estamos sozinhos.

Ele realmente é uma montanha. Ombros gigantescos. Bíceps intimidadores. Ele respira como um proulão esfomeado, as narinas alargadas. Bem quando ele está prestes a avançar para cima de mim, uma série de Caçadores veteranos vira a esquina. Eles nos observam com suspeita. Um deles percebe meus punhos fechados.

Pound começa a gargalhar.

— Ah, que piada sacana, Elise.

— Está tudo bem? — pergunta um veterano.

— Claro que sim — diz Pound, sorrindo.

Quando eles partem, Pound me dá um empurrão.

— Você vai cair, Urwin.

Depois disso, ele vai embora.

Enquanto me apressando em direção à sala de aula de Madeline, eu me lembro de todas as brigas que tive com o Pound. Nunca derrotei aquele bosta de pássaro. Normalmente, o melhor que posso fazer é escapar com alguns hematomas ou chegar a um impasse.

Isso vai mudar em breve.

◆◆◆

Madeline de Beaumont nos leva até o andar mais alto da Escola. Atravessamos as grandes portas e saímos no ar vespertino.

Um chuvisco frio cai do lado de fora. A doca da Escola se estende por milhares de metros. Vigas de suporte gigantescas a elevam sobre a copa da vegetação. À minha frente, Roderick, Samantha e Harold conversam animados sobre os navios atracados. Navios com cascos pretos e pinturas intimidadoras na extensão do metal. Navios arredondados e grossos, destinados a carregar bandos de Caçadores para caçadas em ilhas. E até mesmo alguns navios pequenos e esguios projetados para perseguir as presas mais rápidas e menores.

Uma sirene dispara.

— Todos para a lateral — grita Madeline.

Caçadores veteranos irrompem pelas portas e correm em direção aos navios.

Nós os encaramos. Capitães experientes e Mestres Artilheiros calejados. Até mesmo trabalhadores Baixos. Logo, uma dúzia de navios zarpa em direção ao horizonte, as pesadas torres de arpões engatilhadas.

Ficamos ali parados, o batimento cardíaco pulsando enquanto os navios somem e a sirene se aquieta.

— Gorgântuos — murmura Madeline. — Venham.

— Nós, hum... Não vamos esbarrar com nenhum hoje, vamos? — pergunta Harold.

— Se esbarrarmos, vamos sair de seu caminho — diz Madeline.

— Mas eu não apostaria nisso. Os ares ao redor de Venator são os mais seguros. Nós garantimos isso.

— Duvido que sejam mais seguros do que os ares da capital — diz Samantha.

Enquanto continuamos a caminhar, nosso entusiasmo por voar se ameniza um pouco, especialmente quando vislumbramos a aparência dos Caçadores veteranos. Com membros ausentes substituídos por lâminas irregulares. Ou cheios de cicatrizes, sem olhos e sem tapa-olhos cobrindo o buraco.

— Se sobreviverem a Provação — diz Madeline —, vão voltar para Venator. E se forem promovidos a Capitães, vão escolher a sua própria tripulação e seus contratos. Pode ser caçando os gorgântuos ou talvez alguns machitaunos em uma ilha. Caçadas bem-sucedidas significam que podem distribuir o dinheiro da recompensa entre a tripulação. É uma ótima forma de fomentar lealdade. Toda pessoa tem um preço. Vocês ficariam surpresos ao saber por quanto tempo uma das minhas Esfregonas continuou comigo. Ela ainda é uma Baixa. Nem mesmo se importou em tentar ascender. Mas eu tratava a minha tripulação com respeito e pagava razoavelmente bem por todo seu trabalho. Um navio só tem a força do seu Baixo mais baixo.

Quando passamos por mais alguns navios atracados, Roderick me olha de relance e diminui o passo.

— Você acha que pode me dar umas dicas sobre como pilotar um navio?

Meu primeiro instinto é dizer que ele deveria ter passado a tarde lendo os manuais em vez de correr atrás de garotas, mas afasto aquele pensamento.

— Sim, posso.

Roderick arregala os olhos.

— Sério?

Assinto. Durante próximos minutos, enquanto Madeline caminha a passos largos adiante para falar com Eldon e Sebastian, explico a Roderick tudo sobre a arte de voar.

— Pense nas cordas como uma extensão do seu corpo — digo.

— Não existem cordas ruins, apenas um piloto ruim.

Quando prossigo, enchendo-o de dicas, a expressão dele é a de quem gostaria de poder anotar coisas em um caderno.

— Eu não consigo me lembrar de tudo que você está dizendo — diz ele. — Como foi que você se tornou um piloto tão bom?

— Aprendi a voar antes de aprender a nadar. — Faço uma pausa. — Então, você falou com alguma garota ontem à noite durante a sobremesa?

— Ah, sim. Várias. Todas elas estavam caidinhas por mim.

Eu o encaro.

— Tá, beleza, quando abri a boca para falar com uma, eu me esqueci que ainda estava mastigando e acabei cuspindo a comida.

— Com certeza ela desmaiou de emoção.

Ele dá uma risada.

Sorrio um pouco também.

— Ei! Aí está de novo — diz Roderick, rindo. — Você devia sorrir mais. Fica parecendo menos que você quer assassinar todo mundo.

Madeline nos guia e cruzamos com um grupo de veteranos e, quando passamos por eles, Roderick aponta adiante.

— Uau!

O conjunto mais belo de navios cintila sob o sol obscurecido. Flutuam em uma longa fileira, as Espadas Celestinas. Grossas torres de arpão despontam do convés. Os cascos brilhantes reluzem.

Madeline se vira para nos encarar, andando de costas.

— Esses são os navios nos quais vocês vão voar durante a Provação. Essa aqui, a *Gladian* — diz ela referindo-se ao navio com um rasgo —, nunca foi vitoriosa em uma Provação. Ela foi uma das primeiras do seu tipo a passar do estágio de protótipo. Linda, não? Vocês querem voar nela, não é?

— Abso-luta-mente — responde Roderick.

Madeline sorri.

A proa da *Gladian* parece ansiosa para cortar pelas nuvens. Janelas redondas pontilham o casco. Nós estudamos o diagrama do modelo. Quatro andares no total. Grades altas rodeando o convés. Entre as barras da grade, uma rede elástica esvoaça, pronta para capturar a tripulação quando as botas magnéticas se provarem insuficientes.

— Vocês vão poder voar em um desses navios — diz Madeline —, mas não hoje.

Em seguida, ela acena com a cabeça para uma coisa velha de madeira que flutua entre duas embarcações de classe Predador.

— O nome dela é *Henry*.

Todos nós encaramos o pequeno navio medonho, os rostos sorridentes se contorcendo de horror.

— Essa... Essa coisa? — Samantha fica boquiaberta. — É de madeira. Você disse que a gente voaria em um navio classe Predador.

— Eu disse. E *iremos*. *Henry* é um modelo da classe Predador *original*. Nossos bisavôs caçavam gorgântuos nesses navios com uma eficiência cruel.

Henry flutua como uma velha tora carcomida. Um cilindro curto e marrom com uma escada torta leva ao convés.

— Pode não parecer — diz Madeline apoiando um pé na escada —, mas é veloz. Cem anos atrás, esse navio estava entre os melhores da Caça. Eles ainda são eficientes nos dias de hoje.

Assim que minhas botas pisam no convés de madeira, o magnetismo nos meus calcanhares se torna inútil. Ventos poderosos poderiam me arremessar para fora. Porém, apesar da ameaça de morte, e apesar de estar sobre o que só poderia ser descrito como um pedaço de bosta, a animação revira minhas entranhas.

— Gostei — diz Roderick, com as mãos no quadril enquanto se vira, olhando tudo. — Tem personalidade. — Ele se abaixa para tocar nas cicatrizes do convés. — Imagina o que esse navio já testemunhou.

— Que grande bosta de pássaro — diz Samantha indignada depois de perder o equilíbrio sobre uma tábua solta. — Esse navio é um lixo. O que tem de errado com a Caça? Não podem pagar por nada melhor? Quando minha mãe descobrir o quanto a Caça ficou decadente, vai exigir que o Rei Ferdinand remova a categoria como um dos Ofícios.

— Samantha de Talba — diz Madeline —, venha comigo.

Samantha revira os olhos, sorri para Erin ao seu lado, e se vira, balançando os cachos graciosos.

— Sim, Mestra Treinadora?

— Você gostou desse navio?

— Tenho cara de quem gostou?

— Não tem. O que é interessante, porque esse navio não é da Caça. Ele é *meu*.

Samantha fica paralisada.

— Pois saibam, você e sua mãe, Samantha, que paguei por esse navio com o meu próprio dinheiro. Dinheiro que ganhei com lágrimas, sangue e suor. Dinheiro que ganhei enquanto perdi treze amigos ao longo da carreira. Minha esposa morreu nesse exato lugar em que você está. Quando ela estava viva, nós derrubamos um gorgântuo de Classe-6 desse convés. Esse navio é um legado. Deveria ser uma honra tremenda para você pisar nessa embarcação.

Samantha fica pálida.

— Eu... Eu não sabia.

Ela encara, consternada, enquanto Madeline pega uma latinha de cera preta do cinto.

— Não. Eu... Eu sinto muito, Mestra Treinadora. Não... por favor.

Madeline joga um pano no convés.

— Pare de ficar pedindo desculpas desesperadas e encere as minhas botas, Esfregona.

— Mas isso é indigno de alguém do meu status — implora Samantha. — Minha mãe é a Duquesa de Rootland e...

— Eu não estou nem aí para a sua mãe. Você não foi testada, Samantha. — Madeline avança para cima dela. — A influência da sua mãe não dá nenhum favorecimento a você aqui. Eu não sou apenas uma Selecionada, mas uma Mestra Treinadora e uma Capitã da Caça. Agora encere minhas botas antes que eu a faça lamber meus calcanhares.

Sebastian dá uma risadinha.

Samantha, vermelha como um pimentão e à beira das lágrimas, se ajoelha e mergulha o pano na cera.

— Agora — diz Madeline, ignorando Samantha, que esfrega suas botas. — Quem gostaria de voar primeiro?

Ninguém fala, em grande parte porque Madeline ainda parece a um fio de surtar. Por fim, Eldon levanta a mão.

Madeline aloca o resto de nós para nossos turnos. Fico por último, mas ganho a honra de atracar o navio. Assim que Madeline parece satisfeita com o brilho em suas botas, Samantha se afasta, em silêncio.

— A *Henry* voa bem — diz Madeline —, mas não tão seguramente quanto os modelos mais novos. Por favor, encontrem um lugar na grade e se segurem como se as suas vidas dependessem disso.

— Isso é uma loucura — diz Roderick. — Está nervoso, Conrad?

— Não.

— Você é um cara doido — diz ele, prendendo os braços ao redor da grade. — Eu *já* estive no convés de navios da Caça e estou aterrorizado.

— Devia tentar enfrentar um proulão.

Ele me olha sem expressão.

— Hã?

Eu me agarro à grade.

Eldon segue Madeline até a plataforma elevada onde fica o leme e, depois de colocar nossos óculos de proteção ao vento, nós zarpamos, disparando em direção à imensidão dos céus. O mundo nos espera, uma vasta expansão de azul. Nós atravessamos nuvens algodoadas que borrifam meu rosto de umidade e embaçam meus óculos.

Roderick dá um grito entusiasmado.

Mergulhamos por baixo das nuvens brancas e elas se tornam um teto sobre nós. Estão próximas o bastante para que eu deslize meus dedos por elas. O navio voa como um sonho agitado, aos solavancos. Porém, apesar de sua idade, ela pertence ao ar; ela é parte dele.

Atrás de mim, perto da popa, Eldon opera *Henry* de dentro da bolha do leme. Uma bola de vidro engloba ele e Madeline. Esse navio, como a maioria dos navios da Caça, é operado de dentro dessas bolhas por anéis anexados a cordas douradas. Eldon manobra o navio por uma série de movimentos dos braços e dedos flexionados.

Por fim, *Henry* diminui a velocidade até parar e a bolha do leme afunda no convés com um rangido desajeitado.

Roderick apruma a jaqueta.

— Acho que é minha vez.

— Não mate ninguém — digo.

Ele ri.

— Eu vou te derrubar primeiro.

Segundos depois, quando os anéis se acomodam ao redor dos dedos de Roderick, o navio desperta. Ele morde o lábio, mexe os braços desajeitadamente, e o navio começa a pipocar adiante como se tivesse um motor fraturado.

Eu sorrio de leve.

Roderick faz uma careta enquanto Madeline sussurra algo urgente em seu ouvido. Ele faz uma carranca frente ao meu deleite e me mostra o dedo do meio. Esse movimento faz com que o navio vire para o lado, confuso pelo comando. Madeline dá um tapa nas mãos dele.

Todo mundo ri.

Durante as horas seguintes, os outros alternam o comando até que o sol do fim de tarde avermelhe meu pescoço. Quando Sebastian se afasta da bolha do leme, Madeline chama meu nome.

Ela está em pé ao lado de um ladrilho, as mãos nas costas, esperando paciente.

— Então — declara ela quando paro à sua frente —, o que está achando do meu navio?

— Voa que é uma beleza.

— Nas mãos certas, voa sim. Pise aqui.

O ladrilho preto, grande o suficiente para acomodar pés com o dobro do tamanho dos meus, fica a centímetros das botas dela. Eu piso sobre o lugar indicado, afundando-o com o meu peso. Imediatamente, a bolha do leme nos engloba dentro do vidro. Uma escotilha clara se abre sobre nossas cabeças, e duas cordas douradas são abaixadas. Dez anéis oscilam das pontas.

Ela me ajuda a anexar os anéis nos dedos.

— Você já voou antes, não é?

— Nada parecido com isso.

— Você vai se sair bem.

Eu inspiro o ar úmido. A ansiedade pulsa na ponta dos dedos. Já me esquecera de quanto sentia falta de estar no comando das cordas. É quase como redescobrir um membro ausente.

— Ative o motor — diz ela.

Flexiono os dedos indicadores e o navio estremece ao despertar. Vibra sob as minhas botas. Quando relaxo os braços, eles permanecem suspensos pelas cordas.

— Agora avance — diz ela. — Devagar.

Jogo os braços para a frente e zarpamos pelo céu. Voamos tão rápido que Madeline segura meu ombro para continuar em pé. A tripulação está grudada na grade, os olhos cheios de terror. Eles gritam e berram.

— Puxe os braços para trás! — exclama Madeline. — Cotovelos no quadril!

Quando faço isso, o navio desacelera. Meu coração está disparado e não percebo que estou rindo até pararmos por completo.

Roderick me mostra o outro dedo do meio. Assim como vários dos outros Aprendizes.

— Seu louco desgraçado. — Madeline arruma o cabelo bagunçado. Ela inspira e ri sozinha. — Você se conecta bem ao navio. Mas assim é rápido demais. Você pode perder sua tripulação.

Os Aprendizes se aprumam. O rosto de Samantha ficou verde e Harold está vomitando pelo convés inteiro.

Na segunda tentativa, empurro mais suavemente.

— Melhor — diz Madeline.

Tento fazer algumas curvas puxando um braço para trás na direção da cintura enquanto mantenho o outro esticado. Para virar à direita, estico o braço direito. Para virar à esquerda, estico o braço esquerdo.

Acelero para a imensidão branca e dou uma volta, girando as nuvens em um cone. Disparamos, arrastando uma trilha pelo caminho.

— Você tem um dom — diz ela. — O melhor de hoje até agora.

A tripulação apreensiva relaxa, sem se agarrar à grade com tanta força. Navegamos em silêncio. Felizes e confortáveis.

— Mestra Treinadora?

— Pois não?

— Como recebemos nossas posições para a Provação?

— A Mestra Koko vai distribui-las amanhã.

— Se já vamos descobrir, você poderia muito bem me contar agora.

— Boa tentativa. Você vai saber junto de todos os outros.

— Mas eu sou o seu estudante favorito.

— Ou o que tem mais excesso de confiança.

— Por que não as duas coisas?

Ela ri antes de hesitar, observando os outros Aprendizes conversando.

— Você está indo muito bem, Conrad, mas a Mestra Koko acha que você é fraco.

Fecho a boca.

— Ela não ficou satisfeita com o meu último relatório a seu respeito. — Madeline encontra meu olhar. Sincera. — Ela é idosa, Conrad. Ela quer um sucessor, alguém que ela possa treinar para tomar seu lugar. Ela acreditou que havia algo especial em você. O filho de uma das famílias mais poderosas das Terras Celestes. Mas depois de um mês aqui, a única pessoa com quem você fala é o Roderick, e o único motivo pelo qual fala com ele é porque ele é o seu colega de quarto. Ninguém ascende a Capitão como uma águia solitária, Conrad. — Ela aponta para o oeste. — Leve-nos de volta a Venator.

Eu espremo os lábios. Será que sou o único que entende que as pessoas nos abandonam quando mais precisamos delas? Eu tinha dez anos quando meu pai me abandonou para o proulão. Dez anos quando meu tio traiu o próprio irmão e eu perdi tudo que já tive. Dez anos quando percebi que todos os meus amigos eram falsos. Ninguém veio me ajudar.

Eu puxo o meu braço esquerdo para trás, fazendo a curva. À minha frente, Roderick ri alegre e dá tapinhas nas costas de Sebastian. Tem algo de diferente naquele garoto de barba. Ele parece não se importar de verdade com status ou ascensão.

Suspiro.

— Somos todos produtos da Meritocracia, Conrad. Mas você vai precisar de aliados, e até amigos, se quiser ser bem-sucedido — aconselha Madeline. — Ninguém nunca comandou um navio celeste sozinho.

Eu preciso ascender a Capitão. Preciso ser o melhor. Nesse instante, decido que talvez ter um amigo, apenas *um*, não faria mal.

11

PELA PRIMEIRA VEZ DESDE QUE CONSIGO LEMBRAR, DURMO PROFUNDAMENTE e até tarde. Enquanto descanso, um ratilônio escava um buraco dentro da parede. É estranho que o ruído das pinças moendo a pedra me relaxe.

A rede de Roderick pende vazia. Ele provavelmente já saiu para tomar o café-da-manhã. Aquele garoto não tem paciência quando o assunto é comida, mas eu estava com esperança de falar com ele. Se tivesse uma chance.

Ou... talvez eu só esteja hesitando.

Depois que me visto, sigo os outros atrasados em direção ao cheiro do tradicional café da manhã venatoriano: tomates picantes recheados com arroz e ovos. Meus olhos se enchem de água com o aroma da pimenta, mas a comida em Venator é sempre apimentada, e estou me acostumando. Madeline nos diz que isso nos dá entranhas de aço gorgantuano.

Os Aprendizes lotam o salão de jantar. Por toda parte, passam o pão no molho do alimento. Muitos se aglomeram juntos, sussurrando, espalhando rumores a respeito do que a Mestra Koko pode nos dizer hoje. Meu lugar nos fundos continua desocupado, e começo a andar em direção a ele. Só que logo eu paro, me virando para olhar todo mundo, e observo a risada e as amizades que se formaram.

Todos encontraram um lugar no qual se encaixam. Sebastian, Roderick e alguns outros sentam-se perto da frente, logo abaixo da plataforma dos Mestres Treinadores. Roderick acena para Keeton. Ele sempre acena para ela e, pelo menos hoje, ela percebe. O sorriso dela se abre, até ele derramar o suco no próprio colo. No segundo seguinte, ela segura uma risada e se afasta enquanto Roderick se apressa para limpar a virilha.

Eu encaro meu canto solitário. Travo a mandíbula e volto na direção de Roderick. Então, depois de respirar fundo apesar do nó no meu peito, manobro pelo corredor até ele.

Alguns olhares me acompanham. Sou um estudante de elite, e um dos poucos a ter uma reunião pessoal com a Mestra Koko. Mas ninguém nesse salão me viu como uma ameaça porque acham que sou um babaca antissocial.

Isso vai mudar agora.

Quando paro atrás de Roderick, Sebastian olha para mim com a boca aberta.

— Que foi? — diz Roderick antes de se virar. — Ah, Conrad... O que, hum, o que você está fazendo por aqui?

— Posso sentar com você?

Ele me encara.

A mesa inteira observa.

— Seu idiota — diz Roderick, antes do seu rosto barbudo se iluminar. — Você não precisava nem pedir! — Ele empurra o prato de Harold tirando-o do caminho e dá um tapinha no banco. — Senta aqui.

— Mas que cacete, Roderick? — resmunga Harold, enxugando o molho das pernas. — Minha comida!

— Fica quieto, Harry.

Harold o fuzila com os olhos e enfia um pedaço de pão na boca.

Quando me sento, o salão irrompe em sussurros. Pound, a algumas mesas de distância, me encara como se eu agora exibisse um par de presas. Até mesmo com uma centelha de medo no olhar. E lá em cima, a Mestra Koko observa do seu assento. Nossos olhares se encontram por um breve instante. Ela não acena com a cabeça nem nada do tipo, mas eu sei o que ela está pensando.

Roderick me dá um tapa nas costas enquanto enche uma caneca de suco vermelho para mim.

— É ótimo ter você por aqui.

Quando me dou conta, estou a par de dezenas de conversas de uma só vez e me encontro no meio de gargalhadas escandalosas.

Sebastian me observa em silêncio. Quando encontro seu olhar, ele ergue um copo e mexe a boca para dizer:

— Agora você está aprendendo a jogar o jogo.

O que ele não sabe é que eu estive observando-o também. Observando todos eles. E um dia eu vou usar tudo o que aprendi para me tornar Capitão.

Todos estão falando e se divertindo. Sebastian olha de relance para Samantha. Uma expressão aparece em seu rosto que eu não consigo interpretar direito.

Ele engole a comida e fala por cima dos outros.

— Eu soube que uma ilha ao norte daqui foi atacada hoje cedo.

Samantha para de comer e olha para ele.

— Gorgântuos? — pergunta Erin.

— Sim — diz Sebastian. — Os veteranos derrubaram as bestas, mas perderam alguns navios no processo.

— Ah, merda — diz Harold, largando a colher nos tomates. — Por que você teve que mencionar gorgântuos de novo? — Então ele suspira enquanto Samantha começa a falar com Eldon, retomando o que parece ser um debate comum.

— Eu estou falando, *Eldon*, os gorgântuos são tão naturais quanto leões — diz ela. — Você já viu a biblioteca da família Talba? É a mais grandiosa nos Ares do Leste. Tantos livros, alguns em línguas mortas. Línguas *mortas*. Aquela biblioteca pertence à minha família e eu li *cada um* desses livros.

— Que mentirada, Samantha — diz Sebastian. — Você não sabe ler.

— Médio imaturo — ruge Samantha. — Olha, Eldon, eles são naturais. Eu sei dessas coisas. Como os gorgântuos poderiam procriar se não fossem naturais?

— A resposta é simples, Samantha: eles não são naturais porque não existe nenhuma ligação a eles na linhagem evolutiva — diz Eldon.

— A Academia vai encontrar — diz ela.

— Encontrar? Samantha, são eles que não querem que a gente saiba da verdade.

— Que verdade?

— Os gorgântuos são diferentes de tudo que existe no mundo.

— Eldon entrelaça as mãos à sua frente. — As escamas são feitas de aço endurecido. Eles não são como pássaros, nem como morcegos, nem como qualquer animal que voa. Eles não existem na linhagem evolutiva porque não fazem *parte* da linhagem.

Ela o encara com uma expressão incrédula.

— Os machitaunos, os proulões, os crustaunos, todos eles também são diferentes de tudo. Como você explica a existência deles?

— Fácil — diz Eldon. — Eles também não são naturais. Olha só, Samantha, você não pode acreditar em tudo que a Academia te ensinou.

— Você não confia no Ofício que você queria?

— Eu confio neles para disseminar informações que auxiliam as Terras Celestes. Só que tudo que eles ensinam foi cuidadosamente planejado para manter a ordem.

Ela joga as mãos para o alto.

— Não acredito nisso. Estive dando corda para um teórico da conspiração esse tempo todo. Não é de se surpreender que a Academia não tenha escolhido você.

Ele espreme os lábios. Harold esfrega os olhos, exasperado. Parece que ele preferiria comer um fungo de pé do que escutar essa conversa por mais um segundo.

— Gente, que isso, vamos largar esse papo? Vocês nunca vão concordar um com o outro.

— Fica fora disso — retruca Samantha.

Todos ficam em silêncio, mas Sebastian esconde um sorriso atrás da mão.

— Sammy — diz ele —, você está ficando irritada. Provavelmente é melhor desistir. Você nunca vai vencer um debate com o Eldon.

Ela se vira para ele.

— Não me chama de *Sammy*. E fique sabendo, Sebastian, que a minha mãe pode transformar a sua vida em um inferno. Então cala essa boca e não fique de chororô.

— Por que você sempre menciona a sua mãe quando se sente ameaçada? — zomba Sebastian. — Não é capaz de lutar suas próprias batalhas?

Ela bate com o punho na mesa.

— Eu fui treinada por Sione de Niumatatolo, a maior duelista da Orla Leste. Se não fosse pelo caminho da Caça, eu quebraria os seus braços e estilhaçaria as suas joias.

O sorriso de Sebastian desaparece.

— Chega de ameaças, Samantha — diz Roderick. — Estávamos fazendo uma boa refeição. O Conrad está aqui, você vai assustar ele. Tá bom, talvez não. Ele não se assusta com nada. Ele comeu um proulão ou coisa assim quando era criança.

Harold encara.

— Ele fez o quê?

Fecho os olhos. Nunca deveria ter mencionado isso ao Roderick, mas ele ficou insistindo.

— Deveríamos ficar impressionados? — desdenha Samantha.
— Minha mãe pode me comprar um bife de proulão. Qualquer um é capaz de mastigar carne, Conrad.

— Na verdade... Eu acho que ele matou o bicho — diz Roderick. — Bom, ele não me contou como foi, só alguns detalhezinhos quando eu não parei de perturbá-lo.

Sebastian me encara. Harold e Eldon parecem intrigados. Todos eles se inclinam na minha direção, aguardando.

— Não há o que contar — digo.

— Desembucha — diz Roderick.

Depois de olhar os rostos deles, abaixo a minha colher.

— Eu estava com fome. Eu matei um proulão. E o comi. Fim.

Samantha está prestes a falar, mas um murmúrio coletivo toma conta do salão. A Mestra Koko está quase diretamente acima de nós. Os dedos enrugados tamborilam na balaustrada enquanto ela observa, esperando o silêncio.

— Bom dia — diz ela, a voz ampliada por sua joia de comunicação.

Todo mundo se vira.

— Já que estamos na metade do treinamento de vocês — diz ela —, é hora de se prepararem para o final. Logo estarão competindo na Provação, onde terão dois meses para matar o máximo de gorgântuos que conseguirem. Vocês vão viver cada momento em um navio celeste. Serão organizados em tripulações de oito e não receberão ajuda dos Caçadores veteranos. Disso vocês já sabem. Porém, o que não sabem é como suas posições serão decididas antes da Provação. Vocês podem ter pensado que a sua performance nas aulas de treinamento seria o mais importante. Isso vai ajudar, sim, mas não vai torná-los Capitão.

Alguns sussurros ansiosos se espalham. Alguns Aprendizes têm passado horas extras estudando, indo ao treino de alvo ou correndo na pista de metal. Eu sou um deles.

— Daqui a um mês, teremos um torneio de duelos para todas as Seleções da Caça: o chamado Dia de Duelos. Como Caçadores, para muitos de vocês, esse será o último duelo, ou *duelos*, da sua vida. Pensem nisso como uma despedida do seu antigo hábito de resolver conflitos por meio do combate físico. Dizer adeus aos hábitos das ilhas. Ao final do Dia de Duelos, os dezesseis melhores lutadores se tornarão os primeiros Capitães para a Provação. Então, vão escolher a sua tripulação do grupo de Aprendizes disponíveis. Se foram bem nos estudos, podem apostar que um Capitão vai escolhê-los para servir em uma posição cobiçada em sua tripulação.

Murmúrios chocados se espalham.

— Mas, Mestra — chama Sebastian —, entrei na Seleção para ascender sem a necessidade da força física.

— É um argumento justo — diz a Mestra Koko. — Aqueles de vocês que estão preocupados que não conseguirão ascender porque não são duelistas exímios, por favor, entendam que esses primeiros Capitães não recebem uma posição permanente. É esperado que os melhores duelistas entre vocês talvez não se tornem os melhores Capitães. Se durante a Provação a tripulação sentir que outra pessoa no navio é mais capaz, podem fazer um motim e rebaixar o antigo Capitão para outra posição. Na verdade, nós encorajamos esse método. Vai ensinar lições importantes a vocês. Esse é o caminho da Caça. A Meritocracia. Os fracos caem. Os fortes ascendem.

O salão de jantar fica em silêncio. Alguns rostos parecem animados, como Pound e Samantha. Aqueles que receberam treinamento em duelos.

A Mestra Koko termina o seu discurso, mas não estou mais escutando. Tenho um mês para me preparar para o duelo. Um mês para aperfeiçoar meu uso do bastão do meu pai e me tornar invencível. Um mês para garantir que quando a Provação começar, eu serei um dos poucos a escolher uma tripulação.

Eu não vou fracassar.

◆◆◆

— Eu nunca vou acertar isso — diz Roderick.

— Vai sim — digo.

Estamos em nosso quarto, arrastamos tudo para os cantos, criando espaço. Não é um quarto grande, mas vai servir. Estendo o meu bastão de duelo de novo e avanço para cima de Roderick.

— Postura defensiva — digo. — Para cima!

Ele ergue o seu cetro de duelo, a arma de sua ilha. Os pés trocam de lugar como o ensinei, mas ele é lento e meu bastão acerta seus dedos.

Ele grita, sacudindo a mão.

— Praga! Praga! Praga!

Eu o observo, apoiando no bastão, levemente entretido.

— O que quer dizer com isso de "praga"?
— Hum?
— Você nunca xinga.

Ele anda de um lado a outro, chupando o polegar inchado.

— Xingar é para Baixos que não têm vocabulário para se expressar.
— Sem querer ofender, Roderick, mas você não parece ter um vocabulário muito extenso.
— Vai se praguejar.

Dou uma risada.

— Tá bom, de novo. Postura defensiva.

Em alguns segundos, eu o derrubo de costas no chão. Ele arfa, me olhando.

— Você é igual um proulão ou coisa do tipo. Não consigo acompanhar.
— De novo.
— Conrad, estou cansado.
— Você vai ser humilhado na arena.
— E daí?

Quase fico de boca aberta. Não consigo acreditar no que estou escutando. As Terras Celestes estão cheias de babacas egoístas e, de alguma forma, fui alocado com a única pessoa que não dá a mínima para o que os outros pensam?

— Fui feito para ser um Mestre Artilheiro, Conrad. Não um Capitão. — Ele se levanta. — Torres, canhões, invenções. É isso que eu quero fazer.

— Então por que está me deixando ensiná-lo?
— Porque você quer praticar. E sempre que praticamos, você não é tão praga. Olha, eu sei que você vai seguir os seus objetivos até o fim dos céus, mas eu só quero comer bolo e viver uma vida normal.

Eu não sei nem o que dizer. Meu pai me disse que não existem atos altruístas. Todo mundo sempre quer alguma coisa. Mas aqui está Roderick, o garoto das costeletas, que só está duelando comigo porque ele estava sendo...

Um amigo.

— Você está com fome? — pergunto.

Ele me encara.

— Sobremesa? Você quer sobremesa? Mas que praga a Mestra Koko te disse naquele dia?

— Nada. Ela precisava descansar as pernas e meu banco estava desocupado.

Ele me dirige um olhar carregado de desconfiança e saímos para o corredor.

— Anda, Conrad. Todo mundo está doido pra saber.

Eu o olho de soslaio. Considero contar a ele que a Mestra queria que eu fizesse amigos. Porém, não sei ao certo se Roderick entenderia, especialmente porque acabei de me tornar amigo dele, então, em vez disso, explico que ela me desafiou a ser melhor.

Roderick franze a testa de leve, sem se convencer, mas antes que possa insistir no assunto, encontramos alguns dos amigos deles. Antes que possa protestar, estou andando com o grupo em direção ao cheiro de sobremesa fresca.

Algumas estrelas cintilam através das janelas do salão de jantar e o globo de calor pulsa. Vários Aprendizes de olhos vermelhos sentam-se em grupos pequenos em mesas separadas. Infelizmente para Roderick, as únicas garotas que vieram conosco são Samantha e sua namorada, Erin.

Nós nos sentamos em uma das mesas. Sebastian corta um bolo de especiarias ao meio, revelando o recheio úmido de laranja. Eu pego um pequeno pedaço. Depois de passar fome como Baixo por tanto tempo, descobri que sobremesas açucaradas me causam dor de estômago. Ainda assim, quando levo uma garfada de comida à boca, quase solto um gemido. O bolo está morno e macio. A Caça certamente não resistiu usar seus fartos recursos para nos fazer felizes. Talvez seja devido à alta taxa de mortalidade. É melhor aproveitar enquanto ainda estamos vivos.

— Como você se vira em duelos, Conrad? — pergunta Sebastian.

— Sou razoável.

— Razoável? — diz Samantha, estreitando os olhos. — Você foi um Superior por dez anos. Um Urwin. Você deve ter treinado.

— Imagino que você tenha treinado também? — Pergunto.

Samantha apruma seu cabelo castanho atrás de sua cabecinha bonita.

— Eu fui treinada por Sione de Niumatalolo, a melhor duelista em...

— Sim, sim, Samantha, nós *sabemos* — diz Roderick, entediado.

— No meu caso, sou mediano em todos os jeitos. Nunca treinei. Bom, exceto com...

— Espera, você treinou? — pergunta Sebastian. — Com quem?

— Comigo — digo.

Samantha dá um sorrisinho de canto de boca.

— Ah. Então, Conrad estava sendo modesto, Rod?

Roderick dá de ombros.

— Ele é rápido. Forte. Mas, sinceramente, todo mundo parece forte e rápido em comparação a mim.

Samantha e Erin riem.

— Você deveria ter me chamado — diz Sebastian, mexendo taciturno no seu bolo. — Sou um duelista horrível. Não tenho chance.

— Eu vou te ensinar a duelar — diz Eldon.

Roderick ergue as sobrancelhas.

— O que é que você vai conseguir ensinar, Eldon? — Samantha ri. — Você deveria ter sido Selecionado pela *Academia*. — Ela abre o seu lindo sorriso. — Mas não se preocupem, cavalheiros *destreinados*. Com minhas habilidades, vou me tornar uma das Capitãs da Provação, e estive prestando atenção. Talvez alguns de vocês possam ganhar um lugar na minha tripulação.

Ela olha de relance na minha direção por um instante.

Eu a ignoro.

Roderick ergue a cabeça quando o riso de garotas ecoa no corredor. Levanto a cabeça também quando outra pessoa entra.

Bryce tem um jeito tão tranquilo, o modo como ela se move entre as mesas, quase deslizando, falando com diversas pessoas ao mesmo tempo. Ela encontra meu olhar. Por um breve momento, acho que ela está vindo na minha direção. Em vez disso, ela se senta em um banco ao lado de alguns garotos.

Roderick estala os dedos na frente da minha visão.

Pisco, aturdido.

— O quê?

— Deixa eu te dar uma dica. — Ele passa um braço ao redor do meu ombro. — Pergunte qual é a coisa favorita dela e aí, não importa o que ela responder, diga que aquilo é a sua coisa favorita também. Uma hora ela vai achar que vocês têm tantas coisas em comum que não podem mais ficar longe um do outro. Eu fiz isso várias vezes. Dá muito certo.

Samantha revira os olhos.

— E se a coisa favorita dela for *outras* garotas?

Roderick considera a pergunta, antes de enfiar um pedaço de bolo na boca.

— Aí eu não terei que mentir.

Eu me engasgo com a sobremesa.

— Viu só? — disse Roderick animado, dando tapinhas nas minhas costas. — Fiz ele rir outra vez.

— Isso não foi uma risada — digo.

— Quase.

— Eu li ontem que nos últimos vinte anos, três pessoas morreram no Dia dos Duelos — diz Sebastian baixinho. — Vocês já pensaram na morte?

Todos olhamos para ele.

— Mas que praga está errado contigo? — diz Roderick.

Eldon abaixa o garfo na mesa e entrelaça os dedos embaixo do queixo.

— Não é a morte que tememos, Sebastian, e sim o desconhecido. Medo de que não sabemos para onde estamos indo.

Silêncio.

— Eldon, será que é possível você não soar como um esquisitão? — pergunta Samantha.

Ele franze a testa.

— Além disso, não vamos morrer nos duelos, Sebastian — continua ela. — Pare de se preocupar tanto. Faz seu picles parecer menor do que já é.

Sebastian explode. Ele se levanta e bate com o guardanapo na mesa.

— Peça desculpas!

— Sente-se antes que acabe se machucando — diz ela.

O olho direito dele está se contraindo. Enquanto todo mundo observa seu rosto, ele passa o polegar pela faca do bolo.

— Relaxa. — Eldon toca no braço de Sebastian. — Não vale a pena.

O rosto de Sebastian se contorce de fúria. Porém, depois de um momento tenso, ele afasta o polegar da faca e se joga pesadamente no banco. Eu o encaro. Ele queria fazer isso. Ele queria enfiar aquela faca com força em Samantha.

Samantha joga seu guardanapo.

— Esse bolo está seco. Acho que vou para a cama. Vem, Erin.

Erin a segue, estendendo a mão para ela.

Quando as duas vão embora, Roderick se inclina na direção de Sebastian.

— Ela é uma praga. Está sempre arrumando briga. Não sei porque ela se senta com a gente.

— Ela senta aqui porque você convidou — diz Eldon. — Você carregou a bagagem dela porque achou que isso de alguma maneira a faria se afeiçoar por você, quando ela não poderia estar menos interessada. Você precisa dizer que ela não é bem-vinda.

— É, bom, não é uma boa ideia fazer inimigos nesse momento — diz Roderick. Nós ficamos em silêncio. — Quem será que vamos enfrentar nos duelos? Espero que eu não fique com aquele brutamontes gigante de Holmstead. Qual é mesmo o nome dele? Pound?

— Você não tem com o que se preocupar — diz Sebastian.

— Você diz isso com tanta confiança — diz Roderick. — Tem alguma fonte infiltrada? Enfim, soube que alguns dos Aprendizes vão se render nas partidas, dependendo do oponente. Eu posso fazer isso se acabar com o Pound. Você vai se render no seu duelo, Sebastian?

— Não — diz Sebastian.

— Mas você é horrível em duelar. Espera... — Roderick estreita os olhos. — Você *tem* uma fonte. Estou vendo nos seus olhinhos. Você sabe com quem vai lutar, não é? A sua tia te contou.

— Tia?

— A tia dele é assistente da Mestra Koko. Repassa informações para ele de tempos em tempos.

— Tudo que posso dizer é que não é nenhum de vocês dois — diz Sebastian. — Então não precisam se preocupar.

— Eu não estaria preocupado mesmo se fosse eu. — Roderick ri. — Eu vou lutar com quem?

— É uma surpresa.

— Anda, me conta.

Antes que Sebastian responda, seus olhos pairam sobre alguma coisa além do meu ombro. Eu me viro e, em pé ali, sorrindo desajeitada, está a garota que não faz sentido nenhum para mim.

— Oi, Conrad — diz Bryce. — Como estão as coisas?

Eu engulo a saliva.

— Bem. E você?

— Bem.

— Que bom.

— É.

Nós paramos de falar.

Roderick finge um desmaio. Sebastian dá uma risadinha.

Estou prestes a meter a porrada nos dois, mas então ela me pede para caminhar com ela. Meu coração salta para a garganta e eles observam, boquiabertos, enquanto eu saio andando a passos largos do salão de jantar com ela.

Nossos passos ecoam pelo corredor cinza e vazio.

— Estou um pouco surpresa por você ter concordado em vir — diz ela.

— É porque eu tenho sido grosseiro?

Ela ri.

— Bom, sim. Caminhamos sob as bandeiras de insígnias de antigos Caçadores, como lanças cruzadas, navios colidindo e flechas explodindo.

— Então — diz ela —, como vai o treinamento?

— Por que está perguntando?

— Talvez eu esteja pensando em escolher a minha tripulação quando vencer os duelos. Samantha é uma das minhas colegas de quarto, e ela me disse que você seria um Navegador excelente. Talvez até um Estrategista.

— Você está presumindo que eu não vou vencer o torneio?

Ela me olha de cima a baixo e sorri.

— Você é forte. É bem possível.

— Talvez eu escolha você.

— Você não sabe as minhas marcas.

— Você foi para a Universidade — digo. — Além do mais, vi você correr do Varapau.

Ela ri.

— Ah... Então você andou me observando?

— Talvez.

— Aliás, eu notei que você ainda está com aquele colar — diz ela.

Eu abaixo o olhar para a corrente, pendendo um pouco para fora do meu colarinho.

— O que é? — indaga ela.

Meus dedos tocam o ouro morno e o pingente.

— É da minha irmã. Eu não falo...

— Não fala o quê?

— Nada.

Bryce franze a testa e abre uma porta, e entramos uma pequena sacada de pedra com vista para as colinas e selvas de Venator. Nós nos debruçamos na balaustrada, inspirando o aroma doce do ar fresco. Abaixo de nós, vagalumes zunem sobre a copa das árvores, criando constelações de ouro em movimento.

É uma noite calma. Alguns navios celestes, breves jatos de luz, zarpam no horizonte. Várias ilhas vizinhas flutuam, suspensas no ar como se pendessem de um fio invisível. Uma ou outra janela brilha entre a folhagem da floresta.

— Alguma vez você só fica olhando? — pergunta ela.

— O quê?

— As estrelas. — Essa noite elas cintilam nos espaços entre as nuvens. — De onde eu vim, não vemos muito as estrelas.

— De qual ilha você é?

— Você não conheceria. — Ela me dá um olhar tímido. — Se você fosse Capitão, para qual posição me selecionaria?

— Intendente.

— Resposta rápida. — Ela tamborila os dedos. — Intendente... A que está em contato direto com o Capitão. Segunda em comando. Responsável pelo estado de ânimo da tripulação. Você passaria muito tempo comigo. Acha que conseguiria lidar com isso?

Dou de ombros.

— Bom, eu não selecionaria você como Intendente — diz ela. — Você é um piloto bom demais e, para ser sincera, é babaca demais. Você ainda acha que eu quero alguma coisa em troca por ter salvado a sua vida?

— Você fica me perguntando isso, então sim. E você não respondeu a minha pergunta. De qual ilha você é?

Ela se inclina sobre a grade, o corpo esguio formando uma silhueta de encontro à lua sobre seus ombros.

— Eu sou de Raioeste.

— Raioeste? Nunca ouvi falar.

— Eu falei. Ninguém conhece.

— E como é a vida por lá?

— Ruim. As plantações mal crescem. Muitos estão doentes. — Ela para, hesitante. — Eu não sou como os outros aqui.

— Ah?

Ela morde o lábio.

— Posso confiar em você?

— Sim.

— Resposta rápida de novo.
— Você perguntou.

Bryce hesita.

— Bom, eu não estou aqui só por mim. E eu não escondo as minhas verdades. Não estou atrás de status.

— Então está atrás do quê?

— Eu... Eu quero ajudar o meu povo. Salvar todos da fome. Salvar a ilha antes que aquela fome transforme a todos em feras.

Fecho a boca.

— Por que o Rei Ferdinand não ajudou? Toda ilha recebe uma parcela igual da distribuição de recursos.

— O Rei não se importa com a gente, confia em mim. — Ela desvia o olhar. — Eu preciso vencer a Provação. Se vencer, recebo um navio. Um navio que posso usar para entregar recursos, um navio que posso usar para ganhar moedas com caçadas. — Ela expira o ar. — É claro, a minha tripulação poderia me trair com um motim na primeira chance que tiverem, apesar dos meus melhores esforços para criar amizades.

— Ela encontra meu olhar. — Eu costumo ser boa em julgar o caráter alheio. Acho que esse seu exterior quieto e evasivo é uma máscara. No fundo você não é uma fera, Conrad. Eu acho que se escolher você para a minha tripulação, você poderia me ajudar a vencer. Você me ajudaria a alimentar o meu povo. Estou certa?

Eu me viro e observo a névoa entremeando-se pelas árvores. Ela aguarda. A mão próxima da minha. Meus instintos quase me agarram pelos ombros e pedem: *Não! Não confie nela.* Só que talvez seja essa a questão. Ela provavelmente também não confia em mim. Porém, se eu disser não agora, vou perder uma aliada, potencialmente para sempre. Então, de leve, aceno que sim com a cabeça.

Bryce abre um sorriso largo e toca meu braço. Os dedos macios e quentes na minha pele. Raios de uma eletricidade entusiasmada disparam por mim, mas ainda mais forte é a culpa se contorcendo como uma cobra nas minhas entranhas.

Eu sou um mentiroso. Está no meu sangue.

Não posso deixar que ela saiba dessa verdade. Eu preciso vencer, não importa o que aconteça. Se vencer os duelos, vou começar a Provação no comando de um navio. Ela nunca vai saber que eu a trairia para alcançar meus objetivos. Ela vai trabalhar sob o meu comando.

Os duelos acontecerão daqui a poucas semanas. Não estou preparado. Então, depois de acompanhá-la de volta ao seu quarto, eu acordo Roderick da sua rede e, apesar de suas reclamações chorosas, nós treinamos.

12

NOS ÚLTIMOS SEIS ANOS, PERDI O MEU PAI, A MINHA IRMÃ, A MINHA MÃE e o meu status. Comi alimentos estragados e duelei com Baixos por parcas moedas na arena da Região Baixa. Fui espancado em becos e, em mais de uma ocasião, chorei até adormecer por causa da dor lancinante da fome e da perda.

Então, quando Frederick — um garoto com um físico poderoso e sobrancelhas agressivas — recusa-se a se render no nosso duelo, eu descarrego seis anos de frustração nele. E o problema para Frederick é que estou acostumado a esse tipo de duelo. Sobrevivi a eles nas arenas da Região Baixa em Holmstead. Não vou parar até o relógio apitar o final ou até ele não aguentar mais.

— Comecem! — grita a Mestra Koko.

Eu travo a mandíbula, estendo o bastão e parto para a guerra. Frederick recua tropeçando, despreparado. Metodicamente, eu o derrubo, golpeando um braço, dando uma rasteira em uma perna e chutando-o no meio do peito.

Em nove segundos, ele cai diante das minhas botas, inconsciente, esparramando-se na areia vermelha.

Os aprendizes sob a lona encerada e os Caçadores veteranos nas arquibancadas observam em um silêncio aturdido. Enxugo o sangue dele da minha bochecha, retraio o bastão e aguardo. A mesa de jurados olha para mim. Todos os homens e mulheres mais velhos trajando robes prateados da Caça me encaram, aparentemente esquecendo-se de dar uma nota para a minha performance.

Os juízes sussurram. Vários Aprendizes saem de baixo das lonas para ver as minhas notas. O primeiro juiz ergue um número sobre a cabeça: dez. Então os outros seguem: dez, dez, dez, dez.

Cinquenta. A primeira nota perfeita do dia.

A plateia de veteranos e residentes da Doca do Oeste explode. Porém, enquanto fico ali parado sob a adoração deles, meus olhos se concentram na Mestra Koko. Ela não está aplaudindo como os outros, mas me dá um leve aceno de cabeça.

Os Aprendizes abrem caminho quando vou pisando duro até a sombra e tomo a direção do banco de madeira encostado na parede. Duas garotas e um garoto rapidamente deslizam para o lado para abrir espaço.

— Minha nossa — diz Roderick, se juntando a mim. — Você acabou com ele. — Ele faz uma pausa. — Se acabarmos lutando juntos, eu espero a sua rendição.

Mesmo que eu ainda esteja cheio de raiva e fogo, o sorrisão estúpido e bobo dele me vence.

— Seu imbecil — digo.

Ele ri.

A Mestra Koko anuncia o próximo competidor: Sebastian de Abel.

— Ah, praga, aqui vamos nós — disse Roderick.

O pequeno Sebastian olha ao redor, quase desacreditado. As mãos trêmulas seguram o bastão de duelo, e o rosto fica pálido enquanto marcha para a areia quente. A plateia zomba. Dá risada da sua estatura diminuta.

— Pobrezinho — diz Roderick. — Só se alistou para a Seleção especificamente para evitar duelos.

Fecho a boca. Estive observando Sebastian há algum tempo, e existe algo esquisito nele. Alguma coisa sinistra no modo como o sorriso repuxa o canto da boca e como ele interpreta o papel de um garoto inseguro quase com perfeição.

Pior, ele já sabe quem vai enfrentar. O medo dele é falso.

A risada da plateia explode quando a oponente dele aparece sob a luz do sol. Provavelmente porque ela é trinta centímetros mais alta que ele. Samantha de Talba.

— Ela vai pulverizar ele! — diz Roderick. — Eles se odeiam.

Sebastian e Samantha entram no quadrado branco demarcado na areia. Ela traz dois bastões pretos e mantém a postura de alguém treinada desde o nascimento para defender seu status por uma vida inteira. Já Sebastian tem a postura de um garoto Médio que recebeu algumas poucas aulas baratas de duelo com alguém que nunca venceu uma partida.

Samantha fala com ele, talvez oferecendo uma saída.

— Anda, Sebastian — murmura Roderick —, renda-se.

Sebastian parece patético frente à altura enorme da garota, com apenas um bastão torto em suas mãos. Ainda assim, ele balança a cabeça, recusando-se a sair dali.

Ela franze a testa, mas há alguma animação em seus olhos.

— Comecem! — grita a Mestra Koko.

O relógio na mesa dos jurados começa a contar.

Samantha avança com os dois bastões erguidos. Sebastian retesa o corpo e levanta seu bastão para bloquear. Ela golpeia a defesa dele e o acerta na mandíbula. O sangue espirra da boca. Ele cai na areia e quase sai rolando para fora do quadrado.

A plateia está em polvorosa.

Sebastian se levanta devagar.

Eu me inclino para a frente, estudando-os.

Ela continua na ofensiva, derrubando-o repetidas vezes. Pisando nele antes dele se esgueirar, contorcendo-se. Sebastian age como um cachorro perdido. Incerto a respeito de como lidar com a força ou velocidade da oponente. Ainda assim, há algo em relação a qual parte do corpo ele está deixando ser atingida. Estratégico.

Ela continua, motivada pelo progresso. E fico com a impressão de que, de alguma forma, Sebastian tem algo planejado. Quando ele recua até a beirada do quadrado, ele se torna um animal encurralado. Ele segura o bastão frouxo. Puro terror em seu rosto. Samantha ri. Gargalha.

A plateia também, mas alguns gritam por rendição.

Samantha poderia acabar com ele, mas ela espera, saboreando o terror do inimigo. Ela ergue os bastões, tentando atiçar a plateia.

— Sua praga! — Roderick se levanta, sacudindo o punho. — Eu me arrependo de ter carregado a sua bagagem!

No instante em que ela se move para atacar, Sebastian a golpeia. Veloz como um estalo. Um golpe preciso com a ponta no bastão bem no meio da garganta. O pescoço dela estala e ela cai. Ela jaz no solo, imóvel. A plateia se levanta, alguns cobrindo a boca. Erin grita e sai correndo em direção à namorada.

— Ela não está respirando — sussurra alguém.

— Está sim — diz outra pessoa. — Mas por pouco.

Médicos saem correndo dos túneis. Samantha parece uma boneca descartada, o rosto enterrado na areia, os braços abertos.

Enquanto todos olham para Samantha, continuo observando Sebastian. Ele está apoiado no bastão, parado ao lado dos médicos e do corpo dela. E em seu rosto aparece a centelha de um sorriso amarelo e maligno.

Um calafrio percorre minha espinha.

Ele a deixou paralisada.

Enquanto os médicos a levam numa maca flutuante para fora da arena, várias pessoas seguram Sebastian, impedindo-o de acompanhá-la. Ele grita. Chora. Tenta segurar a mão dela.

— Samantha, eu sinto muito!

— Foi um acidente — diz Roderick. — Não posso acreditar... ah, praga. Você acha que ela está bem?

Continuo de boca fechada.

Sebastian montou uma armadilha e a executou, tudo sem ninguém saber. Ele atira o seu bastão no chão. Recusa-se a duelar outra vez. Recusa-se a aparecer perante os juízes e receber uma nota. Ele se apressa para debaixo da lona antes de exibirem a sua nota de trinta.

— Eu vou falar com ele — diz Roderick, levantando-se. — Não consigo nem imaginar o que ele está sentindo.

— Ele é um mentiroso — sussurro.

Roderick olha com uma cara esquisita para mim antes de desaparecer no meio da multidão de aprendizes, em busca de Sebastian.

O estádio fica sério. Samantha não será capaz de competir na Provação. A tripulação de um navio terá um membro a menos desde o princípio. Eu nunca gostei da Samantha. Ela era uma pessoa cruel e vaidosa, mas ela não merecia esse destino.

Finalmente, as partidas retomam. E não demora muito para o calor da tarde emanar da areia. Enquanto os duelos prosseguem, nenhum outro ferimento grave acontece. Alguns Aprendizes se rendem, mas a maioria luta, dando *duro*.

No último duelo, um garoto parrudo golpeia Pound várias vezes com seus bastões. Pound, frustrado com sua arma, a arremessa para a plateia. E antes que o seu oponente possa atacar, Pound o espanca até o solo usando os próprios punhos.

Quando Pound deixa a areia, ele não se importa em recuperar o bastão. Os juízes dão a ele a incrível nota de quarenta e sete. A segunda melhor nota do dia.

Roderick é chamado em seguida. Eu abro caminho até o início da fila para gritar dicas para ele. Ele vai lutar contra uma garota baixinha de cabelos pretos, Huifang de Xu.

— Comecem!

Huifang imediatamente começa a pular pelo quadrado. E a arma dele é uma bolsinha de pedras lisas! Eu certamente não o preparei para enfrentar uma coisa dessas.

— Minha nossa! — grita Roderick quando uma delas passa voando perto do seu nariz. — Ahh!

A garota o cerca pelas bordas da arena, veloz, dando piruetas e arremessando pedras.

— Postura defensiva! — grito.

Roderick solta um grito. As pedras o atingem por toda parte. Elas batem no seu peito. Nas costas. Ele está cambaleando, sacudindo o seu bastão às cegas. Tentando derrubá-las.

Huifang arremessa mais uma, dessa vez mirando na cabeça dele. Porém, por algum milagre, Roderick a desvia para longe e Huifang faz uma pirueta bem na trajetória da pedra. Ela a atinge na testa e ela cai desmaiada no solo. Completamente imóvel.

Roderick encara, incrédulo. Marcas vermelhas pelo corpo todo. A plateia inteira fica em silêncio, mas eu estou gargalhando tanto que acabo com lágrimas nos olhos. Eu cumprimento Roderick na areia e dou um tapinha em suas costas quando ele recebe a menor nota de um vencedor naquele dia: vinte e oito.

Ele está mancando.

— Não sei se vou lutar no segundo *round* — declara ele, cuspindo uma lasca de um dente partido. — Aquilo não foi justo. Eu não sabia que existia uma ilha que duela arremessando pedras. Isso é loucura. Será que ela...?

— Ela está desacordada. Mas vai ficar bem.

Quando eu o ajudo a se sentar, passo pelos outros Aprendizes e vou em direção à estação de água para pegar uma bebida para ele. As jarras geladas estão embaixo da arquibancada, na sombra. Dou mais risada, pensando na luta, quando Pound sai das sombras.

Os olhos estão cheios de ódio.

Vários dos lacaios dele, garotos e garotas quase tão grandes e feios quanto ele, se juntam a Pound.

— Urwin — grunhe ele. Ao ouvir sua voz, todos vão embora, a não ser seus comparsas.

Eu analiso meus inimigos. Três à esquerda. Quatro à direita. Então, encontro o olhar do brutamontes.

— Você não pode me vencer num duelo, então vai me atacar com todos os seus amigos?

— É vingança — diz ele.

— Pelo quê?

— Quando nossos ancestrais duelaram — diz Pound, aproximando-se —, o seu espancou o meu antes da luta para enfraquecê-lo. É justo que eu faça o mesmo com você.

Minha pele fica eriçada com a adrenalina. Estamos longe das vistas. Todos acima de nós estão concentrados no último duelo. Qualquer pedido por ajuda seria abafado pela torcida.

Os comparsas de Pound me atacam todos de uma vez. Empurro uma garota para trás, estendo o bastão e derrubo um garoto. Eu dou uma volta em um dos atacantes, giro meu bastão sobre a cabeça e o atiro no garoto atrás de mim.

— Ele é rápido! — grita um deles.

Eles estão em muitos, não vou aguentar muito tempo. Então, eu corro. Assim que eu irrompo por eles, sou derrubado no chão e partem para cima de mim. Um garoto tapa a minha boca. E as botas enormes de Pound param ao lado da minha cabeça.

— Levante-no — rosna Pound.

Chuto um garoto na virilha. Arranco os cachos de uma garota. Mordo a mão de outro garoto. Ainda assim, há muitos deles. E enquanto estou pendurado pelos braços deles, Pound está com os olhos cheios de deleite.

— O seu tio tomou tudo de mim, Urwin. A minha família me odeia por causa da sua corja.

Naquele instante, Sebastian aparece e congela no lugar. Ele me vê. E por um momento, acho que ele vai correr em busca de ajuda. Em vez disso, ele se recosta nas sombras e observa com aquele minúsculo sorrisinho amarelo dele.

Desgraçado.

Pound estala os nós das suas mãos gigantes. Cospe no meu rosto e ri enquanto a espuma escorre na minha bochecha. Não há nada que eu possa fazer a não ser encarar o rosto feio da besta. Olhar nos olhos dele, enquanto meus braços estão presos atrás das costas. Pound sorri com desprezo. Em seguida, ele me dá um murro de quebrar os ossos direto nas costelas. Meu esqueleto estremece. Uma onda de dor se irradia por mim.

Minha visão fica embaçada. Os pulmões ardem. Caio para a frente, mole, tossindo. Eles me soltam e eu me ajoelho sobre as botas de Pound, segurando a lateral dolorida do corpo.

— Boa sorte na sua próxima partida, *Elise* — diz ele, chutando a terra nos meus olhos.

Então, ele me deixa choramingando como um menininho. A dor deixa minha visão cheia de lágrimas. Ele quebrou minha costela. Mal posso respirar sem sentir uma pontada.

Quando faço esforço para me reerguer, a dor lacera minha lateral. Eu recupero meu bastão com cautela. E me encosto na parede, fechando os olhos. Tentando apenas respirar um pouco.

Então, a Mestra Koko anuncia o próximo competidor.

— Conrad de Elise.

Meu coração afunda e eu olho para o céu. Trinco os dentes. Meu pai nunca deixaria eu me render em um duelo. Urwin flui por minhas veias. Nós duelamos pela coroa da montanha. Nós não nos rendemos.

Fazendo força e, mesmo com a visão faiscando, vou mancando até a areia, dando o meu melhor para manter a compostura porque eu sei que Pound está observando.

A plateia faz barulho com o meu retorno.

O sangue escorre em um filete no fundo da minha garganta. O sol brilhante arde meus olhos. Preciso de mais ar. Não estou inspirando o suficiente. Vou precisar acabar com essa partida rapidamente. Depois, terei tempo para me recuperar.

Encontro o olhar de Pound. Ele está em pé com seus comparsas, sorrindo. Eu vou quebrar a cara dele com a águia de Urwin.

Mestra Koko chama meu oponente, mas não é Pound. O choque me causa arrepios. Meu peito fica comprimido quando meu oponente dá o primeiro passo na areia. Duas braçadeiras de duelo cobrem seus antebraços do pulso ao cotovelo.

Bryce de Damon.

Qualquer vestígio do humor que já vi em seus olhos sumiu. Ela está determinada. Tem uma ilha inteira para alimentar. Acredita em sua causa com tanto afinco quanto eu acredito na minha.

— Desculpa — diz ela. — Não posso me render.

— Comecem!

Bryce avança. Minhas costelas ardem quando giro para desviar do ataque. Eu golpeio, com força, na esperança de derrubá-la para fora do quadrado. Porém, a braçadeira a protege do meu bastão. Dou um passo cambaleante para a frente e, antes que me recupere, ela salta sobre mim. Enterra punhos furiosos na minha barriga, nas costelas.

Eu grito de dor.

Por um instante, ela cede. Depois balança a cabeça e parece acordar. Vem para cima de mim, de novo. E de novo. O ar é roubado de mim. O corpo fica lento. Minhas costelas quebradas gritam. Tudo dói. Tento dar uma cotovelada no rosto dela, mas ela enfia um soco na minha mandíbula e dá um chute no meu tendão.

Caio apoiado em um joelho só. Formas vertiginosas me rodeiam.

A plateia está bradando. Pound ri com tanta força que precisa se apoiar no ombro de um companheiro. Por fim, encho meus pulmões e enxugo o sangue da testa.

Quando me levanto outra vez, o relógio decreta que faltam sessenta segundos. Sessenta segundos para mudar a partida. Bryce sabe disso também. Ela mantém sua posição, os braços musculosos erguidos em defesa. Pernas ágeis prontas para se desviarem de mim.

E enquanto Pound gargalha, uma raiva incandescente se apossa de mim. Estreito os olhos. O corpo formiga com a adrenalina. A dor derrete até sumir.

Nada vai me impedir de conseguir recuperar minha irmã.

Eu solto um rugido.

Bryce bloqueia meu ataque. Porém, acerto pequenos golpes. Bato no ombro. Golpeio a coxa, passo raspando no pescoço. São apenas arranhões. Ela é veloz. Eu preciso de mais do que isso para impressionar os juízes.

Dou um passo para trás. Estudo sua postura. Ela deve ter um padrão nas defesas. Uma fraqueza. Quando me lanço em outro ataque, ela desvia o soco com a mão direita. Sempre a direita. Então, finjo um ataque pelo lado esquerdo e ela compensa demais. Consegui. Minha bota afunda na barriga dela, derrubando-a.

Ela cai com força na areia, tossindo.

Faltam dez segundos.

Pulo em cima dela, prendendo seus braços nas laterais com as minhas botas. Então, ergo o meu bastão. Pronto para acabar com ela. Porém, antes de desferir o golpe com o bastão, ela arrasta minhas pernas. Caio de costas na areia. Grito. Levanto-me em um pulo, preparado para avançar outra vez. Antes que eu possa, o relógio marca o fim do tempo.

— Acabou!

Fecho os olhos enquanto deslizo até parar. O sangue quente pinga do meu nariz. Meu peito está arquejando. E a dor na lateral do corpo ressurge.

Quando nos viramos para encarar a mesa dos juízes, a plateia está tendo uma discussão animada, debatendo o resultado. Bryce começou bem, mas fiz um contra-ataque no final. Ela está ao meu lado, respirando pesadamente.

As notas de Bryce são exibidas: sete, sete, oito, sete e oito. Total: trinta e sete.

Meu batimento acelera quando os juízes se concentram em mim. A plateia inclina o corpo para a frente. Alguns Aprendizes vão até a areia para enxergar melhor os números.

As minhas notas aparecem: oito, sete, oito, oito. A última juíza, uma mulher idosa, me examina. Porém, seu rosto se contrai de decepção. Finalmente, ela ergue um número cinco. Meu total? Trinta e seis.

13

OS DUELOS TERMINARAM. Uma decepção silenciosa preenche o salão de jantar. Apenas alguns falam, e muitos cuidam de seus ferimentos enquanto se encaram com fúria. Nenhum de nós recebe medicamentos da Caça porque perdemos e não os merecemos. Talvez as expressões ao meu redor explicam o motivo da Caça se opor ao duelo como um modo de ascender. Esperam que trabalhemos juntos em nossas embarcações. A Caça ainda faz parte da Meritocracia, mas de um tipo diferente.

Ninguém aqui nesse salão ficou na lista dos últimos dezesseis, e agora aguardamos pela decisão das nossas posições que serão feitas pelos primeiros Capitães da Provação. Cada Capitão irá escolher a sua tripulação inteira, exceto por uma tripulação que terá apenas sete membros. Koko anunciou que Samantha sobreviveu, mas ficou paralisada do pescoço para baixo — e, portanto, não será capaz de competir.

Meu rosto azeda quando noto alguns dos comparsas do Pound, todos sentados distantes uns dos outros. Os rostos ficaram roxos de tanto levar porradas. Pound não teve problema algum em espancá-los até a areia quando eles o enfrentaram.

Roderick vem mancando até a minha mesa.

— Trouxe um pouco de comida pra você.

Ele desliza as pimentas escuras recheadas para mim. Estão recheadas com pedaços de carne branca. O aroma defumado me deixa tentado, mas eu mal consigo pensar em comida. Se não fosse por Pound, eu estaria escolhendo a minha tripulação agora. Aquele bosta de pássaro se tornou o Campeão dos Duelos e ele nem consegue duelar direito. Só acontece que tem quase dois metros de altura. Talvez eu não o teria derrotado em uma partida, mas ainda teria chegado aos dezesseis primeiros com facilidade. Teria sido Capitão assim que a Provação começasse.

— Bem, a boa notícia é que — diz Roderick para mim, mastigando uma pimenta —, você com certeza vai ficar com uma boa posição. Diferente do Harold ali. Pobre coitado. Felizmente para ele, Madeline o obrigou a praticar aquelas habilidades de Esfregão.

Eu daria risada se não fosse a minha costela quebrada.

Roderick sorri. E percebo agora que perdi os duelos, não tenho nada para dar a ele, e ainda assim ele está aqui. Se ele tivesse sido meu amigo em Holmstead, minha mãe e eu nunca teríamos congelado no frio depois do nosso banimento. Ele teria nos abrigado.

— Você é meu amigo — digo.
— O quê?
— Você é meu amigo.
— E o que tem isso?
— É estranho.
Ele bufa.
— Não é nada.

Fazer amizades é como matemática básica para ele. Não precisa nem pensar duas vezes. Ou questionar como isso alterará seu caminho.

Ele enfia outra pimenta na boca.

— Você seria um ótimo Navegador. Todo mundo diz isso.
— Eu seria um Capitão melhor. E mastigue com a boca fechada.
— Conrad — diz ele fazendo ruídos com a boca de propósito —, para ser Capitão você precisa liderar. — Ele aponta para a minha cara com uma pimenta mordida pela metade. — E como é que você vai liderar se não confia em ninguém?

Eu fico em silêncio, considerando se devo discutir que iria liderar sendo um exemplo e por pura força de vontade. Porém, expiro e seguro a lateral do corpo.

Bum.

Dois veteranos abrem as portas principais, sinalizando que o recrutamento vai começar em breve. Meu olhar encontra a faixa nos fundos do salão que exibe as classificações de todas as posições e o número de vagas restantes.

Superiores
Capitão (0)
Intendente (16)
Navegador (16)

Médios
Estrategista (16)
Mestre Artilheiro (16)
Mecânico (16)

Baixos
Cozinheiro (16)
Esfregão (16)

Mestra Koko entra, como uma sombra escura em seus robes prateados esvoaçantes. Seu olhar varre o salão, esperando até que os poucos Aprendizes tagarelas se calem de uma vez.

— Boa noite. Logo vocês vão competir na Provação. A morte pode estar à espreita. As suas posições certamente vão mudar. Mas saibam disso: se for o caso, façam motim contra o seu Capitão com muito cuidado. Ter o Capitão errado pode significar perder a Provação e o dinheiro da recompensa.

— Dinheiro? — Roderick levanta a cabeça, atento. — Eu esqueci do dinheiro.

— Pois bem — continua ela —, o recrutamento. Os Capitães têm permissão para escolher em qualquer ordem de sua preferência. Mesmo aqueles que possuíram um bom desempenho durante o treino podem acabar como Cozinheiros.

O salão recai em murmúrios. Seria mesmo a minha sorte ser escolhido como a droga do Cozinheiro de alguém. E eles se arrependeriam disso quando provassem a minha comida.

— O Campeão dos Duelos, Pound, tomou a sua decisão. — Ela faz uma pausa. — Como primeira recrutada, ele escolheu Bryce de Damon como a sua Intendente. Parabéns, Bryce.

Aplausos esparsos enchem o salão quando ela se levanta. Ela abraça seus amigos e se apressa para fora do salão com uma expressão determinada no rosto.

Ela sequer olha para mim.

Desanimado, enfio uma pimenta na boca. Está um pouco queimada e amarga.

— Pelo lado bom — diz Roderick —, Pound acabou de escolher uma das poucas pessoas no salão que provavelmente vai acabar sendo Capitã.

Abro um sorriso. Pound não pode vencer essa coisa. Ele não vai conseguir.

As decisões continuam sendo anunciadas e os Aprendizes saem do salão. A maioria é escolhida como Intendente ou Navegador, mas uma pessoa é escolhida como Estrategista logo de cara. Não demora muito até que todas as vagas de Intendente estejam preenchidas. De qualquer forma, nunca esperei que alguém fosse me escolher para isso. Estariam melhores com um proulão faminto como braço direito.

Quem me escolher terá que competir comigo.

Por fim, as vagas de Navegador começam a diminuir. Enquanto Koko lê as escolhas, eu me aprumo um pouco no assento. Esperançoso. Navegador ainda é uma posição alta em um navio. Eu teria uma patente mais alta que mais de metade da tripulação e poderia cultivar apoio para, eventualmente, suplantar o Capitão.

Pound escolhe Eldon de Bartemius.

Uma boa escolha do Pound, apesar de eu provavelmente ser um piloto melhor do que Eldon. As decisões prosseguem. Navegadores sãoescolhidos por todo o lado. Quando a última posição de Navegador vai para alguém de nome Chau de Le, minha decepção se torna imensurável.

O recrutamento continua e eu permaneço aqui, nesse salão amaldiçoado. Tudo por cauda dos punhos trapaceadores de Pound nas minhas costelas.

Agora que as posições de Navegador e Intendente foram preenchidas, muitos abaixam suas cabeças. Especialmente porque a maioria dos Capitães não está escolhendo mais na ordem das patentes. Estamos exaustos. Estressados. Roderick e eu nos deitamos nos bancos, encarando o teto.

— E se acabarmos em navios diferentes? — diz ele.

— Provavelmente vai ser o caso.

Ele suspira.

— Se vou enfrentar um gorgântuo, eu preferiria ter alguém como você me dando cobertura.

— Você vai ser um excelente Mestre Artilheiro, Roderick. As suas invenções, por si só, são dignas de um status Superior.

— Obrigado — sussurra ele. — Mas não sou o único aqui que é bom com munições. Muitas pessoas acham que minhas criações são perigosas demais.

— É por isso que você é valioso. Você não é convencional.

Ele morde o lábio, incerto.

Quando todos os Superiores são escolhidos, Mestra Koko para de fazer os anúncios. Agora as decisões vêm diretamente dos próprios Capitães. Pound, em toda a sua glória prateada e estúpida, entra no salão de jantar para fazer sua quarta decisão.

Quase consigo sentir o cheiro das manchas sob as axilas dele.

Alguns dos Aprendizes se aprumam, sentando-se, ansiosos para servir com o Capitão. Pound olha para o salão como se estivesse sentindo cheiro de lixo mofado. Como se fôssemos todos inferiores a ele.

A voz dele sai como um rugido.

— Para a minha quarta decisão, eu escolho o maior come-bosta da Escola.

Um grande burburinho se espalha pelo salão. Todos se encaram, confusos. Franzo a testa.

— Conrad de Elise — declara Pound. — Levante, seu logrador preguiçoso.

Eu quase caio do banco.

— O quê?

Todos dirigem seus olhares para mim.

Roderick está tão atônito que fica boquiaberto.

Um sorriso malicioso enruga o rosto de Pound quando me aproximo dele.

— Parabéns, *Urwin*. Venha comigo e vai descobrir qual posição planejei para você.

Alguns "essa não" se espalham. Antes de seguir Pound porta afora, ouço Roderick me desejar boa sorte.

Enquanto Pound e eu andamos pelo corredor, o sorriso de canto de boca expõe seus planos para mim.

Estou prestes a partir para a caçada mais perigosa do mundo com esse bosta de pássaro como meu Capitão. E ele nem mesmo me quer para uma posição Média.

Eu serei o mais baixo dos Baixos.

14

CERCA DE DUAS HORAS DEPOIS, ESTOU SENTADO EM UMA CONFORTÁVEL SALA da Escola com meus novos colegas de tripulação. O emblema redondo e verde do Esfregão repousa no meu peito, logo abaixo da insígnia do arpão. Enquanto meus dedos alisam aquele metal uniforme, estudo as pessoas ao meu redor. Todas se sentam ao redor de um globo de calor pulsante, gargalhando e jogando conversa fora.

Eu estou sentado no canto, sozinho.

O emblema dourado de Capitão de Pound cintila enquanto ele dá tapas nas costas alheias, bagunça cabelos e ri de piadas. Eu nunca o vi desse jeito, tão despreocupado, e eu detesto o que vejo. Ele se joga sobre o sofá bege ao lado do globo de calor. As pernas enormes pendem por cima do descanso de braço.

Ele deve pensar que ser Capitão vai fazer com que ele ganhe a sua família de volta, mas os Atwoods não perdoam. E o único jeito pelo qual terá alguma chance de se reunir com sua família é continuar sendo Capitão.

— Você é de Holmstead, né? — Keeton aparece na minha frente. Quando meus olhos encontram seu olhar feroz, eu entendo o motivo de Roderick sempre se derreter ao vê-la.

— Sou.

— Temos quatro na tripulação — diz ela, jogando os dreads pretos para trás do ombro. As mechas de cabelo obscurecem o seu emblema branco de Mecânica.

— Na verdade, Bryce não é de Holmstead — digo.

— É só um detalhe. — Keeton apoia a mão na cadeira de metal na minha frente. — Então, me conte sobre você.

— Você não gostaria das minhas respostas.

— Tá, você é melancólico. O que mais?

Dou de ombros.

— Sabe, eu poderia desistir e me afastar — diz ela. — Ignorar você. Mas pelo que entendi, você vai ser meu colega de tripulação pelos próximos dois meses durante o período mais perigoso das nossas vidas, então eu acho que deveríamos, no mínimo, chegar a um entendimento. Não concorda?

Estreito os olhos. Ela não vai embora e, na verdade, como o Esfregão, eu seria um tolo mandando-a se afastar.

— Conrad de Elise.

Trocamos um aperto de mãos.

— Elise — diz ela, sentando-se. — Nunca ouvi falar dessa família.

— Antes, eu era um Urwin.

— Você é o sobrinho do Arquiduque Ulrich? De Holmstead? Ele é uma pessoa horrível. — Ela fica quieta e coça a parte de trás da cabeça. — Provavelmente não deveria ter dito isso.

— Eu não discordo de você.

Ela me analisa, então abre um sorriso.

— Sou Keeton de Jonson. Da ilha de Littleton. — Ela vem para a almofada ao meu lado. — Então, quem daqui você conhece?

— A maioria.

— Anda — diz ela me dando um empurrão de leve. — Quero mais detalhes.

— Alguém te deu detalhes a meu respeito?

— Bom... — Ela aponta para o Mestre Artilheiro. — Ele me disse que você é uma praga. Não sei ao certo o que isso significa.

— Ele tem razão. E quanto a você, tem algum interesse em ser Capitã?
— Eu estaria mentindo se dissesse que não quero ser Capitã. Mas recebi notas altas durante o teste de montagem do motor e meu Treinador disse que eu tinha jeito para a coisa. — Ela aponta para a garota de cabelos ruivos encostada no ombro de Sebastian. — Patience ficou no topo da minha turma de treinamento. Só consegui ficar acima dela na matéria de motores. Bom, nisso e no treino de alvo. Sinceramente, se ela não desperdiçasse tanto tempo com o Sebastian, acho que ela poderia estar no topo da turma da Escola inteira.

Quando Patience e Sebastian roçam os narizes, isso só me faz desgostar ainda mais dele.

— Não sabia que eles estavam juntos — digo.

— Ah, é, às vezes a gente encontrava os dois em diferentes banheiros femininos. — Ela faz uma pausa. — Aparentemente, eles se conhecem desde muito antes da Seleção.

Meu rosto permanece inexpressivo, mas essa Keeton é uma fofoqueira. Ela distribui informações livremente. Imagino se ela tem seus próprios motivos ocultos, mas pelo jeito que tagarela, acho que está sendo sincera. A animação transparece em sua voz enquanto ela revela pequenos detalhes.

— Parece que estar no topo da turma significa pouca coisa — digo.
— Eu sou o Esfregão. Patience é a Estrategista.
— Bom, o recrutamento precisa ser estratégico, não é? Você não quer escolher alguém que secretamente acha que vai roubar a sua posição.

Pound nos observa pelo espaço entre Eldon e Bryce. Provavelmente não gosta que eu esteja socializando ou criando alianças que poderiam resultar em um motim para retirá-lo de sua posição. Ele assobia para mim, acenando para que eu me aproxime.

Eu não me mexo.

— Eu, hã, acho que ele te chamou — diz Keeton.
— Esfregão! — sibila Pound. — Vem cá!

Todas as conversas cessam enquanto a tripulação observa.

— É melhor ir — diz Keeton. — Se você desobedecer, ele pode jogá-lo no calabouço assim que estivermos no navio.

Por fim, eu me levanto do sofá. Sebastian, vestindo o emblema verde azulado do Cozinheiro, me oferece uma piscadela da mesa de bebidas, com uma expressão ansiosa para assistir a isso.

Quando paro diante de Pound, ele sorri e preguiçosamente chama por Bryce.

— Intendente. Eu preciso que faça uma coisa para mim.

— Sim, Capitão?

— Dê um soco nele. — Pound levanta um dedo na direção da minha virilha. — Nas bolas.

Bryce se mexe sem sair do lugar.

— Isso é contra as regras, senhor. O conflito físico não é...

— Tá — grunhe ele. — Diga ao Esfregão que ele é feio.

Reviro os olhos. Todo esse poder e Pound age como uma criança.

— Conrad — diz Bryce, virando-se para mim —, você é feio.

Sebastian e Pound dão risadas. Bryce franze o cenho.

O rosto de Pound fica sério. Ele abaixa suas enormes botas e se inclina para a frente. Em sua expressão existem milhares de possibilidades, um potencial ilimitado. Um Urwin à sua mercê. Esse é o único motivo pelo qual ele me escolheu como Esfregão tão cedo no recrutamento.

Ele fica em pé e para diante de mim como uma montanha gigantesca e fedorenta. O bafo de pimenta faz meus olhos arderem.

— Você vai encerar as minhas botas pelos próximos dois meses, Elise. Vai esfregar os meus sapatos até seus dedos sangrarem. Mas, se não quiser esse destino, farei um acordo com você nesse instante.

Cruzo os braços.

— Que acordo?

— Diga à tripulação — diz ele lentamente —, que a sua mãe morta era uma puta imunda que não servia nem para o bordel mais nojento do mundo.

Eu explodo.

No segundo seguinte, Pound está no chão com a minha bota embaixo da sua cabeçona. Os braços grossos varrem meus pés. Caio de lado e minhas costelas quebradas ardem. Ele salta para cima de mim. A tripulação se apressa para nos separar, mas não antes do seu punho colidir no meu crânio.

Minha visão se enche de estrelas, mas ainda estou tentando arranhá-lo. Como ele ousa falar da minha mãe? Eu vou matá-lo.

MATÁ-LO!

O Mestre Artilheiro me segura.

— Relaxa, Conrad. Relaxa.

Eu me desvencilho de Roderick e enxugo o sangue do nariz. Eldon, Bryce e Keeton trabalham em conjunto para manter Pound afastado de mim.

— Eu vou te meter a porrada, seu merdinha! — ruge Pound. — Me soltem, seus idiotas! Eu vou jogar vocês todos no calabouço!

Enquanto ele se digladia, a porta se abre com um estrondo. Todos ficam paralisados quando a Mestra Koko, com olhos fulminantes, aparece na porta.

Pound arruma a jaqueta e endireita a coluna.

— O que é isso? — pergunta ela com raiva, olhando para o corte na minha testa e o sangue na mão de Pound. — Capitão, você agrediu o seu Esfregão!

— Meu Esfregão estava sendo...

— Silêncio!

Ele fecha a boca.

— Intendente — diz a Mestra Koko. — Explique o que aconteceu.

Bryce hesita.

— Agora!

Roderick me dá um guardanapo para o corte na testa enquanto Bryce reconta os detalhes. Bufando, Pound se deixa cair no sofá. Esfregões têm um papel no navio e não existem só para receber insultos ou para serem alvos de brincadeira.

Quando Bryce termina, Mestra Koko massageia a testa. Nós ficamos ali em um silêncio gélido, o vento fazendo a varanda ranger. Então, com uma voz suave, Koko ataca:

— O conflito físico *não* é o modo da Caça. Pound, você é um idiota?

O rosto dele fica roxo.

Ela marcha até a varanda e aponta o dedo para o céu estrelado.

— Lá fora está a maior ameaça que as Terras Celestes enfrentam. E amanhã, todos vocês vão começar o voo para o campo de treino nas Ilhas do Sul para caçá-los. Os gorgântuos vão cortar o seu navio ao meio com um golpe da cauda, engolir tudo que podem e deixar o resto para cair até que as nuvens escuras consumam sua carne. Talvez, *talvez* se decidirem trabalhar juntos, não terão que morrer do jeito mais horrível e aterrorizante possível.

Ela faz uma pausa para respirar.

— Pound, você me disse, logo depois de ser Selecionado, que deixaria o seu histórico de conflito físico para trás. Que você se colocaria acima de "vitórias" mesquinhas. Aquilo foi uma mentira — prossegue ela. — Um bom Capitão comanda um *bom* navio, com *boas* partes móveis. Se desrespeitar a sua tripulação, eles farão um motim contra você. E *você*. — Ela se vira para mim e meu sorriso desaparece. — Qual é o seu problema, Conrad? Você ainda é uma águia solitária, combatendo os ventos sozinho. E não me diga que você fez um amigo. Acha que isso é o suficiente? Mesmo?

Ela joga as mãos para o alto.

— Essa sala inteira está morta por causa de uma antiga rixa de família. Cada um de vocês vai morrer. Passamos meses treinando todos e por qual razão? — Ela apoia a mão na maçaneta. — Um desperdício de recursos, um desperdício de Seleções.

A batida da porta faz a parede tremer.

Ficamos ali em choque.

Depois de vários segundos, Roderick coloca as mãos no quadril.

— Uau, essa correu bem.

Ninguém ousa falar.

Porém, quando repasso as palavras dela, percebo que tenho uma oportunidade aqui com o Pound. Fazê-lo perder mais respeito com a tripulação do que ele já perdeu.

— Capitão — digo, estendendo uma das mãos. — Passei do limite. Não deveria tê-lo derrubado no chão. Trégua?

A tripulação observa, atônita. Pound me encara com a testa franzida. Hoje mesmo, mais cedo, ele quebrou a minha costela. Eu dirijo a ele o sorriso mais inocente que consigo e, no segundo seguinte, ele rosna e afasta minha mão com um tapa.

— Não existe paz com um Urwin.

Escondo meu sorriso. O ódio que esse imbecil sente de mim será a sua ruína.

15

ANTES DO NASCER DO SOL, RODERICK E EU NOS APROXIMAMOS DA *GLADIAN*. O ar gelado mordisca nossas orelhas. Acima, Pound está sobre o convés de aço do navio, as botas magnetizadas, sorrindo convencido como uma criança que recebeu poder demais.

— Ele vai fazer da sua vida um inferno — diz Roderick.

— Ele pode tentar — digo.

A prancha de embarque bambeia sob nosso peso. Chegamos ao convés e respiramos o ar úmido. Esse navio será o nosso lar durante os próximos dois meses.

Por toda parte, trabalhadores portuários apertam os parafusos nas torres e nas grades, ou inspecionam a bolha do leme, ou depositam caixas e armamentos na plataforma de munições no centro do convés. A Caça está terminando seus últimos preparos do navio. Depois disso, nos deixarão. Ficaremos sozinhos durante dois meses com um Atwood como Capitão. Balanço a cabeça, enojado. Meu único conforto é saber que, um dia, Pound vai se arrepender de ter me recrutado.

Ele fica parado na popa, a bombordo, conferindo alguma coisa no caderno de anotações. Quando ele o entrega para um trabalhador portuário, acena para que nos aproximemos.

Pound se agiganta sobre nós com sua enorme jaqueta preta, o colarinho subindo até as orelhas. Viro o pescoço para cima, olhando sua cara estúpida.

— Mestre Artilheiro — diz ele, oferecendo uma das mãos enormes e enluvadas para Roderick —, bem-vindo ao meu navio.

— Fico feliz de estar a bordo, Capitão.

— Estou intrigado com o conceito da arma de garra que mencionou ontem. Eu gostaria de ver um protótipo. Acha que pode começar logo?

— Vou começar hoje mesmo, se possível.

— Estou ansioso para ver. — O nariz largo de Pound funga como se ele sentisse o cheiro de algo fedorento. Ele se vira para mim.

— Esfregão.

— Capitão.

Eu me sinto enjoado só de chamá-lo assim. Especialmente já que minha costela ainda dói e sou eu que deveria estar no lugar dele, mas agora devo exercer um papel.

— Está pronto para trabalhar? — pergunta ele.

— Estou especialmente pronto para trabalhar para o senhor.

Ele solta uma risada sarcástica.

— Leve a bagagem de todo mundo para os alojamentos lá embaixo. Somos dispensados.

— Bom, aqui está, Esfregão. — Roderick joga sua bagagem para mim. — Tenho coisas importantes a fazer.

— Vai comer bosta, Roderick.

Ele ri e vai ajudar a apertar os parafusos da torre.

Alguns trabalhadores testam a rede que pende ao longo das grades altas enquanto outro desaparece pela escotilha que leva ao convés inferior. Eldon, o Navegador, está na bolha do leme, inspecionando o ladrilho que em breve vai englobá-lo em vidro. O ladrilho está sobre uma plataforma que se ergue a cerca de um metro e meio acima do convés.

Uma pilha de bagagens aguarda perto da prancha de embarque, seis bolsas cheias de vários tamanhos e tipos de couro. As armas de duelo de todos estão presas com clipes ou guardadas no interior das malas. Como Caçadores, não temos permissão para usá-las uns contra os outros, mas elas são conectadas às nossas famílias, às Terras Celestes, então temos permissão para trazê-las conosco. Eu levanto as duas bolsas de Pound, entro pela escotilha aberta na parte central do navio, e desço desajeitado pela escada, segurando a bagagem com uma das mãos.

Quando salto para o piso, minhas botas magnéticas colidem na grelha de aço. Estou diante da divisória aberta, olhando para um corredor cinza iluminado por lâmpadas fracas. Desligo a magnetização das botas e dou o primeiro passo para as sombras. O navio cheira a rochas molhadas depois da chuva, talvez porque parece ter sido lavado recentemente.

Os corredores são como um labirinto, mas Madeline nos testou a respeito dos diagramas dessa classe de navio. Até mesmo nos levou para fazer um tour. Minhas botas ecoam enquanto caminho em direção à cabine do Capitão.

Várias portas abertas revelam alojamentos com colchões finos em beliches. Cada cômodo possui um armário aparafusado no chão e algumas gavetas para os colegas de quarto compartilharem. Um único cristal e uma janela redonda iluminam cada espaço. Não são exatamente cômodos da classe Superior, especialmente em um navio que está entre os mais avançados da frota da Caça, mas talvez seja o objetivo. A Caça não quer que fiquemos largados por aí, relaxando, enquanto deveríamos ser protetores destemidos dos céus.

Quando termino de entregar todas as bagagens e retorno ao convés, meu coração está acelerado, minha costela dói e o suor faz meus olhos arderem.

Bryce sobe pela rampa de embarque, carregando uma única bolsa. Seu uniforme da Caça adere ao seu corpo e exibe o formato dos seus braços fortes e compridos. O emblema azul de Intendente reluz em seu peito.

Eu a observo discretamente. Passou-se apenas um dia desde o nosso duelo, mas decidi dar um pontapé em todo o drama da Escola para fora deste navio. Ela se mexe desconfortável quando eu me aproximo. Como se eu fosse confrontá-la por me bater. Em vez disso, sorrio e pego sua bagagem.

— Intendente. — Faço uma mesura para ela. — Há alguma coisa que o Esfregão pode fazer para deixar a sua estadia a bordo da *Gladian* mais confortável?

— Preciso ser sincera — diz ela. — Não foi assim que eu achei que a nossa conversa começaria hoje.

— Você achou que eu ficaria ressentido?

— Bom, sim. — Ela ri. — Dito isso, não sei ao certo se eu estaria tão animada se nossos destinos fossem invertidos. — Ela olha de relance para Pound, que está conversando com Patience. — Ele vai fazer você trabalhar até sangrar pelos olhos.

— Eu não sangro.

Ela sorri convencida.

— Eu já te vi sangrar.

Sinto o olhar dela em mim enquanto desço pela escada até os deques inferiores. Pouco depois, deixo as bolsas dela ao lado das de Keeton e Patience. Aparentemente, todas as garotas compartilham um alojamento, e elas têm três camas separadas *e* um sofá.

Meu novo colega de quarto está em pé no corredor. Ele estala os dedos, apontando para a bagagem aos seus pés.

— Ah, Esfregão. Leve-me até o meu aposento.

Sebastian. Bostinha de pássaro. Ele é o Cozinheiro, um Baixo como eu, mas ainda tem uma posição superior a mim.

Uma dor insistente pulsa na minha costela quando me abaixo para levantar a bagagem dele. Faço uma careta.

— Tem alguma coisa errada com seu torso, Conrad?

Lá está aquele sorriso malicioso de novo.

— Vamos logo — declaro.

Passamos pela pequena cantina e prosseguimos até que, longe de todos os outros cômodos, abro a nossa porta para ele. Ele entra, estreitando os olhos.

— É só isso?

O cheiro é de mofo velho. Rachaduras remendadas, como relâmpagos, obscurecem a vista da janela para a doca agitada. Os colchões moles afundam. Parafusos soltos pendem da estrutura do beliche e uma mancha enorme cor de cobre listra a parede embaixo da janela.

Ele franze o cenho da mesma forma que fiz quando vi o alojamento pela primeira vez. Estamos em um dos melhores navios da Caça, mas temos as piores coisas.

— O alojamento do Roderick e do Eldon também é assim?

— Não. Nós somos os Baixos, Sebastian.

Ele contrai os músculos da mandíbula.

— Tá. Coloca a minha bagagem na cama de cima.

Não conversamos mais depois que subimos. Madeline de Beaumont e mais dois Mestres Treinadores aguardam para se despedir. Madeline cumprimenta Sebastian, Eldon e Roderick primeiro. Dá abraços surpreendentemente gentis em Eldon e Sebastian. Interessante. Nunca pensei que ela fosse capaz de um ato tão carinhoso. Especialmente depois de todas as vezes que nos bateu com uma vara por não estarmos prestando atenção.

— Nunca perca a sua criatividade — diz ela para Roderick —, e você vai fazer coisas incríveis, assim como o seu pai.

Quando ela para diante de mim, ela dispensa os outros.

— E agora, o grande enigma. — Um sorriso enruga o canto da sua boca, e ela me puxa para um abraço e abaixa o tom de voz. — Os outros vão se sentir mais confortáveis com você em uma posição inferior. Vão fazer de tudo que podem para mantê-la por baixo, Conrad, porque tenho certeza de que eles suspeitam, assim como eu, que se você virar Capitão, vão ter que sofrer muito para fazer um motim para removê-lo.

— Isso provavelmente é verdade.

Ela ri.

— Não vai ser fácil, mas não é impossível ascender quando se é o Esfregão. Já aconteceu uma vez antes.

— Como?

Madeline se afasta, firma o olhar em mim e dá um tapinha na minha bochecha.

— Derrube um gorgântuo adulto... sozinho.

Eu a encaro, esperando que ela dê uma risada e me diga o que eu realmente terei que fazer. Porém, sua expressão séria permanece imutável como uma pedra. Franzo a testa. Como é que é? Até mesmo cargueiros da Ordem, feitos para guerrear contra piratas violentos, têm dificuldades com qualquer gorgântuo acima da classe três.

Madeline dá um passo para trás.

— Bem, boa sorte, Conrad de Elise. Se você não voltar, espero que tenha sido porque você tentou.

E quando ela vai embora, um formigamento pulsa na ponta dos meus dedos.

Droga. Por que eu precisava acabar como o Esfregão? Aperto o colar de Ella. Tio. As mãos dele pareceram cuidar de cada parte desse desafio. Não é o suficiente que eu ascenda — não, o desafio deve ser incomensurável. E o raminho de açúcar que completa o pão doce é Pound. Na mente do tio, um verdadeiro Urwin sempre derrota um Atwood.

◆◆◆

Eu me agarro na grade da *Gladian* enquanto zarpamos pelo céu azul. Ao longo do dia, seguimos uma frota de embarcações da Caça até um arquipélago de doze ilhas ao sul. Os céus de treinamento. Essas ilhas, agora abandonadas, um dia foram habitadas e possuíam grandes cidades, mas gorgântuos do sul tomaram conta de tudo há bastante tempo.

Quinze réplicas do nosso navio navegam por perto, cada um deles comprido, prateado e que refletem a luz. As proas afiadas, como a ponta de uma espada, cortam as nuvens. Voam tão próximos que eu consigo enxergar os rostos determinados e entusiasmados de suas tripulações, incluindo Erin e Harold e alguns outros colegas da minha turma de treinamento.

Atravessamos um cardume de pichones. Eles mergulham para longe. É uma loucura como se movimentam tão rápido e de maneira tão orquestrada.

Um navio espião azul segue a trilha de cada uma das nossas embarcações. Eles ficarão de olho na nossa tripulação para garantir que ascendamos do modo correto, para recuperar o navio caso sejamos abatidos e coletar as nossas presas. Tirando isso, eles não vão interferir.

Aperto a faixa de couro dos meus óculos.

O navio da Mestra Koko, o *Archer*, um falcão de corpo arredondado, asas protuberantes e um bico pontudo, lança uma sombra acima de nós. Flechas vermelhas e sangrentas estão pintadas no casco.

Boa parte da tripulação da *Gladian* ocupa as grades, exceto por Eldon, que navega as cordas. Na minha frente, Bryce aponta para um ponto crescente à distância: a primeira ilha do arquipélago conhecido como as Ilhas da Cordilheira. Eu me inclino para a frente. Ela me faz lembrar de Venator com as colinas cobertas por florestas e cachoeiras escondidas, e formações rochosas erguendo-se sobre rios agitados.

Ela também abriga os destroços de cidades antigas.

O medo fecha minha garganta quando voamos por prédios destruídos. Gorgântuos vêm aqui para procriar. A Caça envia Aprendizes anualmente para reduzir a população que não para de crescer.

Enquanto nos aproximamos da ilha, a nossa joia de comunicação pulsa com luz. A voz da Mestra Koko soa cristalina.

— Dois meses para sobreviver. Dois meses para ascender. Que prevaleça o melhor Capitão. Que vença a melhor tripulação. Boa sorte.

Ao meu lado, Patience sussurra palavras de encorajamento para si mesma. Pound sorri e estala os nós dos dedos.

Nós voamos ao redor da ilha. A névoa, como mãos compridas, paira sobre a copa da vegetação e se infiltra pelos galhos. Quando chegamos do outro lado, minha respiração cessa diante da visão à nossa frente.

Uma tomada de ar coletiva se espalha pela *Gladian*.

Quando estou ali, encarando, sou levado de volta para quando me deparei com os olhos amarelos de um proulão. O momento em que estava completamente indefeso e diminuído.

Serpentes celestes.

Inúmeros gorgântuos, longas cordas cinzentas, deslizam pelo céu como se estivessem capturados em um ciclone que gira lentamente, os olhos cobertos de aço fechados enquanto estão adormecidos.

Eldon manobra para trás, fazendo com que paremos completamente. Os outros navios ao nosso redor fazem o mesmo.

Um macho de Classe-6, com cento e oitenta metros, faz com que as outras monstruosidades pareçam minúsculas. O corpo rodopia como uma gigantesca faixa. Uma crista óssea desponta atrás da cabeça encaroçada e maligna. Dentes longos se espalham como lanças irregulares ladeando o focinho gordo. Fileiras de escamas de metal recobrem seu torso.

Enquanto observo, sou levado de volta para quando Eldon disse que essas bestas não eram naturais. E não consigo evitar me questionar a respeito de tudo que a Academia me ensinou. Porém, se não são naturais, então por que estão aqui?

O *Archer* e os outros navios veteranos recuam.

— Para onde eles vão? — indaga Patience, subindo o tom de voz.

— Vão nos largar aqui com o ninho?

Ela fica branca como a lua. Sebastian apoia a mão no ombro dela. As lágrimas em seus olhos azuis ameaçam transbordar.

— Não podemos ascender com eles — diz ele. — Estamos por conta própria.

Ela fecha a boca quando percebe a realidade da situação. Reconheço esse sentimento melhor do que muita gente. Meu pai me preparou bem.

Quando olho de relance para Pound, quase enxergo medo naqueles olhos cor de mel, mas também a ganância. Ele não vai deixar que nada o impeça de conquistar a sua família de volta.

Ainda assim, enquanto os navios veteranos ficam diminutos no horizonte, nós não nos mexemos. Nem os outros navios de Aprendizes. Estamos todos à beira de um penhasco, temerosos de pular.

Pound avança a passos duros, arranca o telescópio do cinto, e encara o ninho. Ao nosso redor, os outros navios estão congelados. O vento carrega as vozes indistinguíveis dos navios mais próximos.

Em silêncio, com uma brisa suave nas costas, eu me aproximo de Pound. Assim como Bryce, Roderick, Sebastian e Patience.

— Capitão — digo. — Isso é um teste.

Ele espreme os olhos pela luneta.

— Capitão, nós devemos...

— Vai polir as minhas botas, Esfregão.

— O que...

— Agora!

Minhas bochechas ardem. Encaro Bryce e Roderick. Eles franzem o cenho. Em vez de ir parar no calabouço, solto o clipe da cera do meu cinto, me ajoelho e, com um pano, começo a esfregar as malditas botas dele.

— Conrad está certo — diz Roderick.

— Esfregão — ruge Pound. — Chame ele de *Esfregão*.

— Bom, seja lá como o chamemos, ele tem razão — diz Bryce. — Isso é um teste. A Mestra Koko quer...

— É um teste da nossa força — diz Pound. — Somos Caçadores. Devemos ser destemidos.

— Atacar aquele ninho seria como avançar diretamente contra um disparo de canhão ômega — diz ela.

Pound suspira e massageia sua enorme cabeça careca. Enquanto está parado ali, alguns dos navios vizinhos partem para longe do ninho e se aprofundam a caminho dos céus de treinamento.

Continuam vivos para lutar uma batalha que podem vencer. À procura de uma presa mais fácil.

— Covardes — murmura Pound. Ele se vira para nossa Estrategista.

— O que você recomenda, Patience?

Patience morde o lábio.

— Não sei se existe algum plano que eu possa conjurar que vai resultar em uma caçada bem-sucedida aqui, Capitão. Eles estão em grande número.

Pound resmunga. E, por um instante, parece que nossas palavras o convencem. Só que então, quando ele olha outra vez para o ninho, percebe um filhote que se desprendeu da segurança do ciclone adormecido.

— Não vale a pena — Bryce começa a dizer —, eles vão...

Um navio vizinho também vê o filhote. E eles ligam o motor.

— Aquela é a nossa presa! — grita Pound. — Sebastian, vá para a sala das máquinas.

— Capitão?

— Nossa Mecânica vai precisar de ajuda com o motor. Precisamos de toda a força que for possível. — Então ele aperta a sua joia de comunicação, deixando-a azul. — Preparem-se para uma batalha. — Sua voz alcança cada uma das nossas joias. — Nós vamos à caça.

— Capitão, vai acabar matando todos nós! — grito.

— Minhas botas estão brilhantes o suficiente, Esfregão — diz ele.

— Retire-se daqui.

Quero gritar. Socar a cara estúpida dele. Fazê-lo ter bom senso. Porém, eu saio pisando duro, ofegante. Tentando não berrar com essa situação ridícula.

Outro navio se vira na direção do filhote também.

— Navegador — grita Pound —, adiante a toda velocidade!

Eldon olha de relance para Bryce.

— Sim, senhor.

Logo, nossos cabelos são açoitados pelo vento. Cinco navios de Aprendizes avançam em direção ao ninho. O resto não se mexe ou apenas começa a recuar.

Ergo um lançador móvel da plataforma de munições. O encaixe pesado afunda nos meus ombros. Um único arpão preto aguarda ser disparado.

Patience se afasta de Pound. Olhos arregalados e medo em suas mãos trêmulas. Eu mal a conheço, mas paro ao lado dela a bombordo.

— Fique perto de mim.

Ela me encara.

— O quê?

Patience foi uma das poucas a se render em seu duelo na arena. Ela não é uma lutadora, mas uma planejadora de batalhas. Seu cérebro é seu melhor recurso.

— Precisamos de você viva — digo. — Uma boa Estrategista não é fácil de substituir.

Ela estreita os olhos para mim, mas assente de leve.

Dois navios nos ultrapassam, aproximando-se do ninho. Os cascos estão perigosamente próximos um do outro, tentando empurrar-se para fora do caminho.

O filhote continua a flutuar, adormecido.

— Mais rápido! — grita Pound na joia de comunicação. — Keeton, precisamos de mais força do motor!

— Estamos tentando! — grita ela.

Eldon lança as mãos para a frente. O vento se intensifica. Colide no meu peito.

— Prenda um braço ao redor da grade — grito para Patience.

Ela obedece.

Então, o horror se apodera do meu coração quando um canhão de ombro de outro navio dispara. O tiro desenha uma parábola do ar e passa por cima do filhote adormecido. Atinge em cheio a lateral do macho Classe-6.

— Ah não... — murmura Roderick na joia.

A explosão brilhante não causa dano algum às escamas grossas da besta. Porém, faz com que desperte. A enorme cabeça se vira na nossa direção. E com um ronco terrível, ele ruge, acordando o ninho inteiro. Logo o ar se enche de bramidos horripilantes e estridentes.

16

SOMOS UMA FARPA MINÚSCULA NO MEIO DE UM NINHO DE VESPAS gigantescas e raivosas. O navio estremece com o rugido profundo e bombástico dos gorgântuos. Além deles, o caos reina. A torre de Roderick dispara arpões no céu. Bryce atira projéteis de um lançador móvel. E Pound grita ordens ridículas.

Enquanto isso, estou tentando apenas continuar vivo enquanto atiro arpões do meu lançador móvel.

Os dedos ágeis de Eldon nos guiam através da torrente. Esses gorgântuos são infindos. Eles se estendem até perder a vista. Seus corpos grossos enrolam-se como ervas-daninhas, tentando nos esmagar.

— Eldon — grita Bryce pela joia de comunicação —, mexa-se!

Ele avança para a frente antes que um gorgântuo se enrosque ao nosso redor. A rajada de vento subsequente quase arranca meus óculos.

— Em cima! — grita Roderick.

Outro gorgântuo se aproxima. Boca aberta. Dentes cintilando.

— Fogo! — grita Pound. — Para dentro da boca!

Meu arpão voa em direção à serpente e colide nas escamas, retinindo. Enfio outro arpão no lançador. Assim que eu o levanto sobre o ombro, o navio dá uma guinada. Nós viramos para a esquerda, e minhas costelas batem de encontro à grade.

A dor embaça minha visão. Mordo a língua.

Fazemos outro movimento brusco e a força me balança de lado, ameaçando meus tornozelos devido à atração das botas magnéticas. Depois de outra virada ainda mais poderosa, meu magnetismo perde a força e eu saio rolando impotente pelo convés.

Quando nos aprumamos e o navio fica nivelado, Patience ergue um dedo trêmulo. Em meio a um círculo de terríveis gorgântuos, outro navio afunda. Fogo branco expande-se do corte aberto na popa.

O motor deles foi destruído e a tripulação grita. Imploram por socorro.

Um gorgântuo mira no alvo. Vira a cauda para dentro e dispara adiante, em uma linha reta. Ele se lança a uma velocidade incomparável. A tripulação do navio que afunda pula assim que a cabeça dele colide com o casco. A besta dilacera o aço reforçado do navio como se fosse papel. Destrói os botes salva-vidas antes que possam ser ejetados. E agora a tripulação cai. Afundam sem parar, os braços abertos e as jaquetas esvoaçando.

Patience congela ao observá-los.

Eu me levanto e limpo o sangue dos lábios.

— Nós vamos morrer, Capitão! — grito pela joia de comunicação. — Tire a gente daqui. Agora!

Pound não responde. Ele dispara projéteis ardentes do seu canhão de ombro na direção de um gorgântuo próximo. Não consigo ouvi-lo, e ele está do outro lado do navio, mas eu sei que aquele desgraçado está rindo. Aquele maníaco.

Por cima do ombro dele, uma fera Classe-2 e olhos dourados foca a atenção na nossa embarcação. Ela irrompe do círculo de batalha e se aproxima. Sua boca se alarga — preparando-se para engolir a nossa proa e a sala das máquinas. Devorar Keeton e Sebastian em uma única mordida.

— Vamos! — grito para Patience, largando o lançador móvel e pegando um canhão antiaéreo da plataforma de munições. — Pegue um desses e me siga.

Minhas pernas ardem por causa das botas magnéticas. Quando alcanço a grade da proa, a besta Classe-2 se aproxima. Seus olhos enormes me encaram, furiosos. A garganta rosa estende-se para um vazio sem fundo.

Fico ali parado, entorpecido.

O último lugar no qual vão querer morrer, Madeline de Beaumont nos ensinou, é no estômago de um gorgântuo. Vão sobreviver durante horas enquanto são lentamente dissolvidos.

Engulo meu medo e olho pelo retículo do canhão antiaéreo.

— Ao meu sinal, atiramos. — Eu aguardo, mas ela não responde.

— Patience? — Quando olho para trás, eu a encontro tremendo no meio do navio, perto da plataforma de munições.

Pound se vira para mim e o pânico toma conta de seu rosto.

— Atira, Esfregão! Atira!

A besta está tão perto que eu poderia saltar para seu focinho. Eu miro em seus olhos e aperto o gatilho.

A explosão me lança para trás.

Uma lata é disparada do cano, rodopiando no ar. Ela atinge o olho direito da gorgântua e entra em erupção. A explosão crepita pelos céus. Pontilha o rosto dela de centelhas vermelhas e alaranjadas.

A besta ruge. A cabeça se revira e ela mergulha para longe, gemendo de dor.

Eldon zarpa veloz adiante antes que ela possa se recuperar.

— Capitão — digo —, nos tire desse inferno...

Eldon dá uma guinada lateral, desviando de um macho Classe-5. Caramba. Eles estão por toda parte! O macho se aproxima de nós, bramindo. Espirrando a umidade do bafo semelhante a um gêiser. Fede como um cadáver putrefato.

O navio faz uma manobra brusca e o motor engasga.

— Keeton! — grita Bryce pela joia. — Qual é o seu status?

Sem resposta.

— Motor! — exclama Bryce. — Keeton?!

Enquanto a barriga do macho continua acima de nós, Pound dispara o canhão de ombro. Repetidamente. Cada disparo detona contra as escamas. Porém, nenhum dos tiros causam mais do que a perda de algumas delas.

O macho ruge um guincho estridente.

Sebastian irrompe no convés, saindo da escotilha.

— Capitão. Keeton está inconsciente. Ela bateu a cabeça e minha joia quebrou. O motor está superaquecendo. Está com uma fissura.

— Não estamos preparados para isso — diz Bryce na sua joia. — Capitão, devemos recuar.

Meu corpo está completamente exausto. Sinto dor por toda parte. A costela lateja. Porém, eu me forço a continuar e encontro Patience encolhida na rede da grade, perto da popa a estibordo.

As pupilas dilatadas me encaram em uma confusão atordoada. Talvez esteja com uma concussão.

— Levante, Patience.

Ela estremece e balança a cabeça.

— Levante ou você vai morrer. — Eu a coloco em pé. — Olhe para mim. Você quer viver?

— S-sim.

— Então vá para os deques inferiores. Precisamos de você.

Ela assente num gesto rápido e vai a passos lentos na direção de Sebastian, no meio do navio.

Bryce encurrala Pound. Não tenho ideia do que ela está dizendo, a joia está desligada, mas ela está agitada. Apontando furiosamente um dedo na cara dele. Finalmente, Pound larga o seu canhão com repulsa.

— Tire a gente daqui, Navegador — ordena Pound.

Eldon assente e empurra com toda a sua força, e nós zarpamos para longe. Atrás de nós, o macho se vira e recolhe a cauda para dentro. Preparando-se para se lançar no ar ao nosso encalço.

Eldon olha de relance para trás, mas quando faz isso, não percebe o outro gorgântuo Classe-3 disparando para cruzar o nosso caminho.

Patience continua cambaleando em direção à escotilha. Com tontura. O horror me inunda e eu começo a correr na direção dela.

— Eldon, mergulhe! — grito. — MERGULHE!

Ele aperta para baixo, mas o gorgântuo continua num arroubo em nossa direção.

— Patience!

A cauda do Classe-3, tal qual uma lâmina fina de navalha, corta pela nossa grade. Esculpe um talho raso pelo convés e então... atravessa Patience.

Todo mundo congela, mesmo depois que o Classe-3 sai voando. Patience fica de pé, tendo pequenos espasmos. Talvez a cauda tenha errado o alvo. Apenas raspado por ela. Porém, depois que me aproximo, saio cambaleando para trás. Um corte fino a traça pelo nariz, queixo e corpo. Ela se parte em duas. Cada lado preso ao convés pelas botas. Espirrando sangue no meu rosto.

Bryce encara a cena. Pound cobre a boca. Roderick para de atirar. Todo mundo observa o vermelho esvoaçando pelo convés.

Sebastian grita. Um berro que eu nunca escutei antes. Ele corre até ela.

Meu corpo fica entorpecido. Não sinto meus pés. Não sinto que estou aqui.

— Navegador, nos tire daqui! — grita Pound. — Vai!

Eldon vomita em cima da própria roupa mesmo enquanto seus dedos trabalham nas cordas. Ele nos puxa para a direita, então dá uma guinada para a esquerda. Evitamos por pouco esbarrar em um par de Classe-2. Sebastian se ajoelha, as mãos escarlate enquanto ele desesperadamente tenta juntar as duas metades da namorada de volta.

Não pode ter acontecido. Não aconteceu. Ela estava viva, apenas segundos atrás. Viva e pronta para se abrigar lá embaixo.

Eldon continua a nos levar para longe do ninho. Porém, ainda estamos sendo perseguidos e nosso motor está ruim. Enquanto batemos em retirada, nos aproximamos de um navio quebrado. Pedaços enormes de metal arrancados do casco, e os últimos três sobreviventes pendurados em uma grade solta, as pernas chutando o ar. Quando chegamos perto, percebo quem são eles e sinto um calafrio. Harold e Erin imploram para que paremos o trajeto. Gritam por nós, as mãos estendidas desesperadamente.

Porém, Pound ordena que sigamos o caminho. E ele tem razão. Não podemos parar.

— Eu sinto muito, Harry! — grita Roderick. — Eu sinto muito!

Os gorgântuos se viram para o navio perdido. Mastigam a popa. Harold e Erin desaparecem para dentro de uma boca depois de um último grito.

Fecho os olhos.

Eldon persiste com toda a sua força. O vento se intensifica. E por fim, quando alcançamos a ilha, nós a contornamos até chegarmos ao outro lado e deslizamos para um céu azul e tranquilo.

17

MADELINE NOS ENSINOU QUE NO COMEÇO DAS TERRAS CELESTES, EXISTIAM onze Ofícios. Porém, a Ordem, que já tinha tantas responsabilidades, ficou sobrecarregada tentando lutar contra a ameaça dos gorgântuos. Então, nasceu a Caça.

— Vocês são os herdeiros de uma guerra antiga entre a humanidade e as bestas — disse ela, andando entre mim e Harold. — Vocês são soldados. Nem todo mundo nessa sala vai sobreviver. Isso é esperado. Mas aqueles que sobreviverem não serão os mesmos. E deixe-me dizer isso a vocês, ninguém, nem mesmo os melhores da Ordem, se atrevem a provocar um veterano da Caça.

Caçadores são testados em sangue e morte. Incumbidos da tarefa de ir a lugares que ninguém jamais iria. E já estamos sendo testados.

A tripulação inteira está no convés em silêncio, olhando para os restos mortais de Patience. Somos como estátuas. O navio espião azul diminui a velocidade até parar ao nosso lado. Um momento depois, uma rampa de metal desliza para o nosso convés e alguns veteranos atravessam. Seu Capitão, Travis de Waters, se junta a eles.

Ele é um homem alto com dentes horríveis que mastiga uma raiz amarga de táqui. Depois de olhar para o longo corte que fatia nosso convés, seu olhar pousa em Patience.

Ele para e analisa a cena. Talvez ele se pergunte se somos novos demais para essa tarefa. Ou se, caso o mundo fosse justo, nós nunca teríamos sido Selecionados pela Caça. Talvez estivéssemos na Exploração, vagabundeando por aí, em busca de novas ilhas e metais preciosos.

Sebastian se ajoelha em silêncio ao lado da namorada. Não desvia olhar mesmo sendo uma visão que eu mal consigo suportar.

— Você a conhecia bem, filho? — pergunta Travis a ele.

Sebastian abre a boca, mas não sai palavra alguma. O Capitão respira fundo e traz os outros veteranos. Logo, abrem o zíper de um saco preto. Não aguento o Sebastian, não confio nele, mas ninguém merece ver alguém que ama morrer dessa forma. Ninguém.

Sebastian sai do seu transe e ajuda os veteranos a tirarem os cadarços das botas de Patience. Então, com os outros, ele abaixa delicadamente cada metade dela para dentro do caixão de borracha.

Enquanto ele a observa por uma última vez, meu olhar se dirige a Pound. Aquele bosta de pássaro é sortudo que não podemos fazer motim por uma semana. Com base em algumas das expressões ao nosso redor, não tenho certeza se ele duraria o resto desse dia. Porém, esse é o problema: Pound é capaz de qualquer coisa para reconquistar o afeto de sua família.

E eu temo que esse não será o último corpo que será colocado em um caixão.

Travis levanta o saco com delicadeza. Segura-o nos braços. Em seguida, ele caminha pela rampa em direção ao seu navio.

Sebastian se agacha no sangue marrom. Roderick dá um tapinha em seu ombro. Bryce se abaixa e sussurra alguma coisa em seu ouvido.

Eu conheço a dor da perda. Se ao menos existisse uma combinação de palavras que pudesse resolver esse sentimento... Mas enquanto eu o observo sofrer em silêncio, sou lembrado do momento, meses atrás, quando segurei os restos mortais da minha mãe e cantei "A Canção dos Caídos" para ela.

E de repente aquela canção vem para o convés. Roderick começa a dizer as palavras com uma voz falhada e sem treino. A música flui suave dos seus lábios e paira terna no ar.

A tripulação inteira se junta a ele. Até Pound.

Depois, boa parte da tripulação desce para os deques inferiores para cumprir suas funções. Afinal, essa é a Provação. Precisamos vencer e, sem dúvida, outros navios já estão caçando.

Pound vem a passos duros e para do meu lado.

— Você é o Cozinheiro hoje.

— O quê?

— Esfregue o convés, e depois faça o almoço. A tripulação está faminta.

Quando ele está fora de alcance, conversando com Eldon, eu murmuro alguns xingamentos. Então jogo um pano ensaboado no convés. Bolhas espumosas se espalham, ficando rosa ao escorrer.

Eldon pisa na bolha do leme e voa. Não sei ao certo se sabe para onde está indo. Porém, ele nos guia a um lugar quieto. Onde estamos longe das ilhas, e tudo que temos é o manto azul do céu.

Depois que termino o convés e meus dedos estão em carne viva, parto para a cantina. Algumas pessoas da tripulação estão no corredor, em silêncio, com o olhar perdido e distante.

Um bom Capitão nos diria para não nos preocuparmos com nossos deveres hoje. Só que imagino que, na mente de Pound, se fizesse isso, estaria admitindo o seu erro.

E Atwoods nunca admitem seus erros.

Por fim, empurro a porta da cantina. Mal consigo pensar em cozinhar. E não sou cozinheiro. Quando eu era um Superior, tinha meus próprios cozinheiros e, quando eu era um Baixo, minha mãe e eu ficávamos felizes se tivéssemos uma refeição quente.

No fundo da cantina fica uma pequena cozinha com fogões abastecidos com cristais, uma pia conectada aos reservatórios de água e uma prateleira de ervas secas pendentes. Depois de me familiarizar com os diversos potes, panelas e utensílios culinários, eu entro na geladeira.

Há um globo de frio encrustado de gelo no centro. Esse espaço possui reservas para cerca de duas semanas de comida fresca. Depois disso, Madeline explicou que teríamos que usar os estoques de enlatados no deque inferior.

Eu pego alguns ovos e pão.

Logo o fogão está aceso e eu posso jurar que os ovos grudam na panela. Quando Pound e o resto da tripulação vem para a cantina, encaram os ovos queimados e a torrada áspera e dura.

— A sua refeição, Capitão — digo, enchendo a bandeja de ovos.

— Coma.

Ele bufa alargando as narinas.

— É claro que um Urwin não sabe cozinhar.

— Coma um pouco de torrada também, Capitão.

A torrada preta emite um retinido ao bater na bandeja.

Se o conflito físico fosse o modo da Caça, Pound me estrangularia. Em vez disso, ele sai a passos duros em direção a uma mesa com o seu "almoço".

Essa será a última vez em que ele me aloca para a posição de Cozinheiro. O único tripulante que come mais do que algumas garfadas é o Roderick. Ele devora a comida como se eu tivesse acabado de preparar minuciosamente um prato de flanco de gorgântuo assado. Aquele garoto peludo ama comida quase tanto quanto ele ama garotas.

Provar meu ponto para o Pound não me deixa impune. Depois do almoço, ele me encarrega de vários deveres, incluindo encerar as botas de toda a tripulação e limpar o lavatório pessoal do Capitão. E então, finalmente consciente do quanto a comida é importante para uma tripulação, ele encarrega a Keeton de cozinhar o jantar. Ela está cuidando de um ferimento na cabeça, mas faz um prato simples da sua ilha, um ensopado cremoso espalhado sobre arroz amanteigado. É bem popular. Pelo menos depois do trabalho que fiz antes.

Quando o sol se põe, meus braços estão tão fracos de esfregar e encerar que quando eu finalmente entro no alojamento, tenho dificuldades para tirar a camisa. Meus dedos mal conseguem se dobrar. Afundo na cama e, mesmo com o acolchoado fino, o calor que fornece é o maior conforto que senti o dia inteiro.

Alguém bate gentilmente à porta. Uma figura está parada no batente, a luz do corredor atravessando os cabelos espetados.

— Conrad, estou com os seus afazeres da noite.
— Afazeres?

Bryce entra e me entrega um envelope branco.

Eu o abro e leio as instruções:

1. *Lavanderia.*
2. *Esfregar o convés/ficar de vigia.*
3. *Polir a torre de arpão.*
4. *Polir minhas botas (elas estão do lado de fora da porta).*
5. *Esfregar o convés/ficar de vigia até às 2:00 da manhã.*

Um nojo asqueroso me preenche. Eu amasso o papel e o arremesso no chão.

— Esses afazeres — diz Bryce —, não são só para essa noite.
— São para todas as noites.
— Desculpa — diz ela. — Não havia nada que eu pudesse fazer.

Pouco depois, estou de volta no corredor, rangendo os dentes enquanto carrego todas as sacolas de roupas sujas penduradas do lado de fora dos alojamentos. É por isso que é impossível ascender como um Esfregão. Ninguém respeita sua posição, você é apenas o criado. E muitos, especialmente os que sempre foram Superiores, sabem exatamente como usar um criado.

Toco no colar de Ella. Recordando o motivo de estar aqui em primeiro lugar. Então, depois de esfregar a roupa suja no tanque e a pendurar para secar, eu volto para o convés imaculado e limpo. E enquanto trabalho até os dedos ficarem rosados, percebo que posso aguentar um número limitado de noites assim antes de surtar, desobedecer a uma ordem e ser jogado no calabouço.

Enquanto mergulho o pano no balde, olho de relance para o nosso barco salva-vidas mais próximo. E um plano começa a ser formulado na minha cabeça. É perigoso. Até mesmo ridículo. Eu terei que ser cuidadoso para não ser pego. Porém, com todo o tempo que terei a sós à noite, vou construir algo que vai me ajudar a ascender.

E fazer os meus inimigos caírem.

18

ÀS 5:30 DA MANHÃ, SEBASTIAN SALTA DA CAMA SUPERIOR DO BELICHE E anda a passos pesados. Depois de ligar a lâmpada de cristal com um toque, solto um gemido e enfio um travesseiro no rosto. Meu corpo parece preferir a morte. Tudo dói. E minha cabeça está latejando com uma dor tensional que é fruto de apenas três horas de sono.

Sebastian amarra bem suas botas.

— Eldon explicou tudo.

Solto um grunhido:

— O quê?

— Você disse para Patience ir até os deques inferiores e a levou direto para a cauda do gorgântuo. Você queria que ela ficasse fora do caminho.

Eu me sento.

— Você está dizendo que eu fiz sua namorada ser morta de propósito?

— Você é um Urwin. Faria qualquer coisa para ascender.

Estou prestes a responder algo, mas ele vai embora. Então, sou deixado com o que deveria ser a última meia hora de sono do Esfregão, encarando o estrado por baixo do colchão da cama de cima.

Como ele pode acreditar que fiz qualquer coisa além de tentar ajudar? Sebastian quebrou o pescoço da Samantha e fingiu que foi um acidente. Ele é um mentiroso crônico, um desgraçado que usaria qualquer coisa, até mesmo a morte da namorada, se isso trouxesse uma vantagem para ele. Ele é uma ameaça legítima para a minha ascensão, mas não vai me impedir de conseguir a Ella de volta. Eu vou segurá-la em meus braços outra vez e ser o irmão mais velho que prometi a ela que seria.

Quando me visto, sigo pelo corredor silencioso até a cantina. À minha frente, virando a curva, vem Keeton. Mais uma das madrugadoras. Uma pequena faixa de gaze protege a testa machucada. Ela olha de relance para mim, franze a testa, e segue em frente. Não me dirige nem uma palavra.

Entro na cantina. O nascer do sol em tons rosados e alaranjados brilha através das janelas largas e o aroma amargo de mingau de aveia queimado permeia o ar. Sebastian está diante de uma poça de fumaça, abandando-a, tossindo.

— Dois minutos — anuncia ele. — Depois vocês podem comer.

Talvez eu seja um cozinheiro terrível, mas Sebastian conseguiu ser pior na cozinha do que eu. Pound ter me recrutado como Esfregão faz mais sentido do que Sebastian como Cozinheiro.

Quando me sento no banco do outro lado de Keeton, ela se levanta e vai se sentar na mesa ao lado. Tenho que admitir, aquilo dói um pouco.

O Navegador entra em seguida. Ele e Keeton se apressam para a cozinha. Logo estão sussurrando. Olhando de relance para mim.

Cruzo os braços. O que diabos está acontecendo? Eles vão começar a apontar o dedo para *mim*? Não para o Capitão que nos ordenou para voar direto na direção de uma tempestade furiosa? Talvez seja por isso que eu não deva ajudar as pessoas. Sou prontamente acusado de mentiras ridículas!

Eu me coloco entre eles, interrompendo a conversa, e entrego minha bandeja para Sebastian.

— Eu tenho trabalho para fazer hoje, então me dê o que tiver.

Ele me olha furioso, pega uma concha do seu "cereal quente" gelatinoso e verde e joga o pedaço mais chamuscado de torrada na minha bandeja.

— Coma tudo, Conrad.

Eu engulo minha gororoba em silêncio. Corto a boca no pão, mas como tudo que me foi dado em silêncio. Preciso de energia, não importa o quanto a comida esteja queimada. E quando termino, deixo a cantina sem dizer nenhuma palavra a ninguém.

Depois de me apresentar para o serviço perante o Capitão, encero as botas vazias de Pound no corredor. Pego uma quantidade generosa de graxa para sapatos e passo no couro. A meleca preta tem uma ardência acídica. Faz minhas narinas se alargarem.

Pound repentinamente abre a porta do Capitão e abaixa o olhar para mim.

— Já acabou, Esfregão?

— Você me deixou uma dúzia de botas.

— Anda logo!

Ah, como eu gostaria de dar um soco nas bolas dele. Não seria difícil, considerando como estamos posicionados. Provavelmente isso me custaria uma ou duas noites no calabouço... Mas pode valer a pena.

Pound volta a passos duros para sua escrivaninha, deixando a porta aberta. Mapas e livros sobre gorgântuos estão empilhados sobre a mesa. Trabalhamos em silêncio por alguns minutos. Por fim, ele se recosta e olha na minha direção.

— Acha que o seu tio vai te receber de volta, *Urwin*?

Eu giro a bota, inspecionando o brilho, e passo mais graxa.

— Urwin? — ele insiste.

Quando não respondo, ele resmunga e encara seus planos mais recentes. Sem Patience, ele assumiu o papel de Estrategista, além de ser Capitão. Ele está no comando de planejar nossa próxima caça.

Alguns minutos depois, ele joga o papel fora com repulsa. Então, encara a sua joia de comunicação, talvez esperando por Bryce, que está de vigia, anunciar o avistamento de um gorgântuo.

Mesmo o melhor plano não significa nada se não pudermos encontrar um monstro.

Termino outro par de botas. Elas estão tão brilhosas que as lâmpadas de cristal refletem na superfície.

— Você acha que a sua família vai te receber de volta, *Atwood*?

Ele abaixa o papel.

— Minha família tem honra.

— Honra? — Contenho uma risada.

— O que foi?

— Nada.

— Explique, Esfregão.

Eu largo a bota na qual estou trabalhando.

— Você é maior do que eu, e mais forte também. E ainda assim, levou seus primos quando me atacou na Região Baixa. Isso por acaso é honra? — O músculo da mandíbula de Pound se contrai. — Você não queria me enfrentar nos duelos, então resolve trapacear. Não sei ao certo se você sabe o que é honra, Capitão.

Ele bate com o punho na mesa.

— Saia daqui!

— Mas eu não terminei de engraxar as botas.

— SAIA!

Eu me afasto, sorrindo um pouquinho. Talvez, se eu antagonizá-lo o suficiente, ele sempre vai me mandar embora. Serei dispensado do meu serviço ridículo. Quem dera fosse assim tão fácil...

Infelizmente, Pound ainda me deu outras ordens. Como carregar todos os arpões. Lubrificar com óleo as dobradiças da torre. Esfregar o piso do chuveiro comum. Carregar enlatados do deque inferior até a cozinha porque nem mesmo Sebastian pode destruir uma lata de feijões pré-cozidos.

Assim espero.

Enquanto isso, com Pound me mantendo ocupado, a *Gladian* voa pelos céus das Ilhas da Cordilheira. A área é uma extensão enorme de mil e seiscentos quilômetros de ilhas de selva e minas abandonadas. Em um espaço tão grande, até os ninhos de gorgântuos são difíceis de encontrar.

Em um dado momento, vislumbramos um calamauno. O metal dourado de tom claro da besta reflete sob o sol. Ela zarpa pelo firmamento, seus tentáculos de quatro metros e meio encolhidos. Mais tarde, encontramos alguns crustaunos dançando ao redor das raízes de uma ilha enquanto as pinças tentam capturar os pichones e pássaros que voam por perto.

Quando o sol finalmente se põe, a tripulação vai dormir. Porém, eu não tenho o luxo de descansar. Assim, trabalho no meu projeto sob a penumbra da lua. O esfregão, o balde e os panos repousam perto da escotilha enquanto estou de pé sobre três triângulos cortados de um tecido elástico. Levei uma hora para cortar esses triângulos com a faca minúscula que surrupiei da cozinha. São a chave para a minha ascensão, a chave para derrubar um gorgântuo por conta própria.

Meus dedos ágeis empurram um cano de metal pelo tecido brilhoso. Junto o tecido ao longo do metal, como uma cortina, e o aperto de encontro ao antebraço. Quando deixo o tecido cair até a ponta da vara, ele esvoaça no vento.

A esperança toma cota do meu peito. Mesmo com a tripulação se virando contra mim, meu plano ridículo ainda tem chance.

Ouço o eco de passos de bota vindo de dentro da escotilha, seguido de mãos segurando as barras da escada. Sou tomado pelo pânico. Recolho meu projeto e disparo para o outro lado do convés. Logo antes da escotilha se abrir, dobro a lona do barco salva-vidas, enfio meu projeto lá dentro, e me viro enquanto Bryce está subindo no convés.

— Conrad.

Relaxo os ombros.

— Achei que você fosse o Capitão.

— Decepcionado?

— Depende. Você vai me passar mais tarefas?

— Não, vim para respirar.

Ela espia por cima do meu ombro, para a ilha flutuante despontando entre as nuvens, e passa por mim para se inclinar na grade a estibordo. O vento suave faz seus cabelos espetados tremularem.

Eu me junto a ela, perto o bastante para deixar nossos braços quase se encostando.

Ficamos em silêncio ao observar a ilha roxa. Eldon nos contou tudo sobre essa ilha no jantar. Como ela um dia já foi o lar de um bando de piratas que se revoltaram contra a antiga Rainha. Os piratas tinham a sua própria cidade lá, além de uma armada.

Agora ela não é nada além de ruínas e selva.

— Quando era criança — Bryce sussurra de repente —, jamais achei que seria escolhida para lutar nessa guerra.

— Os gorgântuos? É, eles também não estavam nos meus planos. Nenhum Ofício estava. Qual Ofício você queria quando era criança?

Ela me lança um olhar tímido.

— Você vai rir.

— Não vou.

— Vai, sim.

— Prometo que não vou.

Ela me observa.

— Arte.

Eu dou uma risada.

Ela me dá um soco no braço, então desata a rir também.

— Eu falei.

— *Arte*? Você, passando horas com um pincel? Ou esculpindo estátuas ou...

— Arte não é só isso, Conrad. Artistas constroem. Criam coisas novas em vez de destruí-las.

Fecho a boca.

— Se você queria Arte, por que veio para Holmstead para a nossa Seleção? A sua ilha não tem Seleção?

— Não, não temos. Além do mais, não há poder na Arte, é tudo panelinha. Ouvi dizer que novas Seleções da Arte devem gerenciar suas próprias galerias, atrair clientes. É muito inescrupuloso. Artistas sabotando uns aos outros, roubando ideias. Ainda assim, teria preferido estar na Arte. Mas o meu povo, a minha ilha, eles queriam que eu viesse para Holmstead porque souberam que a Mestra Koko ia fazer a Seleção por lá durante o ano em que eu faria dezesseis anos. Foi por isso que me enviaram para estudar na Universidade. Para me preparar para a Caça.

— A Caça é mortal.

— Sim, mas a Mestra deseja se aposentar em breve.

— Ah — digo —, eu não sabia que a sua ambição era tão alta.

— Ascender é a ambição de todo mundo nas ilhas. Não importa o que aconteça. — Ela olha para mim. — Mas todos eles caem um dia. Sempre caem.

Ela para de falar e seu olhar se desvia para o céu coberto de névoa. E, enquanto ela mira as nuvens escuras abaixo de nós, sei no que ela está pensando. Em todos aqueles que caíram ontem.

— Não estávamos preparados — digo. — Não sei se alguém estará preparado algum dia.

O silêncio recai sobre nós. As nuvens lá embaixo colidem e giram. Raivosas.

Continuo quieto enquanto encaro as nuvens ácidas. Anos atrás, em um ano de ventania intensa, tivemos uma maré extremamente alta. As nuvens ameaçaram tragar Holmstead. Eu, minha mãe e todos os Baixos que não podiam pagar por uma vaga em um navio celeste, precisamos escapar para a Região Superior e apenas torcer para que as nuvens afundassem. Alguns Baixos não sobreviveram. As nuvens dizimaram parte da vegetação da ilha também.

O único ponto positivo foi que as nuvens exterminaram muitos dos crustaunos que estavam se escondendo na rocha escarpada sob a nossa ilha.

— A Academia diz que essas nuvens são impenetráveis — diz ela.

— Nem mesmo a Exploração sabe como atravessá-las sem serem completamente desintegrados.

Ela hesita.

— Existe um jeito. A Academia ensina que há mais céu por baixo, mas eu acho que não. Tem alguma coisa lá embaixo.

A conversa morre ali. Meu pai era muito cético em relação à Academia. Até minha mãe me dissera para não confiar em tudo que escuto. Ainda assim, temos outras coisas com as quais nos preocupar além da Academia e das nuvens escuras. Como o fato de que nossos braços estão tão próximos que podemos sentir o calor um do outro.

Meu estômago se contrai com um entusiasmo ansioso.

— Alguns dizem que você não se importa com mais ninguém — diz ela, olhando para mim. — Que você quer apenas ascender e eliminaria qualquer um no seu caminho, incluindo Patience. Disseram que você planejou a morte dela, que falou para ela correr na direção da cauda do gorgântuo.

— Não sou um assassino.

Ela me analisa, com cuidado.

— Não, não acredito que seja. — Ela se vira para o outro lado. — O Capitão deveria ter ordenado que recuássemos.

— Ele é um bosta de pássaro.

— Na verdade, ele não é tão ruim. Pelo menos não comigo.

— É porque você é bonita.

— Ah, você acha que sou bonita? — Ela sorri de leve. — Então... Viu algum gorgântuo durante a sua vigia?

— Você saberia se eu tivesse visto.

— E você acha que confio em você completamente?

— Não confia?

— Se avistar um gorgântuo, precisa contar para a tripulação.

— Bom, eu não vi nenhum.

Ela estreita os olhos para mim.

— Você tem medo de que Pound possa nos levar para derrubar um gorgântuo. Mesmo depois da morte de Patience, a tripulação poderia aceitá-lo. Ele se solidificaria em sua posição.

— Você também tem medo disso — retruco, o que a faz se calar.

— Está preparada para tentar sua jogada de se tornar Capitã?

— Talvez.

— Hum. Então *você* não confia em mim.

Bryce suspira.

— Nós precisamos nos livrar do Pound. Ou ele vai nos matar ou vai solidificar sua posição. Ambas as opções não são... benéficas para nenhum de nós.

Ela aponta com a cabeça para o balde cheio de sabão.

— Enfim, o que você tem feito aqui em cima?

— Faxina.

Ela dá um sorrisinho irônico.

— Quando removermos o Pound — digo —, vamos precisar substituí-lo com alguém que será facilmente removido depois. Alguém temporário.

— Por quê?

— Você tem apoio suficiente para tentar virar Capitã agora?

Ela estreita os olhos para mim.

— Tá bom, quem você tem em mente?

Eu me calo. Ainda estou tentando descobrir. Esse navio tem tantas pessoas que ainda estou tentando entender as peças. E muitas delas estão caindo nas mentiras de um mentiroso. Antes de Keeton me ignorar, poderia ter considerado ela. Roderick também seria um ótimo temporário, mas tenho certeza de que ele recusaria o posto.

Ela abre a boca, mas antes que possa falar, as nossas joias de comunicação se iluminam.

— Todo mundo na minha cabine agora — diz Pound. — Aconteceu uma coisa.

Bryce e eu trocamos olhares. Então, saímos correndo.

Em poucos minutos, a tripulação bocejante, a maioria sem uniforme, está dentro da cabine do Capitão. Pound está perto do Quadro da Provação na parede. Ele aponta o dedo do tamanho de um pepino para o número piscando em cima da tabela.

Um navio competidor, o *Spiculous*, matou uma criatura.

— Isso aconteceu enquanto todos vocês dormiam. Como o Capitão e Estrategista, eu não posso me dar ao luxo de dormir. — Ele aponta para a escrivaninha, onde papéis amassados cobrem o chão. — Estamos perdendo, e eu sou o único que parece se importar.

— O que sugere? — indaga Bryce. — Ficarmos sem dormir?

— Estamos sendo passados para trás. Quem quer ficar na lanterna? — Ele bate com o punho na mesa. — Isso mesmo. Ninguém quer.

— A Provação acabou de começar — diz Bryce. — Capitão...

Ele a ignora.

— Esfregão, teve algum avistamento essa noite?

— Nenhum, senhor.

Ele fecha os olhos.

— Tudo bem. Isso clama por medidas desesperadas. — Ele dá um soco na mesa de novo. — Não vamos mais dormir.

Eu o encaro.

— Como assim?

— NINGUÉM VAI DORMIR! — Os olhos ardem de raiva. — Não até derrubarmos uma besta.

Roderick fica boquiaberto. Bryce massageia os olhos. Keeton apoia as mãos no quadril, balançando a cabeça. Estamos todos à mercê de Pound simplesmente porque ele tem punhos grandes e venceu os duelos.

— Mas, Capitão — argumenta Bryce —, as outras tripulações vão ter caçadas bem-sucedidas. Acontece. Não vale a pena punir...

— Nós vamos dormir quando tivermos *merecido*.

— Isso pode levar dias.

— Que assim seja — declara ele. — Mestre Artilheiro, aparafuse aquela torre que discutimos no convés. Agora.

Roderick fica aturdido.

— Quer dizer essa noite?

— Essa noite.

— Tudo bem — concorda Roderick, amargo —, mas vou precisar de ajuda.

— Leve o Esfregão, então. Navegador, trace uma rota.

— Para onde? — pergunta Eldon.

— Qualquer lugar! Só encontre um maldito gorgântuo.

Eldon inspira fundo.

— Sim, senhor.

Pound continua repassando sua lista de tarefas, mas já estou seguindo Roderick para fora da cabine e pelos corredores.

Pound é um imbecil. Se não estivermos atentos e descansados quando enfrentarmos um gorgântuo, vamos morrer. Ele precisa ser removido. Mas, como o primeiro Capitão, ele tem direito a uma semana livre de motim. E infelizmente para nós, ainda restam cinco dias para ele.

19

RODERICK E EU LEVANTAMOS A ENORME PORTA E ENTRAMOS NA SALA DE munições. Ela cheira a ferro molhado. Estamos rodeados por mosquetes automáticos, barris de pólvora, revestimentos para torres de tiro e canhões antiaéreos. Algumas fileiras de bancadas e máquinas de solda circundam a plataforma de munições.

— Praga estúpida e maldita. — Roderick liga as luzes de cristal antes de manobrar ao redor das mesas. Ele pula por cima de um banquinho, esgueira-se por uma furadeira e continua murmurando, irritado.

— Careca rabugento. Capitão desgraçado.

— Ser um babaca é herança de família — digo.

Nós paramos na parede dos fundos, onde uma torre de tiro está deitada de lado. Uma portinhola aberta revela as entranhas. Correntes grossas, como intestinos, levam ao cilindro da torre em direção ao cano de disparo.

— Então, essa é a aparência da sua torre pessoalmente — comento com as mãos na cintura. — Não tinha certeza se você iria além do estágio do projeto.

— Tem sido um processo longo e complicado. — Ele respira fundo, abaixa-se de lado e enfia o braço pela abertura. — Passa aquela chave de boca, por favor?

Depois de apertar os parafusos por alguns segundos, nós levantamos a torre e a apoiamos sobre as quatro pernas. Então, ele se senta e calibra alguma coisa perto dos gatilhos. Honestamente, não tenho ideia do que ele está fazendo. Sei como usar armas, não como construí-las.

Ele sempre foi o especialista em munições.

Enquanto trabalha, ele resmunga a respeito de Pound. Por fim, quando ele desliza a mão para dentro de um compartimento e confere a fiação, ele me vê e sua expressão suaviza.

— Sabe... Tenho escutado um rumor maldoso a seu respeito, Conrad.

— Sebastian está espalhando mentiras.

— Ele está magoado e procurando alguém para...

— Pare de defendê-lo, Rod. Eu sei o que ele é. Ele quebrou o pescoço da Samantha de propósito.

Roderick me encara.

— Sebastian chorou a noite toda depois daquilo. Foi um acidente.

— Eu sei o que vi.

Ficamos em silêncio por alguns segundos. Minha pele está um pouco quente. Roderick não é competitivo em relação a ascender e, portanto, não reconhece o veneno contido nessa ambição.

— Bem, saiba que eu estou do seu lado — diz ele. — Você é uma praga, completamente focado em ascender, mas não é um assassino. — Ele termina de torcer um cabo e fica em pé. — Enfim, esse monstro está pronto para o nosso adorado Capitão. Só temos que aparafusar no convés. Quer uma demonstração?

Ele me leva até uma bancada de trabalho, onde um pequeno mosquete repousa sobre alguns projetos.

— É uma versão em miniatura daquela torre — diz ele. — Eu a chamo de "o Roderick".

Eu o encaro.

— Tudo bem, eu dei o nome de "arma de garra". — Um gancho grosso de três dentes com uma ponta afiada no centro que é projetada do cano de disparo. — Esse bichinho pode fazer um rombo em um casco. Também consegue se afixar onde acertar. Observe.

Ele gira sobre os calcanhares, aponta para uma caixa na plataforma de cima e aperta o gatilho. O gancho preso à corrente dispara do cano e espeta a caixa com uma pancada.

A corrente tensiona para remover qualquer ponto frouxo.

— Não é como um arpão acorrentado. — diz ele — Não é para nos levar para dar uma voltinha. Em vez disso...

Ele se apruma, as mãos grandes agarrando o cabo, e aperta o gatilho outra vez. No instante seguinte, ele está voando pelo ar, o gancho o puxa como se ele fosse um peixe preso em um anzol. Ele ri enquanto sai voando até o segundo andar.

— Você é louco — grito para ele. — E um gênio. Nunca achei que isso funcionaria de verdade.

Ele ri.

— É, bom, fico feliz que você se importe. Já viu alguma garota se importar com algo desse tipo?

— Talvez a Keeton.

O rosto dele se ilumina.

— Acha mesmo?

— Bom, primeiro você precisa falar com ela. Você vive cheio de dicas românticas. Por que não usa uma delas?

Ele aperta um botão vermelho próximo ao gatilho da arma de garra. O gancho se solta da caixa e a corrente desliza de volta para o cano.

— Isso é para as garotas comuns, não para as especiais.

Quando ele desce escorregando pela escada, percebo uma coisa.

— Espera, não vamos usar a torre da arma de garra em um gorgântuo, não é? Ou vamos?

— Claro. Pound gostou da demonstração. Ele está planejando alguma coisa com isso.

Eu fecho os olhos.

— Roderick, sua invenção é incrível, de verdade. Mas por que iríamos querer ser puxados *na direção* de um gorgântuo?

— Vamos usar o navio como uma espada. — Ele faz um gesto com o braço, espetando o ar. — Cortar a besta ao meio.

— É mais fácil virarmos um graveto cutucando um pedregulho. Vamos quebrar.

— Não se ferirmos o monstro primeiro.

Encontro o olhar dele.

— Isso não vai funcionar. Diga ao Pound que você não vai anexar isso ao convés. Inferno, eu mesmo digo isso por você.

— Ele vai me jogar no calabouço, Conrad. Além disso, vai funcionar. Confia em mim, eu sei o que construí.

Eu o encaro, mas ele só me dirige aquele sorriso besta de sempre. Então, ele dá um tapinha no meu ombro e caminha em direção à plataforma de munições. Passo os dedos pelo cabelo e solto o ar. Confiar um no outro faz parte de uma relação de amizade. Então engulo minhas hesitações e, em alguns minutos, seguimos para a plataforma, as correntes nos erguendo em direção ao convés. E quando estamos sob o céu, apertando os parafusos da torre ao convés, eu me esforço para afastar a preocupação de que cada volta do parafuso apenas nos aproxima da nossa ruína.

◆◆◆

Estou tão exausto.

A água no balde do esfregão escorre pelos lados enquanto eu o carrego pelos corredores do terceiro nível. As vibrações do navio deixam meus dedos do pé dormentes, e o ar está tão denso quanto água quente. Minhas pálpebras estão pesadas. Os músculos amolecidos. A ordem ridícula do Pound de proibir que dormíssemos deixou boa parte da tripulação irritada e exausta. Porém, estamos trabalhando duro tentando abater uma criatura porque, se isso acontecer, todos seremos recompensados com uma noite plena de sono.

Por mais que Pound seja um grande bosta de pássaro, ao menos ele percebeu que uma tripulação cansada é tão útil quanto um bastão de duelo na Caça. Assim, ele nos deixa dormir em turnos. Porém, como o Esfregão, eu sou o último da fila. Todo mundo recebe dois turnos antes que eu receba um.

Eu me aproximo da luz ao final do corredor e entro na sala das máquinas. Esse lugar me lembra da sala médica, toda branca e limpa. Tem até mesmo o cheiro de higiene. Painéis de controle cinza escuro, bocais e tubulações preenchem o espaço. O motor enorme domina tudo, um cilindro alto de vidro. Faixas prateadas o fixam nas paredes com parafusos.

Um único cristal gigante brilha com luzes douradas e azuis no centro do cilindro.

Há três tanques gigantescos de metal no canto. Eles são conectados à tubulação que acompanha a estrutura do navio. Esses tanques, preenchidos com o gás coletado de sacos gorgantuanos, disparam gás fresco por todo o navio, nos mantendo no ar.

Keeton se vira do motor e olha na minha direção. A testa está perspirando e uma substância roxa molha seu braço esquerdo. Ela aperta alguma coisa no painel de controle e o motor assobia. O vapor é liberado no ar. Em seguida, ela sobe em uma prancha flutuante e desliza para dentro do tubo aberto na base do motor.

— Onde está o vazamento? — pergunto.

Os dedos enluvados aparecem, apontando para uma mancha roxa próximo do tanque de gás.

— O fluido refrigerante? — indago.

Ela não responde.

Baixo o esfregão sobre o derramamento e giro os tentáculos de pano, tingindo-os no líquido denso. Depois de poucos segundos, espremo o esfregão e me preparo para sair.

Ela desliza para fora do tubo.

— É verdade que você faria qualquer coisa para ascender?

Eu hesito.

— Você faria?

Ela tira as luvas verdes brilhantes.

— Eu não mataria alguém.

— Bom, isso é algo que temos em comum.

Ela me encara por um instante, considerando uma resposta até que a porta é escancarada com força.

— Keeton — diz Bryce. — Precisamos conversar. Eu acho...

Ela não termina a frase ao me ver parado ali.

— Estou meio ocupada agora, Intendente — diz Keeton, enxugando a testa. Ela coloca um par de óculos escuros, ajeita um bocal e aperta o botão no painel de controle. O motor de cristal se acende em um clarão, banhando a sala de luz azul.

Olho de relance para Keeton. Nossa pequena conversa é o sinal mais certeiro de que ela está considerando se não sou completamente terrível. É um começo. Infelizmente, julgando pela expressão da Bryce, não sou bem-vindo para escutar o resto.

Quando estou no corredor, contemplo me apresentar para Pound em busca da próxima tarefa, mas minha curiosidade acaba vencendo e eu me esgueiro para a sala de recreação. Essa sala para relaxar e jogar esportes está estritamente fora dos limites agora. Se Pound me pegar aqui, vou parar no calabouço. Porém, tem uma passagem de ar aqui que está anexada à sala do motor.

— Eu já te disse, Bryce — A voz de Keeton ecoa enquanto eu me agacho próximo da tubulação —, eu vou te ajudar a virar Capitã quando você angariar mais apoio.

— Eu tenho apoio — diz Bryce.

— Conrad não conta. Eu não confio nele.

— Ele não é o meu único apoio.

— Quem mais está do seu lado? — pergunta Keeton.

— ESFREGÃO!

Eu me viro e dou de cara com Pound me encarando do batente.

— A sala de recreação está fora dos limites, seu logrador fedorento — grita ele. — Saia daí!

Ele praticamente me arrasta pelo colarinho. Fico pensando se ele vai me dar um pontapé na bunda, mas ele desiste no último segundo.

— Vá limpar o chão da cantina — resmunga ele. — Sebastian queimou nosso almoço todo *outra vez* e o molho horroroso dele espirrou em tudo.

Quando pego meu balde e esfregão e saio da sala, eu deveria me sentir feliz por, de algum jeito, ter escapado do calabouço. Porém, estou focado demais no que Bryce e Keeton estavam discutindo. Quem é o apoio de Bryce? Será que ela está perto de conseguir aliados o suficiente para suplantar Pound? Não posso deixar Bryce se tornar a Capitã temporária. Ela é inteligente demais e eu nunca vou suplantá-la. Meu rosto suaviza quando percebo que ela vai descobrir logo que eu nunca vou ajudá-la. Ela provavelmente vai me odiar.

Caminho pelo corredor em silêncio. Meu pai me disse para tomar cuidado se decidisse nutrir apego por alguém que não é da família. Quando temos objetivos, às vezes somos destinados a ficarmos sozinhos para sempre. Não consigo me livrar da sensação de que ele tem razão.

Meu coração bate tão vazio quanto o eco dos meus passos solitários.

◆◆◆

Não durmo há mais de sessenta horas.

Meu cérebro exaurido parece que está nadando em gelatina. Acabamos de terminar mais um ensaio do plano de Pound. Eu me encosto na grade e fecho os olhos por alguns preciosos segundos.

— Esfregão! — berra Pound. Meu corpo se apruma em um sobressalto. — Você vai ficar encarregado do voo.

Solto um choramingo baixinho. Não consigo evitar. Meu tio acharia patético. Meu pai também. Porém, o corpo humano não pode ficar esse tempo todo sem dormir!

— Capitão — diz Eldon ao lado de Pound —, pode pular meu turno de sono. Eu ainda consigo voar.

— Depois do treino que tivemos, acho melhor não, Navegador — diz Pound. — As suas quatro horas começam agora. Vá. Durma.

— Mas Capitão...

— Isso é uma ordem, Eldon.

Ele hesita.

— Sim, senhor.

Eldon preferiria engolir as roupas que veste a me deixar pilotar. Ele se lembra como Madeline de Beaumont elogiou minhas habilidades de voo e talvez se preocupe que se Pound me ver nas cordas, vou me tornar o Navegador.

Porém, ele não entende o quanto Pound me odeia.

Subo grogue os degraus da plataforma e me posiciono no ladrilho da bolha do leme. Alguma coisa no ruído veloz do domo de vidro deslizando sobre mim e a sensação dos anéis nos dedos dispara a última reserva que tenho de sobra. Quando recebo as coordenadas de Pound, empurro para a frente.

Zarpamos pelas nuvens algodoadas. Pound analisa sobre a popa a estibordo, vasculhando o ar com a luneta. Ah, eu havia me esquecido do quanto sinto falta disso. O poder de controlar o navio. A liberdade. O céu aberto. Continuamos a voar por uma hora, talvez mais. E é estranho, conforme atravessamos as nuvens brancas, percebo que essa é a primeira vez em que estive perto de Pound por um período longo e isso não resultou em insultos ou hematomas.

— Capitão — digo através da joia.

— Hum?

— Ouviu alguma coisa de Holmstead? Antes da Provação, quero dizer.

Pound fica em silêncio. Muito quieto. Por um instante, espero que ele se vire, me dirija um olhar venenoso e me diga para pular para fora do navio. Em vez disso, ele abaixa a cabeça. E, apesar de todas as merdas horríveis entre nós, não posso evitar reconhecer a dor em sua postura. Eu sei tão bem quanto qualquer um o que é perder a família e ser desonrado.

— Pound, eu...

— Cala a boca — interrompe ele, cuspindo. As mãos apertam a grade com tanta força que ela parece entortar. — Não fale comigo de novo a não ser que tenha alguma coisa importante a dizer.

O silêncio recai sobre nós.

Não conversamos mais até enxergarmos uma ilha à distância.

— Por ali — diz Pound. — Contorne.

Depois de um impulso sólido, nos aproximamos de uma bela ilha. Florestas verdejantes se expandem como musgo sobre a superfície de colinas ondulantes. Rochas escarpadas galgam os numerosos penhascos. Quando damos a volta, minha respiração estanca e dou um puxão repentino para trás.

Pound tropeça para a frente.

— O que foi isso, Elise?

Então, seu olhar acompanha o meu, e ele fica paralisado. Os segundos passam lentamente. Finalmente, ele ri, o triunfo crescendo em seu rosto.

— GORGÂNTUO! — grita ele na gema. — Todo o pessoal no convés!

Mas, enquanto ele está comemorando, a cabeça da gorgântua se vira e seus olhos dourados focam no navio. Ela solta um bramido, fazendo a *Gladian* estremecer. A cauda se encolhe e ela se lança em nossa direção.

20

PRECISO VOAR PARA NOS MANTER VIVOS. PRECISO FOCAR OU estaremos todos mortos. A cauda da gorgântua estala em nossa direção, a borda navalhada cortando o ar para partir a *Gladian* ao meio. Jogo os braços para a direita e fazemos uma curva. A cauda da fêmea passa zunindo, quase acertando nosso casco.

A *Gladian* chacoalha quando a besta passa voando. O rugido vibra a bolha do leme. Depois de girar e voltar em nossa direção, jogo as mãos para a frente. As cordas resistem. Meus braços tremem.

Estou tão exausto.

Ela guincha em frustração. Arpões ricocheteiam no rosto e olhos. A tripulação opera com uma ferocidade ensandecida. Ninguém está preocupado se Pound vai se solidificar como Capitão. Se não derrubarmos essa fera, ela vai nos devorar por inteiro.

A besta recolhe a cauda, enrolando-a junto ao corpo.

— Lançamento mortal! — grita Bryce.

— Mexam-se! — grita Pound. — Mexa-se, Esfregão!

Meus músculos gritam quando jogo as cordas para a frente. O peito arde. Os ombros estão queimando. Dez minutos de batalha intensa me deixaram prestes a entrar em colapso.

A gorgântua guincha mais uma vez. Eldon cobre os ouvidos.

— Elise! — berra Pound.

A besta se lança pelo ar. Dispara em nossa direção com uma velocidade horripilante. Fome e raiva em seus olhos.

Bryce corre até a popa, tornando-se uma figura minúscula perante a enorme boca da besta que se aproxima. Depois de conferir o interior do cano do seu canhão antiaéreo, ela atira. A lata rodopia no ar, rebate no rosto da besta e entra em erupção. A explosão faísca o ar com bolhas de calor coruscante.

No entanto, a besta atravessa o fogo antiaéreo. Ilesa, apenas com mais raiva do que antes. Droga! Como é que vamos impedir uma coisa dessas?

A mandíbula da gorgântua se alarga sobre nossa popa.

— Elise! — berra Pound.

— Pare de gritar! — rosno. — Estou tentando!

Gesticulo para baixo e nós mergulhamos. A *Gladian* desce tão rápido que alguns tripulantes caem para fora. Pound sai rolando até ser capturado pelas redes da grade. Ele começa a berrar outra vez.

Por fim, quando conseguimos estabelecer alguma distância entre nós e a besta, eu puxo para trás. Meus bíceps ardem e meu coração parece que vai explodir.

A gorgântua dispara em nossa direção outra vez. Ela é implacável!

Com a última energia que consigo reunir, manobro o navio, quase raspando na boca da besta. Nós deslizamos bem por cima do focinho que tenta nos abocanhar, mas os espinhos do dorso arranham o casco. O metal chia. O navio inteiro sacode. Apenas as cordas me impedem de sair voando do ladrilho. Eu nos guio para longe antes que mais pedaços do casco sejam arrancados. Quando nos afastamos da besta, meu corpo fraqueja. Minha respiração está entrecortada. A escuridão se espreita nos cantos da minha visão. Se eu desmaiar, estamos todos mortos.

Em um instante, estou navegando cuidadosamente pelos numerosos espirais da besta, então nos erguemos acima do monstro. Seu corpo ondulante brilha sob o sol. Uma pequena bolha verde se esconde atrás da crista curta de sua cabeça. Essa bolha de pele verde é a única visão externa do gigantesco saco de gás que a mantém flutuando.

Nunca destrua o saco de gás, Madeline de Beaumont nos ensinara. *Seria o equivalendo a explodir um alce. Nós, aqui na Caça, respeitamos as vidas que tomamos. E fazemos uso de todas as coisas.*

— Lá está o saco! — Pound aponta animado. — Atirem!

Sebastian, Eldon, Bryce e Pound miram no saco. Os arpões, como lanças, disparam de seus lançadores. As pontas afiadas são feitas para perfurar. Enquanto os arpões voam, a tripulação aguarda, prendendo a respiração. Porém, no último instante, a cabeça da besta recua e os arpões batem tinindo contra a crista.

Todos soltam um gemido.

A gorgântua se vira em nossa direção.

— Roderick! — berra Pound. — A arma de garra!

Roderick olha de relance e diz:

— Mas, senhor, nós vamos...

— Agora! — grita Pound.

Roderick, sentado atrás da proa, gira a torre. A tripulação corre até a popa e se prende na grade. A gorgântua se aproxima outra vez com os dentes metálicos expostos.

Roderick olha pelo retículo e dispara o gancho triplo. É apenas um sussurro cortando o ar. A corrente persegue o gancho. Então, depois de um ruído satisfatório de algo sendo enterrado, o gancho perfura as costelas da besta. Ele se prende entre duas escamas. E sangue branco jorra do monstro que guincha.

A corrente se tensiona.

Arregalo os olhos. Estabilizo os pés e me preparo.

— Segurem-se! — grita Bryce.

Depois de uma guinada brusca, a gorgântua nos puxa junto com ela. O navio inteiro chacoalha enquanto ela uíva. As escamas estremecem, disparando uma onda da crista até a cauda. Todos gritam. Sebastian se debate.

Só que Pound está de pé, as mãos grossas agarradas na grade, rindo.

As escamas da besta se levantam e se abaixam como nadadeiras. Um mecanismo de defesa para desacoplar as mandíbulas ferozes de outros gorgântuos. Mais uma onda de escamas irradia pelo corpo, tentando remover o gancho.

— Roderick! — ruge Pound. — Agora!

Roderick aperta o botão. E em um piscar de olhos, estamos sendo puxados na direção da besta a uma velocidade inacreditável. A tripulação cambaleia até as redes. Apenas as cordas me mantêm de pé. Nossa proa se aproxima da besta, como a ponta de uma espada. Pronta para fazer dela um espetinho.

Conforme as escamas se agigantam na minha visão, fecho os olhos.

Nós colidimos com a fera. Meus dedos deslizam dos anéis, e eu bato no vidro da bolha. Minha visão irrompe em luz. Mal ouço as pessoas gritando e o metal sendo esmagado. Quando levanto a cabeça, vejo nossa proa torta, toda irregular e deformada. A grade está destruída.

A testa de Roderick sangra. Talvez por ter batido nos controles.

Quando fui atirado para fora do ladrilho, a bolha do leme se recolheu e caí no convés. O ar úmido toca a minha pele enquanto estou deitado de costas, o corpo ardendo.

Sangue de gorgântuo, branco como leite, molha o convés. Porém, quando me sento, o sangue pinga da ferida causada pela penetração da arma de garra. A proa não foi enterrada na besta.

Roderick golpeia um botão, desanexando o gancho. A gorgântua se vira para nós. Olhos dourados gigantes que fazem meu medo ressurgir.

Mas temos um plano B.

O barco salva-vidas de Keeton irrompe das nuvens à direita. Ela mira um canhão na ponta do barco enquanto a besta está focada em nós e então dispara no saco de gás exposto. A pequena lata gira.

Meu coração para. O mundo para quando o cilindro de metal assobia cruzando o ar. Logo antes de fazer contato, a gorgântua mergulha e a lata explode inofensiva à distância.

Sinto o gelo subir pela coluna.

Estamos mortos. Pound nos matou com esse plano idiota. E ele sabe disso. Ele congela. Não consegue mais gritar ordens.

A gorgântua se desvia de nós e se concentra no minúsculo barco salva-vidas.

— Keeton, saia daí! — Roderick acena com as mãos sobre a cabeça.

— Voe, Keeton. Voe!

Só que tudo que o barco salva-vidas possui são velas. Ele não tem um motor de cristal para enviá-lo zunindo pelo céu. A gorgântua sibila, enrola a cauda e se lança como um dardo.

Um vazio gelado me inunda. Não consigo ver o rosto de Keeton. Não consigo ouvir seus gritos. Não posso fazer nada por ela.

Keeton carrega freneticamente outra lata no canhão.

Roderick salta da torre e pega um lançador. Ele atira desesperado, mas o arpão passa por cima das escamas prateadas.

Todo mundo para.

Keeton dispara a última lata na cabeça da besta. A explosão teria rachado nosso casco. O calor forma ondas que assolam o navio. Ainda assim, a besta enfurecida mal percebe. Ela morde o barco salva-vidas, estraçalhando a madeira.

— Keeton! — Roderick arfa. — Keeton, não!

Antes do barco salva-vidas desaparecer, Keeton salta para o ar. Os braços sacodem enquanto ela cai.

Bryce grita. Roderick encara horrorizado. Todos estão em choque. Assistindo-a cair. Incertos do que fazer.

Mas eu tenho um plano.

— Tire a gente daqui! — berra Pound.

Subo na plataforma e piso em cima do ladrilho. A *Gladian* desperta. A bolha do leme desliza sobre mim. Flexiono os dedos do meio e inclinamos para a frente. Então, quando a besta se lança em nossa direção, jogo as mãos para a frente.

A gorgântua não nos acerta por poucos centímetros.

— O que você está fazendo? — grita Pound. — Recue, Esfregão!

Contraio os dedos. Gotas de suor escorrem da minha testa. Puxo o braço direito para trás, girando-nos em direção ao alvo. Então, arremesso de novo. Se eu calcular errado, passaremos direto por ela e nunca voltaremos a tempo.

Roderick nota minha expressão, compreendendo meu pensamento. Ele parte em direção ao meio do convés, as botas magnéticas segurando-o no piso apesar dos ventos poderosos.

— Isso — diz Pound —, sa-salve ela. Salve ela, Elise!

Quando estamos embaixo do corpo em queda de Keeton, puxo com força para trás. As cordas me estabilizam, mas Roderick sai rolando e desliza para longe.

— NÃO! — grita ele.

Keeton dá cambalhotas, pronta para virar uma gosma ensanguentada no nosso convés.

Começo a descer para nos equipararmos à queda dela. Porém, não estamos descendo rápido o bastante. Então eu pulo do ladrilho. A bolha se recolhe. E nosso ímpeto nos mantêm despencando. Eu me lanço para longe da plataforma e corro, as pernas latejando por causa dos ímãs, e mergulho para capturá-la.

Keeton colide comigo. *Bam!* Minha cabeça bate no convés de metal e minha visão gira. Os braços podem estar quebrados. Posso ter partido mais uma costela.

Eldon passa correndo por nós e salta para tomar minha posição no ladrilho. Enquanto a gorgântua ruge, ficando para trás, a tripulação em choque se reúne ao redor de Keeton e de mim. Sebastian me encara como se eu fosse um inseto alienígena. Pound me observa, confuso e preocupado.

Então tudo escurece.

21

MEU PAI ME ENSINOU QUE NÃO EXISTEM ATOS ALTRUÍSTAS.

Tenha cuidado com aqueles que fazem algo por você, avisou ele, *porque com o tempo, vão esperar algo em troca.*

Considero aquelas palavras quando acordo na cama macia da sala médica. Uma dor quente e formigante se expande pelo meu braço esquerdo. Eu a sinto nas costelas também. Devem ter me administrado medicamentos. Madeline nos disse que esses remédios, desenvolvidos por médicos da Academia, podem curar um osso quebrado em trinta e seis horas, às vezes menos.

Enquanto os medicamentos correm pelo corpo, uma faca de culpa se finca no meu coração. Mãe. Se ao menos eu pudesse ter dado remédios de verdade como esses para ela... Não como aqueles que o Pound roubou, mas remédios genuínos que teriam feito mais do que diminuir seu sofrimento. Remédios que a teriam tornado a nobre Senhora de Holmstead de novo.

Enquanto me sento, ouço a voz dela. *Muitos velejam com os ventos*, sussurra ela. *É um caminho mais fácil. Mas, às vezes, é preciso ir contra ele. E mesmo enquanto o vento açoita seu casco, é preciso continuar. É preciso fazer o que os outros não farão, pois você é forte e bom.*

Bom, eu fui contra os ventos quando salvei Keeton. E nem uma vez, quando o corpo dela rodopiava em minha direção, considerei o que isso significaria para a minha ascensão.

Será possível que *existam* atos altruístas?
Uma figura está parada ao meu lado na cama. Ela está encostada no apoio de braço, as pernas dobradas, dormindo. Aparentemente, a queda afetou mais a mim do que a ela. Não consigo ver sequer um hematoma em seu corpo.

— Keeton.

Ela se mexe, então se apruma em um sobressalto.

— Conrad. Você acordou.

— Há quanto tempo você está aqui?

Ela massageia os olhos cansados e boceja.

— Desde ontem.

— Você dormiu aqui?

Ela contrai a boca, incerta se sorri ou espreme os lábios. Por fim, ela estende a mão e segura a minha. Meu instinto é me afastar, mas quando encontro seus olhos castanhos, eu congelo.

— Eu te devo tudo — diz ela.

— Não foi nada.

— Nada? — Ela aperta mais a minha mão. — Você me salvou, Conrad. Eu fui ruim com você, e ainda assim você salvou minha vida.

— Como você sabe que eu não quero algo em troca?

— Você quer?

Ela me encara. Eu inspiro o ar profundamente. Deveria querer algo em troca. Forjar uma aliança. Mas não foi por isso que eu a salvei.

— Acho que te entendo agora — diz ela.

— Ah é?

— Sim. Você está concentrado apenas em ascender, mas isso não significa que você vai chutar todo mundo para fora da popa a estibordo no seu caminho até o topo. Não, acho que você vai ascender porque você é melhor que eles. Porque você deve estar acima deles.

Ficamos em silêncio enquanto ela continua segurando minha mão. Não sei o motivo de permitir isso, mas existe um conforto estranho a respeito dela. Familiar. E talvez, lá no fundo, estive sedento por contato humano. Desde a morte da minha mãe, pouquíssimas pessoas me olharam como mais do que uma ferramenta ou um obstáculo. Não sinto que ela me enxerga como um ou outro.

— Eu preciso me desculpar — diz ela. — Você não tentou matar Patience.

— Não.

— Quando eu ouvi a história de como você a levou até a cauda do gorgântuo, foi impossível não acreditar. Naquela primeira noite em que conheci você, você era o antissocial, sentado no canto, carrancudo. Foi preciso muito esforço só para fazer você falar. Você tem problemas de confiança.

Eu me remexo, desconfortável. Ela me conhece bem demais.

— A única pessoa com quem vejo você é o Roderick. Eu quero mudar isso. Você precisa de mais uma amiga?

Ela sorri. Linda e feliz.

— Eu...

— Bom, eu sou sua amiga mesmo se você não aceitar, Conrad. Na minha ilha, Littleton, temos um costume. Quando alguém se sacrifica por outra pessoa, ficam em dívida. Estou em dívida com você até que eu possa pagar de maneira igual. Você tem o meu apoio, incontestável. Como dizemos de onde eu venho, "Eu sou sua". Obrigada, Conrad de Elise.

Ela me para antes que eu possa argumentar. E, gentilmente, um pequeno sorriso se forma nos meus lábios. Talvez eu não vá ascender por ser o desgraçado mais cruel e ameaçador, mas por ser uma pessoa forte que escolhe o que é certo no lugar do que é fácil.

Minha mãe não teria aceitado nada menos do que isso.

◆◆◆

Depois de receber visitas de Roderick e Bryce, ambos extasiados ao me verem tão bem, a porta da sala médica se abre uma última vez.

Sebastian.

Ele se senta na cadeira ao lado da maca e afasta a franja dos olhos cor de esmeralda. Sinto o estômago se revirar só de vê-lo. Mesmo como colegas de quarto, não temos trocado mais do que algumas palavras desde a morte de Patience.

— Desculpa — diz ele, tocando no meu antebraço. — Desculpa por ter sido tão frio com você depois... depois da morte dela. — Os lábios tremem. Ele é só um garoto nessa cadeira, as botas mal encostando no piso. — Patience era tudo para mim, e quando ela foi tirada de mim, eu... Eu não soube como reagir.

Eu me seguro para não fazer uma careta.

— Sebastian, sinto muito pela Patience. Mas se você veio aqui atrás da minha amizade, não vai encontrar o que quer.

Ele afasta a mão.

— Eu sei o que você é, Sebastian. Você me enganou, logo no início, como um fracote puxa-saco com algumas habilidades sociais. Aquilo era só uma máscara. Você precisa que todos o subestimem para que consiga atacar.

— Eu não estou entendendo...

— Não se faça de burro, Sebastian. É indigno para nós dois. Você tem fingido há meses.

Ficamos ali sentados em silêncio por alguns segundos, e sua franja cai sobre os olhos outra vez. Apenas a sua boca rosada está visível.

— Independente de como se sinta a meu respeito, Conrad, ainda podemos trabalhar juntos. Pound precisa ser removido. Não estamos conseguindo abater nada. Estamos perdendo. E ele vai acabar *nos* matando. — Ele faz uma pausa, e as próximas palavras são delicadas. — A questão é que não podemos apenas removê-lo. Precisamos de um substituto.

— E você acredita que você é quem precisamos?

— Talvez.

— Você deve estar bem desesperado se veio até mim.

— Eu tenho apoio.

— Quanto?

Ele abre um sorriso.

— Isso depende se você vai me apoiar.

Eu o odeio. E o temo. Ninguém viu o que eu vi quando ele quebrou o pescoço da Samantha. Eles enxergaram um acidente, mas eu vi premeditação. Eu vi planejamento. Eu vi alguém que me fez lembrar meu tio.

— O que você vai me dar em troca do meu apoio? — pergunto.

— Não achei que você fosse de negociar. — Ele sorri outra vez.

— Você pilota bem. Mas já prometi o cargo de Navegador a outra pessoa. Eldon deve ser o seu segundo em comando.

— Você quer o meu apoio? — indago. — Eu tenho condições.

— É só falar.

— Primeiro, eu ainda quero ser Esfregão.

Ele me encara confuso.

Ainda não estou pronto para assumir o comando. Ser Esfregão me dá a chance de trabalhar no meu projeto. E quando eu ganhar a Capitania, quero ter provado a minha força de uma forma tão inegável que nunca vou enfrentar um motim.

— Isso é tudo? — indaga ele.

— Não. Mesmo que eu seja o Esfregão, não vou polir suas botas. Não vou ser o seu criado. Deixe-me fazer meu trabalho em paz. Deixe-me dormir.

— Feito. Você será tratado com o maior respeito.

— Segundo, Roderick mantém a posição dele.

— Você está deixando isso fácil.

— Terceiro, eu quero um pedido de desculpas público pela mentira que você espalhou sobre mim.

A franja desliza para o longe do rosto dele.

— Que mentira?

— Eu já falei para parar de se fazer de imbecil.

Ele sorri de leve.

— É justo. Vou oferecer um pedido de desculpas diante da tripulação.

— Tem mais uma coisa.

— Diga.

Minha expressão endurece. A voz adquire uma tensão.

— Eu quero que você conte para a tripulação inteira que quando quebrou o pescoço da Samantha, não foi um acidente. Ela insultou você, e você quis que ela sofresse. Você vai contar para a tripulação por que sorriu quando ela caiu. E mais importante, vai contar para a tripulação o motivo de ter chorado depois.

Uma risada chocada e desajeitada escapa dele.

— O quê?

— Você me ouviu.

— Eu não quebrei o pescoço dela de *propósito*. Só um monstro faria isso.

— Essas são as minhas condições.

Ele me encara, passando a língua nos dentes amarelos. Por um instante, ele abre a boca, pronto para dizer outra coisa. Então ele se levanta, arruma a jaqueta preta por cima do uniforme e vai embora.

Sinto vontade de cuspir nele por trás. Sebastian é uma cobra. Ele sabe que se admitir a culpa, se revelar o abismo mais escuro dentro de si, vai perder as presas. Tudo que uma cobra pode fazer sem dentes é deslizar para um covil e se esconder.

Sebastian nunca vai ter o meu apoio.

◆◆◆

Pound ainda precisa ser substituído.

Todo mundo exceto o Capitão se reúne na escuridão do deque inferior. Uma luz suave ilumina as expressões sérias daqueles ao meu redor. Estou sentado na grade de aço da escada inferior com Keeton ao meu lado e Roderick alguns degraus acima de nós.

Meu apoio aumenta, mas Madeline me avisou sobre o que eu teria que fazer se realmente quisesse esse navio. Mesmo se tiver uma abertura agora, meu apoio entre o restante da tripulação não será duradouro. Não, eu terei que fazer algo realmente incrível e provar que não há sentido em me desafiar.

Bryce se recosta na parede com os braços cruzados, enquanto Sebastian está em pé no meio de nós, apresentando seus argumentos.

Eldon é o seu segundo em comando.

Uma semana já se passou na Provação e finalmente estamos livres para fazer um motim contra Pound.

— Precisamos de um novo Capitão — diz Sebastian. — Onde o Pound está agora? Escondido na cabine desde que nos ordenou para abandonar a Keeton.

Silêncio.

— No que me diz respeito — diz Keeton, cruzando os braços —, Conrad deveria ser Capitão. Ele salvou a minha vida.

— Concordo — diz Roderick.

Bryce vira a cabeça na direção do meu apoio. Vejo desconforto na sua postura. Olhos em Keeton. Parecendo magoada. Traída.

Eldon ri.

— O Esfregão? — O rosto se fecha quando ele se depara com meu olhar. — O que ele fez para merecer ser o Capitão? Ele limpou bem os seus sapatos, Mestre Artilheiro?

— O que o Cozinheiro fez para merecer? — pergunta Keeton.

— Ele não sabe nem cozinhar arroz — diz Roderick. — E o bife quente é gelado. Foi mal, Sebastian, mas não dá. Você é um Cozinheiro péssimo.

Algumas pessoas riem.

Eldon fecha a boca. A expressão de Sebastian é venenosa.

— Obrigado, Keeton e Roderick — digo, ainda sentado. — Mas vou recusar.

A sala fica em silêncio.

Bryce me encara, chocada. Talvez eu devesse indicá-la. Porém, ela estava no topo da sua turma. Tem uma inteligência que rivaliza a minha. E se ela se tornar Capitã, será difícil de removê-la.

Roderick me dá um empurrão de leve. Talvez esteja se perguntando o que infernos estou pensando. Essa é a minha chance. E talvez rejeitar a Capitania seja insano, mas essa é a hora para assumir riscos.

— A *Spiculous* abateu mais um hoje — diz Bryce, direcionando-nos de volta ao tópico da remoção de Pound. — A *Calamus* também apanhou um. Precisamos de um novo Capitão *agora*.

— E essa pessoa é você, Intendente? — pergunta Eldon.

— Eu? — Ela aponta para si mesma. — Não. Eu acho que Sebastian daria um Capitão decente e *temporário*.

— Temporário? — repete Sebastian.

— Até provar que pode se solidificar. Se não for o caso, sinta-se grato por ter o meu apoio.

Estreito os olhos. Bryce não reconhece o que Sebastian é. Existe apenas uma pessoa aqui em quem eu confiaria de verdade como Capitão: meu apoiador mais leal e melhor amigo. Aquele que não quer nem mesmo ser um Superior. No entanto, seguro a língua porque existe um risco em indicá-lo. Ele pode parar de falar comigo só por ter tirado o cargo de Mestre Artilheiro dele.

Sebastian se levanta, olhando ao redor em busca de mais apoio. Mesmo com Bryce e Eldon, ele ainda não tem o suficiente para remover Pound. Ele precisa de uma maioria entre sete.

— Sebastian, parece que falta apenas um voto para você se tornar Capitão — digo. — Você sabe o que precisa fazer para receber o meu apoio. Só algumas palavras bastam.

O olhar dele é tóxico.

— Que palavras? — pergunta Eldon.

— Ah, então você não contou para Eldon? — digo. — Ele provavelmente deveria saber. Conte a ele, Sebastian.

Enquanto Sebastian faz uma carranca, alguma coisa pisa dura acima de nós. As escadas rangem conforme botas pesadas descem os degraus. Em seguida, Pound aparece acima de nós como uma sombra colossal, as luzes atrás de si, a cabeça careca escondida na escuridão. Um medo gélido me perfura. Quando os Atwoods estão em um beco sem saída, revertem para um estado primitivo e animalesco. Tornam-se ainda mais perigosos.

— Uma reunião — resmunga ele. — Não estou surpreso.

Os pés pesados fazem barulho quando ele passa por mim e se coloca no meio de nós.

Keeton olha de relance para mim, incerta do que fazer.

O rosto de Pound se enruga, completamente enojado. Raiva. Mágoa. Ainda assim, ele faz algo que eu não esperava.

Ele se ajoelha na frente de Keeton.

— Eu sinto muito. — Ele segura a mão dela e abaixa a cabeça. — Eu sinto muito.

Eu encaro, confuso. Ele deve estar mentindo. É um truque. Esse é o garoto que me espancou na Região Baixa. Porém, quando vejo as palavras saindo da sua boca e, inacreditavelmente, os olhos cheios de água, fecho a boca.

Keeton dá um tapinha na mão dele.

— Está... está tudo bem.

Ele solta a respiração, aliviado, e se levanta.

— Eu perdi a minha família. E quando tentei ganhá-los de volta, me tornei algo que não sou. Não sou uma fera. Não tenho dormido à noite, não só porque estava planejando, mas porque não conseguia tirar a imagem de Patience da minha cabeça. E quase larguei Keeton para encontrar o mesmo destino. — Ele faz uma pausa. — Em que ponto conquistar minha família de volta não vale mais a pena? — Ele morde o lábio. — Não sirvo para ser Capitão.

Observo maravilhado quando ele retira o emblema dourado de Capitão. Ninguém sabe o que falar ou fazer.

— Eu vou votar por um novo Capitão — diz ele. — Qualquer um menos Urwin.

Sebastian esgueira-se para o lado dele e uma advertência horrível preenche minhas entranhas. Eu me lembro das moedas que Sebastian deu à Pound para que ele pudesse entrar na Seleção.

Sebastian abre um sorriso malévolo.

— Sempre achei que você tinha grandes talentos, Pound. Eu o seguiria até a vitória. Só que talvez você tenha razão, talvez você *precise* vagar a sua posição. Aprender com algum de nós para que possa se tornar Capitão de um navio veterano só seu um dia. Por favor, Pound, eu preciso de só mais um voto de apoio. Eu ficaria honrado de receber o seu.

— Você? — Pound olha para ele. — Seus feijões são uma merda.

— Meu comando não vai ser.

Pound coça o queixo, olha ao redor para o resto da tripulação, vendo se alguém mais quer ser Capitão, então estende a mão para Sebastian.

— Tudo bem. Você tem meu voto.

Meu coração afunda. Sebastian é perigoso e agora eu não sei onde vou ganhar mais apoio. Bryce nunca vai votar em mim porque sabe que eu serei difícil de remover. Eldon também não. Pound preferiria morrer. Estou encurralado.

— É oficial: Sebastian é o novo Capitão — diz Bryce. — Parabéns.

Pound faz as honras de prender o emblema no peito orgulhoso de Sebastian. Ele passa os dedos gentilmente no ouro e abre o mesmo sorriso amarelo que exibiu depois de golpear Samantha. É uma coisa horripilante e contrai os seus lábios para o alto, fazendo-o parecer perturbado.

— Agora — diz Sebastian, a voz adquirindo uma nova autoridade —, vou fazer algumas mudanças. Tripulação da *Gladian*, essas são as suas posições.

Ele brinca com o emblema verde azulado de Cozinheiro enquanto anda ao nosso redor, saboreando seu novo poder. Olha para mim. Para Keeton e Roderick.

Ele se vira.

— Pound.

Ele prende o emblema de Cozinheiro no peito colossal do brutamontes.

— Você vai me fazer de Cozinheiro? — resmunga Pound. — Um maldito Baixo sujo?

— Parabéns.

— Mas... mas eu acabei de votar em você.

— Obrigado, Cozinheiro. Está dispensado. Prepare um almoço para nós. É melhor que seja bom.

Os punhos de Pound estalam. Ele rosna. Porém, em vez de transformar Sebastian em purê, ele sai pisando duro e dá um soco na parede enquanto sobe as escadas.

— O primeiro problema com a liderança de Pound — diz Sebastian —, é que as pessoas estavam nas posições erradas. Bryce de Damon, você é a nossa nova Estrategista. E...

— Você está me rebaixando?!

— Ser Estrategista é uma grande honra. Só que eu não confio em você tanto quanto gostaria, então Eldon de Bartemius, você é o nosso novo Intendente. Além disso, Eldon, gostaria que você mantivesse sua posição de Navegador.

Não temos um emblema de Estrategista — foi perdido junto com Patience — então quando Sebastian retira o emblema de Bryce, ela fica sem nada. Eldon se apruma orgulhoso enquanto Sebastian prende o emblema azul de Intendente ao lado do emblema vermelho de Navegador.

Uma traição furiosa colore o rosto de Bryce.

Sebastian olha para o restante de nós.

— Vocês vão manter as suas posições, mas considerem que se me desagradarem, vou mudar suas patentes. Provem sua lealdade a mim e talvez possam ascender a uma posição que seja preferível. Lembrem-se de que se vencermos, vocês vão ganhar um prêmio em dinheiro com base na sua patente final.

Ele sorri.

— Então, Intendente — diz ele para Eldon —, siga-me até a minha cabine. É hora de celebrar. — Eles começam a subir as escadas. — Ah, e Esfregão? — Ele nem se dá ao trabalho de olhar para trás. — Quando trouxer a minha bagagem, lembre-se de que as minhas botas têm alguns arranhões que precisam de enceramento.

22

ESTOU SENTADO NO TAPETE DA CABINE DO CAPITÃO, ESPALHANDO GRAXA DE sapato em uma bota vazia. Listras pretas seguem meu pano amarelo. Felizmente, Sebastian não tem pés do tamanho de gorgântuos como Pound.

Sebastian observa o serviço, sentado na escrivaninha, com boca escondida atrás das mãos entrelaçadas. A mesa parece impossivelmente grande para ele. A cadeira não o comporta bem. E ainda assim, aqui está ele, me encarando com um sorriso que chega aos olhos.

Ele olha de relance para o Quadro da Provação na parede ao lado da estante de livros. A moldura de prata pisca, indicando uma atualização do placar.

CALAMUS (2)

SPICULOUS (2)

TELEMUS (1)

ORNATUS (0,5)

A *Ornatus* recebeu apenas meio ponto, provavelmente por um abate que não pôde ser coletado. Quando o quadro para de piscar, pego a próxima bota e uso um dedo coberto pelo pano para esfregar entre os cadarços e ilhós.

O rosto de Sebastian se fecha.

— Precisamos de um abate.

A *Calamus* e a *Spiculous* estão na nossa frente, ambas a caminho de quebrar o duradouro recorde dos Aprendizes de cinco abates. Se Sebastian nos liderar para um abate, a tripulação pode se estabelecer com ele, porque apesar da maioria querer ser Capitão, ficariam perfeitamente felizes em vencer a coisa toda e levar o prêmio em dinheiro.

Eles sempre podem se tornar Capitães de outro navio depois.

Sebastian se recosta, clicando uma caneta enquanto lê a proposta de caça mais recente de Bryce. Ele abaixa os papéis e esfrega os olhos.

— Por que você gosta dela?

Meu pano mergulha na lata de graxa.

— Esfregão, estou falando com você.

— Quem disse que gosto dela?

Ele ri.

— Isso é óbvio. Mas eu acho que você pensaria diferente a respeito dela se soubesse do que eu sei. — Ele sorri consigo mesmo. — Conseguir o voto dela foi sorte, mas agora ela vai precisar continuar me apoiando. Quando ela perceber o que eu sei sobre ela, quero dizer.

Eu encontro seus olhos pequenos. E, surpreso, me encontro já sentindo falta do comando de Pound. Pelo menos Pound não fazia jogos crípticos.

— Estou interessado no trabalho — digo. — Ou você me conta o que sabe ou fecha essa maldita boca.

— Tsk, tsk. Isso não é jeito de falar com o seu Capitão.

— Vai me jogar no calabouço?

Ele ri.

— Por que eu faria isso, quando posso fazer você engraxar meus sapatos? — Ele se inclina para trás. — Eu tenho um Urwin sob meus pés. Eu, que sempre fui um Médio de Holmstead.

— Parabéns.

Ele ri antes de virar a página. O silêncio recai sobre nós mais uma vez.

Por fim, eu fecho a lata de graxa, prendo-a no cinto e me aproximo da mesa de mogno.

— Suas botas estão polidas, senhor.
— Já acabou?
— Sou eficiente.

Ele espreme os olhos para mim.

— Você parece ansioso para esfregar o convés. Está fazendo alguma coisa lá em cima que eu deveria saber?

— Não.

Ele gira a caneta sobre a mesa. Ela rola pelo papel.

— Pound fez um trabalho horrível em manter o inventário. E ele nunca pediu à Intendente que fizesse inspeções. — Ele me encara. — Aparentemente, a vela do nosso último barco salva-vidas está completamente arruinada. Cortada em retalhos. Por acaso você não saberia nada em relação a isso, não é?

— Eu não limpo os barcos salva-vidas.

— Se a *Gladian* fracassar, nós vamos morrer.

— Não sei o que dizer, Sebastian. Eu nunca recebi ordens para cuidar dos barcos salva-vidas.

Ele analisa meu rosto em busca de um movimento, um olho se contraindo, qualquer coisa. Eu encontro seu olhar, entediado e exausto.

Finalmente, ele acena para que eu me vá.

— Fique de olho nos gorgântuos, certo?

Quando deixo a cabine, minha respiração fica tensa. O rosto arde. Estou tão perto de finalizar o meu projeto e meu plano. Felizmente, quando Sebastian se tornou Capitão, a primeira coisa que fiz foi mudar meu projeto de lugar para um canto mais próximo de mim. Eu planejava terminar nesta noite, mas Sebastian é esperto. Então, pela primeira vez em alguns dias, entro no quartinho de faxina para pegar os materiais de esfregar o convés.

A torneira range e a água gelada jorra pelas espirais da mangueira, enchendo o balde. Depois de pegar um pouco de sabão, desprendo um esfregão e saio.

Então, sob nuvens sinistras, passo o esfregão molhado no convés.

É uma noite fria. À distância, um navio celeste rival paira. Luzes minúsculas expõem suas janelas, e a lua crescente o pinta em um tom cinzento. Não sei ao certo que navio é aquele, talvez a *Laminan*, outro navio sem abates.

Uma hora se passa. A escotilha se abre com um sibilar baixinho. Eu enfio o pano na água mais uma vez e espalho bolhas sobre a grade a bombordo.

— Você está limpando essa noite — diz Bryce.

— Veio assistir?

— Na verdade, preciso conversar.

Ela se encosta na grade e cruza os braços. Sigo girando o pano sobre o aço. Polindo e tirando as fezes de passarinho.

— No que está pensando, Bryce?

Ela hesita.

— Ninguém entende o quanto meu povo precisa de ajuda. E agora temos uma cobra no comando. — Ela cospe para o céu. — Alguma coisa me diz que ele vai ser muito mais difícil de remover do que o Pound. Ele é esperto. Já rejeitou três propostas de caça que submeti. Descobriu todas as falhas que eu incluí de propósito. Com o último plano, ele odiou a ideia de usar sinalizadores luminosos durante uma caçada noturna.

— Isso não parece um plano ruim.

Bryce sorri.

— Viu. Nem você reconheceu o problema. Gorgântuos são atraídos pela luz, claro. Só que não ficam encantados por ela. — Ela suspira. — Depois disso, Sebastian me disse que vai me rebaixar se eu sugerir outro plano "fraco".

Ela suspira e apoia as mãos no quadril.

— Sebastian mencionou você em uma conversa comigo agora há pouco — digo. — Ele disse que tem vantagem sobre você porque sabe o seu segredo.

Ela ergue uma sobrancelha.

— Que segredo?

Dou de ombros.

— Provavelmente nada. Ele é um mentiroso. Daqui a cinco dias, podemos fazer um motim.

— Isso é tempo demais.

Ficamos em silêncio.

— Então, você conseguiu apoio — diz ela. — Eles são confiáveis? Quando Sebastian começar a mudar as patentes, vão continuar leais a você?

— Você teria que perguntar a eles.

Ela inspira o ar, se vira e observa o navio celeste rival.

— Você salvou a vida da Keeton. Mas eu salvei a sua.

— Ah — digo, largando o pano dentro do balde —, então aquilo não foi um ato altruísta no fim das contas.

— É impossível ascender nesse mundo só pela pureza do coração.

— Você está mais amarga do que quando eu a conheci.

— A Caça me transformou. Fez com que eu percebesse algumas coisas.

— Tipo o quê?

— A Meritocracia criou monstros. Todo mundo está tentando ascender, sem se importar com quem esmagam no processo. A lealdade e a honra não significam quase nada. — Ela me encara. — Quando estávamos na Escola, você disse que me ajudaria a virar Capitã. Isso ainda é verdade?

Eu congelo. E talvez ela note a mudança na minha postura, porque quando olho para ela, vejo gelo em seus olhos.

— Bryce, eu *preciso* me tornar Capitão. Eu só preciso de mais um voto quando fizermos um motim. Seja minha Intendente, me ajude a vencer essa coisa, e esse navio será meu. Terei minha própria tripulação. Nós podemos ajudar o seu povo.

Ela endurece a expressão.

— Por que você mentiu para mim?

— Sinceramente? Porque eu gosto de você.

— Você gosta de mim? — ela bufa. — Você nem me conhece. Se conhecesse, mudaria de ideia. A minha missão é muito mais importante do que a sua.

— Que missão?

— Impedir uma guerra.

— Guerra? Com os gorgântuos?

— Não. É muito maior do que eles.

Franzo a testa.

— Mas eu achava que a sua missão era impedir que sua ilha morresse de fome.

— E é.

— Bom, eu posso ajudar com isso. Você ainda vai ganhar dinheiro se for a Intendente. Podemos alimentar o seu povo.

— Não é o dinheiro que é importante.

— Então o que é?

Ela hesita antes de jogar as mãos para o alto.

— Estou tão cansada de todos esses joguinhos com vocês. Em quem eu posso confiar? Ninguém, pelo visto. Como é que podemos ascender se não temos ninguém para nos ajudar a chegar lá? E sabe o que é mais triste nisso tudo? Estou me transformando em uma de vocês. Eu minto, igual a todo mundo. Eu menti até mesmo para você.

— Bryce...

— Não — interrompe ela. — Não quero mais saber dessa sua bosta de pássaro. É hora de *você* me escutar. — Ela aponta o dedo na minha cara. — Você é tão egoísta quanto todos os outros nesse mundo. Você salvou Keeton porque queria outra aliada. Você conhecia os costumes da ilha dela, o costume de ter uma dívida de vida.

— Eu não sabia de nada.

— Você a salvou porque ela é só uma ferramenta para você. Como Sebastian usou a morte de Patience para ganhar a simpatia da tripulação. Você é uma pessoa cruel e nojenta. Espero que a guerra que você causou tenha valido a pena. Talvez você ascenda à Capitania, mas eu não vou ajudar você a chegar lá.

Nós nos encaramos em silêncio, então ela caminha na direção da escotilha, me deixando desconfortável e com raiva. Quando ela some, chuto o balde e pisoteio a grade.

Respiro fundo para acalmar meu coração furioso. Não faz muito tempo desde que Bryce era otimista. A pessoa que me disse que existia bondade em todas as pessoas. Minha mentira roubou isso dela. Ela não vai se unir a mim e, sem ela, estou encurralado. Minha única opção é fazer o que Madeline me disse que teria que fazer.

Para ascender, devo derrubar um gorgântuo por conta própria. Decido terminar o projeto, independente do olhar vigilante de Sebastian.

Logo, a tripulação inteira vai ver porque sou eu que devo ser Capitão.

23

A *GLADIAN* ESTÁ DESPERTA, APESAR DA TRIPULAÇÃO ADORMECIDA. O corredor range sob as minhas botas enquanto Eldon nos manobra pelo céu de manhã logo cedo em busca de gorgântuos. Seguro a maçaneta frouxa da minha porta. Uma luz suave entra no alojamento, traçando uma linha nos olhos irritados do meu gigantesco colega de quarto na cama inferior.

Subo a escada bamba e me atiro na cama. Exausto. Toda essa falta de sono provavelmente está me tornando insano aos pouquinhos. Eu deveria ter dormido algumas horas a mais, mas finalizei meu projeto no quartinho da faxina.

Depois de puxar o cobertor para cima e me virar de lado, observo a manhã cinzenta pela janela.

— Elise — diz Pound. — Quando vai fazer a sua jogada?

— Jogada?

— Não se faça de idiota. — Ele cutuca agressivamente o colchão embaixo de mim. — Quando?

— Eu não sei do que você está falando.

— O caralho que não! Acha que não sei o que você anda tramando à noite?

Eu hesito.

— O convés está sempre limpo, não está?

— Não mude de assunto. Você estava construindo alguma coisa lá em cima. Notei depois que fui rebaixado. E essa noite, quando saí para mijar, vi você no quartinho da faxina, prendendo alguma coisa no corpo. Você deixou a porta entreaberta, seu idiota.

Fico com a boca seca.

— Sebastian está investigando o barco salva-vidas que foi destruído — diz ele. — Ele me recompensaria enormemente pela informação. É isso que ele quer, não é? Ascendermos, mas ainda embaixo dele. Talvez ele me nomeie... Estrategista.

Calafrios percorrem meu corpo.

— O que você quer, Pound?

— O que eu quero? — Ele deixa a questão pairar um instante. — O que eu quero é inatingível. Eu não vou ser o Capitão da *Gladian* outra vez. Você conhece a minha família. E você sabe que não podemos tolerar trapaceiros no poder. Valorizamos a força acima de tudo. Sebastian não é forte, ele é um trapaceiro. Mas você... Conrad, espero que o seu projeto te mate. Quando você partir atrás de um gorgântuo por conta própria, torço para que você morra.

— Obrigado pelo apoio.

— Fique quieto! Talvez você não acredite, não sou um mau perdedor. Quando renunciei, tentei fazer isso com dignidade, mas Sebastian me humilhou, me tratou como um cachorro. Ele mudou, se transformou em outra coisa quando tomou o poder. Achei que ele fosse um amigo, apesar de ser um puxa-saco. Ele é falso. Ele não ganhou por causa de força ou mérito, ele ganhou porque eu odiava você e os outros se acomodaram com alguém que pensam ser fraco. Você deveria ser o Capitão agora. Roderick e Keeton seguem você porque você é forte. Eu tentei te derrotar, pensei que seria capaz de jogar você no calabouço depois de apenas um dia, mas você perseverou. Fez tudo que eu pedi. Enquanto eu estava te passando deveres e fazendo as pessoas morrerem, você estava preparando seu projeto e tentando salvar vidas. Tudo com algumas poucas horas de sono por noite. Eu te odeio, mas respeito o que você fez.

— Pound, eu...

— Cala essa sua boca tagarela. Se o seu projeto acabar matando você, então vou considerar que uma coisa deu certo durante a Provação. Mas se você sobreviver? Se você vencer? — Ele enche seus pulmões gigantes. — Então talvez você ganhe um poderoso aliado.

O silêncio nos engloba.

Abro a boca, mas ele me corta.

— Não fale, Conrad. Eu não quero ouvir a sua voz de Urwin, a sua lógica de Urwin, a sua *Urwindade*. Isso vai me fazer mudar de ideia. Então fique de bico calado e me deixe cozinhar no meu ódio pelo Sebastian. Em silêncio.

Eu não digo mais nem uma palavra a ele, mas não consigo parar de sorrir.

◆◆◆

Depois de levar à boca mais uma garfada do café da manhã tradicional de Holmstead feito por Pound, quase fecho os olhos, saboreando os ovos mexidos cremosos na língua. Nos fundos, perto dos fogões, Pound me observa comer. Talvez ele tenha cuspido na minha comida, mas eu não me importo.

Ele esvazia mais uma leva de ovos fumegantes na bandeja embaixo da lâmpada quente e espalha as torradas amanteigadas.

— Você não vai repetir o prato, peido de pássaro.

— Obrigado, Pound.

— Lambe meu fungo do pé.

Ele pendura o avental e sai da cantina pisando duro, com os deveres matinais completos.

Misturo os ovos salgados com queijo na minha bandeja e cutuco um cubinho de presunto. Quando levo a comida até a boca, uma figura entra pela porta. Ela parece cansada e estressada. Bryce evita me encarar, não fala comigo, apenas leva a bandeja cheia para outra mesa e se senta, de costas para mim.

Comemos em silêncio.

Roderick entra com um bocejo exagerado e irritante. Ele coça a barriga.

— O que o Mestre Cozinheiro preparou dessa vez?

— Você não vai gostar — digo.

— É, boa tentativa. Você não vai comer meu primeiro prato como o seu segundo.

Ele logo se senta ao meu lado, devorando a comida como se fosse um animal faminto, o presunto caindo na barba. Ele só para quando Keeton chega. O queijo está grudado no seu queixo.

Eu jogo meu guardanapo para ele.

— Como é que você consegue errar a boca?

Roderick se abaixa sob a mesa quando Keeton olha na nossa direção e se limpa. Quando ela se senta no lugar vazio à nossa frente, Roderick se apruma mais um pouco, fala menos e come de maneira mais cuidadosa e menos afobada.

Dou uma cotovelada nele.

— Convide ela.

— Agora não — sibila ele.

— O que vocês dois estão cochichando? — pergunta Keeton, nos mirando com um olhar suspeito por cima da caneca de café.

— Nada — diz Roderick. — Absolutamente nada.

Ela dá de ombros e olha para Bryce.

— É bom ver que você está viva. Senti sua falta no nosso alojamento nas últimas noites. Está dormindo na sala de comando?

Bryce assente.

— Bom, acho que o plano que você bolou é praticamente perfeito — diz Keeton. — Contanto que a gente encontre um gorgântuo adormecido.

Ao ser lembrado do plano mais recente de Bryce, o nervosismo retorce minhas entranhas. Minha única esperança é que não vamos encontrar um gorgântuo adormecido. Infelizmente, vimos blobones em migração pela região ontem. Gorgântuos os preferem como presas e ficam bastante sonolentos depois de uma refeição tão rica.

Roderick encosta a cabeça no braço sobre a mesa e observa Keeton comer.

Eu resmungo.

— Keeton, Roderick quer te pedir uma coisa.

Ele parece pronto para me estrangular com suas costeletas.

Ela abaixa a caneca e olha para ele.

— O que foi, Rod?

— Não é nada. — Roderick repuxa o colarinho. — Bom, talvez uma coisa. Acho que eu estava me perguntando... Se você estaria interessada em ver algumas das minhas invenções? Quer dizer, apenas por diversão... ou negócios. Ou sei lá.

— Invenções? Tipo aquela arma de garra que quase matou a gente?

O rosto dele fica vermelho.

— Hum, sim.

Ela o analisa.

— Claro. Eu adoraria ver o que você anda fazendo. Acho que devemos nos conhecer um pouco mais. O Mestre Artilheiro e a Mecânica deveriam colaborar em projetos. É bom para o navio.

Eu nunca o vi tão feliz.

Ela termina sua última garfada.

— Bom, meninos, é melhor eu ir para sala do motor. Sebastian acha que eu posso subir para cento e setenta e cinco por cento e eu não quero descobrir o que vai acontecer se disser a ele que isso é impossível. Pessoalmente, acho que o motor vai explodir. Mas vai saber, né? Avise quando quiser que eu apareça, Rod.

Ela sorri para ele.

— Claro. — Roderick dá uma risadinha. Ele a observa ir embora, os olhos brilhando enquanto ela balança o quadril antes de desaparecer pela porta. Ele se vira para mim. — Isso foi ótimo!

— Eu fiquei meio decepcionado — digo. — Achei que você usaria uma das suas cantadas clássicas com ela.

Ele ri.

— Eu já te disse, isso é para as garotas comuns, não para as...

— Atenção, tripulação da *Gladian*. — A voz suave de Sebastian ecoa das nossas gemas. — Eldon acabou de me informar que ele avistou um ninho de gorgântuos. E melhor ainda: eles estão dormindo.

Meu coração afunda.

— Apresentem-se no convés — ordena o Capitão. — É hora de caçar.

Em um instante, nos levantamos dos bancos às pressas e saímos apressados pelos corredores. É isso. Mais dois dias e eu poderia ter sido capaz de fazer um motim. Em vez disso, Sebastian vai se solidificar e eu vou perder minha chance.

24

A CHUVA FRIA ESCORRE PELOS MEUS ÓCULOS ENQUANTO ELDON NOS manobra em direção às nuvens cinzentas. Irrompemos pela névoa e uma ilha colossal surge à frente. Dois gorgântuos navegam diretamente acima dos cumes verdejantes da ilha, os olhos enevoados, os estômagos inchados enquanto digerem preguiçosamente a gordura dos blobones.

Sebastian está no meio do convés, observando através de uma luneta, exibindo uma expressão vitoriosa.

Os gorgântuos parecem drogados, os olhos mal se abrem enquanto deslizam à deriva em uma espiral lenta. Os blobones descerebrados cobrem o céu, praticamente formando uma nuvem. Essas bestas metálicas, com tentáculos elétricos pendendo de torsos atarracados, flutuam sem rumo, capturadas pelo vórtex criado pelo movimento dos gorgântuos.

Fico todo eriçado devido à energia cinética no ar. Se existe um lugar no qual ninguém quer estar em um navio celeste, é perto de uma nuvem blobonesca. Não só porque os blobones vão se agarrar no casco e corroer o metal, mas porque coisas maiores e mais mortais costumam segui-los.

Eldon faz um mergulho com o navio, deixando meu estômago revirado.

— Mantenham a cabeça abaixada — avisa Bryce. — Se um dos tentáculos pegarem vocês, não há nada que possamos fazer.

Não consigo evitar engolir em seco enquanto me agacho. Morte por eletrocussão. Ainda por cima, o corpo será puxado para cima, onde depois é encasulado e lentamente digerido até que restem apenas ossos flutuando no interior.

Meus dedos se contraem. Nunca estive perto de blobones, e nem boa parte da tripulação. Madeline nos ensinou a evitá-los, não voar na direção deles.

— Fique embaixo da nuvem, Navegador — diz Sebastian pela joia.

— Perto da ilha.

Voamos tão baixo que a *Gladian* corta os galhos da floresta como um machado. Isso faz o navio estremecer.

Os dois gorgântuos continuam a se banquetear, ignorantes de qualquer outra coisa. O de Classe-5 ondula pelos blobones, um macho com uma crista gigantesca ao redor do crânio. Várias arranhões marcam seu torso, presumivelmente de batalhas com outros machos para o acasalamento. E com base nessas cicatrizes, ele é agressivo.

Por enquanto, ele está adormecido.

Meu dedo tamborila próximo ao gatilho do canhão de ombro. Com um simples toque, posso despertá-lo. Sabotar a caça. Porém, ninguém acreditaria que foi um acidente e eu seria jogado no calabouço.

Eldon puxa as cordas na direção do quadril, deslizando-nos até uma parada suave embaixo do olho do ciclone vivo de monstros.

— Navegador — diz Sebastian pela joia —, ascenda.

Nós nos agarramos na grade. Eldon nos vira na vertical até que estejamos apontando para o sol coberto de nuvens. A luz intensa queima nas minhas retinas. Minhas botas magnéticas me ajudam a manter o equilíbrio, mas a pressão se intensifica nos tornozelos.

— Segurem firme! — grita Roderick.

Eldon avança para a frente e nós disparamos. O vento amassa nossas caras. Ele manobra delicadamente pelo olho da tempestade. Enquanto voamos, Bryce e Roderick atiram arpões em qualquer blobone que se aproxima. Toda vez que atingem um, ele estoura e as entranhas reluzentes caem como serpentina.

Finalmente, nos estabilizamos dentro do círculo de gorgântuos. Eles nos circundam. Silenciosamente saboreando sua refeição.

— Espere pela brecha, Navegador — sussurra Sebastian.

Paro de respirar. Minhas mãos tremem.

— Agora!

Nós zarpamos para a tempestade de bestas, os arpões bombardeando os blobones, até voarmos diretamente atrás do macho.

Roderick ergue o braço em uma comemoração silenciosa. Pound sorri. Até mesmo eu me sinto um pouco extasiado, até ver o rosto de Sebastian.

— Ótimo trabalho — diz Sebastian enquanto Eldon nos puxa para trás, acompanhando o ritmo preguiçosos do macho.

Estamos rodeados por blobones e a apenas poucos metros da cauda do macho. A incrível besta se estende por mais de cento e cinquenta metros. Atrás de nós, além da popa, segue um gorgântuo fêmea. Ela está nadando e digerindo. Olhos fechados.

Sebastian levanta a mão.

— Ao meu sinal, Mestre Artilheiro.

Assim que nossa popa se alinha com a boca da fêmea, Sebastian abaixa a mão.

Roderick abre com um chute o portão da popa e Pound levanta o ombro erguendo um barril cheio de pólvora. Logo o barril flutua no céu, abarrotado de gás gorgantuano para fazê-lo balançar como um barco ancorado em águas agitadas.

Roderick e Pound empurram mais dois barris.

— Excelente — diz Sebastian. — Tire-nos daqui, Navegador.

Em segundos estamos disparando arpões enquanto afundamos de volta pelo centro do vórtex de criaturas, voando em cima da ilha, e nos afastamos da nuvem blobonesca.

Agora, a uma distância segura, Eldon nos vira para enfrentar os gorgântuos. Pego uma luneta do meu cinto. A fêmea segue a fila de blobones, abocanhando-os despreocupada. Por fim, ela se aproxima do primeiro barril.

Sebastian treme de entusiasmo.

A gorgântua come o primeiro barril. Em seguida, o segundo e o terceiro. Nós esperamos enquanto eles são digeridos nas entranhas dela, banhando-se de ácido até que...

BUM!

Uma explosão vermelha e dourada abala os céus. As costelas da gorgântua irrompem e pedaços de carne queimada e fumegante se espalham. O grito da besta estoura os blobones mais próximos enquanto a onda de choque reverbera pelo ciclone.

A fêmea afunda, o saco de gás perfurado, o corpo dilacerado ao meio.

Sebastian ri. Eldon comemora. Porém, o resto do convés observa silenciosamente a queda da besta. Sebastian foi bem-sucedido, mas deveríamos coletar nossos abates. As escamas gorgantuanas são derretidas para montar os cascos das embarcações. O gás é usado na flutuação. A carne é enviada para as ilhas.

Ainda assim, nosso navio espião vai nos dar um crédito pela metade. Talvez seja o suficiente para Sebastian solidificar sua posição como o melhor a nos liderar.

Tudo que precisa fazer é ordenar para que Eldon nos leve para longe, e a *Gladian* será dele.

Os olhos do macho se concentram em sua parceira caída, e ele solta um rugido estrondoso. Causa tremores pelo navio.

— Ordens, Capitão? — pergunta Eldon, nervoso.

Sebastian dá um passo duro adiante, ao meu lado na proa, os dedos agarrando as voltas da rede. Ele encara a besta enfurecida. Então, algo se ilumina em seus olhos. Ganância. É um olhar que já vi muitas vezes. No meu tio. Em Pound. Sebastian nunca ficará satisfeito, não até que ele esteja no topo do monte.

Quando os olhos dourados do macho nos descobrem, dou um passo para trás. Ele recolhe a cauda, preparando-se para um lançamento mortal, e dispara em nossa direção, atravessando a nuvem de blobones.

— Ativem o magnetismo — grita Sebastian. — Vamos derrubá-lo.

Bryce e eu trocamos um olhar nervoso enquanto aumentamos a intensidade no botão do cinto. Não estamos preparados para enfrentar uma fera Classe-5.

Vislumbramos o inferno no olhar dourado do macho. Sua boca se arreganha. Lançamos arpões contra a cabeça, mas ricocheteiam de encontro às pálpebras. Logo antes dele nos engolir, Eldon nos ergue. Minha cabeça é jogada para trás. Subimos logo acima do focinho, mas não o bastante.

A crista colide em nós.

BAM!

Nós quicamos ao longo das costas do monstro. Os enormes espinhos furam o nosso casco. Eu caio no convés batendo o ombro. Meu cérebro chacoalha. Roderick dá um berro. Bryce segura, aos gritos, o braço quebrado. Meu canhão de ombro desliza para longe, escorregando pelo convés.

Logo antes do próximo impacto, eu me abaixo para segurar na grade. Mesmo com as botas magnéticas na intensidade máxima, prendo os antebraços ao redor da barra.

— Tira a gente daqui! — grito. — Eldon, voe!

Só que quando olho para trás, Eldon está pendurado como uma marionete, preso em um emaranhado das cordas. O macho avança mais uma vez. Lorde dos céus, o grande terror das ilhas. E, pela primeira vez, enxergo o horror no rosto de Sebastian.

— Segurem-se! — grito.

A besta se joga sobre nós, virando o navio de lado. A *Gladian* geme como um animal ferido. A força arranca minhas botas do convés. Eu grito, segurando na grade com força, os pés balançando. Abaixo das botas, só sinto o ar. Se escorregar, vou sair rolando até as nuvens escuras.

— Navegador! — grita Pound. — Eldon! Acorde.

Sebastian abraça a grade ao meu lado, mas sua pegada se afrouxa, e ele agarra minha perna. Os dedos desesperados se enterram nas minhas panturrilhas. Faço uma careta de dor. O peso a mais força meus ombros, e eu arquejo. A grade esmaga meus antebraços.

Eldon se mexe. Recuperando a visão, confuso com as cordas emaranhadas. Um momento depois, a *Gladian* range enquanto ele tenta nos endireitar. Porém, a fera retorna. Bate em nossa lateral, nos fazendo girar. Mal consigo me segurar. Estou zonzo.

Sebastian grita enquanto escorrega das minhas botas. Os dedos frenéticos dele me agarram.

Nosso peso combinado força meus antebraços. A grade esmaga meus tendões. Não consigo aguentar. Depois que o gorgântuo nos sacode outra vez, eu escorrego e me penduro na grade apenas pelas mãos.

— Conrad! — grita Roderick enquanto está seguramente preso em uma torre. — Não solte!

Meus dedos ficam brancos. É uma questão de sobrevivência: eu, ou Sebastian. Eu poderia sacudi-lo, chutar seu rosto até ele soltar os dedos. Ninguém me culparia. E não haveria mais ninguém no meu caminho para eu me tornar Capitão.

Mas eu não vou ascender do jeito errado. Não, eu vou provar que sou o melhor.

— Sebastian, eu vou te balançar até o convés.

— Não — diz ele.

— Quando você bater no convés, precisa soltar. Você vai escorregar para a rede lá embaixo. Confie em mim.

— Não confio.

Com o que resta da minha força, balanço em direção ao convés. Depois de algumas guinadas, Sebastian quase alcança o convés.

— Solte! — grito.

— NÃO!

Quando balançamos de volta, sobre o céu aberto, ele escorrega, os dedos se soltando. E um calafrio horripilante me preenche enquanto a vida dele se esvai.

— Sebastian!

Os dedos tentam se agarrar ao nada freneticamente enquanto ele afunda. Não posso fazer nada a não ser gritar. E escutar os gritos dele.

— NÃO! — berra Eldon.

O braço de Sebastian colide com a grade lá embaixo, mas o impulso do movimento faz com que ele continue caindo, dando cambalhotas no céu.

Eu sinto frio. Não é culpa minha. Ele soltou tarde demais. Não é culpa minha.

Sebastian gira no ar, em uma queda sem fim. O olhar do macho mira nele e se afasta de nós, lançando-se na direção de Sebastian.

Não posso acreditar no que está acontecendo. Ainda sinto os dedos dele afundando-se na minha perna. Sua voz ainda irrita meus ouvidos.

A besta se aproxima dele. Roderick dispara um arpão inútil. E então, todos nós gritamos quando Sebastian é sugado para dentro da boca do gorgântuo.

Eldon finalmente endireita o navio e eu caio no convés. Minhas botas magnéticas são ativadas novamente.

— Tira a gente daqui, Eldon! — grita Bryce, segurando o braço quebrado. — Agora!

O macho se vira mais uma vez em nossa direção enquanto Eldon empurra. Porém, a *Gladian* estremece sob os comandos, recusando-se. O rosto de Eldon fica pálido. Ele empurra de novo, esticando as cordas, mas a *Gladian* engasga. Um ruído estridente ecoa sob nossos pés.

— Não está funcionando! — grita ele.

— Keeton — grita Bryce na sua joia. — O que aconteceu com o motor?

Sem resposta.

— Keeton?

— Vou verificar o que aconteceu. — Pound ergue a escotilha e entra.

O macho avança. Os arpões de Roderick atingem a besta e um deles até mesmo consegue arrancar uma escama, mas nada mais. Os braços trêmulos de Eldon nos levam logo acima da boca da criatura. Quicamos ao longo do dorso espinhento e afundamos pela lateral. Quando estamos embaixo da besta, fico retesado ao ver a cauda do macho chicotear em nossa direção.

— Segurem-se!

Ela nos atinge com a ferocidade de um ataque de escorpião. Corta o navio tão facilmente quanto uma pá afunda na lama. A *Gladian* está quase partida ao meio. Ainda flutuando. Faiscando. Porém, o que ela ainda tinha de vida se perdeu.

A *Gladian* está quebrada.

Então o macho ruge, nos circundando. Brincando como um gato brinca com um camundongo mutilado. Todos ficam ali parados, congelados. Alguns olham de relance para o barco salva-vidas. Mas de que adianta um barco salva-vidas se ele não pode nos levar para longe daqui rápido o suficiente? Ele foi feito apenas para nos manter flutuando, não para escapar de um gorgântuo.

Quando a besta se vira para nos encarar, eu me levanto e limpo o sangue do nariz. Franzo a testa. Quando eu era apenas um menino, fui deixado em uma ilha com um proulão. Construí uma lança para caçá-lo. Dessa vez, fiz outra coisa, e ela está escondida sob meu uniforme.

Arpões não funcionam. Canhões de ombro não causam dano o suficiente. Eu sou a nossa única chance.

Desativo o magnetismo. Pound volta quando começo a correr. E a animação de uma morte gloriosa brilha em seus olhos.

— Isso! Mate essa coisa! — ruge ele quando passo correndo. — Voe, seu feioso desgraçado, voe!

Quando chego à popa, mergulho por cima da grade, saltando para fora do navio. Roderick e Bryce gritam horrorizados. E agora, não existe mais nada entre mim e a criatura com presas maiores do que meu corpo. As chances estão contra mim, amontoadas naquela serpente de cento e cinquenta metros.

Mas que se dane, eu ainda não acabei.

25

ENCOLHO OS BRAÇOS, TRANSFORMANDO-ME EM UM DARDO, E ADQUIRO velocidade. O macho mergulha atrás de mim, bramindo. Relâmpagos causam fissuras no céu e sua sombra enorme se agiganta sobre mim. A apenas alguns metros de distância no meu encalço. Não olho para trás. Não vou olhar para trás. E quase consigo ouvir a boca da besta se abrindo.

Sinto uma rajada de bafo quente.

Quando tenho a sensação que ele está se aproximando, aperto um botão no cinto. Repentinamente, asas metálicas irrompem do meu uniforme. A vela de lona, anexada a espinhas de aço, estende-se sob meus braços e entre minhas pernas. Ganchos ocultos na ponta das minhas mangas e das botas conectam a lona a mim.

O vento açoita as asas de lona. O impulso diminui e o macho se aproxima. Logo as mandíbulas vão me prender na gaiola de aço dos seus dentes. Porém, uma rajada forte de vento me levanta sobre o focinho aberto dele.

O macho brame e afunda em uma nuvem de tempestade, como uma serpente escapando na água. Quando entra na névoa, ele se torna gigantesco, uma silhueta ameaçadora. O relâmpago delineia sua forma.

Mergulho atrás dele, a chuva embaçando os óculos. Finalmente, o enorme corpo rastejante irrompe pelas nuvens. Por vários momentos, alço voo ao lado dele, procurando nas suas escamas até que...

Ali!

Um triângulo de carne pálida se esconde entre uma muralha de prata. A escama ausente. Aponto o meu braço esquerdo, mas minha asa resiste frente às rajadas e a chuva obscurece meus óculos.

Trinco os dentes. Não terei uma segunda chance, terá que ser um disparo certeiro. Depois de estabilizar a respiração, eu me concentro na carne exposta. Em seguida, aperto o gatilho oculto da arma de garra logo abaixo da minha palma.

A corrente é arrancada do meu pulso e dispara pelo ar. Segue até o macho e desaparece em uma camada de nuvens. Meu coração está acelerado. Tudo que posso fazer é aguardar e torcer...

Em um instante, sou puxado com ferocidade brutal. Quase desloco o ombro. Sou arrastado como uma boneca de pano anexada a uma linha. Mas ainda não acabei. Aperto o gatilho de novo e sou puxado, a uma velocidade estonteante, na direção da besta. Meus óculos são arrancados fora. A visão embaça enquanto as escamas do gorgântuo se aproximam rapidamente.

BAM!

Eu bato de frente no metal duro. Minhas asas rachadas furam a lateral do corpo e uma haste se enfia no meio das minhas costelas. Solto um grito de agonia. Puta merda! Um surto de dor me consome enquanto me pendura pela corrente, balançando ao lado da besta.

Chuto freneticamente, tentando erguer as pernas, até que as minhas botas magnéticas se prendem nas escamas de metal.

Um botão solta as minhas asas quebradas. Não me servem mais agora. Enquanto elas caem na imensidão cinzenta, sinto frio, pensando que não tenho como sair dessa coisa.

Seguro a corrente com ambas as mãos e escalo como um alpinista. As botas me mantêm conectado. A besta ondula, para cima e para baixo. Quase me sacudindo para fora a cada rodopio que dá.

Finalmente, minhas mãos espalmam no dorso mais achatado da besta, e me agacho, apoiado em um joelho. Meu coração está acelerado, os pulmões implorando por ar. Recolho o gancho da arma de garra.

Está todo ensanguentado de branco. Então, meus dedos analisam a haste perfurando minha lateral. Droga! Se eu a remover agora, posso acabar sangrando até morrer.

Eu me levanto e a dor dispara mais uma vez.

— Aaah!

Não tenho escolha. Preciso aguentar mesmo assim. O macho continua ondulando, fazendo a bile subir pelo esôfago.

Nós partimos as nuvens e eu umedeço os lábios com a chuva. Uma corda enlaça e enforca meu coração quando encaro o caminho à minha frente. Mais de setenta e cinco metros até alcançar o crânio da besta.

O gorgântuo brame. Reconhecendo-me de súbito, furioso porque ainda estou vivo. Ele começa a desenhar círculos no ar, o corpo girando como se ele fosse uma erva-daninha sufocando uma planta.

Eu salto até o espinho mais próximo e o abraço.

O macho se endireita como um dardo. Então, uma onda de escamas, começando pela crista, vem se eriçando na minha direção. Cada uma age como uma nadadeira. Ele não consegue controlá-las individualmente, mas é capaz de disparar fileiras inteiras de uma vez. O bastante para que eu seja arremessado para fora se for atingido por essa onda.

Eu me preparo para o golpe que vem na minha direção. A adrenalina me invade, ajudando a amenizar a dor na lateral. A onda se aproxima. Trinco os dentes e pego velocidade. Cada escama se levanta até alcançar minha cintura.

As escamas estão próximas.

Seis metros.

Três.

Um metro e meio.

Vamos lá, Conrad, seu bosta de pássaro. Você consegue. Prendo a respiração, desativo o magnetismo nas botas e dou um salto. Quando estou voando no ar, recolho as pernas rente ao corpo. Porém, meus calcanhares batem nas escamas e eu rolo. Direto no metal duro nas costas do gorgântuo. Grito de dor. Minha visão embaça.

Eu me levanto, ativo o magnetismo ao máximo e vou mancando até a crista. Os pulmões estão pesados. A lateral do corpo me causa uma dor perfurante. As pernas estão ardendo por causa das botas magnéticas. De alguma forma, escapo de outra onda. E mais outra. Minha lateral está sangrando, escorrendo pela perna.

O corpo colossal do macho se curva, virando-se na direção da *Gladian*. Sinto o estômago se retesar. Não. Ele vai engolir o navio inteiro. A cauda começa a se enrolar, preparando-se para um lançamento mortal.

Apesar do sangue no fundo da garganta, apesar de meu corpo me implorar para diminuir o passo, disparo em direção à cabeça dele. As pernas sacudindo. Não posso parar. Preciso continuar.

Finalmente, alcanço a borda da crista. Uma inclinação chata desce até a testa encaroçada. O macho continua enrolando sua cauda.

Depois de descer escorregando pela crista, subo na testa. E quando estou na beirada, consigo ver. O olho gigante, a íris como um anel dourado de espinhos. A coisa toda provavelmente pesa tanto quanto um homem. A pupila enorme se encolhe, focando em mim.

Miro a arma de garra. O olhar da besta faz com que eu encare o terror de frente. Esse é o predador no ápice da cadeia dos céus. Só que eu vou matá-lo. Cuspo no olho do desgraçado e aperto o gatilho gelado da arma de garra. O gancho se enfia na pupila gelatinosa com um ruído nojento.

O grito do macho sacode meus ossos.

Ele se contorce. Porém, com minhas botas magnéticas conectadas à testa de ferro e a corrente tensa anexada ao meu antebraço, permaneço estável. Eu me inclino para trás e aperto o gatilho. A arma de garra se enrola, tentando me puxar. As correias se afundam no meu antebraço. No entanto, luto de volta. Sem respirar. O rosto ardendo e corado. Meus músculos rasgando.

Então, com um *plunc* asqueroso, o gancho arranca o olho fora. O sangue branco jorra no meu rosto. Eu sinto ânsia de vômito com o gosto ferroso e deslizo para o lado. O olho gigantesco cai, arranca meu braço direito da articulação e me joga contra a crista.

— Ugh!

Agora escorrego até a beirada da testa da besta. Prestes a cair no ar livre. Merda. Merda. Meu braço esquerdo luta com as correias da arma de garra no meu pulso. Elas se afundam em mim, queimando a pele. Desesperado, tento arrancar a coisa toda fora. Meu estômago dá um solavanco quando me aproximo da borda. De repente, as correias se soltam, levando os pelos do braço junto. A arma de garra afunda atrás do olho em queda.

Eu grito. Só que estou vivo. Vivo.

O macho continua aos berros, virando-se para um lado e outro, debatendo-se confuso e com dor. Rastejo na direção da órbita ocular vazia. De dentro da jaqueta rasgada, retiro a última coisa que trouxe comigo. Uma versão dos nossos barris explosivos do tamanho do meu polegar. Eu mesmo fiz.

Respiro fundo, chacoalho o dispositivo até ele chiar de raiva e enfio o braço inteiro na carne quente, bem no fundo do crânio da besta.

Então, me apresso para longe.

Minhas botas atingem apenas o topo da crista quando a explosão me impele para a frente. Sou arremessado com força na direção da borda, deslizando pelas escamas. Logo antes de escorregar, meus dedos se esgueiram por baixo de uma escama, e eu me agarro. O peso repentino deixa meu ombro direito gritando de dor.

Solto o ar, gritando, enquanto meus pés se sacodem no ar sobre as nuvens escuras.

Fico pendurado por algum tempo, respirando apesar da dor no ombro. Em seguida, eu subo, usando as botas magnéticas, as brechas entre as escamas e o meu braço bom.

A fumaça sai da cabeça do macho. Depois de uma última respiração trêmula, uma contração dos nervos sacode seu corpo por inteiro. Ele para de rolar, para com tudo, e desacelera até começar a planar.

Alcanço o cume de espinhos e desabo de costas. O alívio me inunda, acalmando meu coração lívido e agitado. De alguma forma, não perfurei o saco de gás. A besta vai flutuar durante dias.

Enquanto a chuva lava o meu sangue, começo a rir. Porém, rir dói para cacete. Então fico quieto e meus dedos pressionam o contorno da ferida na lateral, tentando estancar o gotejamento.

Estou perdendo sangue demais.

A chuva diminui para um chuvisco e o sol irrompe por entre as nuvens, me fazendo erguer o braço esquerdo para cobrir o rosto. Estou preso nesse lugar, por enquanto. A *Gladian* não está em condições de me resgatar.

Seguro o colar de Ella e tento me erguer, mas meu braço trêmulo vacila. Não resta mais nada em mim. Fico ali deitado, miserável, o corpo ardendo. Será que é assim que vou morrer? Pelo menos levei um Classe-5 comigo.

De súbito, uma sombra flutua acima da minha cabeça, bloqueando o sol. Sobre mim, seis veteranos da Caça se debruçam sobre a grade do nosso navio espião azul, às gargalhadas. Travis de Waters, junto com sua tripulação, comemora aos gritos.

Meu coração se expande de esperança.

— Esse foi um ótimo dia para a sua família — diz Travis.

Para a minha família? Do que é que ele está falando?

— Normalmente, não ajudamos os Aprendizes — continua ele —, mas depois de ver o que você acabou de fazer, decidimos que você merece. Na verdade, você merece ainda mais.

Ele acena com a cabeça na direção do meu navio quebrado.

Uma corda cai ao meu lado, batendo nas escamas. Eu riria para eles se isso não fosse doer. Tenho cara de quem está em condições de me segurar a uma corda?

Os Caçadores torcem por mim, mas quando fica evidente que estou reduzido um miserável debilitado e ensanguentado, Travis assobia para seu Esfregão e, no minuto seguinte, uma mulher magra desce pela corda. Ela se ajoelha diante de mim.

— Capitão, ele está ferido demais para se mexer — diz ela pela joia.

— É contra as regras trazer um Aprendiz para o nosso navio. — Travis faz uma pausa. — Mas eu não vou deixá-lo aqui para morrer. Então que tal a gente só não contar isso para ninguém, hein?

O navio espião se abaixa para flutuar ao lado da carcaça, e depois baixa uma rampa. Logo, um par de Caçadores corpulentos a atravessa. Um deles inspeciona a minha ferida e, sem avisar nada, arranca a haste fora.

A dor explode dentro de mim. Vejo um rombo na minha lateral. O sangue jorra livre. Porém, o homem faz pressão e me espeta com remédios.

Alterno entre a consciência e a inconsciência. Os momentos são um borrão. Sou carregado pela rampa e o navio espião se levanta. A tripulação veterana me encara, rindo. O céu melancólico passa acima de mim. Uma leve chuva. O vento soprando nos meus cabelos.

Por fim, sou levado até o convés da *Gladian* e deixado nos braços do maior bosta de pássaro que já conheci.

— Não. — Eu solto um gemido. — Ele não.

O navio espião zarpa para longe, os veteranos ainda celebrando aos gritos. A tripulação em choque da *Gladian* se reúne ao nosso redor, e eu encaro a cara de javali do garoto que me segura nos braços.

— Esse desgraçado — diz Pound —, esse feio desgraçado! Bem-vindo de volta, *Capitão*.

— De acordo! — diz Keeton.

Os outros não falam, mas suas mãos são erguidas no ar.

As mãos de todos se levantam, menos a de Bryce. Ela me encara, atônita, até que de repente sua mão se levanta também.

26

A MACA DA SALA MÉDICA É GENTIL COM MEUS MÚSCULOS MASSACRADOS. Felizmente, no dia que se passou desde que derrubamos o Classe-5, os remédios trabalharam com rapidez para fechar o buraco entre as minhas costelas. Meus dedos alisam a pele dolorida. Eu correra mesmo pelo corpo de um gorgântuo e enfiara um explosivo dentro do olho dele? Não parece real. Sabe, se eu entrasse em qualquer taverna de Holmstead e contasse essa história, me colocariam para fora às gargalhadas.

A porta se abre com um rangido e uma cabeçorra careca espreita.

— Capitão? — diz Pound, fechando a porta atrás de si. — Precisamos conversar.

Eu o encaro. É estranho ser chamado de "Capitão" por esse garoto. Porém, mais estranho ainda é o desconforto na postura dele.

Ele me encara nos olhos e coça o queixo.

— Eu, hum, quero me desculpar.

— O quê?

— Olha — começa ele —, não vou parar de te odiar, está no meu sangue. Ainda assim, isso não significa que eu não te respeito. — Ele apoia as mãos enormes no quadril. — Acho que o que estou dizendo é sinto muito por ter sido tão babaca com você.

Minha boca não funciona. O que eu devo dizer? Como posso perdoá-lo depois de toda a bosta de pássaro pela qual ele me fez passar?

Os espancamentos? Os remédios roubados? Esse Atwood já me fez comer grama uma vez!

Meu pai me ensinou tudo a respeito de pedidos de desculpa. *Nós não nos desculpamos*, explicara ele. *Outros se desculpam conosco. Apenas os fracos, aqueles limitados por moralidade, pedem desculpas. Já os fortes... nós usamos a fraqueza deles para a nossa vantagem. Nós usamos a desculpa como arma de negociação.*

Meu pai me diria exatamente o que fazer com as desculpas do Pound. No entanto, quando olho pare meu rival agora, enxergo um garoto que perdeu muita coisa. Um garoto sem família, que foi rebaixado de suas condições. E eu me pergunto que tipo de negociação sequer conseguiria nessas condições.

— Mas a sua família — digo a Pound. — Eles...

— Um dia eu vou reconquistá-los. — Vejo uma intensidade em seu olhar da qual não posso duvidar. — Mas tem uma linha que eu me recuso a cruzar. Eu não vou persegui-los até o fim dos céus se isso significa que as pessoas vão morrer.

Tanto eu quanto Pound estamos tentando reconquistar nossas famílias. Ambos tentamos ascender em um mundo que não dá a mínima para ninguém. A diferença é que Pound sabe até onde está disposto a ir.

Será que eu sei?

Fico silencioso pensando que um *Antawood* poderia ser mais ético do que eu. E esse pensamento me enche de uma vergonha enorme, percebendo o que a minha mãe diria.

Compaixão! Você não é a única pessoa com desejos nesse mundo, Conrad, então pare de choramingar a respeito da sua situação porque, deixe-me dizer a você, sempre existe alguém que está pior do que você. SEMPRE.

Eu encaro Pound.

— Você me recrutou porque queria me fazer engraxar as suas botas.

— Sim. — Ele abre um sorriso e estende a mão gigante para mim.

— Trégua?

Eu encaro os dedos do tamanho de pepinos e analiso aquele rosto. O rosto estúpido e feio que ele tem.

— Você não vai virar um puxa-saco agora?

— Droga, eu te odeio.

— Você fala isso várias vezes e ainda assim, agora está aqui, se desculpando.

— Eu tinha esperanças de que você se desculparia também.

— Pelo quê?

— Por ser um Urwin.

Dou uma risada. Não, eu não procurarei obter uma vantagem sobre ele, mas isso não significa que tudo está perdoado. Em vez disso, vou dar um novo início para ele, ventos frescos e ver para onde isso vai. Sob olhos vigilantes, é claro.

— É justo o bastante — digo, apertando a mão dele. — Trégua.

Ele sorri.

— Então, está com fome? Eu fiz sopa.

Quando ele levanta a bandeja, um aroma saboroso chega às minhas narinas. Isso me lembra um banho quente depois de uma chuva fria. Ele abaixa a tigela ao lado da minha cama. Em segundos, estou mexendo o molho cremoso vermelho com as batatas e pedaços de frango.

— Como vão os reparos? — pergunto, comendo uma colherada.

— A tripulação está trabalhando duro. Fazendo tudo que conseguem. Pelo menos até a tripulação de reparo da Caça chegar.

— Tripulação de reparo da Caça?

— A Caça vai consertar o nosso navio. Você impressionou muita gente com o que fez.

Abro um sorriso secreto. Madeline especificamente nos disse que estaríamos sozinhos na Provação. Imagino que isso nem sempre seja verdade.

Quando termino de comer, saio da cama e estico as pernas. Com cuidado, levanto os braços sobre a cabeça, fazendo uma leve careta com a pressão na lateral do corpo. Posso aguentar um pouquinho de dor. Então, convoco a tripulação para uma reunião. Apesar do meu corpo doer, é hora de distribuir as tarefas e mudar como o navio é gerido. Sou o Capitão hoje, mas isso pode mudar facilmente. Eu preciso me solidificar.

Subo a escada até o convés vazio. Rasgos compridos listram o navio. Uma fissura parte o centro, deixando um rombo do tamanho de um cânion. Amassos entortam o casco, e partes da grade bamba pendem por um único parafuso. Felizmente, a estrutura ainda está intacta. E os tanques de gás não foram danificados no ataque, então permanecemos no ar.

Percorro os dedos pela barra onde Sebastian e eu estávamos pendurados ontem. Os olhos apavorados dele piscam na minha mente. Por quanto tempo ele agonizou no estômago da besta?

Por fim, a tripulação se reúne atrás de mim, as mãos nas costas, o olhar fixo em frente. A maior demonstração de respeito que eles já deram a um Capitão até agora. Eles querem se unir ao meu lado. Só precisam de um empurrãozinho.

Ando de um lado a outro diante deles. Quando encontro os olhos azuis de Bryce, ela me encara de volta. Uma garota derrotada. Ela pisca e olha para a frente. Seu braço pende em uma tipoia, mas com os remédios, imagino que isso vá durar só por mais um dia.

Eldon exibe um rosto vermelho de inchaço. Lágrimas. Ele olha para o horizonte.

— Eu sinto muito — sussurro para ele. — Foi culpa minha. Eu tentei balançar ele até o convés ou deixar que caísse na rede. Não funcionou.

Seus olhos castanhos se estreitam ao me encarar. Eu me pergunto se há ódio nascendo sob esse olhar, mas ele assente.

Dou um tapinha em seu ombro e me afasto outra vez. Então todos cantamos "A Canção dos Caídos". Todos participam, exceto por Pound, que está com uma expressão de quem prefere mastigar vidro a honrar o Sebastian.

Enquanto cantamos, muitos ficam com os olhos marejados, incluindo Roderick. Roderick não amava Sebastian, mas completou o treinamento com ele. Passou boa parte das refeições na companhia dele na Escola. Por um tempo, foram amigos.

Quando a canção termina, ergo a cabeça. É hora de seguir em frente. A morte é parte da vida de um Caçador. E temos uma competição para vencer. Sebastian foi só mais um garoto que estava tão absorto em ascender que isso acabou sendo a sua ruína.

— A Meritocracia exige que os fortes ascendam — digo a eles. — Mas eu nunca acreditei que o poder de escravizar se iguala à força. Não estou interessado em ditaduras. E não acho que somos apenas nossos cargos. Eu posso ser duas coisas. Vocês podem ser duas coisas.

Eles me observam.

— Eu não vou fingir que sei de tudo ou que sou o melhor em tudo. Restam seis de nós. Nosso conhecimento combinado, nossos esforços combinados, podem nos render riquezas e posições desejadas em navios veteranos. Só que precisamos trabalhar juntos. Vários de vocês têm talentos que eu não tenho. Pound é um cozinheiro melhor do que eu.

— E sou mais bonito — diz Pound.

Roderick dá uma risada.

— Bryce seria uma Esfregona melhor do que você também — acrescenta Keeton.

— Ei! — diz Bryce.

A tripulação ri.

— Eu vou delegar algumas das minhas responsabilidades — digo. — Enquanto eu for Capitão, vamos decidir as nossas posições como uma tripulação. Vamos indicar, concordar e votar como um todo.

Eles me olham confusos, como se eu houvesse me transformado de repente em um animal esquisito e estridente. O Capitão deve ter todo o poder. Eu ascendi por mérito. Eles não podem reivindicar o poder. Ainda assim, estou oferecendo parte disso a eles. Quase nunca se ouviu falar em algo assim nas Terras Celestes. O seu poder pertence a você, mas meus objetivos não são relacionados ao poder. Meus objetivos são a respeito da minha família.

Eu acaricio o colar por baixo do colarinho.

— Começando com a Intendência. Quem gostaria de fazer uma indicação?

A tripulação se entreolha. Ninguém fala. Eles estão desconfiados, e eu também estaria se nossos papéis estivessem invertidos. Parece que terei que ser aquele que dá a partida no processo.

— Certo. Eu começo — digo. — Eu indico Bryce de Damon para ser a nossa Intendente. Alguém concorda?

O rosto de Eldon permanece neutro. Provavelmente não quer mesmo ser o meu Intendente e não vai se importar de ser rebaixado.

Bryce olha para a frente.

— Alguém concorda? — repito. — Ou devemos indicar outra pessoa?

Keeton levanta a mão lentamente.

— Eu concordo com a indicação de Bryce.

As garotas trocam olhares. E alguma coisa, talvez um sinal de entendimento, passa entre elas.

A mão de Roderick se levanta em seguida, e por fim a de Pound. Bom. Estão começando a se sentir confortáveis com o processo de indicação.

— Bryce, você foi votada para a posição — digo. — Você aceita esse cargo?

Ela esprime os lábios com seriedade e, em seu olhar, não consigo distinguir se ela me odeia ou não. Depois que estendo a mão para ela, ela hesita. Todos nos observam. Por fim, ela assente e sua pequenina mão aperta a minha.

— Eu aceito.

— Excelente, meus parabéns. Próximo — digo, seguindo em frente. — Agora vamos indicar alguém para a posição de Navegador.

— Você — diz Bryce. — Temos dois tripulantes a menos. Duas pessoas terão que assumir responsabilidades duplas. Você é o nosso melhor piloto.

Fecho a boca. Ela tem razão, mas eu preciso de alianças. E não sou um desgraçado tão grande a ponto de roubar as cordas das mãos do Eldon.

— Obrigado, Bryce, mas eu não aceito. Indico Eldon para continuar em sua posição de Navegador.

Eldon me olha boquiaberto.

— Concordo — diz Roderick.

— Tá — diz Keeton. — Eldon, pode continuar com seu trabalho.

Quando aperto a mão dele, ele acena com a cabeça para mim. Ainda não gosta de mim, mas pelo menos encontramos um acordo.

Para a posição de Estrategista, também sou indicado. A tripulação pensa que sou um candidato superior devido ao gorgântuo que derrubei. Porém, também não posso aceitar esse cargo. Tenho outros planos.

— Você não pode ficar recusando as nossas indicações — diz Keeton, levando as mãos à cintura. — Você disse que podíamos dizer quem vai comandar cada parte do navio.

— Eu não posso assumir todas as posições — digo. — Enfim, indico Pound para ser nosso Estrategista. Além disso, meu estômago o indica para continuar sendo o Cozinheiro.

Ninguém ri da minha piadinha, estão concentrados demais na minha primeira indicação. É uma indicação estranha e Pound é um brutamontes, mas ele é o meu brutamontes agora. E eu acredito que sem a pressão de liderar o navio, vai criar planos que qualquer brigão adoraria.

— Ele quase me matou — diz Keeton. — Não.

— A Patience morreu... — diz Eldon baixinho. — Também não posso dar meu voto a ele.

— Ele nos jogou para cima de um gorgântuo — diz Bryce. — Desculpa, Pound, mas que tipo de Estrategista você seria?

— Um dos bons — resmunga Pound.

Pound não diz mais nada em sua defesa. Em vez disso, ele olha para a frente com a mesma dignidade que exibiu quando renunciou a posição de Capitão.

O silêncio nos inunda. Franzo a testa para Pound. Ele dá de ombros. É por isso que ele sabe que não pode ascender. Não nesse navio.

— Eu indico Keeton para ser Estrategista — diz Roderick.

Uma escolha bizarra, mas as mãos se levantam mesmo assim. Logo eu a parabenizo por seu novo cargo.

— Vou fazer uso dos meus poderes de Capitão um pouquinho — digo. — Pound vai ser o assistente de Keeton. Vão planejar juntos, porém, Keeton vai ter a palavra final em todas as questões.

Keeton olha de relance para Pound, incerta.

— Tá — diz ela. — Eu indico Roderick como Mestre Artilheiro. Ele é melhor no trabalho dele do que todos nós somos no nosso. Ele criou umas invenções geniais na sala de munições. Ele me mostrou tudo. Vocês deveriam ir lá ver.

Os votos de apoio são dados rapidamente.

— Vocês são todos um bando de idiotas — diz Roderick, causando risadas enquanto ele aperta minha mão.

Faltam três posições e agora precisamos começar a alocar os deveres secundários.

— Eu indico Keeton — diz Eldon —, para continuar como Mecânica.

— Dever duplo? — diz Keeton. — Merda.

— Apoio — diz Roderick.

Ela o encara com raiva, antes de revirar os olhos e abrir um sorriso.

Em seguida, confirmamos que Pound vai permanecer como Cozinheiro.

— Agora chegamos ao maldito trabalho sujo mais desgraçado no navio inteiro — digo. — O Esfregão.

A *Gladian* fica tão silenciosa que escutamos Roderick coçando a mandíbula. Ninguém faz uma indicação. Seria um jeito fácil de fazer um inimigo. E isso poderia abalar completamente a minha primeira impressão como Capitão, mas não estou ansioso para manobrar pela política — pela Meritocracia do navio. Não, eu quero que o navio seja meu imediatamente.

Minha voz quebra o silêncio.

— Eu indico a mim mesmo.

Keeton inspira o ar, sobressaltada. Roderick me encara, atônito. Porém, os olhos de Pound se arregalaram de deleite.

— Apoio! — Ele está praticamente pulando com as mãos para cima.

— APOIO!

A tripulação dispara a gargalhar.

Ainda assim, as mãos hesitam antes de se levantar. Capitão e Esfregão. O cargo mais alto e o mais baixo. Gradualmente, as mãos se erguem e essa tripulação sabe o que eu acabei de fazer. O apoio que eu tenho será difícil de romper.

Essa é a *minha* tripulação.

27

EU SOU O CAPITÃO, MAS ESTAMOS PERDENDO.

O Quadro da Provação exibe:

CALAMUS (2)
SPICULOUS (2)
GLADIAN (1,5)
TELEMUS(1)
MUCRO (1)
QUIRIS (1)
ORNATUS (0,5)
PILIUM (0)
SAGGITAN (0)
SICA (0)
LAMINAN (0)
CYPLEUS (0)
JACULUM (0)
~~ARMUM~~
~~SCALPRUS~~
~~CUTULUS~~

Por sorte, voltaremos a voar em breve graças à dúzia de pessoas do reparo a bordo. Eles não são Caçadores Selecionados, e sim Médios empregados pelo Ofício. São trabalhadores excelentes. Eles repararam o convés, reconstruíram os alojamentos, substituíram o motor de cristal e até mesmo renovaram o estoque de armamentos. O líder dos reparos me deu a garantia de que a *Gladian* vai voar de novo amanhã. Não consigo evitar uma certa euforia ao ouvir a notícia. Preciso do vento nos meus cabelos de novo.

Enquanto eles retiram os equipamentos de reparo dos corredores, Keeton, Pound e eu estamos na sala de comando, planejando a próxima caçada. É tarde, e estamos enfiados na sala mais desconfortável do navio. Ela exibe algumas estantes de livros, uma grande mesa no centro com o mapa das Terras Celestes e algumas cadeiras macias. A sensação é de confinamento pela ausência de janelas.

— Essa é a ilha de Verdeviço — diz Pound, batendo com o dedo na mesa. — E essa é a ilha de Venturno. São ilhas gêmeas, estão a apenas um quilômetro e meio de distância. Uma reparadora me disse que viram um ninho de gorgântuos entre as duas. Dei uns ovos extras para ela essa manhã pela dica.

Keeton se inclina sobre a mesa.

— Qual é o tamanho do ninho?

— Quatro.

Traço o contorno escarpado da ilha de Verdeviço. É um cone montanhoso com túneis feitos por humanos e ainda maior do que a irmã gêmea. Em tamanho é comparável a Venator.

Pelos próximos sessenta minutos, discutimos o plano.

Enquanto Keeton e Pound gritam um com o outro, eu me deixo cair sentado na cadeira macia perto da estante. Meu corpo está dolorido. Apesar de ser o Capitão, ainda não consigo descansar o suficiente. Talvez esteja apenas condenado a ficar com olheiras arroxeadas para sempre.

Keeton olha de relance para mim e dá uma cotovelada em Pound, fazendo-o parar de vender seu plano. Eles ficam em silêncio.

Estou tão cansado que minhas pálpebras estremecem.

Suas vozes se tornam suaves, sussurros relaxantes. Meus pensamentos e preocupações desaceleram. Estive por toda parte no navio desde a madrugada. Na sala de munições antes do amanhecer, em pé diante de um rombo na lateral. Mais tarde, na sala das máquinas observando os reparos do motor. E como Esfregão, limpei o vazamento de fluido refrigerante que escorreu para o nível inferior.

Suavemente, o sono me recebe em seus braços gentis.

Infelizmente, e muito antes do que eu gostaria, sinto a mão pesada de alguém se apoiar no meu ombro. Encaro com raiva para o rosto estúpido de Pound.

— Que foi?

— Nós temos um plano — diz ele.

Minhas pernas reclamam quando me levanto.

— Você devia dormir mais, Conrad — diz Keeton.

— Não temos tempo.

— Você precisa depois disso — diz Pound. — Minha ordem de não dormir foi uma decisão horrível, fez a tripulação ficar ainda mais contra mim. Então, eu ordeno que você durma.

— Eu sou o Capitão.

— E eu sou maior e mais esperto que você, Elise.

Keeton abre um sorriso.

Eu me apoio na mesa e bocejo.

— Qual é o plano?

Keeton e Pound trocam um olhar entusiasmado.

— Está preparado para se lançar em primeiro lugar?

Ela passa voando pelos detalhes. É um plano louco. Que cheira às ideias do Pound. E quando ela termina, estou boquiaberto.

— Olha para ele — diz Pound. — Ele ficou chocado!

Passo os dedos pelos diagramas grosseiros das ilhas gêmeas e sigo os túneis sob a superfície.

— Ainda estão abertos? — indago.

Pound assente e lê uma passagem do livro aberto sobre a mesa.

— Mas isso... Não funcionaria — respondo. — É tão simples. Por que outros Aprendizes não pensaram nisso antes?

— Porque é simples *demais* — diz Keeton. — Mas existem algumas questões.

— Como o fato de que a Caça não vai conseguir recuperar as carcaças — diz Pound. — Mas ainda vamos ganhar meio ponto, pelo menos. Eles também não conseguiram coletar o nosso primeiro abate.

— Se recebermos pontos inteiros, vamos quebrar o recorde — diz Keeton animada. — Com bastante tempo na Provação para acrescentar ainda mais à nota.

Coço a nuca. O plano faz sentido, ainda assim tem alguma coisa... em relação aos túneis, às cachoeiras, ao que vamos rebocar...

— O que diz, Capitão? — pergunta Pound.

Respiro fundo.

— Bem, se o Roderick conseguir prender cintos de segurança nas grades, então acho que vale a pena tentar.

Eles abrem um sorriso largo.

— Vou contar para o Rod — diz Keeton, segurando meu braço e me levando em direção à porta. — Não se preocupe com os detalhes. Vamos resolver. Vai dormir.

— Não temos tempo.

— Estou dizendo isso como sua amiga.

Quando percebo que não tenho energia para discutir, concordo.

— Por algumas horas.

Ela sorri, e depois me empurra de leve para fora da porta.

— Vamos ter algo pronto para você quando acordar.

Quando chego à cabine do Capitão, tiro as botas sem as mãos e abro o zíper da jaqueta. Ah, a cama parece maravilhosa. Eu vou me jogar nela e...

— Boa noite, Capitão.

Eu me viro. Ela está sentada atrás da minha escrivaninha, encarando-me intensamente sob a franja curta e grisalha. Meu coração se contrai. Da última vez que tivemos uma conferência pessoal, ela me disse uma série de coisas que não gostei de ouvir.

— Mestra Koko — digo. — Eu... eu não estava esperando a senhora.

— Sente-se.

Meu batimento cardíaco acelera. Quando me acomodo em uma das cadeiras, ela aponta para o quadro.

— A *Calamus* conseguiu mais meio ponto hoje. É uma tripulação durona. Resiliente. Você deveria ver como eles trabalham juntos. Unidos atrás de seu Capitão inteligente e engenhoso. E ainda por cima é uma tripulação completa de oito pessoas. Tem um plano para alcançá-los?

— Estou trabalhando em um.

Ela sorri.

— Você sempre tem planos, não é? — Ela bate com os nós dos dedos na madeira e se recosta no assento. — Soube o que você fez com aquele gorgântuo. Está tentando seguir os meus passos? E se tornar o terceiro Esfregão na história a ascender a Capitão e vencer a Provação?

— Você foi uma Esfregona?

— Matei sozinha um Classe-1. A minha história não é nada grandiosa como a sua, é claro. A Provação não estava indo bem para a minha tripulação, e eu estava cansada de polir a mesa do Capitão. Então, quando fomos atacados, saltei para a boca de um gorgântuo apenas com uma faca e um canhão de ombro. Explodi meu caminho de fuga através do coração.

Fico de queixo caído.

— Mas não poderia ter feito isso com um de Classe-6 — diz ela. — Como o seu.

— Classe-5.

— Ah, os contadores de história já começaram a enfeitar. — Ela dá um sorriso de canto de boca. — A sua família está na boca da ilha.

— Está?

— As ilhas ficaram sabendo sobre o seu feito com o Classe-5. Alguns acharam que era bosta de pássaro, mas estão começando a acreditar agora. Por causa do seu tio.

— Meu tio está falando de mim?

— Bem, ele não pode evitar. Não mais. Todos estão interessados nele. Mas não serei eu que ficarei no caminho das notícias que ele mesmo quer entregar.

Minha cabeça gira. A ilha está sabendo do que eu fiz. Meu tio, falando de mim. Só que é irritante saber que fiz uma coisa que deixou aquele bastardo orgulhoso. Nada disso é para ele.

— Notei o que você fez com o seu barco salva-vidas — diz Koko. — Eu o observei durante uma noite, no navio espião do Travis. Engenhoso.

Eu me remexo, desconfortável.

— A tripulação sabe? — pergunta ela.

— Não.

— Eles podem ficar chateados, sabendo que você destruiu o único barco salva-vidas que restava.

— Eles estariam mortos se não fosse por mim.

Ela meneia a cabeça.

— A tripulação de reparo substituiu os botes. Para sua sorte, ninguém precisa saber o que você fez... Mas eu acho que tem alguém que sabe.

— E quem é?

Atrás dela, pela porta aberta no fundo, vem o barulho da descarga.

— Trouxe boas notícias — declara ela. — Bom, talvez não tão boas para você. Com certeza jogará os seus planos no meio de uma tempestade.

Entre ela e o corredor que leva ao lavatório, uma pequena figura fecha a porta e anda a passos largos na minha direção. Ele está sorrindo com uma expressão ensandecida.

— Quando coletamos o seu abate e o levamos de volta até o porto — diz a Mestra Koko —, ficamos surpresos ao encontrar esse rapazinho pendurado em uma faca enterrada no fundo da garganta da besta. Ele se segurou por trinta e seis horas antes de ser descoberto. Não havia sequer percebido que o gorgântuo estava morto.

A figura entra na sala, baixo, perigoso e frio.

— Sebastian — digo.

— Conrad! — exclama ele, estendendo a mão. — Estive fora por três dias e olha como tudo mudou! Da última vez que vi você, estava me arremessando para fora do navio.

Faço uma careta e ignoro a mão estendida.

A Mestra Koko se levanta.

— Eu entendo que vocês dois não se gostam muito. Mas você é o Capitão agora, Conrad. Não deveria ter que se preocupar, não é?

Sebastian abre um sorriso.

◆◆◆

A Mestra Koko retorna para o navio espião e logo a tripulação de reparo se junta a ela. Enquanto isso, estou sentado na minha cabine, encarando um mentiroso.

Sebastian salta para o sofá e levanta as botas de couro, que rangem, para cima do encosto de braço. Ele inspira o ar, contente, acariciando o emblema de Capitão que nunca saiu do seu peito.

— Você não faz ideia de como é bom estar de volta. *Trinta e seis horas*, Conrad. Trinta e seis horas! O cheiro ainda está impregnado no meu cabelo. — Ele afasta a franja escura. — Então, você finalmente fez uma jogada. Sabia que você estava fazendo alguma coisa com o barco salva-vidas.

O silêncio entre nós se assoma, tão frio quanto a névoa do inverno. Eu sei o que ele é. E ele me odeia por causa do que eu sei. Se a violência fosse o modo da Caça, eu pegaria o meu bastão da mesa agora mesmo.

— Estou me perguntando, caro Capitão, o que você planeja fazer comigo? Com a minha posição?

— Isso é com a tripulação.

— O que tem a tripulação a ver com isso?

— Eles vão votar.

Ele solta uma risada.

— Então você é um democrata. — Ele se levanta num pulo. — Que tal irmos ver a tripulação? Venha, Capitão. Estou ansioso para saber o… voto deles.

A contragosto, eu o acompanho porta afora.

Na cantina, a tripulação reunida encara em choque o fantasma ao meu lado. Sebastian pula sobre uma mesa, as botas perto das bebidas, e pisoteia o nosso almoço de rolinhos e batatas salgadas.

— Eu acabei de preparar isso, seu bosta de pássaro! — ruge Pound.

— Não se preocupe — diz Sebastian. — Eu tenho uma coisa importante para dizer.

— Ah, certo — diz Pound. — Isso resolve todo o problema.

Sebastian para na beirada, olhando para os rostos abaixo de si. Segurando o seu emblema à vista.

— Conrad conseguiu um abate para vocês. Uma coragem formidável dessas deveria ser elogiada. Mas será que ele seria o seu Capitão hoje se vocês soubessem o que ele *realmente* fez?

— Já basta da sua bosta críptica — digo. — Desembuche logo.

— Entendido, *Capitão* — diz Sebastian. Ele olha para a tripulação.

— Todos vocês me viram cair, e me viram bater nas grades. Mas o que vocês não viram foi Conrad me chutando no rosto até eu escorregar das suas botas.

O silêncio segue. Vários viram a cabeça para mim, mas Sebastian observa Bryce. Ele sorri para ela. Ela estava na grade com nós dois. Poderia me defender, mas ela abaixa os olhos azuis e crispa os lábios.

Franzo a testa.

— Essa é uma acusação séria, Sebastian — diz Roderick por fim.

— Pode fazer com que Conrad seja convocado perante o Tribunal da Caça. Se tiver provas de que isso aconteceu. — Ele espreme os olhos para ele. — Mas não estou vendo hematomas no seu rosto.

— Eu tomei remédios, meu querido Roderick, *remédios* — diz Sebastian. — Tudo pode ser confirmado pelo Acadêmico que me tratou.

— Eu não vi o que aconteceu naquele dia — diz Eldon baixinho nos fundos —, mas depois da morte de Sebastian, Conrad admitiu para mim que foi "culpa dele".

Keeton fica de boca aberta.

Alguém murmura.

— E daí? — diz Pound. — Por que alguém aqui deveria dar a mínima se ele tentou matar o Sebastian?

— Coitadinho do Pound — diz Sebastian. — O desmiolado ainda não entendeu que a violência não é o modo da Caça.

Pound faz uma careta de desprezo.

— Conrad é o Capitão agora. Ele nos trouxe de volta para a competição. E ele não é um verme chorão. — Ele olha para Sebastian como se ele fosse um pedaço de carne podre. — Agora saia da droga da mesa ou vou obrigar você a sair.

Sebastian se senta sobre os rolinhos.

Pound fecha os punhos, mas não faz nada.

— Capitães devem ser honráveis — diz Eldon. — Devem refletir a sua tripulação. Se o nosso Capitão é um mentiroso, então isso significa que somos todos mentirosos. Ou tolos. Nenhuma das opções é algo bom.

— Ah, eu sinto muito — diz Pound —, você acabou de cuspir uma sequência de bosta? Desde quando o Sebastian é honrável? Você é um baita de um idiota, Eldon, manipulado a acreditar que Sebastian é qualquer coisa além de um mentirosinho tosco. Conrad é a nossa melhor chance de vencer essa coisa.

— Pound — avisa Eldon —, como Navegador deste navio, terceiro em comando, estou ordenando que contenha as suas explosões. Se não for capaz de fazer isso, então talvez deva abandonar essa discussão.

— Se puder me levantar — diz Pound, agigantando-se para cima dele —, eu vou embora.

Sebastian ri.

— Desde quando Pound, um ex-Atwood, começou a se dobrar por um Urwin?

Pound explode. Anda pisando duro até Sebastian, os olhos enlouquecidos.

— Fale comigo assim outra vez e eu vou esmagar os seus dedos. Um de cada vez.

— Sempre valendo-se de ameaças físicas — suspira Sebastian, entediado. — Não é surpresa você ter sido um péssimo Capitão. — Ele faz uma pausa. — Desculpe, isso passou dos limites. — Ele estende a mão. — Trégua?

Pound pareceria mais feliz em dar um beijo de língua em um proulão.

— Não podem dizer que não tentei — declara Sebastian, voltando a atenção para a tripulação. — Bom, todos sabemos que Conrad assassinou Patience, mas só não tínhamos provas. Agora...

— Já basta — digo, com fúria na voz. — Eu não matei Patience. E eu tentei salvar você, Sebastian. Quando falhei, eu me culpei por sua morte e tentei confortar Eldon. Agora ele está distorcendo minhas palavras. Essas acusações são ridículas.

— Ridículas ou não — diz Eldon —, elas são muito sérias.

— Elas seriam se existisse uma centelha de prova.

Sebastian abre um sorriso, deleitando-se com a minha participação na conversa.

— A questão com o Conrad é que ele vai perseguir os seus objetivos até o limite dos céus. Ele vai trair, ele vai machucar, ele vai mentir.

Passo a língua nos dentes. Eu já aguentei o bastante dessa... cobrinha. Estou cansado desse bosta de pássaro. Como ele gira a faca enfiada nas costelas.

— Sebastian — digo perigosamente —, você sorriu ou não quando paralisou Samantha?

Eldon congela. Assim como todos na sala.

Sebastian dá uma risada rápida demais.

— Agora quem está distribuindo acusações absurdas, Conrad?
— Ele olha para o restante. — Ele está tentando desviar do assunto. Deixe-me contar uma coisa que a Mestra Koko me disse. Quando o nobre Conrad saltou tão corajosamente do nosso navio, como algum herói das histórias antigas, e voou atrás do gorgântuo, alguém se importou de se questionar como ele conseguiu voar? Ele colocou todas as nossas vidas em risco. Como um ladrãozinho, ele roubou de nós. A cada noite, enquanto estava "limpando" o convés, cortou as velas do nosso último barco salva-vidas.

Silêncio.

— Isso é verdade? — pergunta Keeton para mim. — Você...

— Cacete, vocês todos perderam a cabeça? — exclama Pound.

— Conrad arriscou as nossas vidas? E daí! Essa é a regra do jogo. Todo dia da Provação é um risco. E adivinhem o que mais? A ação dele *salvou* as nossas vidas.

Sebastian prossegue.

— Eu proponho que façamos uma nova votação.

Algumas pessoas olham de relance para mim. Todo Capitão tem sete dias livres de motim, mas qual é o ponto de esperar quando sei que um motim vai acontecer de qualquer forma?

— Tudo bem — digo, massageando a testa. — Podem votar.

Roderick me encara. Talvez eu esteja tomando uma decisão horrível, mas eu prefiro acabar logo com isso e me concentrar na caçada.

Sebastian esfrega as mãos uma na outra, animado.

— Você vai indicar quem? — pergunta Keeton a Sebastian. — Você mesmo?

— Não. — Ele exibe os dentes. — Eu, não.

E enquanto estão todos olhando na direção de Eldon, um calafrio aracnídeo sobe a minha espinha. Eu sei quem ele vai indicar. Alguém que ele pode derrubar quando for conveniente para ele. Alguém completamente sob o seu poder.

Ele quase ri quando diz:

— Eu indico Bryce de Damon para ser a nossa nova Capitã.

28

— CONCORDO — DIZ ELDON.

Bryce encara Sebastian, boquiaberta. Em busca de um sorriso, algo que denuncie a piada. Porém, Sebastian lhe dirige um leve aceno de cabeça, como se ele a respeitasse de verdade. É claro, ela aceita a indicação. Que outra escolha ela tem?

Eu observo a tripulação dividida. Três votos contra mim até agora.

— Vamos lá — diz Sebastian para aqueles que estão do meu lado.

— Escolham o líder honesto.

— Eu voto no Conrad — diz Pound, cruzando os braços.

É estranho que meu maior aliado nessa briga seja meu rival de toda uma vida. Estou vendo exatamente o que ele quis dizer ao me falar que eu ganharia um "aliado poderoso".

Roderick abre a boca, mas Sebastian o corta.

— Antes que você vote cegamente, Mestre Artilheiro, você deveria saber do relacionamento que Conrad tem com Keeton.

— O quê?

— Quando Conrad salvou a vida dela, Keeton ofereceu a ele uma dívida de vida, como era de costume em sua ilha, mas ele recusou. Ele queria outra coisa, algo um pouco mais *sensual*.

Franzo o cenho. Sebastian está atirando tudo que passa em sua cabeça, só para ver o que cola. Ele está desesperado porque essa é sua única chance de me remover. Faço meu melhor para esconder a minha reação, mas, por dentro, estou imaginando como seria arremessá-lo por cima da grade do navio.

— Isso é bosta de pássaro — diz Keeton, mordaz. — Uma mentira. Você é um mentiroso.

— Você deixa Conrad fazer todo tipo de...

Ela atravessa a sala e para diante dele.

Sebastian sorri o seu sorriso amarelo.

— Dê um passo para trás. Por favor. Eu consigo sentir o cheiro dele em você.

Ela engole em seco, parece que vai recuar, então lança o punho no rosto dele. Sebastian se joga para trás dramaticamente, caindo no chão com um gemido teatral.

Bryce arqueja, chocada. Eldon corre até Sebastian enquanto Roderick puxa Keeton para longe.

— Eu mal toquei nele — diz Keeton, em pânico. Ela olha para mim. — Você viu. Eu não fiz quase nada.

Eldon se levanta e apruma a jaqueta.

— Mestre Artilheiro, leve-a para o calabouço.

Roderick está enraizado no lugar.

— Você não tem autoridade, Eldon — diz Keeton, desafiadora, apesar da voz soar trêmula.

— Na verdade, ele tem, sim — diz Bryce, inclinando-se sobre Sebastian, inspecionando o seu nariz ensanguentado. — Eldon é de uma patente Superior. E o conflito físico não é o modo da Caça. Eu sinto muito, Keeton.

— Mas ele está mentindo!

— Ah, estou sangrando — diz Sebastian, sacudindo as pernas. — Isso dói. Quebrou, Bryce? Por favor, me diga que não quebrou meu nariz.

— Fique parado — diz Eldon, pressionando um lenço no nariz de Sebastian. — O seu nariz vai ficar bem.

— Você tem certeza? Ela me bateu com tanta força.

Os olhos de Keeton se enchem de água.

— Capitão... Conrad, eu... eu...

Esfrego a testa.

— Desculpe, Keeton. Eles têm razão. Não há nada que eu possa fazer. A não ser que Sebastian diga...

— Jogue-a lá! — grita Sebastian. — Ela é um perigo. Uma ameaça!

Keeton joga as mãos para o alto.

— Isso é uma bela bosta de pássaro!

Roderick acaricia os ombros dela com os polegares. Ela se sacode para afastá-lo e se vira para ele com fúria nos olhos.

— Por que infernos Sebastian acharia que você se importa se o Conrad e eu temos um relacionamento? Desde quando isso é da sua conta?

Roderick fecha a boca e ele desvia o olhar para o chão.

— E então? — pressiona Keeton.

— Roderick contaria para você — diz Sebastian, o lenço branco ficando vermelho sobre o nariz —, mas lá no fundo, por trás das piadas, ele é só um garoto tímido. Ele gosta de você, Keeton. Desesperadamente.

O rosto de Roderick fica esverdeado.

— Cala a boca, Sebastian — disparo.

Sebastian apenas continua sorrindo.

Os olhos de Keeton se arregalam.

— Isso é verdade, Roderick? O que ele disse?

— O quê? — Roderick gagueja. — Não. Eu... Eu...

Eu me intrometo.

— Keeton, eu sinto muito, mas eu preciso que você vote antes que eu peça a Pound para acompanhar você até o calabouço. Qual é o seu voto?

— Ah, é para você, claro. Eu sou sua. Isso não mudou.

— Viu! — grita Sebastian triunfante. — Conrad está dando uns amassos nela.

Keeton fala com os dentes cerrados.

— Isso é um modo de falar da minha ilha, seu merdinha!

— Conrad — interrompe Bryce —, o voto dela não conta. Quando ela bateu no Sebastian, ela abriu mão dos seus direitos como Caçadora. Ela não pode votar de novo até ser liberta do calabouço. E para um soco, isso vai durar...

— Seis horas — sussurro.

— No mínimo.

— Que pena que não vamos esperar esse tempo todo para finalizar a votação — declara Sebastian. — Desculpe, Keeton. Queria que você tivesse sido mais contida.

— Vocês são um bando de trapaceiros — grita Keeton enquanto Pound a segura pelos ombros. — Me largue! Eu sei onde fica o calabouço.

— Eu vou seguir você até lá assim mesmo.

As passadas raivosas dos dois ecoam pelo corredor antes de descerem as escadas.

— Isso nos deixa com apenas um voto restante — declara Eldon. — Conrad e Pound querem manter Conrad. O resto é a favor de Bryce. Roderick está com o último voto. Em uma divisão igual, Conrad permanece o Capitão. Roderick, faça a escolha correta.

— Não se esqueça do que ele anda fazendo com a sua garota — diz Sebastian. — Conrad...

— Pare com isso! — diz Roderick, tremendo. Ele parece estar à beira das lágrimas, sobrecarregado por tudo aquilo acontecendo tão depressa. A exposição dos seus sentimentos por Keeton. As mentiras a respeito de mim e ela. A tripulação desmantelada.

Por fim, ele se apruma e engole para acalmar a respiração.

— Eu não sou como o resto de vocês. Eu não me importo em ascender. Eu gosto de onde estou e por mais que eu queira vencer, prefiro fazer alguns bons amigos. — Ele se vira para Sebastian, endireitando a postura. — Eu passei o treinamento com você, comi refeições com você, contei coisas pessoais para você. Sobre a Keeton. Virei seu amigo. E odeio um dia já ter sentido pena de você. Eu odeio ter me compadecido de você por causa do seu pai abusivo e todas as outras pragas com as quais você teve que passar quando cresceu. Eu odeio ter sentido pena de você depois de Samantha, depois de Patience. Eu sei muito bem que um voto para Bryce de Capitã é um voto para você. As suas palavras são venenos. *Você* é um veneno. E qualquer um associado a você é veneno. Eu voto no Conrad porque mesmo que ele seja meio imperfeito, mesmo que às vezes ele fique tão obstinado que se esqueça de todo mundo, ele é um amigo de verdade. Você deveria se envergonhar, Sebastian, por dividir essa tripulação. Logo quando estávamos começando a nos unir. — Ele para de falar e encontra o olhar de Sebastian.

— As coisas eram melhores quando você estava morto.

Ele se vira para ir embora. Eu quero segui-lo, mas ele precisa de um tempo sozinho. Pensar consigo mesmo, ou talvez conversar com Keeton.

Eu não estou sequer aliviado por ter vencido a votação. Eu me viro para os três que ainda restam na sala. Roderick tem razão. Sebastian apenas dividiu minha tripulação por causa de uma votação que ele jamais poderia vencer, e pensar nisso deixa as minhas bochechas ardentes como fogo. Talvez Sebastian tenha pensado que Pound ainda me odiava, ou talvez ele só quisesse jogar bosta de pássaro no ventilador. Caos. Se ele não pôde vencer como Capitão, então ninguém pode.

Agora, mais do que nunca, precisamos de um abate. Não posso me dar ao luxo de perder o apoio de um único tripulante.

Sebastian joga o emblema para mim.

— Parabéns, Capitão.

— O que eu devo fazer com vocês três? — sussurro. — E você, Bryce, sei que temos as nossas diferenças, mas o Sebastian? O que ele tem contra você?

Ela me olha sem expressão.

— Eldon — digo —, você se aliou a uma cobra.

Eldon se aproxima mais de Sebastian.

— Nós fracassamos no motim, Capitão — diz Sebastian. — Por direito seu, você pode nos jogar no calabouço.

— Nós precisamos caçar — digo. — Como vamos fazer isso se metade da tripulação estiver no calabouço?

— Justo. É uma situação impossível — diz Sebastian, tamborilando o queixo. — Realmente uma situação impossível.

Queria ter encontrado o Sebastian nos becos quando era um Baixo desesperado. Teria enfiado terra nos olhos dele e apagado aquele sorriso nojento do seu rosto.

Pound retorna e fica ao meu lado, cruzando os braços colossais. A presença dele me dá força.

— Jogue todos eles no calabouço — sugere ele. — Podemos vencer sem eles, Capitão.

— Ah, *Evergreen* Atwood — diz Sebastian. — Impetuoso como sempre.

— Não fale o meu nome verdadeiro, seu merdinha inútil. Você só fala besteira. Já soltei peidos mais eloquentes do que você.

Sebastian dá um sorriso de canto de boca.

— Não duvido.

Pound parece prestes a se impelir para a frente, mas eu seguro seu braço. Ele relaxa o bastante para se sentar no banco. A mesa balança com o peso repentino.

— Sebastian ficará detido — digo. — Por sete dias.

Sebastian ri.

— Então, vou compartilhar uma cela com Keeton? Adorável.

— Não, Sebastian. A sua cela vai ser o quartinho da faxina até que Keeton esteja fora do calabouço. Nós vamos prender você lá dentro. Mas antes de ir, existem alguns rebaixamentos a fazer.

— Rebaixamentos? — repete Sebastian. — O que foi, Capitão? Para onde foi o seu processo democrático? A tripulação não deveria votar?

Não posso mais deixar que eles votem, não com o veneno escorrendo por quase metade do navio.

— Keeton ficará como Intendente. Pound, você agora é o Estrategista e continua como Cozinheiro. Quanto a você, Eldon... — Eu paro. Ele endireita a postura. Apesar de seu apoio inabalável a Sebastian, há algo de orgulhoso e real nele. — Você continua como Navegador.

Ele me olha boquiaberto, confuso. Porém, o meu olhar se dirige à garota encostada na parede, olhos misteriosos me encarando.

— Você é a nossa nova Mecânica.

— Acho que isso significa que sou o Esfregão — diz Sebastian.

— Sim. E enquanto estiver preso no quartinho, vai engraxar as botas de Keeton. Então, depois de cumprir sua pena no calabouço, vai esfregar as privadas com uma escova de dentes, vai limpar o convés com apenas uma esponja. Você vai trabalhar dezoito horas por dia. E se falar nem que seja uma única palavra a qualquer um enquanto deveria estar faxinando, você será jogado de volta no calabouço. Entendeu?

Os olhos dele cintilam.

— Perfeitamente.

Pound levanta Sebastian pelos ombros e o carrega até o quartinho da faxina. E enquanto Sebastian se vai, a risada dele ecoa no corredor atrás de si.

Aquele bosta de pássaro não vai destruir meus planos.

29

ANOS ATRÁS, PROMETI PARA ELA QUE SERÍAMOS OS MAIORES URWINS JUNTOS. Agora, enquanto estou na proa da *Gladian* com o vento do fim da manhã soprando no rosto, toco o pingente do seu colar, me recordando daquela promessa. Eu me lembro de todas as outras promessas que fiz para minha irmã, como a de que eu sempre estaria ao seu lado. De que nada poderia nos separar.

A culpa provoca uma pontada no meu peito. Não serei mais um quebrador de promessas — estarei com ela outra vez. Minha expressão se estabelece com determinação enquanto aperto as tiras dos óculos.

Nós não vamos fracassar.

— Leve-nos adiante, Navegador — comando.

Eldon empurra as cordas. A *Gladian* avança com um solavanco, me jogando contra o cinto preso na cintura. Todos estamos usando esses cintos, aparafusados nas grades. Eles são fundamentais para nosso sucesso.

O vento bate no meu rosto enquanto nossos alvos planam nas nuvens acima das ilhas gêmeas de mineração.

Meu coração acelera.

A não ser que encontre um ninho adormecido, Madeline de Beaumont *nos ensinou, é improvável que consigam pegar as bestas de surpresa. Elas podem sentir seu cheiro de longe.*

A exceção, explicou ela, era durante a chuva. Os gorgântuos têm dificuldade com o faro quando está chovendo. Infelizmente, voamos sob um dia limpo e ensolarado hoje.

— Mais rápido! — exclamo.

Temos que chegar lá com velocidade ou o plano inteiro vai dar errado.

O ninho ondula entre as ilhas gêmeas. A ilha de Venturno é uma rocha morta cheia de túneis de mineração. Uma maçã velha e esburacada por vermes. A outra, Verdeviço, é a ilha mais famosa de todas as ilhas da Cordilheira. A tripulação admira as dúzias de cachoeiras deslumbrantes que pintam de branco os picos montanhosos de Verdeviço.

Décadas atrás, essas ilhas eram cheias de gente. Cidades. Mineração. Turismo. Porém, os gorgântuos do sul começaram a pressionar para o norte. Seja qual for a guerra que estamos travando com eles, não estamos vencendo. Meu pai a descreveu como um sangramento lento.

Verdeviço aumenta rapidamente de tamanho, revelando mais da textura espessa das bordas cobertas de vegetação. Acima, o ninho continua circulando. Por enquanto, estamos fora do alcance dos seus receptores olfativos. E se isso funcionar, não vão sentir o nosso cheiro até que estejamos bem em cima deles.

Descemos para ficar no nível da ilha e manobramos por formações rochosas antes de entrar na Boca do Titã, um cânion estreito entre dois penhascos. Eldon aumenta a velocidade. As árvores passam como um borrão enquanto voamos sobre um rio largo. Logo passamos por baixo de um arco natural e, ao atravessar, a vista se expande em uma enorme bacia de água revolta. Um lago alimentado por gigantescas cachoeiras.

É maravilhoso, e não consigo evitar o olhar deslumbrado. As pessoas costumam vir para cá de toda parte das ilhas. Minha avó materna me contou anos atrás da visita que ela fizera quando era uma garotinha.

Eldon nos vira na vertical e nós voamos até o topo das cachoeiras, onde a água fica branca quando jorra da beirada. Desaceleramos. O contorno quase imperceptível de um túnel se esconde sob a água agitada.

— Leve-nos para dentro, Navegador.

— Segurem-se — diz Keeton. — Abaixem as cabeças.

Quando a proa perfura as cataratas, a água bate na minha cara como um cavalo em disparada. Machuca. Empurra meu corpo para baixo, tentando me levar junto, mas minhas botas magnéticas e o cinto de segurança me impedem de ser arrastado.

Meus óculos escorregam do meu rosto e dou uma tossida.

Quando deixo as cachoeiras para trás, a água raivosa assola o convés atrás de mim. Espirrando pelas laterais. Roderick e Pound gritam quando as quedas se aproximam deles. Pound tenta permanecer ereto, olhos fechados, enquanto Roderick ri dele e se abaixa. A água empurra ambos até ficarem de joelhos.

Solto uma risada. Bostas de pássaro imbecis.

Eldon mexe os dedos mindinhos, ativando as lâmpadas a gás da proa. Os raios iluminam as paredes escuras e expõem antigas vigas de suporte. Anos atrás, esses túneis faziam parte de uma mina de cristais. O ar cheira a poeira e maquinários velhos movidos a óleo. Viramos uma curva e somos inundados pela luz. Uma explosão em nossas retinas.

— Que droga é essa? — ruge Pound pelo comunicador.

— Eles escavaram fundo demais — diz Roderick.

— O coração — diz Eldon. — Eles expuseram o coração da ilha.

Fazemos careta e, quando fecho as pálpebras, ainda consigo ver a luz queimada ali. De algum jeito, Eldon nos mantém em movimento, e deixamos o coração para trás.

— O que eles estavam pensando? — Pound levanta os óculos para massagear os olhos. — Se mexer com aquela coisa, a ilha inteira pode cair.

Ainda estamos piscando os olhos enquanto fazemos mais algumas curvas. Por fim, o túnel se alarga, e entramos no centro da mina. Abro a boca, estarrecido. Esse grande domo já reluziu com milhares de luzes. Ecoou com as vozes de centenas de mineradores com cinzéis sobre plataformas de madeira. Porém, agora está tão desolado e silencioso como um navio abandonado.

Múltiplos túneis se ramificam do domo, alguns se aprofundando mais na mina, outros levando até as saídas da cachoeira. Passamos por gigantescos pilares rochosos que sustentam a mina no lugar. Nós nos aproximamos de outro pilar e passamos devagar enquanto lemos os nomes que os trabalhadores talharam na pedra.

— Olha esse nome estúpido — diz Pound, apontando. — Timfew de Spiffey. Que tipo de nome esquisito é esse?

— Melhor do que Evergreen — comenta Roderick.

Pound ruge, mas Roderick gargalha e se abaixa antes que ele possa agarrá-lo.

— Comportem-se — digo. — Navegador, leve-nos para o centro.

Eldon assente e, depois de nos guiar até a posição, ele desliga as nossas luzes. A escuridão nos engole. A única iluminação vem das saídas distantes pelas cataratas. Eu vasculho cada uma delas com a luneta, esperando encontrar uma silhueta contra o feixe.

Eles não podem nos farejar através das cachoeiras — assim espero.

Está silencioso, a não ser pelo estrondo distante das quedas d'água. Keeton e Pound conferem duas vezes seus armamentos. Roderick abre a fivela do cinto e pula para a torre.

— É melhor parar de atirar como um idiota — diz Pound a ele. — O objetivo é *atingir* o gorgântuo.

Roderick puxa a alavanca, girando a torre.

— Aposto cinco moedas que mato alguma coisa antes de você.

Pound ri.

— Tenho cara de quem tem dinheiro? A minha família me desonrou.

— Tudo bem, você precisa preparar o meu prato favorito.

— E se eu matar primeiro?

— Vou fazer o café da manhã de todo mundo amanhã. Você pode dormir até tarde.

— Nem pensar. Você provavelmente cozinha pior do que Sebastian. Eu juro, os feijões de Sebastian me causaram uns peidos gordurosos dos brabos.

Roderick solta uma gargalhada.

— Silêncio! — grito, me concentrando na saída do leste.

Uma sensação estranha surge nas minhas entranhas.

— Tá bom, vou renovar o estoque da cozinha — murmura Roderick.
— Fechado.

Uma sombra comprida, mascarada pela água espumosa, escurece a saída do leste.

— Ali! — digo. — Saída do leste. Vamos!

Dentro de segundos, disparamos pelo túnel. O ar açoita nossos rostos. Zarpamos pela cachoeira e irrompemos no céu. Acima de nós, o ninho gira perante as nuvens. Quieto e pacífico. Eles não nos farejam. Não sabem que estamos chegando.

— Mestre Artilheiro — sussurro na joia de comunicação.
— Entendido.

A torre faz um clique quando Roderick gira, mirando o barril. A testa dele se franze de concentração. Ele sobe a altura da torre, mirando no filhote de sete metros e meio que voa dentro do ninho.

— Fogo!

O arpão é lançado, a corrente atrelada a ele. Eu me inclino para a frente, torcendo para a mira dele ser certeira. Todos congelam. Em um segundo, o arpão perfura a barriga do filhote e se prende no dorso. O sangue branco espirra.

O filhote guincha. E o ninho se vira em nossa direção.

Roderick chuta uma alavanca perto do pé, prendendo a corrente.

— Mexa-se!

Nós disparamos em direção à outra ilha. Seguindo para os túneis mortos, e para a fase seguinte do nosso plano. Os adultos enfurecidos recolhem suas caudas, preparando-se para se lançarem sobre nós. O filhote se debate, e a *Gladian* estremece com o reboque.

Eldon grita, os braços totalmente estendidos nas cordas.

Deslizamos para dentro do túnel estreito da mina. O filhote balança a cabeça feia e chicoteia a cauda contra as paredes. O metal faz atrito, soltando faíscas.

Os adultos mergulham no túnel em nosso encalço, um de cada vez, os dentes prateados devorando. Os olhos brilham em nossas lâmpadas traseiras.

Pound grita como um lunático para o macho que se aproxima. Quando o macho chega perto do filhote que está se debatendo, Pound atira do seu canhão de ombro direto nos olhos da besta. A explosão reverbera.

— Quer mais um pouco? — grita ele. — Vamos lá, seu bosta de pássaro horroroso!

Eldon nos manobra com maestria pelos túneis serpenteantes, contornando os tabiques grossos e equipamentos antigos e abandonados.

— Abaixem-se! — grito antes de dispararmos através de uma velha plataforma de madeira. As tábuas despedaçadas saem voando pelo convés, quase acertando Roderick.

O macho continua avançando. Ele arreganha a boca, exibindo as dobras rosadas que descem até o estômago. Pound recarrega, ansioso, querendo acertar um tiro na barriga. Um disparo bem feito romperia as entranhas da besta.

— Roderick — diz ele —, você está prestes a ter que renovar os estoques da cozinha.

— NÃO! — grito. — O corpo dele vai bloquear o túnel.

Pound resmunga e fica parado, segurando o canhão de ombro. Apenas observando enquanto o macho se aproxima.

— Anda, Eldon! — berra Keeton. — Mais rápido!

Eldon luta com as cordas. Logo antes do macho diminuir a distância, nós afundamos para o centro da mina de Venturno. Eu me abaixo enquanto o macho voa por cima, lançando uma lufada de vento.

Mais três gorgântuos avançam para cima de nós.

Circulamos o domo, subindo bem quando uma gorgântua se lança em nossa direção. Ela colide no tabique, dando uma mordida e perdendo um dente. As paredes tremem. Rochas se despedaçam e caem do teto.

— Cuidado! — grita Roderick.

Eldon nos guia para longe de uma rocha em queda. Depois, ele nos vira na direção do ninho e dispara adiante.

Dois gorgântuos sibilam e jogam as cabeças para trás, ameaçados por nossa manobra repentina. Pound atira. Nós traçamos um arco por cima da cabeça de uma besta, evitando uma bocada e, quando estamos no meio das criaturas, Roderick desacopla a corrente, libertando o filhote.

— Vai, vai, vai! — grita Keeton.

Enfim, podemos nos movimentar de novo, suavemente e sem atritos. Dois gorgântuos param para inspecionar o filhote que se debate, mas a outra não.

— Ela está vindo — diz Roderick. — Mexam-se!

A fêmea Classe-3 nos persegue túnel adentro. Ela se aproxima, a língua encaroçada se estendendo. Voamos em direção à luz. Para a saída.

— Agora! — grito. — Explode!

Roderick e Pound se apressam para chutar um barril gigante da popa. Quando ele está no ar, começa a efervescer.

— Merda! — ruge Pound. — Deflagrou cedo.

Meu coração martela. Antes que eu possa piscar, uma explosão horrível irrompe. O túnel racha e uma coluna de fumaça dourada se expande. Queima veloz. Nossa gorgântua em perseguição se perde em meio ao fogo. Ela guincha.

A saída está tão perto. Minhas mãos apertam a grade, desejando acelerar mais. Rochas caem do alto e atingem o convés. Amassam o metal. Keeton mergulha antes que uma possa esmagá-la.

Mais uma série de erupções se irrompe. Nas profundezas da mina, partindo dos outros barris que havíamos deixado para trás.

O fogo está quase alcançando nossa popa. Porém, logo antes de nos consumir, nós irrompemos pelo céu.

Uma celebração coletiva se espalha pelo navio.

Roderick e Keeton se abraçam. Somos todos sorrisos enquanto recuamos para assistir ao túnel colapsar. Inacreditável — acabamos de fugir de uma explosão!

— Excelente voo, Navegador — digo. — Excelente...

Logo antes da entrada desmoronar, a gorgântua de Classe-3 escapa. O corpo está em chamas e os olhos ardem de fúria. Ela solta um berro.

— VOE! — grito. — ELDON, VOE!

Ela vem em nossa direção. Eldon faz a curva de volta. Quase caio, mas o meu cinto me mantém em pé. Enquanto a besta se aproxima, Keeton e Pound disparam latas no rosto dourado dela, mas nada diminui sua velocidade. Ela continua mesmo com o corpo em chamas.

Fico congelado, estarrecido e aterrorizado com a visão. Por um instante, não sei ao certo o que fazer. Passo a língua nos lábios e meu cérebro começa a trabalhar. Não podemos derrubá-la aqui, não no céu.

— Vá para Verdeviço! — grito. — De volta pela cachoeira.

A *Gladian* mergulha e, depois de mais uma virada rápida, meu cinto é arrancado da grade. Caio sobre o convés e encaro confuso o cinto desgastado. Ele se partiu em uma linha perfeita.

Estamos a segundos de entrar na cachoeira. E as ondas serão tão poderosas que vão me arrastar para fora do convés!

— Eldon, n...

Nós vamos para a água. Ela me atinge com uma ferocidade tenebrosa. Tão poderosa que as minhas botas magnéticas se desprendem. A água me pega desequilibrado e me carrega até a beirada. Felizmente, sou levado diretamente para a rede da grade. Exceto que quando eu caio na rede, os parafusos inferiores... sumiram!

Solto um grito enquanto deslizo para o ar. Sou inundado pelo terror. Vou cair na escuridão. Até os fundos da cachoeira. Vou bater nas rochas lá embaixo, e meus ossos serão quebrados. Serei arrastado para o rio, para nunca mais ser encontrado.

No entanto, de alguma forma, logo antes da minha queda, eu me agarro na rede. Ela está presa por apenas alguns parafusos restantes. A rede se rasga. Estou gritando. Tossindo. A torrente é implacável e ninguém sabe que estou aqui. Estão todos preocupados demais com a gorgântua.

A rede me dilacera até os ossos, mas eu não a solto. Eu me recuso a soltar. Para ascender nesse mundo, é preciso não dar a mínima para o próprio corpo. Então, mesmo que meus dedos sangrem, mesmo que minha visão faísque, mesmo que meus músculos reclamem, eu *não* solto.

E de algum jeito, a rede aguenta.

Depois que atravessamos a cachoeira, começo a subir. Aflito. Sangrando. Alguns parafusos me mantiveram vivo. Por fim, rolo para o convés. Meu coração está tão acelerado que minha cabeça lateja. Eu vomito água e tusso. Cores desconhecidas borram a minha visão.

A tripulação está olhando em outra direção. Keeton comemora e Pound e Roderick a encaram, abismados. Aparentemente, ela disparou um tiro na boca da gorgântua, bem no dente solto, e o mandou cortando tudo pelo caminho garganta adentro.

A gorgântua colide em uma parede e se torna uma massa flutuante. Entupindo o túnel. Todos estão celebrando. Roderick corre para parabenizar Keeton.

— Aquele abate era meu! — grita Pound.

Quando eles se viram para mim, percebem meu olhar. O sangue que pinga dos meus dedos. E a minha fúria.

— Conrad — diz Keeton, sem fôlego. — O que aconteceu?

— Eu vou te contar o que aconteceu. — Minha respiração está pesada, o rosto quente. — Alguém tentou me assassinar.

30

ELDON SE AGACHA SOBRE O QUE RESTOU DO MEU CINTO DE SEGURANÇA. Os dedos roçam no corte perfeito da linha desfiada antes de olhar de relance para a rede solta sacudindo ao vento.

— Quem fez isso? — Roderick gira para encarar a tripulação atordoada. — Quem foi a praga que fez isso?

Eu me recosto na grade, completamente exausto. Destruído pela caçada, pelas horas sem dormir e pelos jogos de uma tripulação traiçoeira. Minhas mãos viraram uma massa vermelha e dolorida.

Quero socar alguma coisa. Sempre que consigo uma vitória, tem alguma adversidade. Sempre acontece alguma coisa. Já é difícil o bastante derrubar gorgântuos, mas é quase impossível fazer isso enquanto tenho que ficar de olho na minha retaguarda.

Logo Bryce se junta a nós no convés. Por um instante, nossos olhares se encontram, e depois ela encara a mina colapsada de Venturno e a coluna de fumaça ondulante.

— Conseguimos? — pergunta ela. — Derrubamos todos?

— Alguém tentou matar Conrad — diz Roderick, amargo. Ele está ao meu lado de braços cruzados. — A questão é: quem foi?

Ela não reage aos olhares mordazes dirigidos a ela.

— Vocês não acham que eu tive algo a ver com isso, certo?

— Quem sabe? — diz Pound. — Sebastian está no calabouço.

Keeton se une a mim, apoiando a mão nas minhas costas. Gentil e reconfortante.

— Eu não sou uma assassina — declara Bryce, olhando para Pound. — Além do mais, você odeia o Conrad mais do que qualquer um.

Pound dá um passo na direção dela.

— Se eu quisesse matar o Conrad, eu teria feito isso cara a cara. Sem truques. Não sou uma droga de logrador.

Eldon apruma a jaqueta preta e se intromete entre eles.

— Talvez Bryce esteja no caminho certo.

Pound estreita os olhos.

— Pound — diz Eldon —, você quebrou a costela do Conrad antes do duelo dele com Bryce.

O convés fica em completo silêncio. Todos os olhares se fixam em Pound, que cospe aos pés de Eldon, e depois todos se voltam para mim em busca de confirmação. Só que eu não preciso dizer nada, a verdade está estampada no meu rosto.

— Você atacou o meu amigo — grita Roderick para Pound, o corpo tenso —, *antes* do duelo?

No instante seguinte, todo mundo está gritando uns com os outros. Apontando dedos. Keeton e Roderick enchem os ouvidos de Pound. Enquanto isso, Eldon fica ali parado, observando a situação. O rosto completamente indiferente.

Massageio a testa. Nós acabamos de derrubar quatro gorgântuos. O que acabamos de fazer nunca foi feito antes na Provação, e ainda assim não podemos sequer celebrar.

Quando parece que Pound vai desferir um soco em Roderick, eu avanço a passos duros, e me enfio no meio deles.

— CHEGA!

Pound abaixa os punhos e todos recaem em silêncio.

— Pound e eu compartilhamos uma história que nenhum de vocês jamais vai entender — digo. — Mas ele nunca tentou me matar. Se ele me quisesse morto, eu teria morrido anos atrás nos becos de Holmstead. E nós podemos parar com esse festival de acusações inúteis porque sabemos quem fez isso.

— Quem? — pergunta Keeton.

O nome traz um gosto ácido para minha língua.

— Sebastian.

— Mas ele está no calabouço — diz Roderick.

— Os apoiadores dele não estão — digo.

Depois que as minhas palavras pairam por um instante, Pound, Keeton, Roderick e eu nos viramos para encarar Eldon e Bryce.

Bryce dá um passo para trás.

— Bem, eu não tive nada a ver com isso!

— Você não. — Meus olhos miram nosso Navegador. — Eldon de Bartemius, preciso falar com você. Em particular. O resto de vocês está dispensado.

— Mas...

— Vá, Roderick.

Roderick fecha a boca, irritado e confuso. Logo, estão todos a caminho da escotilha, resmungando e trocando olhares terríveis uns com os outros. Pound segue por último.

Antes de desaparecer, ele olha de volta para mim.

Ele fez coisas terríveis comigo, mas não é um assassino. E, estranhamente, embora seja repugnante admitir isso, estou começando a respeitá-lo.

Ele faz uma carranca para Eldon, e depois desliza pela escada.

Eldon se agacha sobre o cinto desfiado outra vez. Um vento silencioso atravessa o convés. Por vários segundos longos, nenhum de nós fala.

— Deveríamos estar celebrando — digo. — Essa tripulação precisa de uma vitória.

— Não existe vitória para a tripulação depois de uma caçada bem-sucedida — diz ele. — Somente um pode ser Capitão.

— Todo mundo na tripulação vencedora recebe um prêmio em dinheiro.

Ele se levanta.

— Você acha que eu me importo com o prêmio em dinheiro? Eu sou um Superior, Conrad. Fui durante minha vida toda. Eu não preciso de prêmio em dinheiro.

— Mas você não quer ser o Capitão.

— Como é que sabe disso?

— Porque você quer que Sebastian seja o Capitão. Por que ele tem a sua lealdade, Eldon? O que ele fez por você?

Ele empurra os óculos para cima do nariz e cruza os braços.

— Eldon — digo suavemente —, você tentou me matar?

— Eu nunca mataria.

E enquanto busco por um tremor nas mãos ou um olhar que se recusa a encontrar o meu, eu me lembro que esse é o garoto que queria ir para a Academia. Ele não é um assassino.

— Sei que você não gosta de mim, Eldon. E não precisa gostar. Mas eu espero honestidade da sua parte. Estou dando a você uma chance para me contar tudo.

— Não — diz ele. — Você é que precisa ser transparente comigo.

Não reajo.

— O que eu escondi de você?

— Tudo.

Ele não tem o direito de me desafiar, mas se for assim que conseguirei fazê-lo falar, então que seja.

— Certo. — Estendo as mãos, exibindo as palmas. — O que você quer saber?

Ele solta o ar.

— Bryce está certa a seu respeito? Você faria qualquer coisa para vencer?

— Eu protegeria aqueles que amo com a minha vida.

— Você queria matar a Patience?

— Por que faria isso? Eu mal a conhecia.

— Seria uma pessoa a menos entre você e seus objetivos.

— Bom, não matei Patience. Eu ascendo do jeito certo.

— Do jeito certo? — Ele cruza os braços. — Você é um Urwin. Eu não me importo com o fato de que foi renegado. Você ainda é um Urwin. E a sua família tem escurecido os céus do Norte há gerações.

— Eu não discordo.

Ele franze a testa.

— Eu não sou o meu pai, Eldon. Nem sou o meu tio. Eu sou Conrad de *Elise*. Filho da grande Senhora de Holmstead. E enquanto o meu pai me batia com seu bastão e me dizia que fazia isso por amor, ela me ensinou a compaixão. A ser melhor do que o mundo queria. A minha mãe se foi, morreu porque o meu tio nos transformou em Baixos. Mas eu vou ascender de novo, disso não tenho dúvidas. E não vai ser por meio de traições, apenas provando que sou o mais forte.

— Você acha que é melhor do que os outros.

— Eu sou.

Ele ri.

— Você é um babaca arrogante.

— Sim, também sei disso. Agora, Eldon, eu disse quem eu sou. Fui completamente honesto com você. É minha vez de fazer as perguntas.

— Ainda não. Tenho mais dúvidas.

Meu olho se contrai. Ele não está em posição de continuar exigindo respostas de mim, quando fui eu que quase fui assassinado, mas respiro fundo e aceno com a cabeça.

— Você tentou matar o Sebastian? — pergunta ele.

— Não.

— Você o mataria agora?

— Eldon, você deve respostas a *mim*.

— Você precisa *merecer* as minhas respostas. Você mataria Sebastian hoje se soubesse que poderia fazer isso sem ser pego?

Expiro e apoio as mãos no quadril.

— Eu... Eu não sei.

Minha mãe gritaria comigo ao ouvir essa resposta, mas é a verdade. O que Sebastian tem que provoca o pior em mim?

Ele me encara.

— Surpreendentemente honesto. Sebastian diz que você é como ele. Ele realmente sorriu quando paralisou a Samantha?

— Sim. Ele planejou a coisa toda.

Eldon abaixa a cabeça e seu rosto se enruga ao fazer cálculos, o somatório de provas. Dou um passo em direção a ele e ficamos a apenas centímetros de distância. Ele me encara nos olhos. Vejo desconforto em sua postura.

— Eldon, você ajudou Sebastian a tentar me assassinar?

— Eu... Eu não sei.

— Como não sabe?

Faz-se silêncio entre nós outra vez. Longo e estável. Quando ele olha para o horizonte azul, ele começa a falar.

— Enquanto você estava se preparando para a caça, eu roubei a chave do calabouço da sua cabine.

— Você fez o quê?

— Fui fazer companhia para Sebastian. Ele estava extremamente interessado no nosso plano para essa caça. Depois eu... Bom, eu... Caí no sono — confessa ele. — Quando acordei, ele havia desaparecido. A porta do calabouço estava aberta. Procurei por toda parte até encontrá-lo descendo pela escada do convés. Ele estava com uma faca e algumas outras ferramentas. Ele sorriu para mim, mas se recusou a me dizer o que tinha feito. Disse que eu não precisava me preocupar. E bom, eu confiei nele, então não me importei.

Fecho a boca. O olhar é familiar, e o rosto exibe uma expressão dolorosa. O tipo de lealdade que Eldon demonstrou por Sebastian é reservada para aqueles que são amados. E, de súbito, eu o entendo. Até mesmo as melhores pessoas fazem coisas horríveis por amor. Meu amor já me fez ser cruel.

— Eldon — digo, tocando seu ombro —, Sebastian tem uma mente deturpada. Ele não se importa com você nem com ninguém. Ele só precisa de ferramentas.

Minhas palavras o rasgam. Ainda assim, ele não discute.

— E agora ele está tentando fazer a tripulação ficar dividida, virando uns contra os outros — continuo. — Está funcionando. Eldon, eu tentei com você, mas você sempre me afastou. Eu continuo fazendo de você o nosso Navegador porque você é um piloto bom para cacete.

— Não sou tão forte quanto você.

— E eu não tenho a sua resiliência. Poucos pilotos seriam capazes de continuar por tanto tempo como você fez hoje. Estaríamos mortos sem você.

Ele não responde.

— E você não é meu inimigo, Eldon. Nunca foi. Mas Sebastian? — Faço uma pausa. — Não sei ao certo o que farei com ele. Denunciá-lo e arriscar ter a nossa caçada interrompida enquanto a Caça interroga a tripulação? Não sei. Mas eu sei o seguinte: a tripulação quer se unir e vencer a Provação, e adoraríamos contar com a sua ajuda.

Ele ainda não responde. Não espero que ele fale, então o deixo ali no convés, observando a mina destruída, com o rosto pensativo. Talvez se dando conta de que o garoto que ele ama não é tão incrível quanto ele pensara.

Meu coração dói por Eldon. Porém, eu sei que, se não fizer alguma coisa, ele não será a última pessoa que Sebastian vai machucar.

◆◆◆

A ligação furiosa da Mestra Koko interrompe meus planos para celebrar na cantina. Em vez de comer carne de primeira do flanco de gorgântuo e reparar a minha tripulação desmantelada, eu me sento à escrivaninha na minha cabine, balançando os joelhos, enquanto ela grita.

— Você derrubou uma mina sobre três deles, Conrad. Tem noção de quanto tempo vamos levar para escavar os corpos?

— Com todo o respeito, Mestra, nosso objetivo é eliminar o máximo de gorgântuos possível. Foi o que fiz.

— ERRADO! Não somos apenas exterminadores. Nós usamos tudo que matamos. O gás deles é valioso. É utilizado para manter nossos navios no ar. A carne é alimento, os ossos e escamas são transformados em embarcações. — Ela faz uma pausa. — Eu nunca estive nessa situação antes. Como as coisas estão, estou seriamente considerando não distribuir nenhum ponto para você hoje.

— Mas Mestra...

— JÁ BASTA!

Fecho a boca. Droga. Droga. Droga.

— Mestra, se retirar nossos abates, eu vou perder a tripulação. E eles já estão no limite.

— Não, você vai perder a tripulação porque outra pessoa é mais adequada para liderá-los.

Estou perdendo. Preciso mudar a narrativa.

— Mestra, eu prometo que se contar esses abates, vou vencer a Provação. Eu vou quebrar o seu recorde. E vou fazer isso com abates que podem ser resgatados.

Silêncio.

— Eu sou o primeiro, desde a senhora, a derrubar um gorgântuo por conta própria — declaro. — Sou o primeiro a liderar uma tripulação de treinamento a derrubar um ninho inteiro de uma só vez. A senhora sabe que sou competente para a função. E sabe que sou o melhor para liderar. Eu sei o motivo de estar tão interessada em mim. O motivo de ter falado comigo na Escola. A senhora quer se aposentar e encontrar um sucessor.

Silêncio outra vez. Minhas mãos tremem enquanto encaro a joia.

— Quem teve a ideia de colapsar a mina? — pergunta ela.

— Pound.

— Claro que foi. — Ela solta o ar demoradamente. — Será que um dia ele vai deixar de ser um maluco desgraçado?

— Duvido.

Ela solta o ar, mas com um pouco de leveza. Isso me dá esperança... Até que ela fica quieta outra vez. Por tempo demais. Fico em pé e ando de um lado a outro. O cérebro gira as engrenagens. Tento encontrar algum outro modo de convencê-la. Quando abro a boca para falar, a voz dela é emitida do comunicador.

— Certo, Conrad, se parar de caçar como se fosse um bárbaro, vou contar esses abates. *Porém*, os que foram esmagados serão contados como mortes pela metade. Agora, me escute com atenção, filho: se mais algum dos seus abates, um único que seja, for destruído sem chance de recuperação, vou rescindir esses pontos. Está me entendendo?

— Sim.

— Então parabéns. — O alívio me invade, me fazendo respirar normalmente de novo. — Confira o Quadro da Provação. Continue assim e pode vencer essa coisa. Boa sorte.

O placar pendurado na parede acima da minha escrivaninha se ilumina com uma luz prateada, então alterna para uma azul, indicando um novo líder:

GLADIAN [4]

CALAMUS [3]

SPICULOUS [2]

ORNATUS [1,5]

TELEMUS [1]

MUCRO [1]

QUIRIS [1]

SICA [1]

CYPLEUS [0,5]

PILIUM [0]

SAGGITAN [0]

LAMINAN [0]

JACULUM [0]

~~ARMUM~~

~~SCALPRUS~~

~~CUTLUS~~

Estamos vencendo. Finalmente, estamos vencendo essa desgraça. Porém, não há tempo para repousar com meus louros, não enquanto a tripulação ainda estiver dividida.

31

NO PASSADO, EU ACREDITARA QUE APENAS AS MINHAS AÇÕES ERAM O suficiente para liderar. Mas desde que os tripulantes começaram a apontar o dedo uns para os outros, percebi que preciso fazer mais: preciso falar.

Então, depois de transmitir uma mensagem para o navio inteiro através da joia, estou na cantina. Atrás de mim, vários navios veteranos da Caça, pequenos feixes de luz no céu escuro, trabalham na mina colapsada na ilha de Venturno. Eles são rápidos, já rebocaram a carcaça gigantesca do Classe-3 que deixamos em Verdeviço.

A tripulação vem aos poucos. Cansada e emburrada. Só que, até mesmo a essa hora da noite, estão de uniforme. Um bom sinal. Eles podem estar brigando uns com os outros, mas me respeitam.

Estou sentado diante de uma série de bolos enlatados de Eastrim e uma garrafa de xarope de Holmstead. Enquanto a minha tripulação se esparrama, tiro um bolo da lata, apoiando em um prato pequeno e coloco um fio do xarope preto e brilhante sobre a casca amarela. Keeton observa com um olhar faminto.

Roderick se senta na minha frente. Pound, porém, vai para longe, encostando na parede de braços cruzados. A frieza entre ele e Roderick gela o ar da sala.

— Estamos vencendo — digo, deslizando o bolo para Roderick antes de preparar outro. — A Mestra Koko acredita que a Caça conseguirá escavar os corpos, mas devido à dificuldade, ela nos deu meio ponto por cada uma das três bestas da mina.

Keeton solta o ar, um pouco aliviada. Essa fora uma de suas preocupações com o plano de Pound. Ela se senta no banco e sorri um pouco quando deslizo o bolinho para ela.

— Eu adoraria assumir o crédito por esses abates — digo —, mas o que aconteceu hoje só foi possível graças a Pound. Foi ele que exigiu que Keeton encontrasse uma forma de fazer esse plano insano funcionar. Foi ele quem exigiu que derrubássemos uma montanha sobre os gorgântuos.

Roderick para de mastigar e me encara.

— Sim, Pound quebrou a minha costela — digo, deslizando um bolo para um assento vazio. Um convite. — E sim, ele arruinou minhas chances nos duelos, mas eu não gostaria que tivesse acontecido de outra forma.

Roderick faz uma expressão confusa.

Aceno com a cabeça para Pound, mostrando o bolo.

— Se não fosse por ele, nenhum de nós estaria aqui, juntos nesse navio. Desde que o meu tio me renunciou, e todos os meus amigos me abandonaram, criar novas amizades tem sido... difícil. Mas agora, estou rodeado por mais pessoas em quem confio do que já estive em anos. E, ainda mais estranho, eu me aliei com aquele que foi criado para me desafiar em Holmstead. Não sei se existem muitas pessoas que eu respeito mais do que ele.

Pound parece chocado.

— Vou contar uma coisa para vocês sobre a qual nunca falei antes — digo, abrindo mais uma lata. — Eu tenho uma irmã. Meu tio a tomou. Eu não vejo Ella há seis anos. Todas as manhãs, quando acordo, enxergo seu rosto. Toda vez que estou sozinho, eu me pergunto como ela está e me preocupo com o veneno que o meu tio está cuspindo em seus ouvidos. Mas se vencermos, posso estar com ela de novo. E talvez possa consertar todas as minhas promessas quebradas a ela.

Ficamos em silêncio por diversos minutos, e eu temo que talvez tenha falado algo pessoal demais. Talvez eu deveria ter continuado a esconder quem sou porque três bolos aguardam diante de assentos vazios. Porém, então Pound, logo ele, se junta a nós na mesa. E vejo calma em seus olhos.

Ele olha para o bolo enquanto fala. Não ergue o olhar. Quase como se houvesse perambulado sem rumo para algum lugar distante e não estivesse mais em seu corpo.

— Minha família me abandonou porque perdi um duelo. — Ele levanta o garfo e espeta o bolo. — Queria reconquistar a aprovação deles e nada teria me impedido de vencer a Provação.

Surpreendentemente, os lábios tremem. A respiração vacila. Eu sei a dor que ele sente. O abandono. No entanto, a dor dele é amplificada porque sua família o culpa por suas circunstâncias.

Ele abaixa a cabeça, envergonhado.

— Meus erros causaram a morte de Patience. Quase mataram Keeton. E por isso, eu sinto muito.

Silêncio outra vez, até Keeton estender a mão do outro lado da mesa. Pound abaixa a cabeça enquanto uma única lágrima escorre pela bochecha. Durante anos, ansiei por ver esse garoto chorar. Esperava que isso acontecesse graças aos meus punhos, mas agora meu estômago se contrai por ele.

Keeton aperta a mão grande dele, mas os dedos não conseguem se fechar sobre ela.

— Eu te perdoo — diz ela.

Com isso, o peso sobre os ombros de Pound é aliviado. Como se alguma coisa nas suas costas houvesse repentinamente saltado para fora. Ele olha para Keeton e ela sorri de leve.

Ele limpa o nariz na manga da camisa. Em seguida, nos viramos enquanto Roderick engole, expira e massageia a parte de trás da cabeça.

— Pound, eu só quero falar que apesar de você ser uma praga por ter quebrado a costela de Conrad, eu... Bom, eu acho que você fez um ótimo trabalho hoje.

Pound sorri.

Logo, eles trocam tapinhas nas costas. Roderick não é do tipo que guarda rancores. E bom, se eu perdoei o Pound, isso é o suficiente para ele.

Todo mundo come bolo. Todo mundo a não ser Bryce e Eldon. Porém, logo eles se juntam a nós. Silenciosamente, nas margens do grupo. Ainda parte da tripulação, mas na periferia.

— Primeiro lugar — diz Pound, pegando outro bolo enlatado para despejar no seu prato. — Depois de tudo!

Nós damos risada e comemos, aproveitando nossa vitória.

Então, Pound se levanta e imita a expressão de olhos arregalados de Roderick quando o Classe-3 irrompeu do túnel, coberto de chamas.

— Ele se mijou todo! — exclamou Pound.

— Mas que nada, sua praga!

Todo mundo ri.

E enquanto estou ali, comento bolo com amigos, percebo uma coisa. Não estou saboreando as *minhas* vitórias. O que aconteceu hoje foi graças a *nós*.

Gradualmente, a tripulação se dispersa, sussurrando animadamente porque eu ordenei que todos dormissem até tarde amanhã. Nós merecemos. Depois que Pound vai embora, atirando o garfo e o prato na pia, fico sozinho com a garota de cabelos espetados.

Ela não tocou no bolo.

Vejo tristeza em seus olhos. Essa expressão é tão distante da garota otimista que conheci. Isso parece ter acontecido há tanto tempo.

Bryce anda até a janela e observa os navios celestes na escavação.

— Meu povo está com raiva.

Hesito. Incerto de como abordar esse assunto delicadamente.

— Bryce, eu conferi o mapa na minha cabine e não consegui encontrar a sua ilha de Westray em lugar nenhum.

O reflexo franze a testa.

— Você acha que era um Baixo, Conrad. Só que existem aqueles cujas vidas são ainda piores. O sol não brilha para eles. Suas terras são inóspitas. Eles são os verdadeiros Baixos. E estão cansados de olhar para cima e ver aqueles vivendo nas regiões Superiores.

— Bryce?

Ela se vira e me encara. Algo estampa seu rosto, como se alguma coisa estivesse esculpindo um caminho através dela e ela precisasse revelar o que é, senão vai entrar em combustão. Porém, logo depois, a boca forma uma linha fina.

— Eu fracassei — diz ela. — Este é o seu navio. Parabéns.

Ela caminha em direção à porta, apressando o passo. Considero ir atrás dela, mas não faço isso porque ela já revelou mais do que se sente confortável em revelar. Ela é tão complicada. E como me sinto em relação a ela deixa tudo ainda mais confuso. Porém, acima de tudo, eu me pergunto de onde ela vem.

Quem *é* Bryce de Damon, afinal?

◆◆◆

Na manhã seguinte, depois de um café da manhã caprichado de ovos enlatados e bacon apimentado de Pound, velejamos pelos céus. Procuramos o dia todo pela próxima presa. No entanto, em vez de encontrar um gorgântuo, avistamos o nosso rival mais próximo, a *Calamus*.

Nossos navios pairam lado a lado para compartilhar informações e latas de comida. Não temos permissão para embarcar no navio dos outros, então cada um enche uma pequena caixa e usa o sistema de cordas e roldanas para enviar para o outro lado. Sebastian queimou metade do nosso lote de feijões quando era Cozinheiro, mas temos bastante purê de maçã sobrando.

— Os gorgântuos estão se movimentando para o oeste — diz a Capitã deles, Huifang de Xu. Ela me observa, e depois seu olhar endurece na direção de Roderick, provavelmente lembrando-se de quando ele milagrosamente a deixou inconsciente durante o duelo. — Estamos indo naquela direção.

— Obrigado pela dica — digo.

Não sei se acredito em uma palavra do que ela disse. Uma nuvem de blobones estava se movimentando para o leste — o oposto do que ela afirmou.

A tripulação da *Calamus* consiste em seis garotas e dois garotos. Cada um deles tem a mesma atitude de sua Capitã: séria e rígida.

— Onde está o resto da sua tripulação? — pergunta Huifang. — Estão faltando dois.

— Morta ou na cela.

Ela franze o cenho.

— Lamentável. Bem, obrigada pelo purê de maçã.

— Sim, agradecemos pelos feijões.

Ela faz um aceno final de cabeça.

Depois de desejar boa sorte para o outro navio, e com um estoque de vinte latas a mais de feijões, nós zarpamos. Primeiro, seguindo para o oeste, como ela sugeriu. Então, quando ficam fora de vista, viramos a toda velocidade para o leste.

O resto do dia passa na monotonia, mas encontramos os blobones. Quando cai a noite, ancoramos a corrente em um canto tranquilo, dentro da caverna de uma ilha que não está marcada no mapa. Amanhã seguiremos a nuvem de blobones e, com sorte, vamos esbarrar em um ou dois gorgântuos.

Durante boa parte da noite, fico na cabine, examinando as últimas propostas de caça de Pound. Cada proposta tem uma complexidade diferente e é projetada para uma diversidade de cenários.

Quando Pound era assistente de Keeton, era sempre fácil determinar qual plano tinha a sua identidade. Os dele são muito mais arriscados, mas os de Keeton são racionais demais, e ela o fazia botar os pés no chão um pouco. Sim, caçar gorgântuos é uma loucura e, sim, é preciso um plano insano para derrubá-los, mas acho que Pound precisava de um pouquinho das sensibilidades de Keeton.

Depois de massagear os olhos, eu me aproximo da janela. Não há muito para ver enquanto estamos dentro da caverna. Apenas rochas escuras e escarpadas. Parte de mim queria que ficássemos a céu aberto, caso precisássemos partir de imediato para a caça, mas seguir no rastro de uma nuvem de blobones não é exatamente o lugar mais seguro nos céus.

Solto um suspiro. Estamos tão isolados nessa Provação. Apenas nós e nossa astúcia. É uma guerra. Somos soldados, e os monstros que caçamos são o motivo da Caça precisar Selecionar todo ano. Alguns Ofícios, como a Exploração, fazem escolhas apenas com intervalos de alguns anos. Às vezes antes, quando diversos Exploradores desaparecem nos céus mais distantes. Porém, nunca é como a Caça, que tem necessidade de ser reabastecida constantemente. E enquanto considero esse pensamento, eu me lembro de uma memória com minha mãe.

Eu estava no Salão do Arquiduque na Mansão de Urwin, onde meu pai costumava receber convidados. A cadeira dele estava vazia, mas minha mãe estava comigo. Quando ela se sentou em seu trono, a luz do sol brilhou por seus cabelos brancos, deixando-os radiantes. O bastão branco repousava no descanso de braço ao seu lado.

— Venha, sente-se comigo — disse ela, dando um tapinha na cadeira vazia do meu pai.

Porém, eu não me mexi, porque eu não merecia o assento do meu pai. Ele já partira, e eu era jovem demais para herdar seu status. Aquele assento pertencia ao meu tio agora, simplesmente porque ele, não minha mãe, tinha o sangue de Urwin.

— Sente-se — ordenou ela.

Quando me sentei na cadeira, tudo pareceu inacreditavelmente grande. Meus pés não alcançavam o piso. Precisei esticar os braços para apoiá-los no descanso das laterais.

— Você é filho do seu pai — entoou ela, tocando minha bochecha gentilmente para que nossos olhares se encontrassem. O rosto estava sério. — Eu temo que, na ausência de seu pai, você vai enfrentar desafios para os quais ninguém poderia prepará-lo. Nem mesmo eu.

Enruguei a testa. Eu não entendia as palavras dela na época. Meus pensamentos eram tão simples. Não conseguia enxergar nada mais difícil do que enfrentar um proulão.

— Desafios? — indaguei.

Ela hesitou, e depois andou a passos largos na direção de uma pintura que recobria a parede a oeste. Era a pintura de um dos gorgântuos árticos. Eram menores do que os da variedade sulista, e não tão escamosos, mas eram mais cruéis. A besta branca, listrada com pingentes de gelo, disparava para cima de um navio destroçado.

— Guerra — disse ela.

— Guerra? — repeti, sem compreender. — Piratas?

— Pior. Não acho que as Terras Celestes estejam sozinhas. — Ela se virou para me olhar. — As ilhas, Conrad, como elas flutuam?

— Com os corações?

— Sim, mas quem os colocou lá?

Eu a encaro com a mente a mil.

— Mas, mãe, a Academia nos ensina que as Terras Celestes sempre foram assim.

— Você acha que isso é verdade? Algum dia, nós vamos descobrir o motivo de as ilhas ficarem nos céus — disse minha mãe. — E eu acredito que não vamos gostar da resposta. Por enquanto — prossegiu ela, olhando de volta para a pintura —, os gorgântuos são nossos maiores inimigos.

Os gorgântuos pareciam tão distantes. Sim, tivemos nossos exercícios de simulação em Holmstead, e já sofremos ataques no passado, mas se existia uma coisa que meu pai fazia bem, era manter os céus do norte livres de gorgântuos. Os postos de vigia não deixaram de alertar a ilha nem uma única vez.

No entanto, minha mãe mencionou algo pior do que gorgântuos. O que poderia ser pior? Considerei os rebeldes. Meu pai tinha um assistente que foi preso por espionar para um rival, mas não sei para quem. O homem fora condenado à morte de um traidor. Deceparam seus braços e o arremessaram do navio, para que ele não pudesse nem mesmo se debater.

Minha mãe se virou para mim.

— Contanto que você permaneça forte, Conrad, contanto que você continue bom aqui — disse ela, apontando para o meu coração —, você vai ascender, independente do que aconteça. Está me entendendo?

— Sim — respondi. — Eu entendo, mãe.

Ela abriu um sorriso leve, tocou a covinha no meu queixo e afastou a mão.

Por um breve instante, quase sinto a mão dela outra vez e acredito que ela está ao meu lado. Fico me sentindo frio e vazio, lembrando que a deixei para morrer em seus últimos momentos.

Esse mundo a matou.

Dou um soco no vidro.

Durante vários minutos, relembro e analiso os eventos que levaram à morte dela. O que eu teria feito diferente. Como eu teria voltado para ela a tempo.

Depois de um tempo, eu me afasto. Não consigo dormir, não com a enxurrada de pensamentos. Assim, com o estômago rugindo, caminho pelos corredores silenciosos e abro a porta da cantina. Infelizmente, a geladeira está vazia. Solto um gemido frustrado. Não é à toa que Pound estava ansioso para fazer Roderick estocar as coisas. Temos bastante comida no nível inferior. O único problema é que... bem, ele deve estar dormindo agora. Não farei barulho.

O nível mais baixo está banhado de sombras. O ar frio congela minha pele. Não há janelas aqui, apenas alguns cristais vermelhos nas paredes. Esse nível é estocado com caixas presas por correias ao chão e uma área escura e solitária no centro. A cela.

Começo a andar até que...

— Capitão — sussurra uma voz.

Fecho os olhos.

Uma silhueta se encosta nas barras da cela, apenas os dentes expostos sob a luz fraca. Isso o faz parecer nada mais do que uma boca sorridente suspensa no ar.

— Não consegue dormir? — pergunta ele.

Parte de mim quer arrancar a porta daquela cela e espancá-lo. Deixá-lo sangrando com aquele sorriso perturbado, quebrá-lo para que nunca mais tente matar alguém.

— Boa noite, Sebastian.

— Por que a visita a essa hora?

— Não estou aqui para ver você.

Eu sigo pelo corredor de alimentos, andando entre um vale de caixas. A caixa no final continua aberta, a tampa de madeira recostada na parede.

— Ouvi as explosões da caçada ontem — exclama Sebastian.

— Parecia empolgante. Acho que tudo correu bem? Ninguém nunca me conta nada.

Pego um pouco do purê de maçã detrás de uma lata de pernil com calda doce.

— Você vai me denunciar para a Mestra Koko, Capitão?

Não existe nada no mundo que adoraria mais do que vê-lo sendo arrastado para fora do navio, pronto para enfrentar o Tribunal da Caça, mas estamos em uma corrida apertada contra a *Calamus* e, sem provas concretas, uma investigação apenas nos atrasaria e poderia arruinar nossas chances. Pior: e se a Caça decidisse que Sebastian deve ser liberto?

— Ah, qual é, fala logo — diz Sebastian. — Aquele nosso navio espião vai começar a se perguntar onde estou. O que você vai fazer comigo?

Suspiro. É melhor falar com ele aqui, com uma pilha de caixas entre nós. Ele não vai ver o calor subindo no meu rosto, a raiva deixando meus punhos trêmulos.

— Não decidi.

— Deveria — diz ele, suspirando. — Estou terrivelmente entediado.

— E sortudo, já que eu não te joguei para fora do convés.

— Ah, mas você não é um assassino.

— Ainda não.

Ele ri.

— Não seria interessante se eu pudesse transformar você em um?

— Eu te conheço, Sebastian. Não pense que pode me provocar.

— Que grosseria da sua parte, não olhar para mim enquanto fala.

— É para o seu bem.

— Claro, mas eu preferiria ver você. — Quando saio do corredor, ele abre um sorriso largo. — Ah, aí está você. Pode me dar um livro para ler?

— Não.

Ele levanta mais as mangas dobradas e sujas da camisa. Nós o fizemos se despir dos equipamentos da Caça. Fico irritado só de pensar como seria se ele ainda tivesse a joia de comunicação e começasse a acordar as pessoas cantando.

— Posso usar o lavatório de cima? Eu entupi esse.

— Não.

— Que pena. — Ele sobe na cama. — Eu realmente não sei porque você está tão chateado. Eu sou um produto da Meritocracia. O desejo de ascender arde no meu coração. Assim como no seu. Só que eu sou mais corajoso do que você. E estou disposto a fazer sacrifícios.

— Você é um mentiroso.

— Assim como você. Não contou para Bryce que você a ajudaria a se tornar Capitã? — Ele ri quando eu não respondo. — Pode me dizer por que o meu querido amigo, Eldon, ainda não veio me visitar?

— Tenho certeza de que ele está ocupado considerando o que você é — digo. — Mas não vou falar por ele.

Ele franze a testa.

— A sua lista de amigos está crescendo. Engraçado, eu me lembro de você ser antissocial e odiar todo mundo. Mas quando está atrás de alguma coisa, acho que é fácil fingir que gosta das pessoas.

— Bom, eu não gosto de você. Não preciso fingir.

Ele ri.

— Bom ponto.

Eu me viro para sair.

— Por quanto tempo vai me manter aqui? — pergunta ele. — Pela regra, você não pode me prender por mais de uma semana. E eu já cumpri quatro dias.

Começo a subir as escadas.

— Capitão! Eu tenho notícias especiais para você. Sobre Bryce.

Minhas botas param no terceiro degrau.

— A-há! — Ele ri. — Volte aqui, vamos ter uma conversinha. Talvez depois disso você possa me trazer um livro?

— Por que eu escutaria qualquer coisa que tem a dizer? Eu confio em você tanto quanto confio em um ratilônio no meu ouvido.

— Porque essa é uma questão que afeta as Terras Celestes, Capitão. Um perigo para todo mundo... até mesmo fora da Provação. Ela não é quem você acha que é. Ela é a nossa inimiga mútua. Se me soltar — diz ele —, vou te contar tudo que sei.

— Boa tentativa. Boa noite, Sebastian.

— Espera! Capitão, você realmente deveria escutar isso!

Estou cansado. Meus joelhos estão doendo. E esse purê de maçã está implorando para ser comido. A voz dele me persegue, mas se perde nas entranhas do navio quando entro na cantina vazia.

Parte de mim quer voltar até o calabouço. Descobrir o que Sebastian sabe. Porém, se existe uma coisa que eu aprendi a respeito de Sebastian, é que ele mentiria para a própria mãe. Em vez disso, como o purê de maçã em silêncio, aproveitando a vista das estrelas pela saída da caverna.

Mas ele tem razão. Eu não posso mantê-lo na cela por muito mais tempo. E, quando ele sair, provavelmente vai tentar roer um buraco na tubulação de gás e afundar o navio. Infelizmente, caçar não pode ser a minha prioridade com ele a bordo. Ele é a nossa maior ameaça. E essa noite, vou começar a bolar um jeito de me livrar dele.

Para sempre.

32

POUND ENTRA NA COZINHA ANTES DO NASCER DO SOL, COMO É DE COSTUME para o Cozinheiro. Eu já estava acordado fazendo a limpeza, porque nosso Esfregão está dormindo no calabouço.

Pound para, observando enquanto esfrego para limpar o que foi derramado na mesa.

— Você nunca dorme, Urwin?

— Só depois de fazer uma visitinha pra sua mãe.

Por um instante, ele franze a testa. Depois, cai na gargalhada.

— Seu desgraçado pervertido.

Dou um sorriso e mergulho o pano no balde enquanto ele aquece o fogão de cristal. Trabalhamos em silêncio. Quando termino, vou até ele.

— Precisamos conversar.

Ele joga o molho roxo apimentado na pilha gigante de arroz crocante e escuta enquanto conto a ele o meu plano para desarmar Sebastian.

— Ah, ele não vai gostar disso — diz Pound, dando um sorriso malicioso enquanto abaixa a garrafa de molho. — Mas por que está me contando isso? Por que não o Roderick?

— Não acho que o Roderick odeie o Sebastian como você.

— Verdade. — Pound ri. — Odeio o Sebastian mais do que odeio você. E odeio você como odeio quando suco de limão respinga em um corte de papel.

— Exatamente por isso você é perfeito para essa tarefa.

Ele coça o queixo.

— Urwin e Atwood, trabalhando juntos para remover uma cobra...

— Ele ergue o olhar, considerando a ideia, até que o cheiro de fumaça o atinge. Ele solta um grito e tira a frigideira de ovos queimados do fogo.

— Você está me distraindo, Elise.

— Desculpe. Então, topa?

Ele apoia as mãos enormes no quadril. Por fim, assente.

— Sim. Eu sempre quis dar àquele comedor de bosta um gostinho da sua própria maldade.

Abro um sorriso largo.

— Bom. Agora me faz o café da manhã, Cozinheiro.

— Vai beber cuspe. Saia da minha cozinha.

Porém, quando vou embora, ele também está sorrindo.

Depois que Pound acompanha Sebastian até o lavatório de cima, vasculho a cela de Sebastian. Atrás da privada, dentro do cano da pia e até mesmo saio pisando pelo chão em busca de espaços ocos.

Sebastian não estava mentindo quando declarou ter entupido o vaso. Pedaços do tecido da cama flutuam na bacia. Aquele peido de pássaro.

Passo os dedos nas pernas da cama de campanha. Tem algo duro atrás de uma delas. Preso por faixas. Franzo o cenho.

Uma joia de comunicação de longo alcance. É ilegal na Provação. Com quem esse desgraçado andou conversando? Não é exatamente isso que eu estava procurando. Ainda assim, eu a guardo na minha jaqueta, então me levanto, me perguntando onde mais procurar. Não tenho muito tempo até retornarem. Meu olhar repousa no colchão e eu sigo a costura no tecido. Perto do topo, meus dedos descobrem uma aba solta cortada na espuma. Enfio a mão no orifício.

— Ai!

Retiro a mão. Uma bolinha de sangue brota perto da minha unha. Depois de lamber a ferida, insiro a mão de novo, com mais cuidado. E ali, mesmo com a dor ardente, começo a sorrir porque pego o que estive procurando: uma pequena lâmina.

Entre a barra transversal da faca, reluz um emblema de duas videiras contorcendo-se ao redor de uma pedra. O emblema da família de Abel. Eu já o vi na bagagem de Sebastian.

Uma série de passos ecoa nas escadas, acompanhado por vozes abafadas.

Empurro o colchão de volta para o lugar, guardo a faca dentro da jaqueta e me abaixo nas sombras das caixas.

As silhuetas de Pound e Sebastian se aproximam da cela.

— Obrigado, parceiro — diz Sebastian. — Estive segurando aquele por dias. Eu me sinto três quilos mais leve. Se alguém tivesse visto, teriam dito que era seu.

Pound grunhe.

— Enfim, estou curioso — diz Sebastian —, por que você segue Conrad? Se não estou errado, não foi o bisavô dele que trapaceou e matou o seu em um duelo?

— Fica quieto.

— O que a sua família pensaria, sabendo que você traiu todos eles? Cozinhando a comida de um Urwin como um servo. Mas imagino que eles não possam ficar mais decepcionados do que já estão.

Os dois param do lado de fora da cela.

— Entra — diz Pound.

— Eu não acho que...

Pound levanta Sebastian pelas calças, enfiando-as no meio da bunda dele, e o arremessa para dentro da cela. Sebastian cai no chão com um baque. Ele se vira enquanto Pound fecha a porta com força.

— A violência física não é o modo da Caça!

— Claro — diz Pound, indo embora. — Me dedure para alguém. Vê se alguém acredita nessa sua língua bifurcada.

Sebastian limpa as calças e fico satisfeito ao ver que ele tem uma expressão azeda no rosto. Só que as coisas só vão piorar para ele.

Piorar muito.

✦✦✦

A cobra está liberta.

A tripulação inteira se reúne na minha cabine, incluindo Sebastian. Ele está entre nós, vendo todos o encarando de braços cruzados.

Ele sorri e levanta as mãos em uma súplica.

— Amigos, passei por uma mudança de atitude. Vou apoiar o Capitão. O que mais preciso fazer para recobrar a confiança de vocês?

Quando ninguém responde, ele se vira para Eldon.

— Qual é, vamos lá, Eldon — diz Sebastian abrindo os braços. — Eu senti saudades.

— Não fale com ele — rosno.

Sebastian franze a testa e se vira para mim.

— Pensei que você fosse um democrata, Capitão? Está ordenando que eu não tenha amigos? — Ele olha para Bryce. — E você? Pode me dar um abraço?

— Não.

— Tem certeza? Eu aposto que Conrad gostaria de saber que...

— Chega, Sebastian — interrompo. — Todos nós sabemos o que você é.

— E o que é isso?

— Um Esfregão.

Em seguida, todo mundo tira as botas e as atira para ele.

— Agora esfrega — ordeno. — Ou vai voltar para a cela.

Sebastian faz uma carranca furiosa e me dirige um olhar mortal. Atiro uma lata de graxa e um pano para ele. Lentamente, ele se agacha no piso e, enquanto assistimos, começa a esfregar.

— Não se esqueça de limpar ao redor dos anéis — diz Keeton. — É um lugar complicado.

— Tenho certeza de que ele sabe como fazer isso — diz Roderick.

— Só estou tentando ajudar. Ele está com cara de quem precisa.

Todo mundo ri.

Sebastian está vermelho e tremendo. Essa é a coisa mais degradante que podemos fazer com ele. E, pelo menos uma vez, aquele sorriso irritante não marca seu rosto. Se tem uma coisa que o Sebastian odeia, é ser tratado como um Baixo.

Quando termina de engraxar os sapatos, Roderick levanta uma bolsa cheia.

— Divirta-se — diz Roderick, despejando as botas diante do rosto enojado de Sebastian. Elas caem em cima das pernas de Sebastian e batem no piso. — É melhor tampar o nariz quando chegar nos sapatos de Pound. Ele tem pés suados.

— Eu nunca uso meias — diz Pound.

Keeton ri.

Quando Sebastian começa a limpar essas botas, a tripulação me deixa a sós com ele.

Eu o observo da escrivaninha. Ele faz cara feia para mim entre os espaços da franja escura.

— Achei a sua joia de comunicação — digo.

Ele finge surpresa.

— Joia de comunicação?

— Com quem você esteve falando?

Ele me lança um olhar sagaz.

— Alguém poderia imaginar o que está acontecendo nas ilhas agora... Sabe, aqui estamos, isolados de tudo. É de se pensar que corram notícias que gostaríamos de saber. Notícias que *você* gostaria de saber em particular.

— Do que você está falando?

Ele abre um sorriso, parecendo animado por saber algo que eu não sei. Isso me faz querer socá-lo até escorrer sangue.

— Você vai ficar sabendo logo, tenho certeza. Coisa grande, Conrad. Coisa muito grande.

Não aguento esse merdinha. O cômodo inteiro esfria quando eu o encaro.

— Eu sou melhor do que você nisso, Sebastian.

— O que, em engraxar sapatos?

Eu me levanto e vou até ele.

— Ascender. Está no meu sangue. Meus ancestrais duelaram o caminho até a coroa da montanha. E eles a seguraram por gerações.

Ele bufa.

— Vocês que sempre foram Superiores não se cansam dessa bosta de pássaro de "legado".

— Você acha que é mais forte do que eu porque está disposto a fazer coisas que eu não faria. — Minha língua se torna perigosa. — Mas você subestima o que eu faria para me livrar de você.

Ele emite um ruído de escárnio.

— O que você vai fazer, me matar?

Não respondo.

O cômodo fica gelado. Ele estreita os olhos ao analisar o quanto sou maior do que ele. O quanto sou mais forte. E, se eu o atacar, ele não pode me enganar como fez com Samantha.

— Então — diz ele —, posso te transformar em um assassino, no fim das contas.

— Você tinha razão sobre mim, Sebastian. Nós somos muito parecidos.

Ele observa minha mão deslizar para dentro da jaqueta. Quando tiro sua faca, a lâmina brilha sob a luz. Meu reflexo fica espelhado na superfície resplandecente.

Ele me encara em busca de um sinal, mas isso não é um blefe. E quando Sebastian percebe isso, ele olha de relance para a porta, os dedos se contraindo. Pronto para correr como um logrador patético.

— Eu não sou um assassino, Sebastian. — Eu viro a lâmina na direção do meu torso. — Mas isso não significa que eu não posso transformar você em um.

Sebastian arregala os olhos. Quando ele percebe o que estou prestes a fazer, ele salta para cima de mim.

— Não, Conrad, não!

Enfio a faca no meu ombro. Ela afunda na carne, ardendo como fogo líquido. Trinco os dentes. E grito:

— Sebastian, abaixa a faca! Não!

Sebastian está gritando com sangue nas mãos enquanto tenta me impedir. Quando consegue arrancar a faca do meu ombro, a porta se abre com um estrondo e Pound avança como um proulão enfurecido.

— Assassino!

— Não, eu...

Ele derruba Sebastian no chão. Sebastian perde o fôlego, tentando falar, mas Pound desfere dois punhos gigantescos em seu rosto.

— Conrad se esfaque...

Pound desfere outro soco e, dessa vez, ele desmaia.

A faca desliza até a entrada.

Caio no chão, arquejando, segurando o ombro, tentando estancar o rio vermelho. Pound se agacha sobre mim.

— Você está bem, Elise?

— Dói pra cacete.

— Você é mais louco do que eu.

Logo Roderick, Keeton e Bryce entram correndo na sala.

— O que... ah!

Eles me cercam. Bryce entra em pânico enquanto faz pressão na minha ferida, tentando estancar o sangue que continua jorrando.

Roderick não sabe o que fazer a não ser dar tapinhas nervosos na minha perna.

— Você vai ficar bem — diz ele. — Você vai...

— Roderick, pegue uma toalha! — ordena Bryce.

Roderick, com o rosto pálido, se apressa pelo corredor.

Bryce encara meus olhos e vejo medo nos dela. Eu sou um desgraçado por ter causado dor para ela e os outros, mas esse é o único jeito. Sebastian é um caranguejo que vai puxar para baixo todo mundo que tentar ascender. Ele vai nos arrastar para o fundo do balde.

Roderick volta com um monte de toalhas. Bryce amarra uma delas no meu ombro, mas não demora muito até o tecido fica empapado de vermelho.

Eu me sinto fraco. Minha pele empalidece.

— Ele acertou uma artéria — diz Bryce. — Precisamos de medicação, agora!

Keeton sai correndo da sala.

Afundo mais contra a parede, fazendo uma careta com a dor latejante. Ninguém nunca disse que sugar o veneno de uma mordida de cobra seria agradável. Porém, tirar Sebastian do meu navio com certeza será.

◆◆◆

Eu não tinha provas o bastante quando Sebastian tentou me matar, mas, dessa vez, tenho a arma e uma testemunha que encontrou Sebastian em cima de mim com sangue nas mãos.

Descansando na maca da ala médica, e com o ombro em uma tipoia, contato o navio espião e explico a Travis de Waters a nossa situação. Ele ativa a comunicação a longo alcance na minha joia, que me permite falar com a Mestra Koko. Por fim, eu e Pound recontamos o ocorrido e, ao escutar, a Mestra Koko fica em silêncio.

— Sebastian de Abel — diz ela finalmente —, sobrinho da minha assistente?

— Sim.

— Ele atacou você? Mas ele sempre foi tão... educado.

Sebastian tem um jeito de cobrir a visão das pessoas com um véu. Até mesmo de pessoas brilhantes como a Mestra Koko.

— Minha tripulação não se sente confortável com ele a bordo — digo. — Sinceramente, eu não me sinto confortável. Queremos ele fora do navio.

Ela inspira fundo.

— Fora do navio? Não, acho que não.

— O quê?

— Você tem um calabouço.

— Ele tentou me assassinar!

— Essa é a Provação, Conrad. Algum dia, você vai ter uma tripulação e vocês estarão caçando acidones nos céus mais longínquos, e não vai haver um navio espião por lá para coletar alguém da sua cela. Essa é uma boa oportunidade de aprendizado.

— Mas Mestra...

— Mantenha-o na cela. Vou decidir o que fazer com ele depois da Provação.

Faço uma carranca. Parece que o veneno vai se manter a bordo por mais um tempo. Porém, pelo menos agora ele ficará restrito a uma parte do navio. Eu nunca terei que vê-lo. Se é assim, tudo bem. Ele vai continuar a bordo, mas vou garantir que ele apodreça.

E mesmo que ainda esteja a bordo, abro um sorriso. Sorrio porque, com Sebastian fora do caminho, posso me concentrar inteiramente em vencer essa coisa.

33

ENQUANTO FIQUEI FOCADO EM SEBASTIAN, A *CALAMUS* ESTEVE CAÇANDO. E acabaram de retomar a liderança.

Estou no convés, me preparando para a caçada. Meu ombro queima como fogo. Os remédios continuam agindo, mas vai levar ao menos mais um dia até que eu me recupere por completo. Provavelmente não deveria estar no convés, considerando a visão embaçada e a falta de equilíbrio por causa da perda de sangue, mas não vou perder minha chance de me reunir com Ella.

Um gorgântuo juvenil ondula diante do sol que se põe. Um macho, quase não chega a ser um Classe-1, e está na idade em que os machos deixam seus ninhos familiares para encontrar parceiras.

Keeton, Pound e Roderick me encurralam.

— Você devia estar descansando, Conrad — diz Keeton. — Olha só para você! Você está se segurando na grade.

— Estou bem.

Roderick apoia a mão no meu ombro bom.

— Podemos fazer essa caça. Confie em nós.

— Eu não vou me esconder na cabine enquanto vocês arriscam suas vidas.

— Conrad... — diz Keeton.

— Eu sou o Capitão — digo, me virando para olhar o gorgântuo pela luneta. — É a minha decisão.

Se capturarmos essa besta agora, será a caçada mais fácil da Provação. Porém, se demorarmos mais, vai anoitecer, e nunca caçamos à noite antes.

— A sua pele está azulada, Elise — diz Pound.

— Estou bem — digo. — Eldon, prepare...

Então, minhas pernas fraquejam e Pound me segura antes que eu caia no convés.

— Você vai lá para baixo — ruge ele.

— Se me arrastar — rosno —, você vai parar na cela.

— Eu não me importo.

Ele me ergue sobre o ombro. Por um instante, reajo e tento fracamente socar suas costas, mas a minha resistência patética me deixa arfando, sem fôlego.

Roderick e Keeton franzem a testa ao me ver ir.

— Deixe com a gente — diz Keeton.

Logo Pound abre a porta da minha cabine com um chute. Se eu tivesse alguma energia restante, eu me desvencilharia e correria de volta para o convés. Porém, a minha tripulação está certa: estou esgotado. Pound me carrega na direção da cama nos fundos.

— Não — digo —, perto da janela.

— Você precisa descansar.

— E acha que vou dormir durante uma caçada?

— Vai se eu te amarrar na cama.

— Eu vou te rebaixar para Esfregão!

Ele dá risada, mas se vira e me deposita na cadeira aparafusada no piso, perto da janela. Um segundo depois, vai pisando duro até a cama e volta com um monte de cobertores e um travesseiro.

— Você está agindo como a minha mãe, Pound.

— Cale a boca, Elise.

Ele enfia o travesseiro atrás da minha cabeça e faço uma cara feia enquanto ele me cobre com uma manta.

— Mais alguma coisa, vossa Alteza? — pergunta ele.
— Sim. Vá comer bosta.
Ele ri e anda na direção da porta.
— Espera — peço. — Ligue o globo de calor.
— Está com frio?
— Você não?

Logo antes dele sair, uma onda quente e vermelha preenche a sala, me banhando de um calor radiante. Ah, que sensação boa. Sinto-me aquecido até os ossos. Apesar da caçada que se aproxima, minhas pálpebras começam a ficar pesadas. É ridículo ficar cansado agora. Estamos prestes a atacar um gorgântuo. Luto para permanecer desperto até que, de repente, minha cabeça pende para o lado e eu sucumbo a um sono desconfortável em uma cadeira dura.

◆◆◆

O navio estremece.

Abro os olhos, piscando pesado. Só há escuridão do lado de fora da minha janela e não consigo enxergar nada a não ser o meu reflexo pálido no vidro. Minha joia de comunicação está disparando com os gritos da tripulação.

— À esquerda! — grita Pound. — Não, a outra esquerda, imbecil!
— Segurem-se! — grita Keeton.

A *Gladian* range quando alguma coisa colide no casco. Sou arremessado para a frente e caio da cadeira.

— Bryce, dobre o motor! — grita Keeton.
— Estou tentando!
— Fogo! — grita Roderick.

Arpões, como estrelas cadentes sob a luz do luar, desaparecem na escuridão. Um rugido abafado lamenta. Um disparo certeiro. Então, somos balançados outra vez.

— Mas que desgraça está acontecendo aí em cima? — grito na joia.
— Nada com o que se preocupar, Capitão — berra Keeton, sem fôlego. — Nós... Ahh! ELDON, MERGULHE!

O navio dá um solavanco e saio deslizando em direção à janela. Agarro no pé da cadeira. Quando o navio se endireita, Keeton berra avisando da munição antiaérea. Ela explode no exterior, iluminando a noite. Então os lampejos clareiam a crista reluzente da besta. Só depois percebo o meu erro estúpido e horrível. O globo de calor, emanando só um pouquinho de luz, funciona como um farol. Gorgântuos seguem a luz, sempre a luz. Foi por isso que eles atacaram a Região Baixa em Holmstead. No que eu estava pensando?!

Um bramido faz o vidro tremer. Então, um olho dourado gigantesco pisca bem na minha frente. As pupilas focam em mim. E quando nossos olhares se encontram, um medo animalesco e antigo martela no meu peito. A cabeça da besta gira e sua bocarra se expande.

Merda!

Corro para desativar o globo de calor mas, antes que eu consiga fazer isso, um dente colossal quebra a janela. Pedaços de metal e vidro saem voando. O vento uivante invade pelo buraco. Os livros se abrem e papéis são espalhados por todo canto.

— Está entrando na cabine! — grito na minha joia.

Outra explosão do canhão antiaéreo cintila sobre a cabeça dele, fazendo os olhos arderem. O macho recua, puxando um naco do navio com ele. Parte do piso é arrancado. E eu encaro, com a boca seca, enquanto a saída da cabine é cortada fora.

— Estou preso! — grito.

— Pound! — berra Keeton. — Vá lá para baixo. Eldon, manobre a gente para fora daqui.

O navio zarpa para a escuridão. Porém, eu consigo sentir o macho em algum lugar lá fora. Arrastando-se. Observando.

Aperto o botão metálico na base do globo de calor. O vermelho se dissipa, me deixando no breu, mas não é o suficiente. Ele já sabe que estou aqui.

Apesar dos meus músculos trêmulos, meu braço em bom estado pega o lançador de arpões montado na parede. Eu o apoio de encontro à escrivaninha, com a lança apontada em direção ao céu. Quando a besta voltar, vou disparar um arpão em sua narina e perfurar o cérebro. Ou vou atirar pelo céu da boca.

Minhas pernas oscilam, então apoio uma das mãos na mesa.

— Ah, inferno. — A voz de Pound é transmitida pela joia. — O piso sumiu. O corredor inteiro foi arrancado! Não consigo chegar até o Conrad.

— Aguenta aí, Capitão — diz Keeton. — Estamos quase...

Porém, eu não a escuto porque outra explosão antiaérea expõe a sombra vindo em minha direção. Sua garganta é um buraco negro da morte.

Miro o arpão e no instante em que aperto o gatilho, a *Gladian* vira bruscamente. Meu disparo sai torto, acertando a parede.

A besta surge na luz fraca. Meu corpo fica entorpecido. Logo estarei em suas entranhas. Debatendo-me no ácido. Que fim imbecil. Morto, porque adormeci durante uma caçada. Morto, porque falei para Pound para ligar o globo de calor.

Logo antes da besta fazer contato, um ruído repugnante de pancada atravessa seu crânio. A arma de garra de Roderick perfurou as escamas finas de Classe-1. Passou direto e saiu do outro lado. A besta morre instantaneamente, mas o ímpeto a mantém avançando na minha direção. Eu me abaixo atrás da escrivaninha, gritando enquanto sua cabeça estraçalha as paredes que restam. E logo estou enclausurado por fileiras de dentes. A boca fede a carcaça podre.

Em algum lugar lá em cima, a tripulação comemora.

— Conrad! — grita Keeton. — Conrad, você está bem?

A língua da besta rola para fora, batendo na escrivaninha, pingando saliva quente no meu ombro. Eu me sinto tão aliviado, que começo a rir. Gargalho pelo resto de energia que me resta e desmaio com metade do corpo dentro da boca da criatura.

✦✦✦

Mesmo depois do último abate, ainda estamos para trás.

CALAMUS (5,5)

GLADIAN (5)

ORNATUS (2,5)

SPICULOUS (2)

TELEMUS (2)

MUCRO (1)

QUIRIS (1)

SICA (1)

PILIUM (1)

CYPLEUS (0,5)

SAGGITAN (0)

LAMINAN (0)

JACULUM (0)

~~ARMUM~~

~~SCALPRUS~~

~~CUTLUS~~

    E não estamos apenas perdendo, mas a Caça não ficou nem um pouco impressionada por termos deixado um globo de calor aceso enquanto tentávamos uma caçada noturna. Eles não farão nenhum reparo no estrago da embarcação.

    — Idiotas — disse a Mestra Koko para mim através da joia. — O que estavam pensando?

    — Bem, eu tinha perdido muito sangue.

    — Isso ficou claro!

    Pior ainda, a *Gladian* não está em condições de caçar. Não quando um rombo gigantesco está escancarado na lateral do casco e um corredor inteiro precisa ser reconstruído. Enquanto precisamos parar para fazer os reparos, a *Calamus* prossegue, em busca de novas presas. E certamente vão conseguir mais.

    O vento sibila no rosto de Roderick enquanto seguimos as tábuas temporárias que formam um caminho estreito, mas atravessável no corredor despedaçado. Entramos na minha cabine arruinada e nos vemos cercados por um céu brilhante da tarde.

— Quanto tempo os reparos vão levar? — pergunto.

— Bem, Bryce e eu estivemos analisando tudo. Eu estive soldando algumas chapas de metal que vamos usar para criar uma nova parede. — Ele aponta para o buraco. — Não vai ficar perfeito, e a cabine não será tão espaçosa, mas é uma solução estável. Pelo menos o navio não vai ter uma fraqueza enorme na lateral.

— Quanto tempo vai levar, Rod?

Ele coça a nuca peluda.

— Dois dias.

— O quê?

— No mínimo.

— Você tem seis horas.

Ele ri.

— O navio vai desmoronar. Olha só isso. — Ele enfia um dedo em uma viga torta acima de nós. — Mais um golpe e a lateral inteira a estibordo vai ceder. Aí vamos precisar partir para os barcos salva-vidas.

Suspiro.

— Tudo bem. Um dia.

— Praga. Eu vou fazer o que posso.

Depois de ele abaixar uma chapa de metal, olho ao redor.

— Aliás, cadê a Bryce?

— Eu a enviei até a sala de munições para pegar algumas ferramentas. Mas ela já deveria ter voltado há tipo, dez minutos.

Eu a chamo pela joia.

— Bryce?

Sem resposta.

— Ela é irregular com isso — diz ele. — Nem sempre responde. Acho que a irrita. — Ele faz uma pausa, quase hesitando em me contar mais. — Às vezes eu acho que ela retira a joia do pulso.

— Como assim?

— Talvez ela só queira um pouco de privacidade no lavatório.

Eu toco na joia de comunicação, fazendo-a ficar azul para que eu possa transmitir uma mensagem para o navio inteiro.

— Alguém viu a Bryce?

Uma série de respostas chega, mas ninguém sabe onde ela está.

Franzo a testa. Esperamos mais alguns minutos, e eu ajudo Roderick a aparafusar mais uma ripa, mas precisamos das ferramentas antes de podermos reforçar a viga do teto.

— Vou atrás dela — digo.

Logo estou perambulando pelo segundo deque. Ela não está no seu alojamento. Não está na sala de munições. Não está na cantina. E tampouco está no lavatório. Depois de descer ao terceiro deque, onde é mais escuro e frio, confiro a sala de recreação e a sala das máquinas. Nada ainda.

— Bryce? — chamo pela joia outra vez.

Sem resposta.

Em um corredor bifurcado, um ruído me faz parar. Um grito. Algo a respeito do som perfura meu coração de medo. Pensamentos preocupados inundam minha mente. Alguém se machucou. Sebastian se libertou de alguma forma. Começo a correr, mas me interrompo quando percebo que estou ouvindo uma outra voz. Desconhecida.

Uma voz profunda e furiosa.

Quem infernos está no meu navio?

Descalço as botas e me esgueiro pelo corredor escuro. Quando viro uma curva, uma luz fraca da porta entreaberta da lavanderia me ilumina. Uma sombra se debruça lá dentro sobre algum objeto.

Quando olho atentamente pela fresta, arregalo os olhos para a figura angustiada ao lado da tina. Alguma coisa brilha em suas mãos, iluminando seu rosto. Bryce. A expressão está contorcida de pânico e desespero, e ela se inclina para a frente, parecendo prestes a passar mal.

Ela está completamente sozinha.

— Por favor — diz ela. — Por favor.

— O Conselho já se demorou tempo o bastante pela proposição "pacífica" — responde com a voz grave. — Sua paciência chegou ao fim.

— Somos melhores do que isso. — A voz dela sai trêmula. — Somos melhores do que aquele plano, aquele massacre. Somos melhores.

Encosto a bochecha na porta, fazendo-a abrir mais uma fresta. Os dedos de Bryce se enrolam em algum tipo de dispositivo metálico de comunicação. Nunca vi nada do tipo. Ela o segura próximo do pescoço.

— Seu objetivo era simples, Bryce: *Ascender*. Você deveria vencer a Provação e virar a herdeira de Koko. Nós até pagamos pela sua educação naquela ilha invernal. Apesar de tudo isso, não vimos resultados. Estamos seguindo em frente.

— Mas e os outros?

— Não temos progresso o suficiente! O Conselho acredita que a proposição pacífica se provou um risco grande demais. Pode nos revelar. Portanto, não a aprovamos mais. Vamos agir.

— Eu ainda posso ascender, só preciso de mais tempo. Dê mais tempo aos outros.

— Você teve tempo. Ficamos de guarda, esperando, aguardando um sinal de que o seu plano era viável. Como as coisas estão, sabendo que você perdeu o navio, que seu Capitão está solidificado e que vários outros também fracassaram, o Conselho decidiu procurar métodos alternativos. Métodos mais rápidos e eficazes.

— Comandante, milhões vão morrer!

— A Ascensão da Região Abaixo está próxima. Agradecemos seu serviço, mas vamos seguir em frente com a Derrocada.

Bryce afunda no piso. Praticamente se derrete. E sua reação me enche de medo.

— Essa será nossa última comunicação, Bryce. Se você se tornar Capitã, ajude-nos quando chegarmos. Caso contrário, fique fora do nosso caminho.

— Por favor, não vá! — Ela para. — Comandante? *Comandante*?

O quadrado metálico em suas mãos se apaga e ela o encara em silêncio, até deixá-lo escorrer entre seus dedos e bater no chão metálico.

Estou congelado. Incerto do que fazer ou do que falar. Por um instante, uma atração como a da gravidade me impele a querer entrar na sala. Porém, outra vontade igualmente poderosa me diz para sair dali. Para entrar em contato com a Mestra Koko.

Milhões vão morrer. As palavras ecoam no meu cérebro.

Talvez Sebastian tenha razão. Talvez ela *seja* nossa inimiga mútua.

Eu a observo por mais um segundo. Meu coração está acelerado, mas antes que ela possa erguer o olhar, eu me afasto, às pressas.

34

Ao longo das próximas vinte e quatro horas, examino Bryce de perto.

Ela não parece diferente do normal. Come as refeições com a tripulação, executa todas as suas tarefas, e até mesmo faz um excelente trabalho ao ajudar a consertar a minha cabine e o casco a estibordo em tempo recorde com Roderick.

Então o que devo fazer com ela?

Quando anoitece, volto para a cabine e ando de um lado a outro, os pensamentos em um turbilhão. O que é a Derrocada? Como seria capaz de acabar com milhões de vidas? Bryce estava falando com qual Comandante? Eu me sinto tão sobrecarregado por tudo que me deixo cair sentado na cadeira. O navio murmura sob meus pés e durante vários minutos eu observo as nuvens noturnas.

As palavras do meu pai caem sobre mim como um manto frio. *Não existem atos altruístas. Tenha cuidado com aqueles que fazem algo por você, porque no futuro, vão querer algo em troca.*

Fecho os olhos.

Então, minha joia de comunicação se acende com uma ligação.

Eu a toco com o dedo.

— Sim?

— Conrad — diz a Mestra Koko —, você está sozinho?

Meu coração parece dar um salto.

— Estou...

— Ótimo. — Ela faz uma pausa. — Agora, preciso que escute com muito cuidado. Tudo que eu perguntar, você deve responder com a verdade completa. Entendeu?

Minha pele formiga. Escuto uma urgência em sua voz.

— Sim — digo.

— Bem. — Então, cuidadosamente, ela começa a falar. — Alguém da sua tripulação tem agido de forma... diferente?

— Diferente?

Ela solta o ar.

— A Ordem encontrou um espião em meio às Seleções de treinamento.

— Um espião? De quem?

Ela não responde.

— O espião revelou que existem outros como ele. Diversos, na verdade. E se infiltraram em todos os doze Ofícios. Incluindo a Caça.

Fico em silêncio.

— Mestra, a senhora sabe quem é o espião?

— Eu tinha esperança de que você notara algo. Qualquer coisa.

Eu encaro o piso, pensando em tudo que Bryce disse para mim. A respeito do seu povo faminto. O motivo de precisar vencer a Provação. A guerra que ela estava desesperadamente tentando impedir.

Conte a ela, diz meu pai.

Mas minha língua fica presa. Eu não deveria ter lealdade alguma com Bryce, mas existe alguma coisa nela. Alguma coisa na sua sinceridade. A escolha honrosa seria dar a ela uma chance de se explicar primeiro.

— Conrad, ainda está aí?

— Eu não sei de ninguém que esteja agindo de modo diferente.

Ela parece decepcionada.

— Você vai continuar vigilante, certo?

— É claro.

— Obrigada. — Faz-se uma pausa e eu sinto mais notícias ruins. — Além disso, devido às circunstâncias imprevistas, quero que saiba que existe uma chance da Provação terminar prematuramente.

— Como assim?

— Nada foi decidido ainda. Apenas saiba que a Provação pode acabar a qualquer instante. Você vai querer estar na liderança, sempre.

Não tenho muito tempo para absorver aquela informação porque ela se despede. Provavelmente vai entrar em contato com outro Capitão e fazer as mesmas perguntas.

Uma sensação profunda enregelante se apossa das minhas entranhas. Eu deveria ter contado a ela. Por um instante, estendo a mão para chamá-la de volta na joia, mas hesito. Depois de mordiscar o lábio, abro a gaveta da escrivaninha e pego meu bastão de duelo. Então, aperto a joia.

Aguardo vários segundos antes que o outro lado responda. Meu coração está acelerado. Sinto calafrios escalando a espinha.

A voz grogue de Bryce soa como se ela tivesse acabado de acordar.

— Pois não?

— Venha me encontrar na cabine.

Então eu me sento, meu emblema refletindo o globo de calor. Meu pai raramente fazia interrogatórios, mas quando precisava, sempre tinha o seu bastão de duelo exposto e à vista. Como um ato de intimidação. Eu abaixo o meu na escrivaninha.

Ouço uma batida na porta.

— Entre.

Bryce entra, vestida com o uniforme completo da Caça apesar das olheiras.

— Conrad? — Ela nota o meu bastão. — O que aconteceu?

— Sente-se.

Ela afunda na cadeira na minha frente.

— A Mestra Koko me contatou — digo, me inclinando para a frente. — E me contou uma coisa interessante sobre as nossas Seleções esse ano.

— Ah? O que ela disse?

— Que a Ordem capturou um espião.

Ela enrijece. O ar na sala passa por uma mudança perceptível. Parece mais pesado e mais difícil de respirar.

— Um espião? — pergunta ela, inocentemente. — De onde?

— Você tem uma chance de me contar tudo.

— Conrad...?

Eu me levanto e encosto na parede enquanto a pulsação vermelha é emanada do globo de calor.

— O único motivo pelo qual estou te dando essa chance é porque você salvou a minha vida.

Ela não diz nada.

— Eu não sei porque me importo com você — digo. — Você me deixa com raiva. Você é durona e parece que está sempre no meu caminho. E é sempre tão enigmática.

Nós nos encaramos durante vários segundos. Cálculos se formam em seu rosto. Está decidindo o que fazer. A parte de meu pai que existe em mim grita para que eu estenda o bastão. Espanque-a até derrubá-la e contate Koko.

Porém, minha mãe me diz para esperar.

Por fim, os ombros de Bryce relaxam, quase como se ela estivesse se livrando de algo.

— Há quanto tempo você sabe sobre mim?

— Eu suspeitei de algo diferente em você há bastante tempo. Mas uma espiã? Não desde que a Mestra Koko me contatou alguns minutos atrás.

— Ah, então ela sabe quem eu sou. Sou uma garota morta.

— Ela não sabe de nada, *ainda*. Você merece uma chance de se explicar.

Ela fica aturdida.

— Você sabe o que eu sou e ainda assim...

— Bryce, o que é a Derrocada?

— Como você...

— O que é a Derrocada?

— Eu não sei.

— Não minta! Estou me arriscando por você. Me conte a verdade.

— Essa *é* a verdade. Tudo que eu sei é que a Derrocada vai levar a mortes e guerra.

— Guerra entre quem?

Ela estreita os olhos.

— Então, você sequer sabe sobre isso.

Ela se levanta e caminha na direção da única janela que resta na cabine e observa o céu noturno.

— A Academia mentiu para você, para as Terras Celestes. Eles sempre souberam da verdade. Só que em vez de deixar as massas em pânico, eles guardaram o segredo. — Seu olhar se abaixa, em direção às nuvens escuras revoltosas abaixo de nós. — Eu perguntei a você uma vez — sussurra ela —, o que você achava que existia lá embaixo.

Enrugo a testa.

— Terra — diz ela, virando-se para mim. — A terra do meu povo. Um lugar onde os verdadeiros Baixos moram em túneis sob um sol bloqueado. Onde as plantações mal crescem. E onde todos olham com raiva para as Terras Celestes lá no alto. A sua Meritocracia — prossegue ela. — Ela existe para manter os celestenses fortes caso nós voltemos. Mas seu sistema nos deu uma abertura para nos infiltrar. Infelizmente, eu fracassei. Porque pessoas como você são impossíveis de derrotar. Meu povo está vindo. E apesar de não saber ao certo o que é a Derrocada, sei que é um plano de morte. É escalar a guerra.

Tento processar essa revelação, impassível. Se o momento não fosse tão tenso, eu precisaria me sentar e compartimentalizar tudo.

Pessoas... abaixo das nuvens.

Elas nos odeiam.

Uma guerra.

Ainda assim, aquelas palavras fazem sentido. Minha mãe me contou que as Terras Celestes não estavam sozinhas. Meu tio mencionou que nosso grande inimigo ainda existia. E meu pai. Meu pai deu a um ex-assistente a morte de um traidor. Meu pai... sabia de alguma coisa. Ele sabia disso. E nunca me contou? Por quê? Para me fortalecer? Por que eu era novo demais?

Bryce me encara.

Nas ilhas, o poder é cambiável. A Meritocracia mantém as pessoas fortes. Os melhores ascendem. E até mesmo os Baixos, com suas armas de duelo, são fortalecidos para a batalha.

— Eu acho que você sabe sobre a Derrocada — digo. — Ontem, quando falou com seu Comandante, disse que "milhões vão morrer".

— Você estava me espionando?

— Você tirou a sua joia e eu precisei procurar você. — Faço uma pausa, percebendo uma coisa. — Sebastian também sabe de você. Foi por isso que você se aliou a ele. Era necessário para se proteger.

— Conrad, juro, não sei mais nada sobre a Derrocada. Juro pela minha família.

— Diga um bom motivo para eu não denunciar você.

Ela abaixa o olhar.

— Vim aqui para impedir uma guerra. Meu objetivo sempre foi salvar vidas. — Ela se vira para as nuvens escuras. — Parte de mim está feliz por você ter me descoberto porque estou tão cansada. Cansada de não confiar em ninguém, de ser subversiva. E quer saber? Apesar de todo o trabalho que fiz, todo o estudo, o treinamento de duelos, sou irrelevante para o meu povo.

— Você deveria ter me contado a verdade antes.

Ela faz um ruído me zombando.

— Eu contei a você uma história de que a minha ilha estava passando fome. Eu até avisei que haveria uma guerra. Ainda assim você não se importou. Você perseguiria seus objetivos até o limite dos céus.

— E você não?

Ela fica em silêncio por um instante, antes de falar:

— Sebastian queria que eu matasse você hoje à noite, sabia? Ameaçou me denunciar amanhã se não cumprisse o combinado. — Ela levanta a calça, revelando uma pequena faca amarrada na pele pálida. Ela a apoia na mesa. — Não o deixe sair.

— Bryce, você poderia só ter matado ele.

— Sim, mas eu tento ser melhor do que aquilo que o mundo espera que eu seja.

Sinto as bochechas esquentarem. Aquele maldito ditado da minha mãe de novo.

— Além do mais, matar Sebastian não impediria nada — diz Bryce. — Ele tinha uma vantagem. E a tia dele é assistente da Mestra Koko. Não estou convencida de que aquele desgraçado não acabou mandando atualizações ilegais para ela. Talvez ela até já saiba quem sou.

Mas se a tia de Sebastian sabia, então por que não contou para a Mestra Koko? A não ser que ela seja tão manipulativa quanto o sobrinho.

— Se eu seguisse o que Sebastian queria, se eu te matasse? Sebastian continuaria me usando até eu não ter mais nada para oferecer, e depois me deixaria apodrecer. — Ela faz uma pausa. — Então, a questão é a seguinte: o que *você* vai fazer comigo?

— Eu não decidi.

— Por que não?

— Porque não tenho certeza de que você é nossa inimiga.

Ela me encara.

— Conrad, vou morrer se ficar por aqui tempo demais. Mesmo se você não me dedurar, Sebastian vai. E se não for ele, então vai ser a tia dele.

— O que é a Derrocada?

— Eu não sei.

— Bosta de pássaro! — Eu atravesso o cômodo a passos duros e me coloco na frente dela. — Se as pessoas vão morrer, você precisa nos ajudar. Ajudar a impedir a Derrocada.

— Como eu posso impedir alguma coisa se não sei o que é? — Ela me encara nos olhos. — Você sabe que o meu povo me abandonou. Eles desertaram o plano pacífico e decidiram continuar com o outro.

Solto um grunhido e dou um passo para trás.

— Conrad, eu preciso ir embora.

— Não posso deixar.

— Eu sei.

De súbito, ela pula para cima de mim. Eu não tenho tempo de pegar o bastão. Ela é veloz como um relâmpago. Os punhos furiosos atingem minhas costelas e me derrubam. Desvio de um soco. Mais de um. Então ela me chuta na barriga.

Caio para trás tossindo.

Ela golpeia outra vez, mas eu já aguentei o suficiente. Eu me abaixo e a acerto com tanta força que ela é lançada para trás, deslizando sobre a escrivaninha e caindo no chão. Depois de limpar o sangue que escorre do meu queixo, vou até ela, pronto para apreendê-la. Porém, quando contorno a escrivaninha, ela enfia uma agulha na minha coxa.

Eu a afasto com um tapa. Um frasco de vidro se espatifa na parede. Então, quando eu a levanto do chão, minha boca inteira fica dormente. E alguma coisa quente dispara nas minhas veias, paralisando meus ossos.

Caio sobre um joelho.

Ela respira, ofegante.

— Conrad, eu sinto muito.

Minha visão embaça. O chão gira. Não consigo me levantar. Caio de quatro até meus braços balançarem e eu colapsar de barriga para baixo.

O que ela injetou em mim? Veneno?

Eu me esforço, lutando para me mexer, mas não consigo nem dobrar um dedo, sequer posso gemer. Meus lábios estão espumando e formando bolhas. Incapaz de respirar. A garganta se fechando.

Ela me vira de costas e ajeita um travesseiro sob a minha cabeça. Aquilo abre a minha garganta. Em seguida, ela se agacha sobre mim.

— Eu sinto muito — diz ela, afastando o cabelo dos meus olhos —, sinto muito mesmo. Você é uma pessoa melhor do que imagina, Conrad de Elise. Queria muito que as coisas fossem diferentes entre nós. Mas você e eu estamos em lados opostos das nuvens.

E quando ela se levanta, a escuridão começa a engolir minha visão, até que finalmente, Bryce de Damon se esvai.

Ela desaparece.

35

Acordo no chão da cabine com uma dor de cabeça nauseante e uma ardência terrível nos ossos. Quando viro de lado, cuspo o gosto nojento e acre da boca e arremesso para longe o travesseiro que Bryce ajeitou sob minha cabeça.

Depois, saio tropeçando para o corredor, usando a parede para me manter de pé, até alcançar a escada que leva à escotilha.

Quando subo, me encontro sob o céu rosado da manhã. O mundo inteiro está em silêncio, a não ser pelo vento frio. Um barco salva-vidas sumiu. Tudo que resta são os ganchos que o mantinham preso.

Bato com os punhos na grade.

Enquanto estou ali, encarando a imensidão do céu vazio, percebo que terei que contar à Mestra Koko o que aconteceu, e ela terá perguntas.

Abaixo a cabeça. Afundo, de joelhos, a cabeça ainda atordoada, enquanto ondas de dor continuam disparando pelo meu corpo.

Seja lá o que foi que Bryce injetou em mim, é algo poderoso.

Uma preocupação terrível nubla minha mente. Sebastian sabe tudo de Bryce e ele possui a língua de um mentiroso. Poderia me acusar de abrigar uma espiã. Acusar-me de que eu sabia mais do que sei, e que sabia de tudo muito antes. Eu poderia sofrer a morte de um traidor.

Mate-o, sussurra a voz do meu pai em meu ouvido. *Acabe com a serpente. Faça com que pareça um acidente.*

Travo a mandíbula.

Seria fácil incriminá-lo. Talvez houvesse um descuido e acabamos deixando uma caixa um pouco perto demais da cela. Sebastian usou a juta que havia lá dentro para fazer um nó de forca. E, sendo covarde demais para enfrentar o Tribunal da Caça, decidiu evitar aquele destino.

É crível.

Eu coloquei você naquela ilha com o proulão porque seria ele ou você, continua meu pai. *Ele vai devorar você a não ser que você o devore antes.*

Lógica de sangue-frio. E quanto a minha mãe? Ela me diria que Sebastian é o produto de uma Meritocracia cruel, onde existem apenas vencedores e perdedores. Ela diria que Sebastian não nasceu com intenções malignas, o mundo as colocou dentro dele.

Porém, a compaixão da minha mãe deu a Bryce uma chance de escapar.

Eu dou as costas para o nascer do sol e desço pela escotilha. Não demoro muito para voltar à cabine, os dedos acariciando o bastão preto do meu pai, traçando as rachaduras de batalhas ao longo da história de Urwin. Porém, logo abro o zíper da bagagem e tiro o bastão que é a minha outra metade. O bastão branco de minha mãe tem sua leva de rachaduras também, mas em menor quantidade. Violência, para ela, era apenas o último recurso.

Abaixo a cabeça entre os joelhos. Qual voz devo escutar? E enquanto estou pensando, percebo uma coisa. Mesmo que meus pais estejam mortos, as vozes ainda me regem. Não sou capaz de ser eu mesmo. Em algum momento, terei que ser apenas Conrad.

Essa é a minha vida. O meu navio. A minha decisão.

O que *Conrad* deveria fazer?

Sem as vozes encobrindo minha mente, me puxando em direções opostas, finalmente sou capaz de decidir. Minha prioridade não deve ser comigo mesmo, mas com as Terras Celestes. Elas estão em perigo. A Mestra Koko precisa saber. Quanto ao resto? Terei que lidar com isso mais tarde.

Jogo os dois bastões sobre a mesa. Então, depois de respirar fundo, levanto a joia até a boca e faço a chamada para Koko.

Nos minutos que se seguem, ordeno à tripulação para comparecer ao convés e os informo calmamente da situação. Enquanto falo, os olhos se arregalam. Perplexos. Conto tudo a eles, mas deixo de fora qualquer menção do papel de Sebastian — é melhor que não tenhamos um assassinato de verdade no navio. Por fim, quando termino, um grande silêncio recai sobre nós.

Pound, com o rosto vermelho, sai a passos pesados e aperta a grade com uma força de aço. Talvez não seja a existência dos Abaixos que o incomode, ou que esse segredo o enganou, e sim a traição envolvida. Pound odeia traidores. Enquanto isso, Eldon não diz nada. Apenas fica sem expressão enquanto processa as informações. Ainda assim, ele é o perspicaz. O que declara enxergar além da propaganda da Academia. Keeton enxuga os olhos. E Roderick vai até ela.

Porém, eles não conseguem refletir por muito tempo, pois Roderick aponta para algo à distância no céu. O navio da Mestra Koko, a *Archer*, surge como um pontinho preto. E conforme cresce, minha barriga se contrai.

Pouco depois, estou na minha cabine enquanto a Mestra Koko se acomoda no meu assento. Minha pele está suada, mas minha postura é ereta.

— Conte-me tudo, Conrad.

Encho os pulmões e começo a contar a ela como escutei Bryce se comunicando com um dispositivo desconhecido.

— E com quem Bryce estava falando?

— Ela se referiu a ele como "Comandante".

— Comandante? De onde?

Eu me remexo em pé, sem sair do lugar.

— Da Região Abaixo.

O espaço entre as sobrancelhas dela fica enrugado.

— Você deveria ter me contatado imediatamente. Percebe do que poderia ser acusado, certo?

— Eu queria falar com ela primeiro. Pensei que ela merecia uma chance de se explicar.

— Uma espiã, recebendo a chance de se explicar?

Fecho a boca.

— Depositei minha confiança em você — sussurra a Mestra Koko. — O que devo fazer agora?

— Eu não ia deixá-la escapar, Mestra. Pensei que poderia lidar com ela.

— Como fez no duelo? — Ela contorna a escrivaninha e para na minha frente, esticando o pescoço para encarar meu rosto. Depois de alguns segundos, ela suspira e se apoia na mesa, traindo um pouco da idade no olhar cansado. — Garoto tolo.

Faz-se um silêncio longo e estendido. O pânico sobe pela minha garganta e dificulta minha respiração. Ela não vai sequer precisar falar com Sebastian. Ela própria vai me acusar de esconder uma espiã.

— Você é determinado — diz ela. — Quase independente demais. E focado unicamente em seus objetivos. Às vezes você acha que pode lidar com tudo por conta própria. Às vezes é possível. Você derrubou um gorgântuo sozinho. Mas você precisa dos outros, Conrad. Você devia ter me consultado, mesmo se estava planejando interrogá-la.

— Ela salvou minha vida, Mestra.

Koko me encara, inexpressiva.

— Em Holmstead, ela me tirou do caminho de uma parede que desabou quando os gorgântuos atacaram. Eu tinha uma dívida com Bryce.

— Bom, agora essa dívida está paga.

— Mestra, a senhora vai me acusar de ser um traidor?

Ela analisa meus olhos. Estreitando o olhar escuro até que finalmente, ela dá um tapinha na minha bochecha.

— Você é um tolo, mas não um traidor. Não. Eu não irei acusá-lo.

O alívio me inunda, mas tento não exibir o quanto estou satisfeito. Em vez disso, apenas aceno com a cabeça.

— Obrigado.

— Estive confiando demais em você, garoto. Espero que valha a pena. — Ela contorna a mesa e se senta na minha cadeira outra vez, entrelaçando os dedos sobre o colo. — Conrad, eu vou contar uma coisa a você que pouquíssimas pessoas nesse mundo sabem. — Ela gesticula para a cadeira de frente para a escrivaninha. — Sente.

Quando faço isso, seu rosto se torna profundamente sério.

— O mundo é maior do que somente as Terras Celestes — diz ela. — Realmente existem pessoas que vêm do lado inferior das nuvens. A Academia, em nome da paz, escondeu isso de você. Da maioria. E estivemos em guerra com a Região Abaixo há séculos. Você esteve lutando essa guerra todos os dias desde o início da Provação.

Meus pensamentos são um turbilhão e considero o que estive enfrentando como um Caçador. Então, me lembro do que Eldon disse a respeito dos gorgântuos não serem conectados a nenhuma linha evolutiva. Meu olhar foca na Mestra Koko e eu afundo ainda mais na cadeira.

— Eles criaram os gorgântuos — sussurro. — Os da Região Abaixo criaram os gorgântuos.

A Mestra Koko suspira e depois assente.

Tudo faz sentido. Os gorgântuos são cruzadores de batalha voadores com dentes. Possuem escamas de aço quase impenetráveis, e um desejo insaciável por destruição, especialmente em relação aos humanos. São armas em uma escala de destruição massiva. A Academia nos ensinou que não era estranho que fossem feitos de aço porque gatos possuem pelos, tartarugas possuem carapaças e pássaros possuem penas. Além disso, gorgântuos não são únicos. Existe um ecossistema inteiro de bestas biomecânicas: proulões, machitaunos, ratilônios e crustaunos, e todos são igualmente cobertos de aço. Essas criaturas, nos disseram, eram apenas um ramo da árvore evolutiva.

É uma mentira fácil de acreditar.

E meu pai sabia que era mentira! Ele não me contou nada disso. Ele me atirou em uma ilha para enfrentar um proulão. Talvez não só em preparação para o mundo, mas também para essa guerra.

— Mestra, Bryce disse que algo terrível está por vir. Algo chamado a *Derrocada*.

— Derrocada? — repete ela. — O que é a Derrocada?

— Eu não sei. Bryce afirmou que também não sabia. Tudo que sei é que ela temia que "milhões vão morrer".

A Mestra Koko encara a mesa e murmura:

— Intensificação. — Em um movimento brusco, ela se levanta e vai em direção à porta. — Preciso ir.

— Mestra?

— Preciso discutir isso com o Rei e os outros Mestres.

Quando me dou conta, já estou seguindo-a pelo corredor. Ela está falando na joia, informando a sua tripulação para preparar a *Archer*. E logo estou no convés ao lado da minha tripulação confusa, observando a *Archer* zarpar para longe.

Minha cabeça está tão atordoada que é difícil me concentrar em qualquer coisa. A traição de Bryce. Os da Região Abaixo. Os gorgântuos. A ameaça contra as Terras Celestes.

Precisaria de semanas para processar tudo, mas não posso me dar a esse luxo.

Em vez disso, eu foco a coisa mais importante para mim agora. Passo os dedos pelo colar dourado ao redor do pescoço. Ella precisa ser liberta da influência do meu tio. E eu preciso vencer a Provação para reconquistá-la. Que os Mestres e o Rei preocupem-se com a ameaça. É o trabalho deles. Já eu? Vou fazer o meu tio implorar aos meus pés. O sangue dele vai pingar da ponta do bastão de Urwin.

Ninguém ficará entre mim e minha família.

36

A TRIPULAÇÃO PARECE PRESTES A INCITAR UMA REBELIÃO.

Todo mundo começa a gritar e apontar os dedos um para o outro. Perguntando-se quem mais pode ser um espião e perdendo a cabeça a respeito de que desgraça pode ser a Derrocada.

Por fim, enquanto Roderick e Pound rugem um para o outro, subo na mesa da cantina em um pulo.

— SILÊNCIO!

Todos se voltam para mim.

Uma dor de cabeça irritante, como uma agulha, cutuca a parte de trás do meu olho esquerdo. Isso me faz ficar com uma expressão mais raivosa do que o normal.

— Precisamos vencer a Provação.

— Como é? — diz Pound. — Temos que nos preocupar com as nossas famílias. E essa Derrocada... nem sabemos o que é isso, Elise.

— Exatamente — respondo. — Não sabemos o que é. Ficar apontando dedos não vai resolver nada. Quais são as chances de que exista outro infiltrado entre nós?

— Sebastian pode ser um — diz Keeton, cruzando os braços.

— Ele é um bosta de pássaro — ruge Pound. — Mas ele é de Holmstead.

— Bryce já morou em Holmstead também — diz Keeton.

— Sebastian não é de nenhum "Abaixo" — diz Eldon. — Eu o conheço melhor do que qualquer um de vocês.

— Talvez *você* seja da Região Abaixo — argumenta Roderick. — Eu me lembro de você ficar espalhando todas aquelas teorias da conspiração na Escola. Você sabia o que os gorgântuos eram de verdade.

— Pessoal — digo com o rosto coberto de manchas vermelhas —, a guerra já está aqui.

Eles voltam o olhar para mim.

— Estava neste navio. — Então aponto o dedo na direção da janela. — Está no céu. Aquelas bestas. Elas *são* o inimigo. E se não pararmos de brigar entre nós, vamos perder. E precisamos confiar uns nos outros.

Eles me encaram, os olhares me informando que a Provação não importa mais. Que não importa o que eu diga, existe algo mais importante com o que se preocupar.

— Nossa parte é matar gorgântuos — digo. — É assim que ajudamos nossas famílias. É assim que ajudamos as Terras Celestes.

A cantina fica em silêncio. Meus tripulantes se entreolham.

Por fim, Roderick assente.

— Tá bom. Vamos continuar lutando.

Eu quase espero outra discussão se iniciar, mas ninguém verbaliza uma discordância. Que outra escolha temos? É assim que lutamos a guerra. Precisamos continuar a Provação do jeito mais normal possível.

A tripulação sai da cantina resmungando, a caminho de seus deveres. Enquanto isso, eu me sento no banco. Exausto. Essa Provação tomou quase tudo de mim. Mas ainda não acabei.

Nós ainda não acabamos.

Alguns dias se passam e quase todos assumem deveres duplos. Keeton é a Intendente e a Mecânica. Pound é o Estrategista e o Cozinheiro. E eu sou o Capitão e o Esfregão, mas deixei muito claro que cada pessoa deveria limpar a própria bagunça.

Todo mundo está exausto. Pior ainda, a *Calamus* aumenta sua pontuação na liderança.

CALAMUS (6,5)
GLADIAN (5)
SPICULOUS (3)
ORNATUS (2,5)

Na minha cabine, continuo a revisar a proposta de caça mais recente do Pound. É louca, como de costume, e também perigosa. Quando viro a página, minha joia se ilumina com uma chamada da Mestra Koko. Direcionada a todos. Um nó terrível se contorce no meu estômago.

— Boa tarde, Caçadores Aprendizes. Trago notícias infelizes.

Fecho os olhos e me recosto.

— Devido a circunstâncias imprevistas, o Rei decretou novas ordens. Como seus Capitães devem ter avisado, alguns acontecimentos decorreram nos Ofícios. Infiltração. E o problema apenas piorou. Como resultado, a Provação será encerrada prematuramente. Vocês têm ainda uma semana, até o final do dia. Quando a escuridão cair, todos os Caçadores Aprendizes serão redistribuídos pela frota da Caça no recrutamento. No entanto, a tripulação vencedora ainda terá permissão para permanecer a bordo do seu navio atual, caso queiram.

Faz-se um burburinho agitado de vozes ao mesmo tempo. Falando em sobreposição. Alguns Capitães reclamam como essa decisão vai contra a Meritocracia. Que não se importam se temos infiltrados porque essa é a chance que possuem para ascender.

Depois de mais algumas pessoas gritarem, incluindo um Capitão que acabara de ser eleito e tinha esperanças de progredir nas semanas finais, Mestra Koko nos deixa com uma mensagem simples.

— Continuem lutando. Que vença a melhor tripulação. Boa sorte.

Minha joia se apaga, mas eu a toco outra vez para dizer à tripulação que compareçam à minha cabine. Antes que eu possa enviar a mensagem, a porta da cabine se abre com um estrondo e a tripulação entra. Pound parece pronto para socar alguém. Roderick está todo suado e em pânico. Ele ainda está vestindo as luvas do trabalho de manuseio de pólvora altamente volátil.

— Eles não podem encerrar mais cedo! — grita Keeton.

— E olha — diz Pound, apontando o dedo para o quadro. — Você acha que a *Calamus* não vai conseguir outro abate? A liderança deles é quase insuperável.

— Não temos pessoas o suficiente — diz Keeton.

Eu me sento, observando-os. Está claro que as notícias de hoje não são a única coisa que os afeta. Não poderia ser. Nós nos distraímos nos últimos dias, mas a traição de Bryce deixou uma fissura no navio. Não somos mais os mesmos. Como poderíamos ser?

Agora, ainda temos o pânico de lidar com o fim prematuro da Provação. Sabemos o que isso significa: não estão nos contando tudo. Nem a Mestra Koko, e nem o Rei. Eles sabem de algo. Quando o cômodo recai em um silêncio amargo, entro na conversa.

— Podemos fazer isso.

Eles me encaram.

— Sei que não é fácil. Mas vejam o que já fizemos. A *Calamus* não derrubou um ninho inteiro de gorgântuos. Nós, sim. Superamos uma tentativa de assassinato, superamos a perda de uma tripulante no primeiro dia, e até mesmo superamos a descoberta de uma espiã. O que Bryce fez conosco... isso machuca. Eu sei. Eu também sinto essa dor. E a *Calamus* pode ser organizada. Eficiente. Mas quanto a nós? Somos feitos de aço gorgantuano.

Durante vários segundos, ninguém responde. Então Pound estala os nós dos dedos.

— Conrad tem razão. Sem desculpas. Vamos vencer essa desgraça.

E com essas palavras simples, ele acende as chamas na minha tripulação. Logo todos se espalham pela *Gladian*, a caminho de nos preparar para um final explosivo.

Aconteça o que acontecer, não existe outra tripulação com quem eu gostaria de estar.

◆◆◆

Felizmente, nosso entusiasmo nos carrega até o dia seguinte, quando encontramos um ninho. É a oportunidade perfeita para usar a última criação de Roderick: a corneta de acasalamento.

Seu som profundo e estrondoso atrai duas fêmeas Classe-1 para longe dos outros. Quando são separadas, usamos tudo que aprendemos. Alvejamos as duas fêmeas com arpões grossos. Arrastamos uma delas com a torre da arma de garra. Atiramos munição antiaérea nos olhos. Trabalhamos como chacais enlouquecidos, nos esforçando para derrubá-las, até que por fim, depois de duas horas intensas de batalha, as carcaças de escamas macias flutuam no céu.

Comemoramos. A sensação de retomar a liderança de forma tão veloz é incrível. Enquanto as embarcações da Caça rebocam os abates frescos, pela primeira vez em dias eu desfruto de um sentimento de otimismo. Passamos a noite comendo o famoso ensopado de Holmstead de Pound.

Depois, Roderick e Keeton dançam. Primeiro é uma coisa de brincadeira. Eles estão rindo como idiotas, mas em algum momento, eles se aproximam mais. Com mais suavidade. E logo estão completamente absortos um no outro.

— Vamos — digo, chamando Pound e Eldon para fora da cantina enquanto Keeton e Roderick dançam sob a luz do luar.

— Ele e ela? — diz Pound quando vamos para o corredor. — Sério?

— O amor não se escolhe — diz Eldon de repente. — O amor escolhe você.

Pound o encara.

— Você diz as coisas mais estranhas, Eldon.

Dou risada. Eldon sorri um pouco também.

Quando volto para a minha cabine em busca de um descanso merecido, o Quadro da Provação pisca sobre a escrivaninha com mais uma atualização. E todos os sentimentos de júbilo dentro de mim desaparecem.

CALAMUS (7,5)
GLADIAN (7)
ORNATUS (3,5)

Derrubo tudo para fora da mesa e praguejo enfurecido. Não acredito. Dois navios, na mesma turma de treinamento, quebrando o recorde de abates? Em qualquer outro ano, seríamos campeões. Porém, só um pode ganhar um navio. Só um pode se tornar o Capitão da Provação.

Com a repulsa rodopiando dentro de mim, acordo Pound e entramos na sala de comando. Lá, ele me conta a última novidade do plano que revisou.

— Não — digo a ele. — O que mais você tem?

Ele bate com os punhos na mesa.

— Vai funcionar! Você é só um imbecil teimoso.

— É uma péssima ideia.

— Seu idiota desgraçado, Urwin! Você fica rejeitando tudo que eu ofereço!

— Porque todos esses planos vão acabar nos matando.

— Então escolha outra pessoa para ser seu Estrategista.

Eu suspiro e me sento na cadeira estofada. Quando ele se levanta, encarando com amargura para as horas de trabalho espalhadas sobre a mesa, imagino a *Calamus* velejando pelos céus nesse exato instante. Ela tem uma tripulação unida e determinada. Tudo organizado. Nenhum espião. Sem preocupações a não ser como se tornar uma máquina de caça mais eficiente.

Porém, nós temos resiliência. Coragem. Fomos testados a ferro e fogo.

— Vai funcionar — sussurra Pound. — Confie em mim, Conrad.

— Eu nunca confiei em um Atwood antes.

— E você acha que já confiei em um Urwin?

Encontro o olhar dele. Uma advertência se expande no meu âmago, mas a essa altura, não tenho outra escolha.

— Certo — digo. — Vamos tentar do seu jeito.

Ele abre um sorriso.

Aquele plano me enche de inquietação, e exige que eu desça até as entranhas do navio para falar com alguém que nunca mais queria ver. Alguém que eu alegremente abandonaria para apodrecer.

Porém, precisamos dele.

Como isca viva.

◆◆◆

— Você me trouxe um livro — diz Sebastian para mim, sorrindo, as mãos segurando as barras. — Que Capitão maravilhoso você é.

Encaro a cobra em pé nas sombras. O ar frio e que não circula do deque inferior fede a odores corporais.

— Você está fedendo — digo.

Ele sorri, exibindo tártaro tão grosso quanto um molho ao redor dos dentes, e afasta os cabelos oleosos dos olhos.

— É, bom, quando não temos permissão para tomar banho e não temos uma escova de dentes...

— Eu me sinto péssimo. — Dou um passo adiante, aproximando-me do metal frio, e deslizo um livro entre as barras. — Aqui.

— O que você me trouxe? — Ele vira o livro de lado e espreme os olhos para ler o título. — *Os hábitos de acasalamento do blobone longicórneo*. — Ele me encara. — Ah, Capitão, não precisava.

— Eu tinha planejado trazer algo um pouco mais instigante, mas depois me lembrei de que você tentou me matar.

— Sim, bem, você fingiu a segunda tentativa, então estamos quites na minha opinião. Aliás, tenho uma pergunta que está me corroendo. Por que a Caça não me levou embora? Foi porque queriam me usar como uma lição para você? Pessoalmente, se eu estivesse no seu lugar, eu me assassinaria e faria com que parecesse um acidente. Posso beber um pouco de água?

— Não.

— Pound não me alimenta há vinte horas. Nem mesmo apareceu por aqui. Ele nunca faltou uma refeição antes. Pena. Sinto falta das suas visitinhas, mesmo que a colher sempre esteja coberta de cuspe. — Ele faz uma pausa e olha para cima. — O que está acontecendo lá em cima? Parece que o navio ficou... desorganizado.

Gostaria de nunca mais ver esse verme. Nunca mais falar com ele ou aguentar sua voz irritante. Porém, agora que estou aqui, talvez eu possa conseguir algumas respostas.

— O que você sabe sobre a Bryce? — pergunto.

— Ela é brilhante, né?

— Me conte o que sabe.

— O que você mais gosta nela? O rosto ou aqueles...

Eu me aproximo encostando nas barras e fico tão perto que posso sentir seu estômago vazio pelo bafo. Ele dá um passo para trás, fora do meu alcance. Trinco os dentes.

— Cuidado, cuidado. — Ele faz um *tsc tsc* para mim. — O que aconteceu entre vocês? Finalmente descobriu que ela não estava interessada na sua cenoura e nos pêssegos peludos?

Solto as barras.

— Ela se foi.

— Como assim?

— Ela foi embora, Sebastian. Escapou. E adivinha só, seu merdinha? Eu sei que você sabia o que ela era. Uma espiã.

Ele não reage, e depois sussurra:

— Prove.

— Quantas facas você tem nessa cela? — Exibo a faca que era de Bryce. — Isso estava com ela antes da fuga. Como ela conseguiu?

— Boa pergunta. Não faço ideia.

Tiro o polegar do cabo da faca, expondo um emblema de duas videiras contorcendo-se ao redor de uma pedra.

— Por acaso esse é o emblema de Abel?

Ele fecha a boca.

— Você sabia da Bryce há muito tempo — digo. — E em vez de denunciá-la, usou isso para se beneficiar. Você sabe o que as ilhas vão fazer com você se descobrirem que escondeu uma espiã?

Os cabelos caem sobre os olhos dele, escondendo o rosto. Então, por fim, ele aplaude como se aquilo fosse um grande espetáculo.

— Agora você é chantagista.

— Faça exatamente o que eu digo, quando eu mandar, e ninguém jamais vai saber o que aconteceu.

Ficamos ali em silêncio. Olhares travados. O ódio ardendo no ar.

— Droga — diz ele —, parece que não tenho escolha. O que você quer?

Abro um sorriso.

37

SEBASTIAN FOI SOLTO. AINDA ESTÁ DORMINDO NA CELA À NOITE E NÃO TEM permissão para andar pela embarcação sem um acompanhante, mas está livre.

A tripulação o ignora, especialmente Pound. Sempre que Sebastian fala, Pound olha ao redor e pergunta:

— Alguém peidou?

Parece que isso só deixa Sebastian mais furioso, o que pode não parecer uma boa ideia, mas ele é a menor das nossas preocupações porque até o melhor plano de caça, o que não tenho certeza se temos, não significa nada se não pudermos encontrar um gorgântuo. E estamos voando a semana inteira. Procuramos pelas nuvens ao redor dos picos de três ilhas e embaixo das raízes sombrias. Atravessamos um cardume de pichones, a proa abrindo caminho entre eles, e até mesmo avistamos um proulão, o corpo prateado esguio espreitando pelas árvores de uma ilha antes de mergulhar na escuridão. Porém, vimos precisamente *zero* gorgântuos.

— Em frente — digo. — Eles estão por aí. Em algum lugar.

Depois de mergulharmos da cobertura das nuvens, diminuindo a altitude, avistamos a *Calamus* outra vez, e meu estômago afunda. Faço uma careta e quase ordeno que zarpemos para outro lado, mas eles disparam em nossa direção. Logo nossos navios ficam em paralelo, brevemente, mas não paramos.

Quando cruzamos o caminho, Huifang acena com uma expressão convencida no rosto. A tripulação compartilha aquele olhar. Eles sabem tão bem quanto nós que a vantagem continua com eles. A Provação deixou os ninhos de gorgântuos dispersos. Fez com que recuassem. E agora simplesmente não há mais tantos quanto antes.

— Faltam seis horas! — grita um tripulante deles para nós. — Nós ascendemos. Vocês caem.

Pound coloca as mãos ao redor da boca e berra:

— Espero que nosso purê de maçã tenha dado caganeira em vocês!

O garoto nos mostra o dedo do meio em saudação.

Roderick perde a cabeça. Ele pula sobre a grade, os pés presos na rede, e grita:

— Comam bosta, seus filhos da mãe!

Ficamos todos em choque. Pound fica boquiaberto.

— Essa é primeira vez em que vi você xingar, Rod — comento.

O rosto de Roderick fica rosado enquanto ele desce da grade.

— Bom, ele é. Ele é um... — Ele abaixa a voz, quase como se alguma autoridade pudesse escutá-lo antes de prosseguir: — Ele é um filho da mãe.

Pound dá um tapa em suas costas.

— Cacete, vou sentir saudades dessa tripulação. Todo mundo vai ser redesignado.

— Ainda não acabou — digo.

Pound franze a testa.

Nós continuamos a voar, zarpando pelos céus. Enquanto velejamos, uma sensação obscura se apossa de mim. Cheguei tão longe e posso perder a chance de me reencontrar com Ella. Mesmo depois de tudo, posso não provar a teoria de meu tio de que ascender está em nosso sangue. Ou pelo menos, no meu sangue.

Por alguns segundos, encaro o horizonte, depois franzo a testa. Não. Não vou perder essa chance. Deve existir um jeito.

— Desacelere, Navegador.

— Senhor?

— Pare o navio!

Eldon olha para mim e puxa as cordas para trás. Nós pairamos perto do centro da área de caça, no alto, de modo que é possível ver duas ilhas distantes a leste e a oeste.

A tripulação me observa, todos ali perto, cada um segurando uma luneta.

— Por que paramos? — A voz de Keeton ecoa na minha joia. — Deixei o motor a duzentos por cento. Não consigo manter o ritmo se não estivermos em movimento.

— É aqui que paramos — digo.

— Do que você está falando? — pergunta Keeton.

— É aqui que paramos! — Giro sobre os calcanhares para encarar a tripulação. — É aqui que encontramos um gorgântuo ou perdemos. Eles virão até nós. Procurem pelos céus!

Levantando a luneta, fecho um olho enquanto o outro se estreita, observando a imagem ampliada do céu alaranjado e nublado. O vento gelado fustiga meu pescoço enquanto o sol começa a sua descida final. Temos talvez uma hora antes do fim de Provação.

Depois de alguns minutos, alguém apoia a mão peluda no meu ombro. Roderick olha para mim com o rosto grave.

— Conrad, eu... Acho que precisamos discutir a possibilidade do que vai acontecer se perdermos.

— Não vamos perder.

Ele suspira.

— Se perdermos, seremos realocados, escolhidos no recrutamento da Caça. Selecionado por Capitães veteranos para servir em seus navios para a guerra que vai acontecer. E eu não me importaria se você estivesse em uma tripulação comigo. Meu pai conhece alguns Capitães... Eu... aposto que poderia negociar um lugar para você.

— Como Esfregão?

— Talvez o Cozinheiro. E talvez Keeton como Mecânica. Não seria tão ruim.

Solto o ar, pensando na possibilidade, até que de repente arregalo os olhos e minha boca se escancara.

Roderick ainda está tentando me convencer, mas não o escuto, porque estou vendo algo disparando pelas nuvens douradas que pontilham o horizonte.

— Só pense nisso — diz Roderick. — Certo?

— Fique quieto.

— O que...

— GORGÂNTUO! — ruge Pound, o dedo gigante apontando para o nordeste. — A quarenta graus norte!

A besta rola o corpo no horizonte, uma faixa estreita a essa distância. Porém, pela luneta, ela cresce. A adrenalina deixa as minhas veias formigando. Meu corpo fica tenso de determinação.

Esse não é um gorgântuo comum. Ele voa para a ilha a oeste e, conforme se aproxima da massa de terra, podemos ter uma noção da escala da sua enormidade. Percebo agora, mais do que nunca, o motivo que os Abaixos fizeram essas armas. Essas bestas de metal e sangue podem crescer até tamanhos inacreditáveis.

— Isso não pode estar certo — diz Roderick, espiando pela luneta. — Aquilo... é grande demais. Eles nunca ficam tão grandes assim.

Pound parece extasiado, como uma criança que ganhou um soldado de brinquedo.

— Classe-6? — pergunta Eldon pela joia.

— Maior — decreta Pound.

— Esse macho é pelo menos um Classe-8 — diz Roderick.

O convés se queda em silêncio. Minha tripulação se entreolha, apreensiva.

— Em suas posições! — grito. — Essa é a nossa última caçada.

Roderick pula para o assento da arma de garra enquanto Pound levanta um canhão de ombro. Sebastian corre para o barco salva-vidas com o rosto pálido. O verme no anzol.

Quando a *Gladian* se movimenta outra vez, fazendo com que eu sinta seus tremores, sei que ou vamos ascender essa noite ou vamos morrer.

E então, com um grande impulso, zarpamos em direção ao nosso destino.

◆◆◆

— Segurem-se! — grita Roderick.

Eldon puxa para trás, e batemos na lateral das costelas do gorgântuo. A *Gladian* range quando arranhamos nas escamas da besta. Pedaços do casco são arrancados.

— Tire-nos daqui! — grito.

Desviamos.

Travo a mandíbula. Esse macho é um ancião. Uma ferrugem de tons acobreados preenche as escamas e a luz em seus olhos dourados esmaeceu. Ainda assim, existe um motivo para ele ter vivido por tanto tempo. Ele é um durão dos infernos.

— Ele está voltando! — grita Pound, mirando o canhão de ombro.

O macho avança em nossa direção de repente. Eldon nos manobra para baixo. Mergulhamos sob a mandíbula do macho e voamos embaixo do seu corpo ondulante.

— Não! — grito. — Por cima. Por...

A cauda dele chicoteia em nossa direção. Eldon empurra as cordas com força e nossas cabeças são atiradas para trás com a velocidade repentina. A cauda passa raspando veloz. A centímetros de distância da proa.

— Seu maluco! — grita Pound.

O gorgântuo ruge, fazendo meu corpo tremer. Enquanto isso, Roderick dispara arpões da torre modificada para a arma de garra. A arma possui um mecanismo de repetição embutido que ele mesmo criou. É capaz de lançar trinta e seis arpões em menos de um minuto.

Onde é que estava essa maldita torre quando estávamos enfrentando aquele Classe-5 e eu precisei sair correndo pelo dorso da criatura? Roderick avançou tanto desde os estudos na Escola. A liberdade na sala de munições o transformou em um maníaco criativo.

Ainda assim, a torre não é o bastante para esse monstro.

Os arpões sibilam, disparando um atrás do outro. Colidindo com um som metálico na besta. Amassando e soltando algumas escamas.

Se conseguirmos manter um ataque prolongado, podemos fazer uma perfuração.

— Estou ficando sem munição! — grita Roderick.

Pound sai correndo para a plataforma de munições, onde pilhas de arpões estão amarrados e presos ao piso. Ele ergue uma carga pesada e leva até a torre.

Eldon sobe o navio e o macho nos persegue.

— Carregado! — grita Pound, fechando a cápsula com força.

Roderick gira a torre e aperta o gatilho. *Bam bam bam!* Os arpões não param. Mesmo assim, a boca do macho continua se aproximando. Ele abre a boca e uma língua faminta tenta nos alcançar.

Pound corre para a popa. Ele enfia a mão na jaqueta e tira de lá vários pequenos barris explosivos.

— Vamos lá, sua cobra maldita! — ruge ele, perante os vapores do bafo da besta.

Então, ele arremessa os barris explosivos na boca do macho. As pequenas detonações explodem pedaços da língua. Pound continua jogando as bombas. Gargalhando.

Corro para a popa e abro o portão com um chute. No instante em que a boca ensanguentada no macho se abre novamente, Pound e eu levantamos um barril com os ombros. Ele balança no ar diante da besta. Todo mundo para. Se isso funcionar, não precisaremos nos preocupar com Sebastian e o barco salva-vidas.

Em vez disso, o barril bate nos dentes da besta e sai rolando pelo rosto, caindo para fora. Chiando raivoso no ar.

Eldon empurra as cordas para a frente, tentando nos afastar, mas não é o suficiente.

— Abaixem-se! — grito.

Pound tenta arremessar mais explosivos, mas eu o derrubo no convés. E no instante que ele começa a berrar comigo, o céu irrompe em um clarão brilhante. Um calor escaldante se aproxima. Começa a queimar nossas costas. Nossa pele. Gritamos de dor. Antes que as chamas douradas nos engulam, Eldon dispara o navio para dentro das muitas voltas da besta.

Eu me levanto diante de Pound, bato no ombro para apagar o fogo, e uso ambas as mãos para ajudá-lo a se levantar. Então nos viramos juntos, com os corpos fumegantes, enquanto o gorgântuo ruge. A explosão queimou uns doze a quinze metros da sua lateral direita. Quase todas as escamas irradiam um brilho vermelho.

O macho resfolega de dor.

A cauda nos golpeia e corta a torre de Roderick ao meio. Felizmente, Roderick salta para fora antes que também fosse pego pelo golpe.

— A torre! — grita Pound.

Os dedos ágeis de Eldon nos guiam pelas várias voltas da besta. Rugas de concentração se formam na testa dele. Ele nos manobra com cuidado pelas espirais, desviando da besta que se contorce. Uma abertura clareia no céu à direita, e Eldon empurra as cordas naquela direção. Porém, no instante em que aceleramos, a expressão despenca quando outra espiral surge de repente bloqueando nosso caminho.

— Não! — grito.

O macho continua a guinchar por causa do fogo. Centenas de escamas ardentes são atiradas da lateral de seu corpo, disparando no ar, em nossa direção como lâminas gigantescas e escaldantes. Perfuram o casco e dilaceram o convés.

Pound me empurra antes que uma delas passe arrancando minha cabeça.

— Eldon —grita ele —, nos tire daqui!

Nosso Navegador assente, o suor escorrendo da testa e a exaustão aparente nos olhos. Estivemos forçando-o até seu limite hoje. Ele está cometendo erros, não visualizando os ataques direito.

Quando estamos a uma boa distância do macho, eu me levanto e vislumbro os danos na lateral da fera. Grandes pedaços de pele exposta exibem bolhas avermelhadas na carne branca.

O macho se vira, voando em nossa direção. Olhos cheios de fúria.

Roderick levanta um canhão de ombro. Quando soa o disparo, considero uma parte do plano que não queria usar. O único motivo pelo qual inicialmente rejeitei a ideia de Pound. Porém, estamos ficando sem opções. É hora daquele bostinha de pássaro manipulativo pagar o que deve. Eu levo a joia até a boca.

— É sua vez, Sebastian.

À distância, escondido sobre a ilha, Sebastian aguarda no barco salva-vidas. Não consigo vê-lo muito bem dessa distância, mas parece que ele está deitado. Relaxando, as mãos atrás da cabeça enquanto olha para as nuvens.

— Sebastian! — digo.

Sem resposta.

Uma raiva quente surge dentro de mim. Aquela cobra vai ser o motivo da minha morte.

— SEBASTIAN!

Nós balançamos depois do gorgântuo raspar pela embarcação. Bato com a cabeça no convés. Enquanto o mundo gira ao meu redor, Pound me levanta com uma das mãos.

— Levante-se, Capitão — diz ele.

— Sebastian não...

— Estou pronto quando quiser, Capitão — chama Sebastian através da joia. Quase posso ouvir o sorriso em sua voz. — Servir é o meu dever.

Meu corpo estremece de fúria. Estou batalhando um gorgântuo Classe-8, mas tudo que eu quero é entortar o pescoço daquele desgraçado.

Sebastian ergue as velas do barco salva-vidas. Um segundo depois, um vento forte o carrega em direção à besta. O macho o percebe instantaneamente. Ele guincha e vira para o outro lado, mordendo a isca.

— Siga — grito. — Siga o macho.

Com a besta distraída, zarpamos em direção à carne exposta. Quando ficamos em paralelo, temos uma visão clara da pele derretida e tenra.

— Fogo! — grito.

Canhões de ombro disparam e arpões enchem o céu. Projéteis deslizam para dentro dele como agulhas em leite. Os impactos estouram nacos suculentos no ar. E o macho se contrai de dor enquanto criamos crateras enormes na sua lateral. Escavamos mais fundo. Continuamos disparando, mesmo enquanto ele se debate e suas espirais se recolhem para se proteger.

— Vamos! — exclamo. — Estamos quase lá!

Porém, ficamos gananciosos demais, pensando que o próximo disparo será o que atingirá o coração. Enquanto estamos atirando, a cabeça do macho afunda embaixo de nós. Quando ele se impulsiona para cima, o focinho empurra o barco. Sacudindo-nos com força. O navio inteiro treme e as botas magnéticas de Pound se soltam, mas ele agarra a grade no momento em que a *Gladian* começa a rodopiar no ar.

Roderick se agarra na grade também. Minhas botas me seguram por apenas alguns segundos antes de eu rolar para a rede.

Eldon nos manobra até pararmos. E quando nos estabelecemos, o macho está na nossa altura. A boca pronta para nos engolir de uma vez.

— Empurre! — grita Roderick.

Só que é tarde demais. O macho vai nos devorar para dentro das suas entranhas horríveis.

Logo, antes que ele possa fazer isso, uma forma escura voa acima de nossas cabeças. O barco salva-vidas! E anexada à proa está uma tábua rachada.

Sebastian salta para fora e cai no nosso convés. Quando ele aterrissa, o barco salva-vidas espeta o olho do macho e o sangue branco jorra.

O gorgântuo solta um rugido terrível. Caímos de joelhos, cobrindo os ouvidos.

Isso dá a Eldon uma segunda chance e ele nos lança. O vento açoita o rosto de todos novamente, mas estamos a apenas segundos de viagem quando a *Gladian* engasga. Começa a dar solavancos. E finalmente resiste por completo aos comandos. O navio range e pairamos até estancar a algumas centenas de metros da criatura.

— Capitão! — lamenta Keeton. — O motor... está destruído.

— O quê?

Os bramidos do gorgântuo preenchem o ar. Ele sacode a cabeça, destroçando as tábuas de madeira do barco salva-vidas.

— Você consegue consertar? — pergunto.

Ela fica em silêncio por um momento. Então sua voz vem com um tom sombrio:

— Não tem conserto que salve isso, Conrad.

Fecho os olhos e um arrepio tenebroso sobe pela espinha. Por vários segundos, fico completamente imóvel. Todos olham para mim. Sou aquele que tem todos os planos, mas agora não tenho nenhum.

— Tudo que temos é a energia que ainda resta nas cordas — diz Keeton.

— E quanto é isso? — indaga Pound.

— O suficiente para viajar a toda velocidade por algumas centenas de metros, talvez, então podemos pairar sem motor.

O macho se desvencilha do bote. O olho afundado sangra profusamente. Ele se vira em nossa direção. Começa devagar. Talvez pressentindo que estamos presos.

— Deveríamos ir para a ilha — diz Pound, apontando. — Podemos escapar nas árvores.

— Longe demais — diz Eldon. — Nunca vamos conseguir chegar.

— Mesmo se conseguirmos, essas ilhas estão lotadas de proulões — diz Roderick.

O macho rosna e a cauda começa a se recolher para o lançamento mortal. Provoca um ruído horroroso de moagem. Metal velho arranhando enquanto a cauda gira em espiral, cada vez mais tensionada.

Meus pensamentos estão em um turbilhão. Nas histórias de heróis, sobre aqueles que ascenderam sobre todos os outros, existem muitos que prefeririam morrer lutando a fugir. Porém, ao olhar para os rostos daqueles ao meu redor, por quem sou responsável, não posso mandá-los para esse destino.

— Leve-nos para a ilha, Eldon.

— Não! — grita Roderick. — Deixe a besta nos engolir por inteiro.

Eu o encaro. Ninguém diz uma palavra. Até Pound acha isso uma loucura.

— Manobre para ficarmos de frente com ele, Eldon — diz Roderick. — Confie em mim.

Depois de um bramido estrondoso, o gorgântuo se lança. A boca aberta expõe o caminho escuro até o estômago. Temos apenas segundos para decidir.

— Conrad! — grita Roderick.

Trinco os dentes. Não tenho tempo para pensar demais nas coisas. Apenas confiar nas pessoas em que acredito.

— Enfrente esse gorgântuo maldito! Segurem-se direito. Abracem as grades.

Todos congelam, chocados. Eldon hesita de início, mas finalmente nos posiciona para deslizar direto para a garganta da besta.

Nós mergulhamos para nos agarrar nas grades. Meu sangue corre gelado. É melhor que Roderick saiba o que está fazendo. Então, minha respiração para quando os dentes voam por cima de nós. Flutuamos na escuridão total. A mandíbula se fecha atrás de nós com um ruído metálico conclusivo.

Começo a tossir. O ar fede a carne podre e metal corroído. Meus olhos se enchem de água. Tento respirar através da manga da camisa, mas o odor ainda faz arder os pulmões.

As paredes da garganta se aproximam, estreitando-se ao nosso redor como um abraço. Sugando o casco. Um líquido grudento nos recobre enquanto somos puxados para o fundo.

— E agora? — reclama Pound.

O ar mordisca minha pele. Queima os pulmões. Já está aquecendo meu corpo inteiro e só vai piorar conforme nos aproximamos do ácido estomacal.

— Estamos quase lá — diz Roderick.

Não consigo parar de coçar os braços. Minha pele não vai aguentar muito mais disso antes de começar a derreter lentamente. Esse é o horror do qual Madeline de Beaumont nos avisou. O terror de ser devorado vivo.

No entanto, inacreditavelmente, conforme prosseguimos, surge uma centelha de luz, cortando a lateral da besta. O lugar onde estivemos escavando mais cedo. A luz expõe as dobraduras rosadas do esôfago do gorgântuo.

— O pôr do sol — diz Roderick.

Arregalo os olhos quando percebo o plano de Roderick. Aquele peludo maravilhoso! Agora escutamos a batida do coração da besta. Conforme nos aproximamos, o navio sacode a cada pulsação.

— Esperem pelo sinal — diz Roderick.

Quando alcançamos a luz minguante do sol, vislumbramos um complexo gigantesco de órgãos. Costelas, pulmões esponjosos e...

— Agora, Eldon! — grita Roderick. — Atravesse o coração!

Eldon franze a testa e nós rolamos para as redes da grade. Então, com um movimento dos dedos de Eldon, a *Gladian* desperta. Raivosa.

— Vai! — grito.

O corpo fica tenso e Eldon grita enquanto empurra as cordas.

Zarpamos como uma lança para dentro da carne gosmenta e espessa de órgãos. Nossa proa dilacera a garganta como um cutelo. O gorgântuo se debate, mas seguimos em frente. Disparando através de músculos e entranhas.

Fecho bem os olhos. Então, com um som repugnante de estouro, espetamos o coração. Um líquido quente jorra sobre nós como uma cachoeira. Entra nos meus ouvidos. Porém, continuamos firmes. Até que finalmente destroçamos o coração inteiro. Quando estamos livres, irrompemos pelas costelas quebradas, surgindo do buraco que escavamos na carne. Agora flutuamos no céu sereno.

O sangue branco escorre do meu rosto enquanto desaceleramos até parar. Saio rolando da rede, tossindo, e fico de quatro até meus pulmões sugarem o ar doce e gentil.

Atrás de nós, os bramidos da criatura enfraquecem. O corpo começa a convulsionar e depois de um último rugido, ele se aquieta. E a grande besta, tão gigantesca quanto jamais foi visto, flutua silenciosa perante o pôr do sol.

Mesmo que Pound seja uma bolha de líquido, mesmo que Roderick não possa se levantar, e mesmo que eu esteja tossindo sangue de gorgântuo, uma celebração enorme preenche o convés.

Keeton irrompe da escotilha e grita enquanto o sangue escorre em cima dela.

Logo estamos todos rindo e nos abraçando. Passando pelos braços um dos outros. E à distância, contra o cenário do crepúsculo e as primeiras estrelas, nosso navio espião azul plana. Observando com cuidado. Não há dúvidas de que o Capitão está relatando que acabamos de ganhar faltando apenas alguns segundos.

Depois de abraçar Keeton e Roderick, enxugo o sangue da joia. Está piscando com uma luz.

Uma chamada da Mestra Koko.

A tripulação se aglomera ao meu redor. Eu sorrio. Essa é uma chamada da Mestra Koko que vou atender alegremente com meus aliados.

Meus amigos.

Minha família.

38

A CELEBRAÇÃO SE INICIA.

A Mestra Koko, alguns veteranos da Caça e a tripulação da *Gladian* se reúnem ao meu redor na mesa da cantina. Dispostos à minha frente estão os papéis que vão fazer com que esse navio seja meu por no mínimo um ano, livre de motins.

— Vamos lá, sua praga — diz Roderick. — Assina logo!

Quando abaixo a caneta no papel, parte de mim não consegue acreditar que simplesmente escrever algumas letras será um acontecimento tão transformador. Que com apenas alguns rabiscos, eu me tornarei parte de uma classe de elite dos Caçadores Selecionados. Um Capitão da Provação.

Assino meu nome.

Conrad de Elise.

Talvez devesse ter assinado Urwin, como sei que meu tio gostaria, mas enquanto meu pai me forjou nas chamas da Meritocracia, minha mãe me ensinou amor e compaixão. Sem a voz dela, eu teria caído, como tantos outros, sob a ilusão egoísta de que todos são meus inimigos.

A sala irrompe em aplausos. Um instante depois, a porta se abre e comidas maravilhosas são trazidas para dentro. Pratos apimentados e defumados de Venator. Molhos cremosos e bem temperados sobre colheradas de arroz, carne de gorgântuo dourado e ensopado de cogumelos.

O mais surpreendente é o *vino*. Uma das bebidas mais ricas do mundo. Vem de Dandun, a ilha natal da Academia. E isso não é tudo. Temos até mesmo música. Um pequeno grupo de músicos entra na cantina carregando instrumentos de percussão e violões.

A sala fica cheia. Está quente e abafado, mas ninguém parece se importar.

Pound, com uma garrafa inteira de *vino* para si, senta ao meu lado no banco. A mesa balança e ele dá um tapa nas minhas costas.

— Ainda bem que você não assinou como Urwin. — Ele toma um gole. — Não sei se poderíamos ter continuado aliados.

Dou uma risada.

Do outro lado da sala, a Mestra Koko ergue uma taça na minha direção. E eu sorrio um pouco, pensando que sou oficialmente um Capitão da Caça. Livre para escolher a minha tripulação. Livre para assumir contratos de caça. Se não tivesse outros planos, ficaria tentado a retornar imediatamente para Venator e começar a caçar e encher as bolsas de moedas.

Depois de beber por alguns minutos, Pound sobe de repente em cima da mesa e começa a cantar "O Carinhoso do Condado do Norte". Os músicos dedilham acompanhando as palavras enroladas dele. É uma canção excêntrica de bar com uma letra completamente inapropriada para crianças, mas todo mundo conhece de qualquer forma porque é divertida de cantar.

Todos cantamos o refrão com rostos sorridentes.

Quando Pound começa a cantar a parte solo, a mesa balança sob seus pés e, perdendo o equilíbrio, ele cai no chão. A sala inteira explode em risadas. Pound não se dá ao trabalho de levantar. Ele apenas ergue a garrafa e bebe mais um pouco.

Roderick e Keeton dançam. Ele faz uma pequena giga, mas congela quando Keeton executa a Pisada de Littleton, as botas batendo em um ritmo loucamente orquestrado.

Quando Pound se levanta outra vez, ele dança com sua garrafa. Eldon, porém, observa do canto. Por fim, ele arruma a jaqueta e se aproxima de um dos servos da Mestra Koko. Um jovem rapaz com cabelos loiros e olhos escuros.

Quando os dois começam a dançar, percebo que sou um dos poucos que está parado. Meu sorriso se dissipa e meu olhar se vira para a noite estrelada. O céu pacífico da noite me lembra de todos aqueles momentos que compartilhei com Bryce. Ela ama as estrelas. Talvez tenha me visitado não só para me fazer um aliado, mas porque ela queria ver os céus. Porém, enquanto ela estava olhando para o firmamento, eu olhava para ela. Sempre para ela.

Enquanto continuo sentado, quase consigo escutar a voz dela baixinha nos meus ouvidos. Dizendo que estamos em lados opostos das nuvens. Separados pela guerra.

Não há como nós dois sermos qualquer coisa.

Eu não deveria sentir saudades dela, especialmente porque ela mentiu para mim, me drogou e fugiu quando tentei ajudá-la. Porém, não posso me esquecer de sua humanidade. Acreditando no melhor das pessoas, mesmo nesse mundo, onde a traição é mais comum do que a lealdade.

A Mestra Koko aparece e se senta à minha frente. Ela me observa por diversos segundos.

— Você é uma surpresa, Conrad — diz ela, por fim. — Há muitos que eu Seleciono por causa de seu potencial ilimitado, mas raramente conseguem não atravancar o próprio caminho. Eles caem porque não conseguem depender dos outros. Mas você... você mudou.

Não digo nada.

Ela se inclina para a frente, garantindo que ninguém escute. A música afoga o som da nossa conversa.

— Esse mundo está evoluindo. Há perigos a caminho. Muita coisa aconteceu na Costa do Ferro desde que você entrou na Provação.

— Na Costa do Ferro? A capital?

Ela assente.

— Há coisas que eu adoraria contar a você, mas recebi ordens para não revelar. Mas você vai descobri-las quando encontrar-se com o Rei.

Todos os vencedores da Provação se encontram com ele — explica ela. — É para lá que vamos em seguida.

— Mas eu preciso ir para Holmstead.

A Mestra Koko sorri.

— Você tem seus objetivos, eu entendo, mas depois de se encontrar com o Rei, sugiro que retorne para Venator imediatamente. Aceite alguns contratos. Tente comprar esse navio incrível. E se fizer isso, ele será seu. Você ficará a salvo até mesmo de um motim. Ter posse do seu próprio navio é um status grandioso entre os Caçadores.

Fecho a boca.

— Se você conseguir pagar pelo seu navio — diz ela —, então talvez será o que eu acredito que possa ser.

— E o que é isso?

— Alguém capaz de se tornar um Mestre — diz ela antes de bater com os nós dos dedos na mesa e se levantar. — Pense bem nisso.

Eu? Mestre da Caça? Durante tanto tempo, ansiei retornar à coroa da montanha em Holmstead. Resgatar a minha irmã. Virar o Arquiduque, como meu pai e toda a linhagem Urwin. Agora, Mestre? É uma patente logo abaixo de Rei ou Rainha. E enquanto Reis e Rainhas podem ser desafiados para um duelo, Mestres não podem.

Antes que eu pense demais no assunto, Keeton me arrasta para fora do assento.

— Anda, Conrad. Vamos dançar.

— Keeton, não, eu odeio dançar.

Ela ri e me força assim mesmo. Roderick observa, gargalhando, enquanto eu tropeço desajeitado nos meus próprios pés ao tentar fazer a Pisada de Littleton.

Como é que ela mexe os pés tão rápido?

Quando a festa acaba e Pound está cochilando no corredor, agarrado à garrafa de *vino*, eu entro na cabine. O bastão de duelo do meu pai repousa na cadeira, próximo ao resplendor do globo de calor. Meus dedos acompanham as rachaduras na superfície do bastão, e eu me lembro das histórias de ascensão da minha família. Como esse bastão os levou da sarjeta para a Região Superior.

Esse bastão é uma lenda, mas fui capaz de ascender sem ele. Provei que estava destinado a liderar. Minha tripulação me seguiu porque quiseram, não porque eu os forcei. Exatamente como minha mãe desejava. Será que algum dia precisarei do bastão outra vez? Talvez. Mas por enquanto, ele ficará guardado na gaveta ao lado do bastão da minha mãe.

◆◆◆

Na manhã seguinte, a Mestra Koko retorna para a *Gladian*. Suas responsabilidades ainda não foram cumpridas, porque resta alguém que não pertence ao nosso grupo, apesar da contribuição que fez durante a caçada final.

Mal consigo olhar para ele, mas não serei seu assassino. Então, quando Koko e um trio de Caçadores entra na minha cabine e registra meu depoimento da tentativa dele de me matar, conto ao juiz principal no Tribunal da Caça que eu não recomendo a morte da Caça.

O homem alto trajando um robe prateado me avalia, os lábios estreitando em uma linha reta. Então, ele assente suavemente e marca algo em seu caderno.

— Eu nunca mais o quero no meu navio — digo.

Apesar da minha recomendação por misericórdia, eu me pergunto se aquilo basta. Eles acham que Sebastian quebrou o código da Caça da pior forma possível. Ainda assim, ele tem uma tia poderosa, a assistente da Mestra Koko. E tenho quase certeza de que ele se comunicou ilegalmente com ela durante a Provação.

Depois que os membros do Tribunal da Caça obtêm as respostas que precisam e voltam para seu navio, eu libero Sebastian da cela e caminho com ele pelos corredores, em direção ao convés, uma última vez.

— Acho que te devo uma — diz Sebastian. — Apesar de preferir ficar a bordo. Você e eu estávamos começando a nos aproximar.

— Certo.

Alcançamos a escada, mas antes de começar a subir, Sebastian para com uma bota na barra.

— Decidi que não quero te matar.

— Que atencioso da sua parte. — Faço uma pausa. — Com quem você estava falando na sua joia de longo alcance?

Ele apenas sorri.

Ah, como eu o detesto.

— Bom, não puderam ajudar você a vencer, Sebastian.

— Mas podem salvar a minha vida. — Ele me dá um tapinha na bochecha. — Não se preocupe comigo, querido Capitão. Você é o homem do momento. O Urwin que ascendeu. O herdeiro de tudo que o seu tio possui.

Antes que ele se vá, eu o impeço.

— Você não precisava nos ajudar naquela caçada. Você poderia ter deixado que a gente morresse, então não sobraria ninguém para expor que você sabia sobre Bryce.

Ele sorri e, por um instante, penso que ele não vai responder. Então, as palavras saem lentamente:

— Agora estamos conectados, Capitão. Cada um sabe de algo secreto sobre o outro. Mas de que adianta, afinal? A Provação acabou. Bryce sumiu. Como sabe, a punição por esconder uma espiã, ser um traidor, é muito pior do que por tentativa de assassinato. Poderíamos afundar um ao outro. Mas durante todo aquele tempo que passei na cela odiando você, eu percebi uma coisa. — Ele abre um sorriso amarelo. — Jamais poderia deixar um gorgântuo levar você. Porque algum dia, os nossos caminhos vão se cruzar outra vez. E então, serei eu que vou arruinar você. Vai ser o melhor dia da minha vida.

Balanço a cabeça.

— Adeus, Sebastian.

— Até a próxima, Capitão.

Então, enquanto ele sobe, a caminho de se encontrar com os Caçadores que irão levá-lo para o Tribunal, tenho a sensação de que talvez os nossos caminhos vão se cruzar no futuro. Porém, não há alma viva nesse mundo que já tenha me arruinado, e duvido que Sebastian, alguém que não vale a merda na sola do meu sapato, será o primeiro a conseguir.

39

OS ARRANHA-CÉUS DA COSTA DO FERRO FORMAM UM HORIZONTE DE AÇO. CADA prédio gigantesco faz com que as centenas de navios ali perto pareçam mais com abelhas zunindo ao redor de uma colmeia. Até mesmo os cruzadores de batalha da Ordem parecem minúsculos em comparação.

Enquanto velejamos com nosso motor novinho em folha, acompanhados pelo navio da Mestra Koko, aperto o olho para observar pela luneta as ruas agitadas da Costa do Ferro. Essa é a única ilha, no mundo inteiro, na qual cada pessoa possui status de Superior ou Selecionado. Os Baixos e os Médios da Costa do Ferro moram em ilhas vizinhas menores, e só têm permissão de entrar na Costa do Ferro com um convite, ou para limpar as casas dos Superiores, ou quando desafiam um Superior por status.

Tudo na Costa do Ferro é imaculado. As ruas não têm sequer uma sujeirinha. Carruagens douradas pairam nos níveis da terra enquanto no alto, elevadores com tetos arredondados zarpam para os andares acima.

Faz anos desde que estive aqui. Eu tinha oito anos e meus pais me trouxeram para ver a famosa Casa de Teatro da Costa do Ferro. Assistimos a uma comédia sobre uma Baixa embriagada que de alguma forma seguiu duelando até chegar à Rainha. Eu achei hilário.

Meu pai achou uma bosta de pássaro inverossímil.

Ele também não gostava muito da Costa do Ferro em geral. Dizia que os Superiores ali eram logradores. Tinham o dinheiro, mas não eram testados pela resiliência porque possuíam uma fileira de cruzadores de batalha da Ordem para protegê-los. Nenhum gorgântuo chegou a quinze quilômetros de distância em mais de cinquenta anos. Isso também inflou tanto o preço dos apartamentos da Costa do Ferro que muitos Superiores de outras ilhas, apesar de possuírem mansões em suas próprias ilhas, não conseguem pagar nem mesmo um único quarto por aqui. A não ser que escolham o nível térreo.

E poucos querem o nível térreo.

— Olha só para todos eles — comenta Pound quando passamos entre os arranha-céus. — Eles se parecem com bostas endinheiradas.

Multidões de Superiores seguem as passagens de aço que conectam os diversos prédios. Os homens vestem ternos e parece que a última moda Superior são coletes vermelhos com gravatas borboleta pretas.

— Você preferiria uma cartola? — pergunto.

— Holmstead *entende* de moda — diz Pound.

Keeton ri.

— Até parece. Cartolas. *Muito* elegante.

As mulheres da Costa do Ferro trajam vestidos esguios e justos e carregam os bastões de duelo como se fossem guarda-chuvas. Esse lugar parece outro mundo em comparação a Venator e Holmstead. É a vida de cidade grande. A melhor tecnologia. A melhor comida. As melhores artes.

E a população mais pretensiosa também.

Acima da linha do horizonte, um prédio se assoma sobre o resto. Ele brilha sob a luz do sol em sua glória dourada. Varandas de aço cercam cada andar e janelas enormes refletem as nuvens. Aquele é o nosso destino. A Torre do Rei.

O coração da Meritocracia.

Seguimos a *Archer* através das brechas entre os prédios, zarpando por janelas e passando por uma fila flutuante de barcos de batalha pessoais chamados falcões. Quando chegamos à Doca do Rei, Pound libera a prancha de embarque e ela cai sobre a doca.

Vir para cá é um privilégio especial. O Rei é uma pessoa muito reservada. Eu vi o Rei Ferdinand apenas uma vez, na Casa do Teatro, mas não me encontrava pessoalmente como meu pai fazia rotineiramente. A única coisa que sei a respeito de Ferdinand é que ele é conhecido por ser um duelista de alta habilidade. Foi desafiado vinte e duas vezes ao longo da vida e, mesmo aos sessenta anos de idade, continua a derrotar todos os desafiantes por conta própria. Por esse motivo, meu pai o tratava com o maior respeito, e pode ser por isso que meu pai nunca o desafiou. O outro motivo pode ser porque os Urwins não são da Costa do Ferro. Somos holmsteadianos da cabeça aos pés.

Quando começamos a descer pela prancha, seis guardas da Ordem se aproximam. Eles vestem uniformes brancos e carregam mosquetes automáticos. Sem uma palavra, eles nos orientam em direção às portas. A Mestra Koko se junta ao nosso grupo, trajada no robe da Caça. Então, somos levados para dentro de um salão marmorizado. Tudo é dourado ou prateado, até mesmo o piso. Então, fico consciente de minhas botas e se estou manchando alguma coisa.

— Esse piso vale mais que a minha vida — murmura Roderick.

— Rod, você vale mais que essa torre inteira — digo.

Ele ri.

— Sei.

Fileiras de guardas da Ordem nos observam. Enquanto caminho, não consigo evitar perceber os diversos olhares sobre mim. Eu sou o Capitão da Provação. Filho de Allred de Urwin.

Pinturas ladeiam o salão reluzente, cada uma retratando uma Rainha ou Rei do passado. Ao final da linha, logo antes de entrarmos em um elevador, nos deparamos com o retrato do Rei Ferdinand. Parece ter sido pendurado recentemente. Ele tem um bigode fino e uma careca.

Estranho...

Quando estamos todos dentro do elevador espaçoso, o guarda da Ordem puxa a alavanca e disparamos para o alto. Meu estômago sobe.

Quando o elevador se abre para uma sala de espera luxuosa, as portas da Sala do Trono se abrem imediatamente. E de lá sai o Almirante

Goerner, o Mestre da Ordem, seguido por uma jovem mulher de uniforme branco.

A Mestra Koko e Goerner trocam um aperto de mão.

— Ah — diz Koko, olhando de relance para a jovem. — Você deve ser Alona de Mizrahi. A estimada nova pupila da Ordem.

— Sim — diz o Almirante Goerner, aprumando-se orgulhoso. — Ela venceu a Guerra Celeste desse ano. Há anos não vejo estratégias tão brilhantes.

— Desde que *você* foi Selecionado — diz a Mestra Koko —, imagino.

O Almirante Goerner sorri.

A jovem mulher olha de relance para mim. O rosto é sério e seu cabelo é castanho escuro.

— Esse é o vencedor da Caça? — pergunta ela com um sotaque forte das ilhas ocidentais. — Achei que ele teria ombros mais largos.

— Vamos indo, Alona — diz o Almirante Goerner.

Quando Goerner e Alona entram no elevador, Roderick me dá um empurrão de leve.

— Ela parece bacana.

Logo ele e o resto da minha tripulação está a caminho de encontrar com o Rei. Eles irão receber um prêmio em dinheiro, mas eu vou ter uma reunião particular com o Rei quando for a minha vez.

Eu me encosto na parede com os braços cruzados. Por algum motivo, conhecer o Rei faz meu estômago se embolar.

— Nervoso? — pergunta a Mestra Koko do seu assento no canto.

— Sim.

Ela dá um sorriso de canto de boca.

— Não precisa ficar. Vai ser uma grande ocasião para você.

Do lado de fora da janela, um par de falcões de batalha passam, fazendo piruetas no ar. Cada embarcação pessoal tem um focinho longo e afiado, asas finas. Apenas um é capaz de derrubar navios piratas enormes, se for operado por um piloto habilidoso.

A Ordem pode não ser especialista em derrubar gorgântuos, mas sabem como manejar uma guerra humana.

A voz da Mestra Koko fica mais séria.

— Uma vez a cada seis meses, a Caça faz um recrutamento em todos os Ofícios. Cada Caçador tem permissão para renunciar e entrar no recrutamento se acreditarem que sua posição no navio é insustentável. Eu sei que você é íntimo da sua tripulação, Conrad, mas com o recrutamento que se aproxima, pode querer considerar libertá-los da *Gladian*. Porque se não o fizer, podem renunciar de qualquer jeito.

— Libertá-los?

— Equipe a *Gladian* com veteranos. Um recrutamento enorme está se aproximando. Cheio de veteranos capazes que não terão problema algum em enriquecer enquanto trabalham para você. Com eles, você pode conseguir dinheiro o suficiente para comprar seu próprio navio da Caça. Foi isso que eu fiz.

— Você rejeitou sua tripulação da Provação?

Ela dá de ombros.

— Eles entenderam. Afinal, era questão de negócios. Para aqueles com quem fiz amizade, bem, foi um pouco mais difícil. Mas amigos têm um jeito de se encontrarem outra vez. Anos depois, muitos deles expressaram gratidão por eu ter cortado a corda tão cedo. Isso deu a eles uma chance de se tornarem Capitães de seus próprios navios. — Um fogo jovial se revela na expressão dela. — Eles sabiam que não havia como se tornarem Capitães no meu navio.

Abro um sorriso.

Porém, por dentro, me sinto dividido. Deixar meus amigos irem embora? Sim, eles teriam uma oportunidade de ascender em outros navios. No entanto, eu não teria sido capaz de fazer o que fiz sem eles. Precisaria começar do zero. Esse é o problema com a Meritocracia. Não é possível existir lealdade ou amizade. Todos simplesmente vão atrás do que desejam e, por fim, abandonam você, porque nem todo mundo pode segurar a coroa ao mesmo tempo.

Ainda assim, seria egoísta forçá-los a ficar. E seria um bom jeito de arruinar uma amizade também.

A porta para a Sala do Trono se abre e minha tripulação sai. Cada um deles carrega um saco de ouro sobre os ombros, mas vejo uma expressão inesperada no rosto de Pound. Uma de nojo completo.

Roderick olha de relance para mim. E alguma coisa no encontro com o Rei parece tê-lo deixado em um silêncio atordoado.

Keeton parece prestes a falar quando uma mulher vestindo uma jaqueta impecável aparece atrás dela. A mulher tem a coluna reta, os olhos mirando em frente.

— Capitão Conrad de Elise — diz ela. — A sua presença é requisitada por Sua Superioridade.

Depois de respirar fundo, olho rapidamente para todos os meus amigos. Eles estão franzindo a testa. E um segundo depois, entro na Sala do Trono.

Quando as grandes portas se fecham com um estrondo, percebo o motivo de a tripulação estar com olhares tão estranhos. Porque no final do tapete comprido está o homem que eu tenho odiado há seis anos. O homem que roubou tudo de mim e me deixou para morrer afogado na neve.

O novo Rei.

40

MEUS PUNHOS SE FECHAM COM TANTA FORÇA QUE O COURO DAS MINHAS luvas ameaça rasgar.

Marcho pelo salão dourado, os passos ecoando por pilares negros e subindo até os lustres cintilantes. Ao lado de cada pilar fica um guarda de branco. No alto, o céu espia pelas janelas do teto abobadado. Raios de sol, salpicados de poeira, caem sobre a figura sentada na cadeira de platina em cima dos degraus de mármore.

Meu tio observa enquanto me aproximo, em silêncio, os dedos cheios de anéis, curvados perto do bastão de duelo apoiado no descanso de braço.

Quando paro na base da escada, apenas cerca de três metros e meio nos separam.

— Tio — digo.

— *Rei* — corrige ele, antes de dar um leve sorriso e se levantar. — Ascender está no meu sangue. — Ele desceu um degrau, chegando mais perto. — E também está no seu, pelo visto.

Ver o respeito em seu rosto faz a bile subir pela minha garganta.

— Você parece forte — comenta ele, avaliando-me com o olhar. — Diferente de antes. Lembra, todos aqueles meses atrás, quando as costelas despontavam nas roupas esfarrapadas? Mas agora você está em forma para liderar. Você ascendeu, sobrinho.

— Quando você se tornou Rei?

Ele demora a responder.

— Pouco depois do início da Provação, eu vim até aqui para fazer o desafio pessoalmente. Muitos Superiores não possuem respeito pelo título, então enviam uma nota impessoal. Mas eu o encarei nos olhos e exigi o duelo.

Meu tio acredita que é tão honroso, mas eu me lembro de como ele liderava em Holmstead. Ele enfraqueceu a ilha. Fez com que qualquer família que pudesse ser uma ameaça, como os Atwood, caíssem e virassem Baixos.

— Desafiar Ferdinand foi um risco — prossegue ele —, já que um duelo de Rei vai até a morte. E ele era muito popular. Deveria ter visto quantas pessoas compareceram ao funeral dele. Enfim, ele era um duelista experiente, mas não ofereceu resistência alguma no fim das contas. Eu o matei em sete segundos na arena.

Ele para no degrau logo acima de mim, para que eu ainda esteja levantando a cabeça para encará-lo. Ele exibe uma aparência de realeza com a jaqueta vermelha e as botas de couro e cano alto. Atraente com uma nova barba feita. E pela primeira vez em anos, vejo felicidade em seus olhos quando ele me encara.

— Mas — diz ele —, não sou o único aqui com histórias grandiosas. Nós, os Urwins, somos o assunto do momento nas Terras Celestes. As notícias se espalharam a respeito do que você fez na Provação. Você derrubou um Classe-5 no mesmo dia em que me tornei Rei! E fez isso por conta própria. — Ele balança a cabeça. — Não acreditei nos rumores de início, mas a Mestra Koko confirmou. Conte-me como fez essa proeza.

— Eu fiz com a ajuda dos outros.

Ele me encara, quieto, antes de assentir.

— Sim, é claro. Utilizando as ferramentas ao seu redor, esse é um dos primeiros passos para manter o poder. Você está aprendendo.

Ferramentas? Isso é o que o Sebastian diria. Preciso de toda a minha força para não fazer uma carranca.

— Onde está o seu bastão? — pergunta ele.

— No meu navio.

Ele estreita os olhos e a voz se torna fria.

— Nunca deixe o seu bastão.

— Eu sou um Caçador.

— Você é um Urwin — decreta ele. — O poder deve estar à mostra o tempo todo. E até os Caçadores duelam. Não por status, mas por honra.

— Eu não sou um Urwin.

Ele se vira, subindo as escadas.

— *Ainda* não.

Trinco os dentes.

— Eu provei a sua teoria. Ascender está no meu sangue.

— *Nosso* sangue — corrige ele.

— Onde está Ella?

Ele faz uma pausa.

— Há coisas mais importantes para se discutir do que...

— Nós fizemos um acordo!

Os olhos dele se contraem com a minha interrupção. Ninguém interrompe o Rei. Eu poderia ser atirado em uma cela só pelo desrespeito. Porém, conheço o tio. Ele precisa de mim. Dentre todas as mulheres que ele já descartou na vida, nenhuma concebeu um herdeiro.

Ele encontra meu olhar, irritado.

— Conrad, você poderá reencontrar sua irmã, mas primeiro, temos algo importante para discutir. — Ele mira os guardas. — Deixem-nos.

Quando eles saem da sala, meu tio se senta no trono. Então, eu reconheço de repente a exaustão em sua postura. Isso o deixa mais humano, estranhamente. Fico frustrado comigo mesmo por sentir qualquer empatia por ele.

— Existem poucas pessoas em quem posso confiar. Nem mesmo meus guardas. Há pessoas aqui na Costa do Ferro que me querem morto.

— Por usurpar o Rei Ferdinand?

— Não. Eles também queriam que ele morresse. Conrad, estamos entrando em guerra. E a próxima fase vai começar em breve.

Sinto um calafrio. Na Provação, era fácil me concentrar na caça. Agora é hora de enfrentar a realidade da situação.

— Tio, você sabe o que é a Derrocada?

— Fui informado e busquei respostas a respeito disso, mas não, não sei. — Ele me encara. — Você pode me odiar, sobrinho, e imagino que isso possa ser justificado, mas não sou o seu inimigo. — Ele faz uma pausa. — Nosso sistema de Seleção foi infiltrado em número recorde. Soldados inimigos inundaram os Ofícios. Isso tem acontecido há anos. Os Abaixos têm tentado nos conquistar por dentro, por meio da Meritocracia, mas as Terras Celestes são mais fortes do que eles imaginavam. Agora, nosso inimigo está ficando frustrado. Minha intuição diz que o próximo ataque será muito mais direto. Você tem experiência em primeira mão com uma das infiltradas. O que Bryce de Damon contou?

— Eu já disse tudo que sei à Mestra Koko.

Ele suspira.

— Isso é uma pena. — Ele se levanta de novo. — Venha comigo. Tenho algo para te mostrar.

— O que é?

— Um segredo normalmente reservado a Reis, Rainhas e Mestres.

Então, meu tio guarda o bastão debaixo do braço e nos guia até uma porta trancada atrás do trono. Com um giro da chave, a porta se abre com um rangido, revelando uma sala completamente escura.

Eu entro atrás dele.

O ar cheira a papel antigo e tinta. Quando a porta se fecha com um clique, cristais se ativam, iluminando uma biblioteca gigantesca. Fico boquiaberto. Atônito. A biblioteca vai até o telhado. Eu observo o ambiente, maravilhado. Estantes de livros e pequenos elevadores nos circundam.

— Esses livros são as últimas ruínas de um mundo antigo — diz ele. — Do nosso mundo, antes da Ascensão.

Subimos por um elevador até o segundo andar. A plataforma faz um baque sob nós quando passamos por livros de lombadas puídas. Eu estreito os olhos, tentando identificar as letras e sinais estranhos cobrindo os livros.

Paramos perto de uma estante brilhante e ele seleciona um livro azul da prateleira. Não tem título. Ele o abre, revelando um quadrado prateado grudado nas páginas.

— Isso é um chip de memória — diz ele. — O único que restou. É uma tecnologia dos tempos de antes.

Com cuidado, ele levanta o chip das páginas, fecha o livro e nos leva até outra estante, onde desliza para fora um dispositivo fino escondido entre dois livros. É um quadrado de vidro, com meio centímetro de espessura. O vidro fosco reflete a luz, mas quando ele o toca com os dedos, o vidro se ilumina, exibindo as palavras O IMPÉRIO ÁGUIA.

Ele pressiona o chip de memória em uma abertura na lateral do vidro e me entrega o dispositivo.

— Veja.

Ergo uma sobrancelha.

De súbito, imagens piscantes de um mundo diferente aparecem na tela de vidro. Imagens em movimento. Eu congelo. Quase não posso acreditar no que estou vendo. Essa tecnologia vai além de qualquer coisa que possuímos. Imagens em movimento presas dentro de uma janela.

A imagem exibe um mundo com águas turbulentas e extensivas. Crianças felizes correndo de um lado a outro com baldes e pás coloridas em uma praia. Rindo. Além da areia branca, estranhas caixas de metal com rodas deslizam sobre as ruas escuras.

Naquele instante, todo mundo na praia para. Acima, uma massa de máquinas voadoras se aproxima. As hélices estranhas os levam na direção de algo à distância.

As pessoas fogem em pânico. Os pais levantam as filhas. As mães carregam os filhos. E então eu inspiro o ar quando uma explosão forma um cogumelo sobre as águas. As ondas de choque flamejantes, plumas douradas da morte, aproximam-se da praia. E as pessoas começam a explodir em rebentações de cinzas.

A imagem se dissipa.

Minha pele está pegajosa. O coração acelerado.

Mais um conjunto de imagens surge. Essas exibem um mundo mais obscuro. Homens e mulheres com panos sujos cobrindo o rosto e óculos enquanto desbravam ventos desérticos. E em meio a esse cenário desolado, as cidades, com seus arranha-céus massivos, tornam-se faróis brilhantes.

Os homens e mulheres observam as cidades com raiva nos olhos.

Sobem em cordas pela lateral de bestas gigantescas para cavalgar no dorso. A nove metros de altura. Essas criaturas possuem uma crista familiar ao redor da cabeça, como os gorgântuos, mas são quadrúpedes. As escamas grossas se parecem com as que vemos nos Classe-1.

Seja o que forem essas bestas, podem ser as predecessoras dos machitaunos.

Não demora para esse exército de monstruosidades terríveis avançar contra a cidade. Os homens e mulheres gritam. Erguem lanças elétricas faiscantes acima das cabeças enquanto partem em debandada para a guerra. Porém, logo antes das bestas conseguirem entrar na cidade, a terra ao redor dela se racha. Uma grande fissura se expande. Dúzias de bestas caem no abismo. E abruptamente, a cidade cintilante se levanta sobre a terra.

— A Ascensão — sussurra o tio.

A cidade flutua cada vez mais alto. No horizonte, outras cidades se levantam. Todas as pessoas raivosas lá embaixo encaram, os rostos cheios de fúria.

Quando a imagem em movimento para, e a tela de vidro fica vazia, minhas mãos tremem. Eu abro a boca, então fecho. Abro outra vez.

— Nossos inimigos tentaram nos seguir até aqui com suas próprias monstruosidades voadoras — conta meu tio, pegando com cuidado o dispositivo de vidro e o escondendo entre os livros mais uma vez. — Mas nós lutamos. Então enviaram suas criações: os gorgântuos, os proulões, os machitaunos e todo o resto. Nossos ancestrais, temendo que enviassem mais, criaram as nuvens escuras. Construídas como uma muralha que separa as nossas civilizações. Deveria ser impenetrável. Nada orgânico poderia atravessar. Pelo menos, tinham essa esperança.

Meu tio apoia a mão no meu ombro. A pegada é firme, como a do meu pai. Estou tão focado nessas revelações que não o afasto.

— Você e eu somos do mesmo sangue, Conrad. *Sangue*. Preciso de alguém forte ao meu lado. Alguém em quem posso confiar.

Encontro seu olhar. Durante anos, sonhei em derrotar esse homem em um duelo. Sonhei em ver o seu corpo quebrado se esvair em sangue sob as minhas botas. E talvez se eu não tivesse aprendido as lições da Provação, de que ninguém é uma ilha, ainda sonharia com isso agora. Porém, com uma guerra iminente e um inimigo terrível entre nós, como posso pensar apenas no meu ódio pelo tio? Seria completamente egoísta me concentrar nos meus próprios objetivos enquanto milhões estão em perigo. Ainda assim, meus dedos massageiam o colar de Ella. Eu não vou me esquecer.

— O que você precisa que eu faça, Rei?

Ele sorri.

— Nós capturamos uma pessoa que você conhece. E ela esteve pedindo para falar com você. Acredito que ela tenha informações que podem nos ajudar.

Paro de respirar.

— Pelo que soube, você era próximo dela, sobrinho — diz ele. — Gostaria de se encontrar com ela de novo?

41

O ESCRITÓRIO DO REI É LUXUOSO. UMA PILHA DE UVAS REPOUSA SOBRE UMA bandeja ao lado de rolinhos amanteigados e licores caros. Meu tio está de costas para mim, a mão apoiada no parapeito enquanto fita a vista da Costa do Ferro. Uma pintura de Holmstead, com o pico coberto de neve e as neblinas brumosas, está pendurada sobre a mesa de conferência.

À nossa esquerda está a equipe que escutará minha conversa com Bryce. O pessoal inclui vários dos conselheiros mais importantes do Rei, e o Almirante Goerner na cabeceira da mesa. Sua estimada pupila, Alona, não está presente.

Os dreadlocks do Almirante caem sobre os ombros e os olhos se estreitam para mim, cheios de desconfiança. Goerner é um homem poderoso. É um pouco surpreendente meu tio ter feito uma jogada contra Ferdinand antes dele. Porém, pelo que soube, Goerner não é um duelista feroz. Foi por isso que ele ascendeu através da Seleção.

— Ela não vai falar com o Conrad. — A voz grave possui um leve sotaque. — Ela não fala com ninguém há dias.

— Se ela não falar — diz meu tio —, vamos jogá-la nas nuvens.

— Se ela falar — digo —, vamos libertá-la.

O cômodo recai em silêncio. Todos se viram para me encarar, mas eu não ligo para quem eles são. Eles precisam de mim.

— Ela é uma inimiga — diz meu tio. — Não vamos libertá-la.

— Você quer que eu fale com ela? — retruco. — Essas são as minhas condições.

Um olho do tio se contrai. Ele é o Rei. Sua palavra é a lei, ele conquistou esse direito ao ascender a Vossa Superioridade. Ele olha de relance para os homens e mulheres ao redor da mesa. Não quer parecer fraco na frente deles.

Eu preciso usar a lógica.

— Se não prometermos algo, ela não vai falar — digo. — Se eu sentisse que não tenho nada a ganhar, também não falaria.

Meu tio massageia a têmpora. Durante vários segundos, ele fica em silêncio. Todos o observam decidir. Por fim, ele me olha e assente.

O Almirante Goerner balança a cabeça, claramente insatisfeito.

— Bryce é uma traidora.

— Mantenha a sua joia ativa o tempo todo — diz meu tio para mim.

— Entendido — respondo.

Logo, um par de guardas me leva por um corredor, o caminho inteiro até a base da torre, onde finalmente paramos diante de uma porta de aço.

— Entre sozinho — diz meu tio pela joia. — Mantenha o pulso coberto. Ela pode presumir que estamos escutando, mas não a lembre disso.

Os guardas içam a porta de aço e me empurram em direção às escadas. Respiro fundo, então mergulho na escuridão.

Imediatamente, sinto uma rajada de ar frio. A porta se fecha com um estrondo e, quando desço a escada, uma longa fileira de celas vazias aparece à minha frente. A única luz vem de um cristal solitário no alto e o globo de frio pulsando raios gélidos.

Meus passos ecoam quando ando pelo corredor entre as celas. Minha visão demora um pouco para se ajustar à escuridão. Por fim, chego diante da única cela ocupada. Bryce está sentada, com a cabeça abaixada, em um dos cantos. Quando ela levanta a cabeça, o rosto deixa transparecer uma certa surpresa.

Hematomas roxos circulam seus olhos e sangue seco avermelha seus cabelos. Um corte rasga seu lábio inferior.

— Você está bem? — pergunto.

Ela dá uma risada.

— Desculpe. Pergunta idiota — digo, fechando o zíper da jaqueta para me manter aquecido.

Rasgos estão espalhados sobre o uniforme da Caça, expondo partes da camiseta por baixo. Falta uma manga. O emblema do Ofício foi arrancado do peito.

— Está um frio congelante aqui — digo.

Ela não fala. Não espero de verdade que ela responda, ainda não. Porém, ela abre um pouco a boca.

— Eles acham que se eu estiver desconfortável o suficiente, vou falar.

— Isso não vai fazer você falar.

Ela estreita os olhos.

Ando ao redor da cela, à esquerda onde o globo de frio pulsa. Quando chuto o botão metálico na base, o globo fica vermelho, irradiando calor. Cada pulsação de calor diminui mais um pouco o frio cortante.

Eu me sento na cadeira do lado de fora da cela. Durantes vários segundos, não conversamos. No entanto, ela não está mais tremendo. Não está mais encolhida em posição fetal.

— Obrigada — diz ela, baixinho.

— Está com fome?

Ela assente.

— Vou pedir que tragam comida. Depois de conversarmos.

Ela abaixa a voz.

— Eles estão escutando, não é?

— Sim.

— Achei que você mentiria sobre isso.

— Minha mãe me disse que mentir estava abaixo de nós.

Ela dá um sorriso de canto de boca.

— Você mentiu para mim várias vezes. A sua mãe ficaria furiosa.

Dou uma risada.

— Sabe — diz ela —, eu estava errada a seu respeito.
— Ah é?
— Sim. Você tem compaixão. Não é só um babaca egoísta. Da última vez que nos vimos, enfiei uma agulha na sua coxa. Mas aqui está você, preocupando se estou sentindo frio e fome. — Ela faz uma pausa. — Você acha que isso vai me fazer dar mais informações para você. Talvez você tenha razão. Não existem atos altruístas.
— Você está certa de que eu quero informações, mas também quero tratar você com dignidade.
— Fico feliz por você gostar mais de mim do que do Sebastian.
Abro um sorriso.
Ela tosse.
— Você vai perguntar da Derrocada, mas já sabe que eu não sei de nada. Fui abandonada pelo meu próprio povo. — Ela para de falar. — Parabéns por vencer a Provação, aliás. Vi aquela última caçada pela luneta. Estava me escondendo na ilha.
— A ilha com os proulões?
Ela franze a testa e expõe um corte na lateral do braço esquerdo.
— Não é o melhor lugar para se esconder, mas era mais seguro do que... aqui. Infelizmente, a Ordem percebeu a minha fogueira naquela mesma noite. — Ela encontra meus olhos outra vez. — Há centenas de nós, Conrad. Alguns em posições que você nunca suspeitaria.
— Que posições?
— Só estou viva por causa de você. Seu tio já teria me arremessado nas nuvens escuras, mas aparentemente, ele acha que você pode me fazer falar.
— Eu posso.
Ela ri.
— Arrogante como sempre.
— Você ainda está falando.
Ela se recosta na parede.
— Acho que isso significa que agora estamos quites. Eu salvei a sua vida. Você salvou a minha. Ou atrasou a eventualidade.

— Você não vai morrer, Bryce. Mas precisa me dizer alguma coisa. O que é a Derrocada?

— Eu sou um peão, Conrad. Se tivesse vencido a Provação, teriam me passado as informações, mas não venci. Além do mais, mesmo se soubesse de algo, não sou uma traidora.

— O seu povo abandonou você. Eles traíram sua confiança. E posso não saber tudo sobre você, Bryce, mas sei que você se importa com as pessoas e não quer que a próxima fase dessa guerra aconteça.

— É inevitável, Conrad. — Ela faz uma pausa. — Todas essas celas vazias ao nosso redor? Elas não estavam tão vazias alguns dias atrás.

— Algum deles falou com você?

Ela não responde.

— Bryce, posso conseguir que ele poupe você, mas você precisa me dar algo.

— Você é o Príncipe agora?

— Eu sou Conrad de Elise.

— Você vai rejeitar o seu tio? Ele vai oferecer essa posição, sabe. Esse era o seu acordo. — Ela me encara. — Por que você está aqui, afinal? Acha que existe alguma coisa entre nós?

— Ajude-me a impedir a Derrocada.

Ela me encara, os lábios hesitantes. Cautelosamente, ela se levanta e vem mancando até mim. Ela olha de relance para o corredor escuro cheio de celas vazias, e depois para o cristal luminoso sobre as escadas.

Nossos olhares se encontram.

— Eu não sei da Derrocada — sussurra ela —, mas sei de uma coisa. Algo que descobri quando estavam me interrogando.

Meu coração dispara. Eu me inclino para a frente, ansioso pela informação.

— Você tem razão que o meu povo me abandonou. Que eu sou, como você diz aqui no seu mundo, uma andarilha sem ilha.

Ela hesita. Há algo mais que ela quer dizer, mas ela está presa entre dois mundos. Ela só precisa de um empurrãozinho.

— Você ainda tem aliados — digo. — Já fui abandonado uma vez também. Perdi a minha família inteira. Mas tenho uma nova agora.

— Roderick, Keeton e Pound?

— Você pode ter um lugar conosco também.

Ela bufa.

— Vocês são uma bagunça. Roderick nem quer ascender. Pound não tem família e é insano. Keeton... bem, ela é legal.

— Você também é uma bagunça, Bryce — digo, me aproximando o suficiente para que apenas as barras nos separem. — Posso salvar sua vida. O que você descobriu durante o interrogatório?

Ela mordisca o lábio inferior. O batimento cardíaco lateja. O rosto enrubesce. Estico a mão para dentro da cela e toco na sua. Ela olha para meus dedos antes de fitar meus olhos.

— Você quer salvar vidas — digo. — E me contar vai ajudar a fazer disso uma realidade.

— Você não acreditaria se eu te contasse.

— Posso tentar.

Ela respira fundo e se afasta. Vira de costas para mim. E, durante vários segundos, fico ali parado, o coração acelerado, percebendo que ela não vai me contar nada. Que o tio vai arremessá-la nas nuvens.

Então ela começa a falar.

— Você nunca perceberia, porque é um ilhéu — diz ela baixinho. — Mas um dos meus visitantes frequentes nessa última semana tem um sotaque.

Eu paro de falar.

— É sutil. Ele vive nas ilhas há vinte anos. Ele é um dos primeiros do meu povo a ter ascendido pela Seleção.

Já sei o que ela vai dizer e, instintivamente, minha cabeça começa a balançar. Um medo horripilante corrói meu coração. E, quando ela abre a boca para falar, eu me lembro da joia na manga. Ativa para que o tio e seus conselheiros possam escutar. Incluindo a pessoa que ela está prestes a desmascarar.

— Conrad — diz ela, com a expressão seríssima —, o Almirante Goerner não é nativo das ilhas.

Eu me afasto dela e saio correndo.

◆◆◆

Já que foi revelado, Goerner vai ser forçado a agir. Porém, por que eu deveria me preocupar com o que acontece com meu tio? Agora seria o momento ideal para abandoná-lo. Assim como ele me abandonou.

No entanto, ame-o ou não, ele é o Rei. E sem ele, a Meritocracia será jogada no caos. Ella é jovem demais para herdar o trono. E o tio sabe onde ela está. Se eles estão atrás do meu tio, estarão atrás dela.

Eu irrompo do elevador e disparo pelo corredor em direção ao escritório do tio.

Já posso ouvir os gritos. Mosquetes automáticos disparando.

Não tenho nada comigo. Nem mesmo meu bastão. Droga! Meu tio estava certo. Nunca deveria sair sem ele.

Um par de guardas do Rei jaz em uma poça de sangue do lado de fora do escritório. Mais gritaria vem de dentro. Então, tudo recai em silêncio.

A maçaneta da porta está trancada.

— Tio?

Sem resposta.

Bato com o ombro na porta repetidas vezes até que, finalmente, ela cede e se abre. Avanço aos tropeções, caindo no chão. E enquanto me levanto apressado, Goerner, segurando um mosquete, empurra meu tio para uma passagem secreta atrás da escrivaninha.

Antes que eu consiga avançar, a passagem secreta se fecha.

E meu tio desaparece.

42

A TORRE DO REI IRROMPE EM CAOS.

Do lado de fora do escritório do Rei, projéteis de mosquetes causam estrondos nas paredes. As pessoas gritam. Porém, fiz uma barricada na porta com várias cadeiras. Meu coração está disparado. O cérebro busca por ideias, um plano, mas eu não conheço essa torre.

A luta no corredor se intensifica. A infiltração da Ordem foi muito além do que apenas os Mestres.

E os meus amigos?

Tento contatá-los pela joia, mas não recebo resposta. Será que estão bloqueando as comunicações? Meus amigos conseguiram sair? E a Mestra Koko?

Farpas caem no chão quando a porta é rachada. Tenho apenas segundos antes de entrarem, e duvido que vão parar para fazer perguntas.

Meus olhos miram a janela. Não, isso é loucura.

A porta se racha ainda mais, as dobradiças ameaçando sendo arrancadas.

Meus dedos voam para a porta oculta. Ela mal é visível entre as tábuas de sequoia. Mas não tenho onde agarrar. Onde está o botão?

A janela aguarda. Solto o ar. É uma queda de apenas trezentos metros se eu escorregar. Só isso. O medo aperta minha garganta.

Depois de pegar o bastão do meu tio na escrivaninha, abro a janela com um empurrão. Abaixo de mim, um teto de vidro expõe a biblioteca e o piso embaixo. O teto de vidro, uma série de janela sem declive, forma uma inclinação em descida que marca a beirada da torre.

Uma lufada de vento me acerta. Mais gritos ecoam atrás de mim.

Droga. Enfio o bastão na boca, passo para fora e me seguro no parapeito.

O vento intenso tenta me arrancar dali.

Eu vou morrer.

No instante em que considero arriscar enfrentar os guardas, meus dedos escorregam. Meu corpo bate no declive de janelas e deslizo rapidamente para baixo. Grito. Vou sair voando. Porém, pressiono as luvas de encontro às janelas. As luvas rangem e chiam e eu desacelero o suficiente para que logo antes do fim eu consiga parar.

Quase solto uma risada, mas não há tempo para ficar aliviado.

A porta do escritório do meu tio é derrubada e logo um guarda estica o pescoço pela janela. Ele observa a cidade por um momento. Parece que vai seguir em frente. Então, quando se vira, o olhar repousa em mim.

— O herdeiro! — grita ele.

Ah, inferno, ainda não sou o herdeiro!

No instante seguinte, ele levanta o mosquete automático, mas já estou golpeando o vidro com o bastão do meu tio. Uma rachadura comprida se forma. E com o meu peso sobre ela, a superfície se estilhaça.

Meu estômago dá um solavanco quando despenco.

Em segundos, caio de costas dentro de outra sala. O ar é expulso dos meus pulmões, mas foi apenas uma queda de três metros.

Preciso respirar. Não tenho tempo para me recuperar.

Estou numa sala escura — a biblioteca do Rei. Há livros por toda parte. Os guardas virão atrás de mim, mas pelo menos sei onde estou. Sei onde fica a Sala do Trono e o elevador que me levará até a Doca do Rei.

— Goerner é um infiltrado — digo através da joia, na esperança de que a minha tripulação ouça. — Vão para a *Gladian*. Chegarei logo.

Então, percorro o nível superior da biblioteca, correndo silencioso ao longo de uma plataforma elevada. Duas vozes ecoam lá de baixo. Eu me inclino sobre a grade. E, entre os corredores de estantes, meu tio caminha com as mãos para cima. Seguido pelo Almirante Goerner. Eles surgem da saída do túnel e vão em direção à Sala do Trono.

— Talvez possamos fazer algum tipo de acordo — diz meu tio.

Goerner bate na parte de trás da cabeça do meu tio, fazendo-o tropeçar. Meu tio se vira para ele, pronto para desferir um soco, mas Goerner atira perto dos pés dele.

— Eu não negocio com tiranos — diz ele. — Mexa-se!

Ele empurra meu tio em direção à Sala do Trono. Quando eles se vão, entro em um dos pequenos elevadores e desço até o nível mais baixo da biblioteca.

Isso é idiota. Eu odeio meu tio, só que não tenho escolha. Sem meu tio, não há Ella. E haverá caos por toda parte.

Agarro o bastão, fazendo a madeira ranger. Eu me preparo para invadir a Sala do Trono. Vou arremessar o bastão na cabeça do Almirante Goerner. Derrubá-lo. E então meu tio e eu iremos escapar no meu navio. Vamos nos reagrupar. Encontrar onde estão as pessoas leais.

Irrompo pela porta, surpreendendo vários funcionários da Ordem. Alona de Mizrahi olha para mim, sorri e então enfia a coronha do mosquete no meu rosto.

Corta minha testa. Embaça minha visão.

Só que eu dou uma rasteira nas pernas dela e estendo o bastão. Estou pronto para enfrentar todos eles. Até ser atingido de novo e cair no chão, babando sangue. A escuridão invade os cantos da minha visão.

Não posso morrer aqui. Não vou morrer aqui, não por causa dessa guerra estúpida que eu sequer sabia que existia até alguns dias atrás. Alona me golpeia outra vez. Não consigo lutar contra a minha consciência se evanescendo. E enquanto a escuridão me engole, guardas se abaixam para arrastar meu corpo mole.

◆◆◆

Sou atirado no chão do imenso hangar da nau almirante da Ordem, a *Golias*. A corda áspera corta meus pulsos. Uma dor terrível lateja no meu crânio.

Vejo fileiras de falcões de batalha à minha esquerda e à minha direita, cada barco celeste seguro por barras. Os domos de vidro sobre as cabines refletem os cristais que pendem da plataforma no alto.

Cinco guardas me cercam. Uma fúria assassina brilha em seus olhos.

— Você acha que teve dificuldades? — Alona enfia a bota na minha barriga. — Você acha que sabe quem são os Baixos de verdade?

Tusso e me esforço para encher os pulmões.

Ela me agarra pelo cabelo, me levanta para que eu a encare nos olhos.

— Você não sabe o que é sofrimento.

Ela bate com o punho na minha bochecha. Caio no convés, tentando respirar. Tentando manter a visão estável.

— A minha família passa fome lá embaixo — diz Alona. — Aqui em cima, os Baixos têm casas. Calor. Famílias. Na Região Abaixo, eu não tenho nada.

Ela me chuta diversas vezes. Quando finalmente para, ela volta para o círculo de pessoas que me cerca.

Cuspo sangue.

— Vocês mataram a minha mãe.

Ela estreita os olhos.

— Os seus monstros — digo. — Atacaram a minha ilha. Destruíram a minha rua inteira.

O hangar fica em silêncio. Alona se aproxima a passos duros. Pronta para pisar no meu rosto. No entanto, a porta no topo do hangar se abre. E lá, com o rosto espancado e roxo, está meu tio. Por um instante, acho que ele está sozinho, que ele veio me resgatar. Só que então o Almirante Goerner e vários guardas aparecem depois dele.

Goerner empurra o tio para descer as escadas. Ele tropeça até a base e cai no chão. Porém, mesmo com o sangue escorrendo da testa e uma expressão angustiada, ele se levanta do piso. Quando eu o vejo, enxergo meu pai outra vez — o homem mais poderoso de todas as Ilhas do Norte. Ainda assim, todo o seu poder e status não podem salvá-lo agora.

Logo, ele é empurrado até vir parar ao meu lado.

O Almirante Goerner dá um passo em frente, aprumando sua jaqueta branca. Bom, ela costumava ser branca, mas agora está respingada de vermelho.

— O herdeiro e o Rei — diz ele. — Onde está a terceira?

— A garota? Ella? — pergunta um homem. — Estamos trabalhando para descobrir a localização dela, Almirante.

A raiva me invade. Apesar de estar amarrado. Apesar de estar com a visão escurecida em um olho, eu me levanto ao me impulsionar com os pés. Então avanço, com o ombro, para cima do Almirante.

Ele cai no chão.

— Fique longe da minha irmã!

Sou derrubado. E Goerner, rindo, enxuga o sangue dos lábios e se levanta na nossa frente.

— Alona — diz ele. — O bastão.

Ela desprende o bastão que meu tio carregava no cinto e o joga para Goerner. Meu tio observa, em silêncio, enquanto Goerner inspeciona a madeira, as rachaduras e a águia de Urwin na ponta.

— A história da sua ascensão — diz Goerner.

Meu coração sobe até a garganta. Ele vai nos espancar com o bastão do meu tio como algum tipo de fim poético dos Urwins.

— Deixe-me criar algumas rachaduras novas nesse bastão. A história da sua queda.

Ele bate com a águia no piso. Quebrando-a. E continua batendo com o bastão no chão até ele se estilhaçar por completo. Então ele chuta o bastão quebrado até sair rolando além dos falcões.

Meu tio faz uma carranca para o Almirante. A fúria habita seu corpo trêmulo.

Goerner endireita a jaqueta.

— Ella pode esperar. Esses dois, o herdeiro e o Rei... precisamos nos livrar deles. Agora.

— Conrad ainda não é meu herdeiro — diz meu tio com os dentes cerrados. — Matá-lo não vai cumprir nenhum dos seus objetivos.

Olho de relance para meu tio e, pelo menos uma vez, enxergo a nobreza nele.

Goerner ri.

— Ulrich, não sou tolo. Sei que você o enviou para a Seleção. — Ele me olha brevemente. — E eu sei que ele ascendeu de acordo com as suas expectativas.

Meu tio fica de boca fechada.

— Só nos mate logo — digo. — Se vai fazer isso, faça de uma vez!

Goerner me encara e seu olhar fica ensandecido.

— Um tiro na cabeça é fácil demais. Eles merecem uma morte de traidores.

— Nós não traímos nada — cospe meu tio.

— Você e o seu povo traíram a humanidade — diz Goerner. — Vocês deixaram todos lá embaixo das nuvens para apodrecer. E os seus Reis e Rainhas, e o Ofício da Academia, todos sabiam a nosso respeito. E não fizeram nada!

O Almirante se afasta, entrando no meio de duas fileiras de falcões. Quando alcança a parede externa do hangar, ele aperta um botão vermelho. Faz-se um estouro reverberante. Pouco a pouco, com um ruído mecânico, as portas do hangar se abrem para revelar o céu chuvoso.

Os arranha-céus da Costa do Ferro cintilam à distância. E estamos cercados por três cruzadores de batalha da Ordem.

Meu estômago fica embrulhado quando percebo quanto apoio o Almirante Goerner possui. Ele lidera a Ordem há mais de uma década. Há anos ele posiciona as pessoas certas nos lugares que deseja. Planejando esse instante.

Ele retorna, franzindo a testa diante de mim e do meu tio.

— Deixe a minha irmã em paz — digo. — Ela não fez nada.

— Nada? — diz Goerner, balançando a cabeça. — Ela tem doze anos agora. Foi criada pelo seu querido tio... um homem cruel que pessoalmente enviou os meus semelhantes para sofrer mortes de traidor. Ela está cheia de veneno, assim como ele!

— Mentira!

— Conte a ele, Ulrich — diz ele. — Conte a ele por quais desafios você a fez passar para deixá-la mais forte. Se eu deixá-la viver, ela vai crescer para se tornar a pior de todos os Urwins.

A fúria me arrebata. Eu me debato nas amarras, as veias se sobressaindo no rosto. Goerner e Alona me observam lutando. Eles dão risada.

— Por sorte, você não verá quem Ella vai se tornar — diz Goerner. — Você vai morrer, Conrad. Mas eu não sou cruel e sei que você preferiria não morrer com o seu tio horrível. Você merece morrer com alguém melhor.

Passos se aproximam do corredor interno da *Golias*. Uma voz familiar cospe e grita. O barulho se intensifica com a aproximação, um par de botas resistentes arrastando na grelha do caminho. Por fim, um guarda aparece na entrada, segurando as mãos atadas de Bryce.

— Você vai matar uma de vocês? — grito. — Ela...

— Ela nos traiu — diz Goerner.

Bryce é arrastada pelo colarinho até ser jogada ao meu lado. Ela bate no chão, gemendo, tentando respirar.

— É culpa minha — digo. — Eu a forcei a isso.

— Ela merece uma morte de traidora mais do que qualquer um aqui — diz Goerner. Ele estala os dedos e um guarda joga uma faca preta e cega para ele. Enferrujada e pegajosa de sangue como se nunca tivesse sido limpa. — Segure-a. Esse pássaro nunca mais vai voar.

Bryce chuta os dois guardas que se aproximam.

Eu me sento, mas Alona golpeia a parte de trás da minha cabeça e meu corpo cai para a frente.

Enquanto Bryce se debate e tenta morder, os guardas soltam as amarras. Eles a empurram em direção ao piso. Abrem seus braços, esticando-os para os lados. Outro guarda a prende ali com o pé.

Com Bryce sob controle, Goerner se agacha em cima dela. Ele toca a faca em seus lábios, partindo a pele ressecada.

— Para manter a minha identidade oculta — diz ele —, precisei dar a outros de nós esse mesmo destino. Você tem sorte que o sangue deles vai tocar o seu.

Estou gritando, berrando enquanto ele pressiona a ponta da faca no espaço em que o ombro dela encontra o braço. Então, ele apoia o peso na lâmina. Empurrando devagar.

Ela treme antes de soltar o ar.

— Largue ela, seu desgraçado! — grito. — Faça isso comigo. Comigo primeiro.

Goerner pausa e olha de relance para as suas tropas.

— O que é mesmo que dizem por aqui? Não existem atos altruístas?

Os guardas não respondem.

— Parece que encontrei um! — Ele se levanta. — Está bem, Conrad. Vou honrar seu pedido. É uma infelicidade você ter nascido do lado errado das nuvens. Você é corajoso.

Em segundos, os guardas me prendem de costas no chão, os braços esticados.

Meu tio encara o teto, em silêncio. Em quem ou no que está pensando nesses últimos momentos? Será que ele tem arrependimentos? Será que sente falta do irmão? Ele está preocupado comigo ou minha irmã?

Bryce, trêmula, fica pálida quando Goerner se ajoelha ao meu lado. O Almirante segura a faca nojenta, corta a minha jaqueta da Caça e arranca minha camiseta. Ele traça a faca sobre minha barriga, por cima das costelas sobressalentes e para no meu ombro.

Fecho os olhos. Viajo para um lugar diferente na minha mente. O salgueiro onde me escondi na infância quando queria fugir do meu pai. Eu me encolhia sob os galhos retorcidos, invisível atrás de uma camada de folhas. Era sempre minha mãe quem me encontrava.

Ela me abraçava. Deixava tudo melhor.

E juntos, de mãos dadas, caminhávamos pela propriedade enorme dos Urwins.

A ponta da faca perfura minha pele. Quando Goerner pressiona mais fundo, meus olhos se abrem de imediato. Estou fervendo, mas não choro. Não imploro.

— Solta ele! — grita Bryce.

Goerner apoia o peso na faca. A lâmina desliza para dentro de mim, talhando o músculo. Meu corpo treme. O suor frio brota na pele. Um fogo quente arde em mim.

E eu não aguento. A dor inacreditável me força a gritar.

O Almirante cede por um instante, então avança de novo, pronto para apoiar o peso inteiro sobre a faca cega e separar a articulação. Porém, de repente, o navio sacode. Goerner cai para trás. Uma série de explosões causam estrondos contra o casco e a *Golias* vira de lado. No instante em que isso acontece, Bryce, o tio e eu deslizamos pelo hangar em direção às portas abertas. Bryce se agarra em mim enquanto os guardas tropeçam ao nosso redor.

— O que infernos está acontecendo? — grita Goerner, agarrando-se na escada que leva à cabine de um falcão.

O navio se endireita e paramos de escorregar, mas os tremores ficam mais violentos e frequentes.

— STATUS?! — berra Goerner para a sua joia. — Qual é o nosso status?!

— Estamos sendo atacados! — responde uma voz através da joia.

— O quê? Por quem?

Outra explosão causa ondas pelo casco. Com a minha mão boa, seguro um anel de âncora aparafusado no piso onde um falcão estava amarrado. Tento puxar Bryce para perto, mas a *Golias* faz uma curva para se desviar de algo e meu ombro cortado fraqueja. Ela desliza de lado atrás da fileira de falcões.

— Bryce!

— Posições de batalha! — grita Goerner pela joia. — Pilotos nos falcões agora!

Em segundos, dúzias de pequenas embarcações zarpam do casco dos cruzadores de batalha vizinhos. E então, algo acontece no céu. Algo que me faz arregalar os olhos. Um navio esguio e prateado dispara entre nuvens. Não posso acreditar. Desato a gargalhar porque nem mesmo falcões podem competir com isso.

— Conrad? — Uma voz ecoa na joia sob a minha manga. — Conrad, onde você está? Você consegue sair daí?

— Roderick?

— Precisamos que você saia desse navio. — Ouço uma gritaria nos fundos da ligação. — Rápido.

Explosões de luz fazem um estrondo no encalço da *Gladian*. Fogo do cruzador de batalha.

A *Golias* se endireita. Eu me sento e puxo o ar, percebendo que a faca ainda está enfiada no meu ombro. Eu fecho os olhos, segurando a respiração, e a arranco para fora.

PUTA MERDA!

Alona avança.

— Você não vai para lugar nenhum, Príncipe!

— Saia de perto dele!

Bryce sai correndo de trás dos falcões atracados. E em um instante, ela desfere duas cotoveladas em Alona. Depois de girar ao redor dela, Bryce rouba o mosquete de Alona, deixando-a desacordada com uma coronhada e, em quatro disparos velozes, incapacita todos os guardas no hangar.

Bryce se vira para Goerner, mas ele mergulha atrás de um falcão. O disparo ricocheteia no casco.

— Seu desgraçado! — grita Bryce. — Assassino! Você vai matar milhões!

— Ainda não acabamos. Só vai piorar!

Ela atira outra vez e ele se abaixa.

Então, ela segura a minha mão boa e me ajuda a levantar. O ombro dela está sangrando.

— Aquilo lá fora é a *Gladian*?

Assinto com a cabeça.

Meu tio se levanta, ficando ao nosso lado. Ele a encara, em silêncio. Os olhos estão calculando.

— Fique quieto — digo enquanto corto as amarras dele com a adaga enferrujada.

— Então, qual é o plano? — indaga Bryce. — Vão parar em paralelo?

Seguro meu ombro que arde, estancando o sangue.

— Não existe um plano.

— O quê?

— Precisamos pular.

— Isso é loucura.

— É a nossa melhor chance.

— Você ainda consegue correr, velho? — pergunta ela ao meu tio.

— Rei — diz ele.

— Você não é o meu Rei — responde ela.

Vários pilotos entram no hangar, descobrindo a cena diante de si então seguem correndo para pegar seus mosquetes automáticos.

— Peguem eles! — grita Goerner.

— Corram! — berra meu tio.

O ar é preenchido com o zunido das balas. Elas disparam sobre minha cabeça, quase atingindo minha orelha. A adrenalina me percorre. Corro mais rápido do que corri no dorso do gorgântuo.

Bryce atira sem olhar por cima do ombro até que uma bala atinge sua coxa. Ela tropeça, mas eu a seguro.

— Não podemos parar! — grito.

Um piloto sai correndo atrás de nós. Rápido para cacete. Os olhos enlouquecidos.

— Vamos lá, Bryce!

Ela grunhe com a dor. O céu aberto nos aguarda. Três cruzadores de batalha, colossos escuros, manobraram para ficar em posição. Os pequenos falcões de batalha continuam a ser lançados das docas do hangar. Bandos deles perseguem a *Gladian* para dentro das nuvens.

Os disparos param quando o piloto enlouquecido se aproxima de nós. Bryce trinca os dentes. Esforça-se para ignorar a dor. O piloto está chegando perto, mirando o mosquete na coluna dela. Logo antes de ele conseguir disparar, Bryce atira sobre o ombro, direto no joelho dele.

Quando chegamos na beirada, Bryce e eu nos entreolhamos e damos as mãos. Então, respiramos fundo e mergulhamos no céu tempestuoso.

O vento úmido açoita meus cabelos e embaça minha visão. Bryce cai ao meu lado, gritando... e rindo? Algo se aproxima de nós através de uma fenda nas nuvens. Meu tio, afundando ao nosso lado, aponta para algo.

E então, o meu lindo navio aparece, desviando-se das explosões. Roderick lança arpões no aglomerado de falcões. Pound ri enquanto atira pedaços de munição antiaérea no ar. E Eldon, nas cordas, gira para nos interceptar.

Quando a *Gladian* fica diretamente abaixo de nós, ela desacelera para acompanhar o ritmo da nossa queda.

Meu tio cai nos braços de Pound, que parece completamente enojado por ter segurado um Urwin. E Bryce cai nos braços de um Roderick surpreso. Ele está completamente chocado ao vê-la.

Porém, eu afundo nos braços abertos de Keeton. Ela não consegue aguentar meu peso e nós dois caímos no convés. O vento quase me arranca para fora do navio, mas ela se agarra em mim. Eldon empurra as cordas com força, zarpando o navio para longe.

— Agora estamos quites, Conrad! — exclama Keeton.

Em qualquer outra circunstância, eu teria dado risada, mas agora temos mais de trinta falcões nos perseguindo e três cruzadores de batalha inteiros armando seus canhões mortais.

Eldon nos leva em direção ao céu aberto enquanto estouros atingem o casco de faixas chamuscadas. Mais um esquadrão aparece na nossa frente, nos fazendo mergulhar sob eles. As armas cortam nosso casco. Queimam o metal como fogo na cera.

— Voltem para levar mais! — grita Pound, levantando um canhão de ombro. — Anda!

Os falcões recuam de repente e seguem na direção de seus navios.

— Mas para onde essas pragas estão indo? — pergunta Roderick.

Bryce aponta para o céu atrás de nós.

Algo se aproxima à distância. Veloz. Um formigamento sobe pela minha coluna. A esperança arde no meu peito.

Minha joia se ilumina com uma chamada. É a Mestra Koko. Ela trouxe consigo uma frota inteira da Caça. E sua voz tem a fúria de todos os ventos combinados.

— PARA A GUERRA! — grita ela.

Os navios da Caça se lançam. E pela primeira vez em mais de dois séculos, os dois Ofícios mais poderosos se enfrentam em combate aéreo.

43

OS NAVIOS VETERANOS DA CAÇA LUTAM EM UMA COREOGRAFIA COLABORATIVA, como pássaros voando juntos a uma velocidade estonteante e em formações complexas. E somos rápidos demais para as torres lentas sobre o convés do cruzador de batalha.

— Formação em funil! — exclama Koko.

A *Archer* parte primeiro, estouros de luz irrompendo no entorno. Navios da Caça fazem espirais ao redor do cruzador da Ordem como um ciclone. Acima da embarcação. Abaixo. Bombardeando-a com arpões e canhões de ombro. E enquanto os arpões derrubam os soldados, os canhões de ombro abrem rombos no casco.

Eldon está com a testa suada tentando manter o ritmo dos movimentos dos veteranos. Ele é incrível. Um dia já fui o piloto superior, mas isso não é mais verdade.

Um soldado da Ordem grita quando um arpão o arranca para fora do convés. Ele cai e eu não consigo desviar o olhar. Não estamos lutando com gorgântuos.

Meu tio olha para mim. Estamos na proa.

— Não deve haver misericórdia, Conrad.

Pound, por outro lado, gargalha enquanto chuta um barril explosivo na direção do convés do cruzador de batalha. As tropas lá embaixo fogem. E de repente, a explosão sacode, criando uma cratera enorme de metal preto.

Fogo retaliatório estoura pelo nosso casco. Quase arranca minha cabeça fora, mas meu tio me empurra para baixo.

Ele tem razão. É matar ou ser morto.

À distância, um trio de embarcações da Caça de classe Titânio movimentam os canhões ômega em um arco. Esses navios gigantescos da Caça não foram construídos para enfrentar gorgântuos. São lentos demais. Eles caçam acidones e destroem ilhas infestadas de proulões.

São a melhor arma que a Caça tem contra os cruzadores da Ordem.

Um raio iluminado enche o céu quando o disparo ômega atinge a torre de comando do cruzador de batalha. Uma explosão enorme deixa o mundo dourado.

Então, com um rangido, o cruzador de batalha começa a afundar.

Uma celebração se espalha.

Nossa comemoração não dura muito, pois os falcões de batalha saem das nuvens e mergulham em nossa direção em um bombardeio. Eles sibilam, quase silenciosos. Os lançadores estraçalham duas embarcações da Caça, deixando-as descontroladas e soltando fumaça em direção às nuvens escuras.

Roderick inclina a torre para trás e listra o céu de arpões. Outros navios fazem o mesmo. Onda atrás de onda de falcões avança, derrubando mais navios da Caça. Pound se abaixa logo antes de um disparo queimar a grade da popa.

— Seu desgraçado! — grita ele, levantando um canhão de ombro e disparando no atacante que voou a apenas centímetros de distância do nosso convés.

O tiro enlouquecido, surpreendentemente, parte o falcão em dois.

Roderick gira o disparador automático reparado da torre, seguindo as embarcações inimigas. Lançando arpões como um louco. As lanças voam atravessando as cabines. Enquanto isso, o fogo antiaéreo de outros navios da Caça cria uma muralha de fagulhas douradas. Alguns falcões infelizes voam por ela e entram em combustão.

Levanto um lançador móvel sobre o ombro que sangra e faço uma careta. Ainda assim, olho pela mira e lanço um arpão. Ele dispara cruzando a cabine de um falcão, e a embarcação sai do controle e atinge outra ao seu lado.

Nós fazemos com que o ataque recue. E quando conseguimos, os dois cruzadores de batalha restantes fazem um giro na direção contrária. Partem para longe de nós, seus falcões de batalha batendo em retirada.

Pound ri.

— Só isso? Isso é tudo que eles têm?

Em apenas alguns minutos de batalha, esses navios da Ordem foram superados completamente. Centenas de nós voam, enquanto apenas dois deles sobraram. Enquanto estou me expandindo de júbilo, Bryce fica tensa. Os ombros se retesam e toda a minha animação titubeia. Seja lá o que for a Derrocada, nós ainda não passamos por ela.

Koko ordena que zarpemos em perseguição. Eldon nos empurra adiante. Sacudimos com outras embarcações de classe Predador nos flanqueando. Brados grandiosos enchem o ar. O chamado dos Caçadores perseguindo uma presa ferida. Homens e mulheres do tipo mais durão, resistentes como aço gorgantuano.

Quando estamos bombardeando a *Golias*, arrancando pedaços, Bryce levanta o dedo.

Algo aparece à distância.

Roderick para de atirar.

— Ah... praga!

Em meio às nuvens tempestuosas, sete sombras obscuras assomam no horizonte. Colossos do céu. As armas mais poderosas da humanidade.

Porta-navios da Ordem.

Possuem o dobro do comprimento de um cruzador de batalha, com o triplo da quantidade de falcões e um incrível canhão ao longo da proa que é capaz de disparar tiros precisos a até dezesseis quilômetros de distância.

— Recuem — exclama Koko pela joia. — Saiam do alcance deles. Formação de muralha. Deixem que os falcões venham. Vamos transformá-los em pó!

Meu coração bate acelerado. O corpo fica dormente.

Nem sei ao certo se podemos enfrentar um porta-navios, muito menos sete deles. Somos Caçadores. Somos feitos para batalhar criaturas metálicas, não outros navios.

Quando estamos de volta em formação, faz-se uma longa pausa entre a minha tripulação. Até mesmo Pound reconhece a futilidade daquela situação. Quando zarpamos em posição, nossas torres preparando-se para engajarem com o que logo será um céu abarrotado de falcões, uma comunicação em massa chega em nossas joias.

As palavras truncadas me fazem franzir a testa. A mensagem é transmitida outra vez, mais nitidamente.

— Repetindo, estamos aqui para ajudar. Somos leais ao Rei Urwin.

Uma grande comemoração é emanada de cada navio da Caça. Pound levanta o canhão de ombro e ri. Roderick dispara um arpão em comemoração.

Dos porta-navios da Ordem, centenas de falcões zarpam para a *Golias* e o outro navio traidor.

— Olha só para eles! — ruge Pound. — Destruam esses desgraçados!

Logo, os falcões passam pela defesa da *Golias* e começam a destroçá-la. Arrancando o convés e incendiando a torre de comando.

Meu tio observa a ação em silêncio, as luzes da batalha iluminando seu rosto. Porém, não vejo vitória em seus olhos. Ele levanta a manga, expondo uma estranha joia metálica. A joia geral. Existe apenas uma, e ela é capaz de captar qualquer dispositivo de comunicação em um raio de vinte e cinco quilômetros da sua localização.

Quando ele a toca, ela se ilumina de branco e nós escutamos o Almirante Goerner.

— Afastem-se — grita ele para o outro cruzador de batalha traidor. — É hora de trazermos o devorador de ilhas. O Conselho ordenou o início do Projeto Derrocada.

Meu tio congela. Eu também. E logo depois de Goerner transmitir suas ordens, duas embarcações estranhas, cilindros azuis, caem do hangar inferior da *Golias*. Cada falcão traidor restante circunda aqueles barcos azuis.

— Impeça-os! — grita Bryce. — Conrad! Precisamos impedi-los.

— Eldon — grito. — Os barcos azuis! Vai!

Eldon aperta os olhos e então, depois de um respiro, nos lançamos atrás deles.

Os cilindros azuis descem em direção às nuvens escuras. Quando nos aproximamos, os falcões traidores desmancham a formação da bolha protetora e nos atacam.

— Abaixem-se! — grito.

Caio enquanto estouros de luz passam voando sobre a minha cabeça, mas meu tio continua de pé. Olhos espremidos. Ele realmente pensa que está destinado a liderar. Que ele é invencível e nada pode atingi-lo.

Bryce mira com o canhão de ombro e derruba alguns falcões. Roderick faz um deles sair em espiral depois que um arpão acerta uma das asas. Eu disparo outro arpão.

Nós avançamos pela linha de falcões, mas os cilindros azuis continuam despencando.

— O que infernos eles estão fazendo? — pergunta Pound. — Nada pode atravessar as nuvens escuras.

Os cilindros azuis param logo acima das nuvens.

— Derrubem eles! — grita Bryce arregalando os olhos. — Agora!

Eldon se inclina para a frente, exercendo toda a sua força nas cordas. Estamos longe demais. Os cilindros azuis congelam. Presos no ar. E então, os cascos começam a brilhar, brancos.

— Keeton! — grito pela joia. — Precisamos de mais energia do motor!

— Estou tentando!

Eldon grita enquanto empurra mais forte. Os braços dele tremem. O vento se intensifica. Eu me agarro na grade. Meu cabelo esvoaça. Quando estamos nos aproximando, lançando arpões desesperadamente, os barcos azuis começam a se movimentar em uma formação circular. Sua velocidade aumenta tanto que eles se transformam em um borrão de luz indistinguível.

Roderick os ataca com o disparador automático, mas todas as lanças passam inofensivas pela luz.

— Não consigo acertar — grita ele, frustrado.

Um sentimento horripilante faz cócegas nas minhas costas.

— Recuem!

— Não! — grita Pound. — Podemos derrubá-los.

— Recuem! — grito outra vez.

Eldon traz as mãos na direção do quadril e nós paramos. Os falcões traidores voam em nossa direção, mas temos tempo.

— O que estão fazendo? — pergunto, encarando o círculo de luz.

— Que tecnologia é essa?

— É como atravessamos as nuvens — diz Bryce, observando os barcos, embasbacada.

Fecho a boca. O que eles vão trazer do outro lado?

Os cilindros giram até que, de repente, as nuvens escuras fazem espirais formando um vórtex. Uma abertura se alarga, oferecendo um vislumbre do cenário desértico lá embaixo. Um terreno infértil e baldio de rochas escarpadas e cânions compridos.

— Precisamos ir embora — diz Bryce.

Em algum lugar lá embaixo, um bramido ruge. Tão intenso que a *Gladian* treme. Eu sinto a vibração nas pernas, a facada de horror no coração.

— Eleve-se, gigântuo! — grita Goerner através da joia geral do Rei.

— Eleve-se, devorador de ilhas!

E então, deixando-me completamente chocado, a crista de um dos gorgântuos mais colossais da história desponta pela abertura das nuvens escuras. Não consigo sequer estimar o tamanho. Pelo menos um Classe-50. Ou mais? Talvez tenha até mesmo um quilômetro e meio de comprimento.

O convés inteiro fica paralisado.

Todos os navios da Caça pararam. O mundo parece ter se congelado naquele instante. Então, a besta ruge outra vez e o próprio ar parece tremer. As escamas do gigântuo são vermelhas, como fogo. Os olhos são de um azul brilhante.

Ele continua subindo. Sem parar. Tão grande quanto uma ilha pequena. Um gorgântuo comum seria uma mosca comparado a essa coisa.

Eldon faz a nossa embarcação recuar. Nós viramos e logo estamos manobrando através dos falcões que nos atacam. Quando passamos por eles, corremos em direção à frota da Caça.

O gigântuo continua a subir. Será que não tem fim? A *Golias* e o outro cruzador de batalha traidor se viram. Zarpam para o céu aberto. Os falcões seguem para atracar nos hangares abertos. Porém, nem a frota da Caça e nem os porta-navios da Ordem os perseguem.

Não demora muito para que os porta-navios da Ordem disparem os canhões diretamente no rosto do gigântuo. Esses estouros de luz são conhecidos por explodirem pedaços de ilhas inteiras. Porém, quando atingem o crânio, fazem apenas com que a cabeça da besta se ilumine de raiva. Deu na mesma que virar o reflexo de um espelho para os olhos da criatura.

Quando o gigântuo ergue todo seu corpo acima das nuvens escuras, ele vira. Olhos focados na ilha à distância.

A Costa do Ferro.

Calafrios fazem cócegas no meu pescoço enquanto a besta solta um bramido faminto. E então, ignorando todos os navios no entorno, o gigântuo parte diretamente para a capital.

44

A CAUDA DO GIGÂNTUO DILACERA TRÊS PORTA-NAVIOS DA ORDEM EM UMA única chicotada. Estilhaços de metal e destroços caem. Mesas e móveis pegando fogo, centenas de pessoas chovem dos céus. Os gritos ecoam enquanto caem.

Pound dá um passo cambaleante para trás.

— Salvem os que caíram! — grita Koko.

Nós e os outros navios da Caça traçamos um caminho sinuoso através dos escombros. Uma mulher vem girando em nossa direção.

— Eldon! — diz Pound, apontando.

— Estou vendo. — Eldon estreita os olhos de concentração. — Vamos. Vamos.

Fazemos uma curva fechada. Meu peso é atirado para um lado, as mãos agarradas na grade. Os destroços colidem no convés. Pound salta para cima da grade a bombordo, as mãos a poucos metros de distância da mulher. Só mais um pouquinho. Mais um pouquinho.

Eldon grita enquanto estica as cordas. Aperta na curva. A ponta dos dedos de Pound toca na mulher. Ele está prestes a puxá-la quando o porta-navios acima de nós explode. A onda de choque nos joga para trás e a mulher sai girando loucamente. Pound cambaleia sobre o convés e rola até uma rede.

— Não! — grita ele.

Eldon gira as cordas, lutando contra a corrente. O suor se forma ao redor dos óculos. Os braços tremem para nos forçar de volta no ritmo da mulher em queda.

Bryce rola para longe da chuva de fogo.

— Deixem a mulher — diz meu tio —, nós precisamos...

— Não! — Eu o empurro para o lado.

Quando chego a estibordo, percebo que ela está passando por mim e subo na grade. Que se danem as minhas feridas.

— Abaixe-se! — grita meu tio.

A mulher vem rodopiando em minha direção. Estico as mãos, pronto para puxá-la para a segurança quando os braços de Bryce se curvam na minha cintura. Sou arrancado para trás e depositado sobre o convés.

Destroços caem na grade onde eu estava. Estraçalhando-a por inteiro. A mulher sai rodando para longe de nós.

Bryce está arquejando. A pele pálida.

— Não podemos salvar todo mundo, Conrad. — Ela aponta o dedo para o céu. — É para lá que precisamos ir. A besta.

Não. Não é certo abandonar todas essas pessoas para a morte. Porém, a enorme sombra do gigântuo assoma. O rugido estremece o próprio ar. E a besta continua seguindo para a Costa do Ferro, embora os canhões frenéticos da Ordem esmurrem seus flancos.

— Somos caçadores — diz ela. — É hora de caçar.

O gigântuo irrompe pela muralha de navios da Ordem. Rugindo. Os quatro porta-navios restantes revertem os motores, planando para longe. Apenas falcões e um punhado de navios corajosos da Caça se mantêm no caminho da besta.

Meu tio grita ordens para a Costa do Ferro através da joia.

— Tirem todos daí!

Poucos na Costa do Ferro esperavam por um decreto de evacuação. Centenas de embarcações civis disparam para longe da ilha, mas nem todos possuem um barco.

Eldon nos impele em direção ao gigântuo. Quando nos posicionamos em paralelo à besta, com cada uma das escamas com nove metros de diâmetro, sinto o medo me enregelar, me dizendo que não há nada que possamos fazer.

— Derrube a criatura! — ordena Koko.

Nossos arpões colidem inofensivos nas escamas. O canhão antiaéreo centelha ao redor dos olhos da besta, mas ela mal pisca. E os estouros dos canhões de ombro agem como fogos de artifício contra uma montanha. Outros navios da Caça têm seus próprios armamentos diversificados. Um deles lança uma corrente grossa em volta da besta, tentando segurá-la.

A corrente se parte depois de uma ondulação preguiçosa.

Enquanto nos aproximamos da besta, até os movimentos causam rajadas de vento contra nós.

Meu tio grita na joia, comandando que mais navios da Ordem na região se envolvam. E alguns obedecem. Alguns cruzadores de batalha se aproximam. Eles lançam os falcões. Disparam os canhões. O céu é bombardeado com toda sorte de armamento.

Só que nada impede o avanço dessa monstruosidade.

O gigântuo engole um trio de navios da Caça que chegam perto demais. Tripulações inteiras desaparecem em um instante.

À distância, embarcações de classe Titânio disparam raios ômega no dorso do gigântuo. Uma escama solitária arde branca de incandescência, e o gigântuo brame de dor. Ele agita a escama para esfriar a pele queimada.

— Ele consegue controlar as escamas individualmente! — grito.

— Uma abertura — exclama a Mestra Koko. — DISPAREM TODO O ARMAMENTO!

Quando a escama se mexe, nós atacamos a carne branca por baixo. Canhões de ombro. Barris explosivos portáteis. Arpões. Tudo que possuímos. Nacos de músculo explodem.

Estouros ômega ardentes continuam a atingir o gigântuo. Fazendo outra escama oscilar.

A frota enxameia ao redor da besta. Atirando. Até mesmo os navios da Caça relutantes retornam para a luta. Falcões penetram. Cruzadores de batalha disparam os canhões.

Pedaços gigantes de carne continuam a despencar.

Ainda assim, o gigântuo é colossal. Com todo o nosso poder de fogo, causamos apenas um joelho ralado.

Então, um navio da Caça de classe Predador zarpa por nós. Bate com a proa afiada na carne. Perfura um pouco também, mas então a escama se solta, esmagando o convés do navio e a embarcação estraçalhada afunda.

Fecho os olhos. Deve existir um modo de derrubar essa besta. Alguma coisa. Qualquer coisa.

— Eldon — digo —, o saco de gás.

Ele não precisa de outra ordem. Nós subimos sobre as ondulações da besta, costuramos entre os falcões apressados, e nos lançamos em direção à cabeça.

Os falcões são como abelhas enfurecidas atacando um urso monstruoso. Eles disparam nos olhos. Narinas. Em tudo. Só que o gigântuo nem mesmo reage.

Quando chegamos à crista, meu coração despenca. Não vejo uma faixa de pele atrás da crista. Não há acesso visível ao saco de gás.

— Onde está? — pergunta Pound.

Bryce para ao meu lado.

— Essa falha de projeto foi consertada. Essa é a máquina mortal perfeita.

— Deve existir um jeito de impedir essa coisa! — grito.

Ela morde o lábio, incerta.

Agora a Costa do Ferro está mais próxima. Os canhões anti-G da ilha alvejam o gigântuo. Bombardeando o céu de explosões azuis. Porém, o gigântuo continua ondulando.

— Leve-nos para mais perto da besta — exclamo.

— Conrad — argmenta Roderick —, é perigoso demais....

— LEVE-NOS PARA PERTO!

Eldon olha de relance para Roderick e, depois de respirar fundo, faz um giro para nos aproximar. Quando subimos por cima da crista, estamos diretamente acima da cabeça gigantesca, e um focinho que se estende sem fim. Dentes com mais de trinta metros de comprimento.

Os olhos azuis nos fitam com frieza. As pupilas maiores do que nosso convés.

— Dispare os arpões nos olhos! — grito.

Roderick aperta o gatilho, lançando um arpão depois do outro nos olhos, mas os arpões ricocheteiam para fora.

— Os olhos são blindados por algum tipo de filme protetor — grita Pound, embasbacado.

— Canhões de ombro! — grito.

Sem efeito.

— Barris explosivos! — berro.

Nada.

Meu coração está batendo, oco. E a voz da Mestra Koko estremece de preocupação. Um falcão desesperado mergulha direto para dentro do globo ocular. O corajoso piloto e o barco estouram em uma fúria dourada.

O gigântuo apenas pisca.

A Costa do Ferro está mais próxima. Os arranha-céus se assomam. Eu quase consigo ouvir os gritos.

Minha tripulação não sabe o que fazer. Um porta-navios da Ordem, depois de lançar boa parte da tripulação para longe em barcos salva-vidas, parte em uma missão suicida. Colide com o dorso da besta, e deflagra uma explosão enorme. Isso faz com que uma dúzia de escamas queimem a pele da criatura, e o gigântuo uiva. Ele levanta as escamas e nos oferece um lugar para atacar.

Só que isso são apenas arranhões em uma besta desse tamanho.

Nós não desistimos, mesmo quando o gigântuo, avançando sob as raízes obscuras da Costa do Ferro, bate com o rosto na pedra.

— O que ele está fazendo? — pergunta Pound. — Está atacando a rocha? Achei que ele ia atrás da cidade.

— Ele quer a ilha inteira — diz Eldon, quase sussurrando.

Conforme a besta escava uma toca na ilha, como um verme gigante se embrenhando em uma maçã, um sentimento gélido e intenso me afoga. Essa criatura está além de nossas capacidades. Não temos nada para lutar contra ela.

— Está indo atrás do coração da ilha — grita meu tio pela joia. — Se ele o devorar, a ilha vai cair!

A frota inteira redobra os esforços de ataque. Nós zarpamos pelo gigântuo, mesmo com pedaços de rocha caindo ao nosso redor. A besta começa a deslizar para dentro da ilha. O metal range, moendo a pedra sólida. Ele mastiga o exterior da ilha. Aprofunda-se mais e mais.

Estouros ômega continuam a fazer as escamas se agitarem. Atacamos a carne exposta, mas o gigântuo não diminui sua velocidade.

Mais embarcações civis escapam da Costa do Ferro. Os tremores violentos da escavação do gigântuo fazem os arranha-céus desmoronarem. Desabam com um estrondo ensurdecedor. Colunas de poeira enevoam o ar.

Nós desviamos das pedras em queda, e depois de uma delas quase romper o convés, nós recuamos. Durante vários segundos, minha tripulação fica parada, encarando sem poder fazer nada. As mãos nos quadris. Exaustos. Prontos para desmaiar.

Angústia revirando as entranhas.

Pound é o único que segue atirando. Esvaziando todos os canhões de ombro que consegue. As lágrimas enchem seus olhos. Ele se livra de um e pega outro. Até mesmo lança os arpões usando apenas as mãos. Tornando-se cada vez mais tresloucado.

Mas o resto de nós paralisou.

O gigântuo avança mais fundo. O rosto inteiro desapareceu de vista. O corpo serpenteia.

E pela primeira vez desde que posso me lembrar, a voz do meu tio estremece quando ele leva a joia até a boca. Ele envia uma mensagem a toda a frota.

— Todos os navios, recolham o máximo de civis que puderem.

— Ainda podemos lutar com essa coisa! — grita Pound, agora arremessando explosivos portáteis. — Seu Urwin bosta de pássaro imbecil!

Meu tio não reage.

Pound olha de relance para mim.

— Não escute ele, Elise!

Eu dou as costas para ele. Não quero encará-lo nos olhos.

— Elise! — ruge Pound.

— Eldon — digo, respirando pesado —, nos leve até a doca mais próxima.

Pound se enfurece e avança na minha direção.

— Não!

Bryce e Roderick saltam para cima dele. Ele cai no chão, chorando. Aos berros.

Meu coração dói. Tudo arde.

Enquanto o gigântuo escorrega para o núcleo da Costa do Ferro, nós fazemos a curva em direção à doca. E lá, um aglomerado de pessoas desesperadas e aos gritos espera para ser coletada.

Não podemos levar todos eles. Nem se quiséssemos.

Outros navios da Caça virão. Não demora muito para a *Gladian* se encher de pessoas aterrorizadas. Uma mulher grita que seu bebê escorregou dos seus braços. Um casal de idosos cede o lugar a bordo para três crianças pequenas. As crianças, atordoadas, abraçam os pais. Bryce fica ao lado delas.

— Pegue o meu lugar — grita Pound. — Aquele garotinho ali. Dê meu lugar a ele.

Naquele instante, a ilha começa a tremer. E o grito mais arrepiante enche o convés. As pessoas em pânico correm para a *Gladian*. Nós recuamos. Algumas pessoas tropeçam na beirada da embarcação. Algumas saltam e se agarram nas grades, escorregam e despencam no céu.

Eu sinto frio.

Crianças pequenas, carregadas nos ombros dos pais, estendem as mãos para nós. Porém, estamos zarpando para longe. Outros navios também se afastam. E milhares, abarrotando as ruas da Costa do Ferro, imploram para que voltemos.

Meu tio apoia a mão no meu ombro, e estou chocado demais pela cena para me desvencilhar.

Depois de um grunhido longo e satisfeito, o gigântuo desliza para fora da Costa do Ferro. Algo luminoso pulsa dentro de sua boca gigantesca: o coração da ilha.

A ilha estremece. Durante alguns segundos, ela segue pairando no ar. Não podemos fazer nada a não ser agarrar a grade. Nossos lábios tremem enquanto a grande capital das ilhas, o farol da nossa força, despenca do céu.

Um grito horripilante preenche o ar, milhares de vozes ao mesmo tempo... e então, não se escuta mais nada além do vento silencioso.

45

MINUTOS DEPOIS, O GIGÂNTUO, COM OS OLHOS SONOLENTOS, AFUNDA SOB AS nuvens através do vórtex em espiral, como se fosse compelido por uma força desconhecida.

Deveríamos ir atrás dele. Persegui-lo até lá embaixo. Porém, temos um navio lotado. Além do mais, seria suicídio. O resto da frota concorda. Assim que a cauda da besta desaparece, os cilindros azuis explodem e a nuvens escuras se colidem outra vez, preenchendo o espaço.

Raiva e dor me preenchem enquanto encaro as nuvens escuras. Aquela criatura foi criada para um propósito. Ela vai voltar. Diversas vezes até que as Terras Celestes se rendam. Eu não vou deixar isso acontecer. De alguma forma, eu vou derrubar aquela besta.

Refugiados com expressão sombria enchem o convés. Alguns estão atentos e, com a tensão tão alta, algumas brigas estouram. Entre os que gritam, Pound se destaca, o rosto cheio de lágrimas. E com sua voz mais grave, ele começa a cantar.

A voz fraqueja, deixando as palavras indistinguíveis de início. A gritaria para. Todos se viram quando ele vai a passos duros até a proa e para na grade.

Eu e Roderick o acompanhamos, parados ao lado dele. E enquanto observamos o lugar onde a Costa do Ferro costumava estar, nós cantamos "A Canção dos Caídos". Outras vozes se unem ao nosso tributo.

O convés inteiro, repleto da canção por vozes aterrorizadas e fracas, honra aqueles que experimentaram a queda que um dia será nossa.

Não importa o quanto ascendamos até nos tornar Superiores, ao fim, todos caímos.

Depois que os últimos acordes da canção se dissipam, o convés fica em silêncio. Não há mais brigas. Apenas pessoas tristes se agarram aos poucos pertences ou entes queridos que foram sortudos o bastante para sobreviver.

— Leve-nos para Midland — diz meu tio para mim. — Eu vou para baixo contatar os Mestres.

Logo, estamos voando em silêncio pelo céu azul. Keeton insiste para que eu e Bryce enfaixemos nossos ombros. Agora que a adrenalina passou, a ferida dói intensamente. O sangue secou sobre o braço e a lateral do corpo.

Bryce e eu entramos na sala médica e injetamos remédios e enfaixamos os ombros. Então, ficamos de costas um para o outro enquanto vestimos uniformes novos.

Ficamos em silêncio nessa tarefa, incertos do que dizer, se é que há algo a dizer. Antes que eu saia, ela me segura e me puxa para um abraço apertado, agarrando minhas costas. É a coisa mais quente que senti o dia todo e aquilo me quebra. Um tremor enorme me percorre até que seus dedos gentilmente enxugam as próprias lágrimas e também as minhas.

— Precisamos ser fortes... por todo mundo — digo.

— Nós *somos* fortes, Conrad.

Quando voltamos ao convés, Midland cresce à distância.

Os Médios da Costa do Ferro moram aqui e, pelo que soube, nem os Superiores se importam em aparecer para visitas. Logo abaixamos até a doca no porto da bela ilha. Aparentemente, muitos outros também pensaram em vir para cá. Navios celestes enchem o céu, enfileirados e aguardando a sua vez. Porém, temos o Rei a bordo, então cortamos caminho.

Nossa prancha é baixada até a doca.

Midland está abarrotada de prédios de tijolos e caminhos de pedra. Apesar de ter carruagens flutuantes e outros confortos tecnológicos como globos de calor, é um mundo à parte da Costa do Ferro. Não há arranha-céus. Não há manobras aéreas em meio a um centro urbano agitado.

É um lugar tranquilo. E, por enquanto, seguro o bastante para entregar os refugiados. Conforme as pessoas desembarcam na doca, várias gritam em pânico a respeito do que aconteceu com a Costa do Ferro. Uma mulher Superior passa correndo, conferindo os navios, perguntando se alguém viu seu marido.

Bryce vem até mim, com quatro crianças escondidas atrás das pernas.

— Essas crianças precisam de um lugar *agora* — diz ela. — Não vamos só largar todos aqui e esperar que tudo dará certo, não é? Porque elas não estão bem, Conrad. Elas não estão.

A voz treme. Ela apoia a mão na cintura. Uma garotinha, com não mais do que quatro anos, segura a perna de Bryce.

Eu a encaro com as crianças pequenas. Meu tio não vai querer que fiquemos aqui por muito tempo. No entanto, aqueles rostinhos me encaram, e eu não me importo com o que o tio pensa. E ele não vai deixar o porto sem mim.

Com o pôr do sol atrás de nós, Bryce e eu saímos do navio, de mãos dadas com as crianças, e caminhamos pelas ruas de Midland. Todos na ilha se apressam de um lado a outro, comprando comida para estocarem. As prateleiras dos mercados estão vazias e reviradas. Alguns Médios levam todas as suas moedas para comprar uma embarcação, caso precisem fugir de repente. Ouvem-se sussurros da guerra e do ataque por toda parte.

As crianças estarão a salvo aqui, tão perto do ataque do gigântuo? É impossível saber. Mas por que o gigântuo voltaria para destruir uma ilha de Médios? Tem pouco valor. Os Abaixos mandaram a besta para a Costa do Ferro por um motivo. Quando voltar, provavelmente irá atrás de outra ilha forte, como Venator ou Dandun, lar dos Acadêmicos.

Talvez até mesmo Holmstead. Eu afasto aquele pensamento.

Bryce conversa alegremente com as crianças, apesar dos hematomas que leva no corpo, do ombro ferido e dos acontecimentos terríveis de hoje. Ela aponta para coisas interessantes — como um pequeno córrego de pescaria que cintila sob as luzes das lâmpadas de cristal.

Em um dado momento, a garotinha mais nova começa a chorar e Bryce a abraça.

Não demora muito para encontrarmos um orfanato. É um prédio alto com pináculos que apontam para o céu que escurece e um trio de árvores rosa floridas que lançam sombra sobre um riacho que corre por um jardim. Nós abrimos o portão com um clique e seguimos os degraus até a porta.

A administradora vem nos receber. Feliz por aceitar crianças. Porém, ela também é uma mulher de negócios. Não dá para alimentar crianças sem dinheiro.

Então, dou a ela uma porção dos meus ganhos do prêmio.

A mulher fala gentilmente com as crianças e quando são levadas para dentro em direção a alguma bebida doce e quente, Bryce e eu nos viramos para retornar à *Gladian*.

— Compaixão — diz Bryce, puxando os portões para fechá-los —, e não crueldade é o que vai vencer essa guerra. — Ela olha para mim e abre um sorriso. — Existem atos altruístas até mesmo nas piores épocas.

E de repente, quando a primeira estrela surge, ela desliza uma das mãos para a minha. Perco o fôlego por um instante. É estranho como algo tão simples deixa a minha pele quente. Durante alguns segundos, tudo parece perfeito no mundo, mesmo que não estejamos nem perto disso.

Eu não falo, e nem ela.

Quando voltamos para o navio, meu tio aguarda no convés, os dedos tamborilando impaciente. Ele olha de relance para a mão de Bryce na minha antes de ela se afastar. Ele estreita os olhos, observando. Não faz tanto tempo desde que ele planejava dar a ela uma morte de traidora. Ela me olha de relance, faz uma careta para meu tio, e depois desce para os deques inferiores.

Quando Eldon nos leva para longe de Midland e em direção ao céu noturno, meu tio me puxa para o lado.

— Você está ficando confortável demais com aquela garota.

— Isso não é da sua conta.

Ele franze a testa, surpreso ao me ouvir rechaçar. Talvez ele esteja prestes a me dar uma ordem para ficar longe dela, mas sua voz sai em um tom mais comedido.

— Podemos confiar nela?

— Ela salvou a minha vida diversas vezes a essa altura — digo. — E o povo dela a traiu. Meu navio é o único lar que ela tem.

— Você conhece o ditado — diz ele baixinho. — Uma vez traidor, sempre traidor.

— As pessoas são mais do que rótulos, tio. E ela é a nossa melhor chance de entender os Abaixos.

Meu tio considera aquela proposta. É inteiramente bizarro que ao olhar para ele, enxergue o meu pai contemplando uma decisão difícil. Meu pai não se importaria que Bryce salvou minha vida. Ele mandaria que a arremessassem para fora da embarcação porque o risco seria grande demais.

— Vou deixá-la sob a sua vigia, então — decreta meu tio.

— Você confia tanto assim em mim?

— Nós temos o mesmo sangue. Se eu não puder confiar em você, em quem mais vou confiar? — Ele olha ao redor, garantindo que ninguém esteja por perto. — Conrad, essa guerra expôs fraquezas na Meritocracia. Se eu tivesse sido morto, Ella seria nova demais para herdar o trono. Os Mestres precisariam escolher um novo Rei ou Rainha. — Ele faz uma pausa. — E se existir mais um infiltrado entre os Mestres? E se os Mestres escolhessem essa pessoa para ser a Superioridade?

Um calafrio percorre minha espinha.

Meu tio toca no meu ombro para que eu o encare de frente.

— As ilhas precisam de você, Conrad. Deixe o seu ódio por mim de lado. Sei que você nutre o desejo de vingança. Mas essa guerra é maior do que todos nós.

— Diga onde está Ella.

— Aceite a minha oferta — diz ele. — E eu contarei.

Passo a língua nos dentes, sentindo amargura.

— Estou com a sensação, tio, de que você vai continuar retendo essa informação. Para me obrigar a fazer o que você quer para sempre.

— Eu depositei minha confiança em você — diz ele. — Você precisará depositar a sua em mim.

Ele faz uma pausa, olhando para as luzes de uma ilha que passa. Lowland.

— Estive me comunicando com a Academia. E eles acreditam que o gigântuo, devido ao seu tamanho imenso, precise repousar por longos períodos de tempo depois de um ataque. É possível que tenhamos tempo antes que ele retorne. Porém, quando isso acontecer, as ilhas precisarão depender umas das outras. A Meritocracia nos fortaleceu, mas ela também pode nos enfraquecer. Todos precisamos trabalhar juntos para vencer. Mais cedo, eu disse que você aprendeu a usar sua tripulação como uma ferramenta. E isso é verdade. Você aprendeu a usá-los. Só que a sua tripulação arriscou tudo para nos salvar da *Golias* quando poderiam facilmente pegar seus prêmios e partir. Esse tipo de lealdade é raro. Para vencer essa guerra, não podemos nos preocupar com quem é Superior e quem é Baixo. Precisaremos lutar contra o inimigo como uma unidade.

É fácil para ele falar isso, sendo o Rei. Só que tenho certeza de que se ele fosse um Baixo, não estaria muito feliz com essa posição. Mesmo durante uma guerra.

— Você conquistou o direito de ser um Urwin outra vez — diz ele. — As ilhas são apenas tão fortes quanto a sua Superioridade. E eu acredito que, além de mim, exista apenas uma pessoa que poderia liderar se algo acontecesse comigo.

Ele toca o meu ombro novamente, de leve, e se vira para ir embora. Deixando-me ali no convés sob o vento frio, pensando a respeito dos poderes que eu teria como Príncipe.

Como herdeiro.

◆◆◆

Na manhã seguinte, Pound me encontra descansando na sala de comando. Meu ombro continua enfaixado, mas os remédios têm feito um avanço considerável. Naquela manhã, a ferida quase se fechara, mas ainda sinto um formigamento.

— Perdeu a cabine do Capitão para aquele bosta de Urwin, hein? — Pound se senta na outra cadeira acolchoada e cruza os pés enormes. — Depois que você derrubou aquele Classe-5, achei que você nunca perderia aquele cômodo. Você seria Capitão pelo tempo que quisesse.

— A cabine ainda é minha.

— Aham. E eu sou uma frágil garotinha de escola.

Eu bufo.

— Vamos levá-lo para a *Couraçado*.

— O navio do Rei? Ouvi dizer que sofreram um golpe.

— Quem disse isso?

— Um dos refugiados. A *Couraçado* não saiu do porto da Costa do Ferro até pouco antes da ilha cair. Os traidores foram atirados para fora do navio.

— Nós poderíamos ter usado a *Couraçado* contra o devorador de ilhas.

Pound franze a testa.

— Não sei se isso teria adiantado.

Ficamos em silêncio. Um sentimento melancólico preenche a sala, como tem feito desde a batalha. Impotência. Na última noite, eu fiquei revirando na cama, tentando dormir, mas fui incapaz de escapar da visão de todas aquelas pessoas caindo.

E quase não consigo acreditar que aquilo aconteceu mesmo. Quase não consigo acreditar que estou respirando. Que a vida ainda continua. Que o sol ainda nasce e se põe. O vento ainda sopra. Como se nada horrível jamais tivesse acontecido.

— Sente saudades de casa? — pergunta ele.

Fecho os olhos.

— Sinto saudades da minha mãe. Ela era o meu lar.

— Sinto saudades da minha mãe também...

Nunca achei que sentiria qualquer coisa além de ódio por um Atwood. Porém Pound, assim como eu, foi abandonado. E talvez exista uma revolta nele. Um ódio em relação a certos membros da família que convenceram sua mãe de que ficariam melhor sem ele.

— Você e eu somos iguais — diz ele, me encarando nos olhos. — Queremos nossa família de volta, mesmo que nossas famílias só queiram a gente de volta se pudermos oferecer algo em troca. — Ele faz uma pausa. — Você vai aceitar a oferta do seu tio, não vai?

— É o único jeito de encontrar com minha irmã.

Ele hesita e encontra meu olhar.

— Minha família nunca vai me aceitar de volta se eu servir com um Urwin.

— Eu sou um Elise.

— Não por muito tempo.

Recaímos em silêncio. Percebendo que essa união pela qual trabalhamos tão duro para forjar precisará se quebrar por causa de uma rivalidade de família. Somos herdeiros de uma rixa geracional. E não importa o que sentimos a respeito disso, porque a rivalidade se agiganta para cima de nós dois.

— Pound — sussurro —, eu entendo que você vai precisar ir embora, mas eu gostaria de verdade que você ficasse. Você conquistou a minha confiança e existem poucas pessoas com quem eu preferiria lutar em uma guerra.

Ele ri.

— Não me diga que você acha que somos amigos?

— Nós *somos* amigos.

Ele congela.

— É egoísta da minha parte pedir que você fique — continuo —, sabendo o que a sua família vai pensar. Mas meu navio precisa de você.

Ele franze a testa. Durante vários longos segundos, nenhum de nós fala. O único som vem das vibrações sutis do navio.

— Isso é mais difícil do que eu esperava — diz ele, coçando a parte de trás da cabeça careca. Então, ele estende um envelope para mim.

— A minha carta de demissão.

Abro a boca.

— Não diga nada, Urwin. Você sabe que não pode impedir a minha demissão quando vamos ter um recrutamento iminente.

— Eu não te forçaria a ficar.

Ele para.

— Ah.

Apesar de tudo, eu me sinto magoado. Encaro a carta, e depois olho para ele.

— Bem, então. — Ele dá uma batidinha no meu ombro e se levanta. — Você é o desgraçado mais corajoso que eu já conheci. Eu sempre soube. Mesmo na época dos becos de Holmstead. Você lutava como um proulão faminto. Saiba apenas que independente do que acontecer no futuro, você sempre vai ter o meu respeito.

Logo antes de ele abrir a porta, eu o chamo outra vez.

— O que você vai fazer agora?

— O que mais, Elise? Entrar no recrutamento da Caça. E ascender.

◆◆◆

Quando estamos em ar aberto, longe das ilhas, uma grande reunião de embarcações acontece. Navios da Caça. Navios da Academia. Um pequeno barco da Exploração. E até mesmo a capitania do Saneamento, a *Tunkard*. Além deles, navios da Ordem cobrem o céu. Duas dúzias de porta-navios, cinquenta cruzadores de batalha e mais de duzentos andorinhões. Sem mencionar que há mais falcões do que estrelas.

O navio do Rei, a *Couraçado*, paira no centro da frota. Diversos navios, incluindo o meu, se aproximam da embarcação colossal.

— Vocês estão livres para atracar — diz uma voz através da minha joia, oriunda da *Couraçado*. — No hangar A.

Encaro maravilhado quando contornamos a *Couraçado*. Maior até mesmo do que o porta-navios mais largo, o armamento poderia romper facilmente um cruzador de batalha com uma única surriada. Porém, meu deslumbramento diminui quando me lembro de que até mesmo a *Couraçado* pareceria um tordo comparada ao gigântuo.

Todos os navios de Mestres, exceto pelo da Exploração, que investiga ares não mapeados, atracaram no navio do Rei. Naquele dia, os Mestres e o Rei vão selecionar um novo líder da Ordem.

Com o meu bastão de duelo preso debaixo do braço, sigo meu tio, descendo a rampa da *Gladian* em direção à plataforma do hangar. Esse hangar escuro se abre para uma expansão maior do que a doca Média em Holmstead. Parece que nunca acaba, um grande fosso cheio de trilhas ramificadas.

As pessoas lotam o espaço. Mecânicos trabalhando em falcões. Mercadorias sendo descarregadas. Armas sendo abastecidas.

A Capitã da *Couraçado* nos cumprimenta. Ela é baixinha, com ombros sólidos, e exibe um olhar sagaz.

— Rei — diz ela, fazendo uma reverência. — Deixe-me acompanhá-lo até a Sala do Conselho.

Enquanto andamos, com guardas da Ordem nos flanqueando, uma série de conselheiros fornece informações ao Rei. Mesmo que eu ainda não tenha aceitado a oferta do meu tio, recebo o privilégio de escutar essas conversas.

Parece que o Almirante Goerner possuía influência o bastante para roubar mais alguns navios da Ordem, mas de acordo com os últimos dados coletados, sua frota da Ordem não é maior do que seis cruzadores de batalha, dez andorinhões e um porta-navios. Além disso, aconteceu certo tumulto na Caça. Alguns espiões foram descobertos e alguém bombardeou uma embarcação de classe Predador.

— Espiões por toda parte — comenta uma conselheira, lendo de um bloco de notas enquanto saímos do hangar e entramos em um corredor. — Até mesmo nas Artes.

— Artes? — indaga meu tio.

— Achamos que a intenção deles era fazer propaganda militar por meio de mídias subversivas. Também descobrimos que a Arquiduquesa de Orlaleste não é das ilhas. Ela planejava desafiá-lo a um duelo daqui a dois meses, mas, bem...

— Execute-a — diz meu tio.

— O senhor gostaria... gostaria que nós a interrogássemos primeiro?

O olho do meu tio se contrai.

— É claro. Não faça perguntas estúpidas.

O rosto da conselheira fica corado e ela se afasta. A Capitã para do lado de fora da câmara de conferência. Meu tio passa direto pelas medidas de segurança na porta. Todos exceto ele passam por uma revista completa antes de receber permissão para avançar. Quando entramos, meu tio sobe até o seu assento, atrás do púlpito, na plataforma superior. Ele não me convida para me sentar ao seu lado.

Eu me acomodo em um assento no canto superior, longe de todos os presentes.

Enquanto Mestres de várias partes do mundo chegam, meu tio se senta sozinho, os dedos inquietos brincando com o novo bastão. Ele faz uma careta ao sentir a lisura da madeira. Um bastão sem rachaduras, sem história. Os Mestres prestam a atenção nele, cochichando entre si. Essa é a primeira experiência que alguns deles têm com Ulrich de Urwin. Ele é o Rei há apenas algumas semanas.

A Mestra Koko entra em seguida, acompanhada pelo Mestre do Saneamento. Então, vem a Mestra da Política — e caramba, como o sorriso dela me irrita. Claramente, ela possui um sorriso ensaiado enquanto aperta a mão dos outros Mestres.

A Mestra das Artes, uma mulher de cabelos crespos, entra em seguida. Um caderno de rascunhos repousa no bolso frontal do robe azul. Enquanto ela exibe um sorriso para aqueles ao seu redor, detecto uma centelha de manipulação por trás da sua expressão. Ela é uma mulher que entreteve as massas durante anos. É capaz de mudar a direção dos ventos da aprovação de Reis e Rainhas por meio da criação de artes ou histórias. O poder do seu Ofício costuma ser subestimado.

O Mestre do Mercantil também entra na sala, vestindo robe dourado. Diversos anéis cobertos de pedras preciosas brilham em seus longos dedos escuros. Ele vasculha o ambiente, talvez calculando o valor de tudo nessa sala.

A Mestra Koko vem até mim e meus olhos se arregalam um pouco quando ela me puxa para um abraço cuidadoso. Ela me afasta e olha para mim.

— Imagino que você não queira mais ser o meu sucessor? — Ela olha atentamente para o meu tio lá em cima. — Não quando se tem uma oferta maior.

— Estou indeciso.

Ela me analisa.

— Você é um garoto estranho, Conrad. Pensaria que você teria se exultado com a oferta.

— É complicado.

— Ao que parece. Bom, não importa. Estou orgulhosa de quanto você evoluiu. Eu já pensei que você era uma pessoa impulsiva. Isolado. Mas você está se fortalecendo. Agora, independente do que decidir, não vou guardar nenhum rancor de você.

— Mestra, gostaria que Bryce de Damon fosse reintegrada na Caça.

Ela fica sem expressão e em silêncio.

— Soube que ela nos ajudou durante a batalha.

— Preciso dela na minha tripulação.

A Mestra Koko massageia o queixo.

— O navio é seu, claro. Eu vou reintegrá-la, mas unicamente para o seu navio. Ela é inelegível para o recrutamento. Não seria uma boa ideia ela se inscrever... Vingança, entende.

Ela me dá as costas, indo em direção ao seu assento, então olha para trás.

— Independente se você é o herdeiro ou não, você ainda é um Caçador. Para a vida toda. Espero ver você de volta em Venator para o recrutamento. Você terá poucos tripulantes, mas tenho certeza de que terá muitas opções para escolher e preencher as vagas.

Meu coração se aperta um pouco, lembrando que Pound será substituído. Talvez eu perca Keeton também. Ela cumpriu sua dívida de vida comigo e expressou o desejo de liderar um navio. Se ela partir, será que Roderick iria junto dela?

Posso acabar liderando uma tripulação quase toda nova durante uma guerra em que a Caça deverá exercer um papel importante.

O último Mestre chega de repente vestindo um robe cor-de-rosa e o emblema de uma caneta e um martelo no peito. O Mestre da Arquitetura. Um homem parrudo com ombros largos. Ele se senta em uma cadeira, descobre que ela está bamba, e desdenhosamente encontra um novo assento.

A grande porta se fecha e todos ficam em silêncio enquanto o Rei se levanta e vai até o púlpito. Nós olhamos para cima, esperando para ver como esse novo Rei irá se portar.

— Boa tarde — diz o tio. — Por enquanto, essa será a última reunião dos Mestres.

Uma enxurrada de respostas raivosas enche o ar. A Mestra da Agricultura se levanta abruptamente. A manga verde cai até os cotovelos quando ela ergue um punho furioso. O Mestre do Mercantil grita. Aparentemente, ele costuma fazer negócios grandes e importantes com outros Mestres. Arruma fornecedores para os diferentes Ofícios.

— É perigoso demais que estejamos todos na mesma localização — diz o Rei. — E se formos atacados? O que aconteceria com as ilhas nesse caso? Quem iria nos liderar?

A sala fica quieta.

— Além do mais — continua o Rei —, não tenho certeza se podemos confiar uns nos outros. Acho prudente manter contato à distância. Algum desacordo?

Ninguém discute. O Mestre do Direito e a Mestra da Política se entreolham de relance. Ouvi dizer que são próximos. E essa pode ser a primeira vez em que se enxergaram como inimigos em potencial.

— O próximo assunto a ser tratado — diz o Rei —, é o substituto para o cargo de novo Almirante da Ordem.

Pelas próximas duas horas, escutamos nomes. É um tédio, com diversas picuinhas políticas. Em um dado momento, o Mestre do Saneamento beberica seu cantil de bolso, apoia os pés no alto e tira um cochilo. Porém, o Mestre da Academia, Cheng de Lee, se levanta e assume o comando. O robe vermelho flui até os pés enquanto ele anda de um lado a outro à nossa frente. Um livro aberto está gravado em seu peito.

Ele nos conta a verdade sobre a situação — o quanto seria ilógico presumir que podemos confiar em qualquer um entre nós. Como a infiltração provavelmente é ainda mais profunda do que o pior que podemos imaginar.

No entanto, enquanto eu o observo, não consigo esconder a carranca que se firma em meu rosto. O Ofício desse homem enganou as Terras Celestes de propósito em relação à Região Abaixo e aos gorgântuos. Eu compreendo porque foi necessário, mas isso não significa que eu preciso gostar do que foi feito.

Suas palavras silenciam a sala por um momento apenas antes da discussão prosseguir.

Normalmente, a Ordem escolheria o seu próprio sucessor, mas considerando como a Ordem está danificada atualmente, isso não pode ser permitido. Esses Mestres estão entre as pessoas mais poderosas do mundo e nenhum deles sabe o que aconteceu com a Vice-Almirante da Ordem. Meu tio especula que ela foi arremessada para fora de seu navio quando o Almirante Goerner foi desmascarado.

Por fim, os Mestres tomam uma decisão.

Addeline de Lewcrose, de Venator, é escolhida para ser a nova Almirante e Mestra da Ordem. Sua criação sob os ideais da Caça, sendo a filha do predecessor da Mestra Koko, e seu status de Selecionada altamente bem-sucedido na Ordem fazem dela uma candidata excelente para o cargo.

— O cargo será oferecido essa noite — diz o Rei.

A sala aplaude, embora alguns Mestres não estejam animados porque seus amigos não foram escolhidos. O Mestre do Mercantil, pelo visto, parece que acabou de perder uma grandiosa transação comercial.

Porém, o Mestre da Academia parece satisfeito, devido ao histórico de Addeline tanto com a Ordem quanto com a Caça.

— Isso nos leva à nossa declaração final. — Meu tio faz uma pausa e ele olha rapidamente para mim. — Gostaria de apresentar a todos o meu sobrinho.

Logo, todos os olhares estão focados em mim.

— Ele acabou de concluir a Provação da Caça — diz meu tio. — Liderou uma tripulação de Caçadores através de uma Provação angustiante e que quebrou diversos recordes. A morte se tornou sua companheira quando, no primeiro dia, uma corajosa alma pereceu no convés bem na sua frente. Porém, ele perseverou. Ele até mesmo saltou para o dorso de um gorgântuo Classe-5 e, sozinho, derrubou a besta.

— Espere aí — diz o Mestre da Agricultura. — Esse é o garoto do qual ouvimos falar? Eu não sabia que vocês eram parentes.

— Ele assumiu o nome da mãe por um tempo — diz meu tio. — Mas com a ameaça do gigântuo, vamos precisar de pessoas como ele para vencer essa guerra. Pessoas que não serão impedidas de ascender por nada.

Minha garganta fica seca. Odeio todos esses olhares sobre mim.

— Conrad de Urwin é o meu herdeiro. — diz meu tio. — Por favor, sobrinho, ascenda. Suba na plataforma para assumir seu lugar ao meu lado.

Minha pele arde de ódio. Como ele ousa tomar essa decisão por mim, na frente de todas essas pessoas? Parte de mim quer cuspir no chão e sair a passos duros. Porém, meu tio sabe que não posso fazer isso. Não quando as ilhas precisam estar unidas mais do que nunca. Não quando estou tão perto de saber onde Ella está. Engulo meu orgulho e forço minhas pernas a me levarem pela escada.

E quando meu tio se inclina para me abraçar, ele sussurra:

— Eu recompenso a lealdade, Conrad — diz ele. — Por aceitar essa oferta, vou cumprir o meu lado da barganha.

E então meu coração se comprime quando ele me dá o que eu tenho desejado há seis anos.

— A sua primeira tarefa, Príncipe, é resgatar a princesa Ella.

46

DEPOIS DE RECITAREM ALGUMAS PALAVRAS CERIMONIAIS E CARIMBAREM O selo de cera do Mestre do Direito, volto a ser Conrad de Urwin. E me torno uma das pessoas mais poderosas das Terras Celestes.

Enquanto o escritório do meu tio se esvazia depois da coroação, vou até as janelas amplas da *Couraçado* e me sento em um sofá luxuoso. Conrad de Urwin. Outra vez. Mas como posso ser um Urwin quando minha mãe foi responsável por tanto do que me tornou quem sou hoje?

Estou vestido com uma roupa ornamentada e me percebo sentindo falta da simplicidade do uniforme da Caça. Lá fora, a frota aumenta. Mais navios da Academia chegaram, vindo de longe, das ilhas desérticas de Dandun, e trouxeram as pessoas mais brilhantes para inventar uma forma de contra-atacar os Abaixos.

Mais gente da Caça também chegou, incluindo veteranos durões que acabaram de desbastar ninhos de gorgântuos árticos no extremo norte. A tarefa deles agora é avaliar como derrubar o gigântuo. Porém, enquanto a frota cresce, e mais pessoas dos Ofícios chegam todos os dias, a porção da Ordem diminui. Sua responsabilidade é de se espalhar e proteger as ilhas principais.

Enquanto várias fileiras de falcões ensaiam manobras, tento me acostumar ao meu novo nome, meu novo status. Minha posição é ainda mais superior à que meu pai já teve. Apesar dos meus sentimentos conflituosos a respeito dele, dos duelos à meia-noite, ser atirado ao proulão, e todos seus ensinamentos brutais, eu não estaria aqui sem ele. Sequer poderia ter sobrevivido à Provação.

Por outro lado, minha mãe estaria orgulhosa por eu ter ascendido do jeito certo. Construído amizades. Usado a compaixão. Ela estaria emocionada por saber que não passei por cima daqueles ao meu redor e que, em vez disso, provei que era destinado a liderar. Que eu merecia a lealdade das pessoas ao meu redor.

Sinto uma pontada de leve no coração, desejando que ambos estivessem vivos para me ver agora.

Quando a sala se esvazia, meu tio vem até mim, as mãos unidas nas costas conforme se aproxima da janela.

— Estranho, não é? — pergunta ele.

— O quê?

— Ter tanto poder e perceber que nada mudou muito. Você ainda é a mesma pessoa de antes. Mas os outros, eles vão endeusá-lo.

Eu não considerara essa questão, mas sim, já cheguei a pensar nos Reis e Rainhas como pessoas transcendentais. Agora, sou uma dessas pessoas.

Ficamos em silêncio por vários segundos. Ele observa a frota comigo. Posso inferir no que ele está pensando. Sim, as ilhas são fortes, mas seja lá o que a Região Abaixo possuir, provavelmente é mais do que um gigântuo. Talvez tenham um exército cheio de bestas biomecânicas perigosas. Coisas que nunca vimos antes e muito piores.

Meu tio me encara.

— Como Príncipe, você tem uma importância imensa para as Terras Celestes.

Eu não respondo. É estranho que apesar de todos os meus desejos por ascensão, nunca quis ser Príncipe. Assumir esse papel foi simplesmente um efeito colateral de conseguir minha irmã de volta. Antes da minha mãe morrer, sonhei em ascender a Arquiduque e levá-la de volta para a Mansão Urwin. Isso foi quando ainda pensava que lá era o meu lar. Porém, ao longo dos últimos meses, descobri um novo lar.

— A *Gladian* é um belo navio — diz meu tio —, mas está abaixo do seu status. — Ele ergue o braço na direção de um porta-navios da Ordem em meio à frota. — Eu ofereço isso a você. Será o navio do Príncipe.

Aquele porta-navios preto cheio de hangares e canhões é um monstro mortal. Eu teria centenas de tripulantes. Não precisaria me preocupar em realocar os cargos durante o recrutamento da Caça. E, como Príncipe, não sofreria ameaças de motim porque seria o meu navio.

— Você vai ter todo tipo de conforto — diz meu tio. — Conselheiros. Incontáveis falcões. Armamentos. Tudo que precisa para se proteger. Tudo que precisa para lutar em uma guerra.

Meu pai gostaria que o porta-navios fosse meu. E penso que, se fosse qualquer outra pessoa, a decisão seria fácil. Porém, quando fecho meus olhos e imagino um lar, minha mente me leva até o convés da *Gladian*. E quando penso em família, eu imagino Roderick, Keeton e Pound.

— Eu gostaria de levá-lo para ver a embarcação de perto — diz meu tio. — Venha.

Ele caminha em direção à porta. Quando eu não o sigo, ele olha para trás, erguendo uma sobrancelha.

— Rei, embora eu aprecie a oferta, devo permanecer na *Gladian*.

Tudo fica em silêncio. O rosto do meu tio se enruga com desagrado. Aparentemente, não era para ser uma escolha, mas eu a fiz assim mesmo.

— Você queria que eu ascendesse — explico. — Eu fui Selecionado e cresci dentro da Caça. Agora sou um Caçador pelo resto da vida. Não posso fugir dos meus deveres. E nem mesmo você, Rei, pode quebrar a lei da Meritocracia.

A voz dele fica mais baixa:

— Ainda não.

Fecho a boca. Odeio estar sob esse homem. Odeio que essa guerra me trouxe ao ponto em que ele se tornou uma necessidade. Se ele encontrar um modo de solidificar sua posição como Rei, um modo de garantir que ninguém nunca poderá desafiá-lo, ele fará isso. Ele irá pregar os benefícios da Meritocracia somente enquanto puder sustentar os seus objetivos.

— Essa paixão pela sua tripulação lhe causará dor, Conrad. Eles sequer continuarão a bordo do seu navio. Quando voltar a Venator, terá que montar uma nova tripulação. Seu navio ficará cheio de pessoas que você não conhece e em quem não pode confiar. Pior ainda, a *Gladian* sequer será sua. Você ainda terá que pagá-la com os contratos da Caça. Eu já perguntei à Mestra Koko e ela confirmou que a Caça não aceita dinheiro externo. Não posso ajudá-lo a ganhar o navio.

— Eu sei.

Ele faz uma pausa.

— A sua nova tripulação pode se amotinar contra você, Conrad. Eles o largariam em posição de Baixo. Um Príncipe das Terras Celestes e um Baixo na Caça. — Ele emite um ruído zombeteiro. — Nenhum herdeiro meu jamais será o desgraçado do Esfregão!

— Eu era o Esfregão! Ainda sou.

Ele estreita os olhos.

— O quê?

— Quando minha tripulação encolheu, assumi responsabilidades a mais.

Ele me encara. Por um instante, acho que ele vai gritar. Como se eu tivesse acabado de sujar o nome de Urwin. Mas eu não era um Urwin na época, e não tenho certeza se realmente sou um agora.

Ele solta o ar.

— Imagino que o que você fez é admirável. Você teria feito qualquer coisa para ascender. Ido até o fim dos céus.

— Não sou como você, tio. Não me é estranho ser um Baixo. Não me preocupa se vou acabar sujando as mãos.

Ele espreme os olhos. E talvez considere me ordenar a assumir o comando do porta-navios. Porém, talvez ele tenha percebido que não sou controlado tão facilmente. Ele balança a cabeça.

— Você está cometendo um erro. Não vou fazer essa oferta uma segunda vez.

— Eu entendo.

— Muito bem, Conrad. Fique com o seu barquinho. Mas saiba que quando voltar para Venator, seus "amigos" vão abandoná-lo. E quando estiver cercado por desconhecidos, vai ver que deveria ter aceitado a minha oferta.

— Vou correr esse risco.

Quando o silêncio se queda sobre nós de novo, ele acena uma das mãos, irritado, dispensando-me da sua presença. Quando estou indo embora, ele me chama.

— Conrad, todo mundo quer ascender — diz ele. — A lealdade é rarefeita. Mesmo entre amigos. Tenha cuidado.

◆◆◆

De volta na *Gladian*, com o ar aberto soprando sobre a minha pele, eu me sinto livre outra vez.

E pela primeira vez em dias, eu me esqueço do gigântuo. Quando estamos a caminho das coordenadas para buscar Ella, minha tripulação se reúne na cantina.

— Vossa *Majestade* — diz Roderick fazendo uma reverência sarcástica quando entro na sala. — Eu vivo para servir.

— Cala essa sua boca maldita — digo.

Roderick ri, mas está claro que o resto da tripulação não sabe ao certo como responder. Não sou mais apenas um Capitão, sou da realeza.

— Se qualquer um de vocês me chamar de "Majestade" — começo —, ou "Príncipe" ou "Alteza", vou fazer com que a pessoa limpe o lavatório com a língua.

E com essa declaração, a sala cai na gargalhada. Parece aliviar a tensão. Então eu discuto a respeito do navio que o tio me ofereceu.

Keeton abre a boca.

— Você não aceitou? Por quê?

— Porque sou leal à minha família — digo. — E esse é o meu lar.

A sala recai em silêncio de novo. Pound se remexe um pouco desconfortável e, de repente, percebo que posso ter cometido um erro terrível. Todos eles vão se demitir.

Eldon dá um passo em frente e puxa um envelope do bolso.

— Capitão — diz ele. — Servir sob o seu comando foi único, para dizer o mínimo. E vou pilotá-lo até a sua irmã. Mas quando voltarmos para Venator, vou entregar a minha carta de demissão.

Minhas entranhas ficam retorcidas.

Pound e Eldon irão partir.

A única pessoa nessa tripulação que não tem escolha a não ser ficar comigo é Bryce. E o único motivo pelo qual ela ficará é porque não tenho certeza se é seguro para ela estar em qualquer outro lugar.

Eldon toca meu ombro e sorri de leve.

— Vou voltar para o convés e continuar nosso caminho em direção à Princesa.

Quando ele sai, afundo no banco.

A Meritocracia faz com que seja impossível ter amigos. Todo mundo tem seus próprios desejos. Seus próprios caminhos. E suspeito que, ao me tornar íntimo da minha tripulação, perdi de vista o que é a Meritocracia. Essa tripulação não pode ser a minha família. Eles não são do meu sangue.

Bryce se senta ao meu lado e me sinto grato. Aconteça o que acontecer em Venator, pelo menos eu a terei comigo.

Keeton se aproxima de mim e puxa uma carta do bolso.

— Eu, hum, na verdade tive uma conversa com outro Capitão da Caça quando atracamos na *Couraçado*. Ele me ofereceu uma posição de Estrategista. Disse que me levaria durante o recrutamento se eu estivesse disponível. E hum... — Ela olha de relance para Roderick. — Ele ofereceu levar o Rod também.

Essa revelação me magoa profundamente. Parece que meu coração foi esmagado por uma mão fria.

Roderick para ao lado dela.

— A Mestra Koko nos avisou que você poderia nos liberar da *Gladian*. Que ela o encorajou a isso. Dissemos ao Capitão da *Talize* que aceitaríamos se estivéssemos disponíveis no recrutamento. Mas... — diz ele, olhando de relance para Keeton. — Parece que você não quer que estejamos disponíveis no recrutamento.

Ergo o olhar. E vejo um sorrisinho em seu rosto.

— Adoraríamos continuar a bordo, Conrad — diz Keeton. — Se você quiser que fiquemos aqui.

— Somos tipo um pacote fechado — acrescenta Roderick, passando um braço por cima do ombro dela. — Quer dizer, até eu me apaixonar perdidamente por outra mulher incrível.

Ela dá uma cotovelada nas costelas dele.

Abro um sorriso. E oficializamos a decisão ao rasgar as cartas de demissão deles. Meses atrás, eu perdera a minha família quase inteira. Agora tenho uma nova.

— E quanto a você, Pound? — pergunta Roderick. — Ainda vai tentar reconquistar a sua família?

Ele é o único na cantina que não se pronunciou. Ele está sentado, inclinando-se para a frente, com os cotovelos sobre a mesa. Por um instante, eu considero que ele mudou de ideia. Que ele percebeu que gostaria de ficar aqui. Que os Atwoods não o merecem. Então seu olhar fica endurecido.

— Eu não vou servir sob um Urwin.

Assim, ele parte.

◆◆◆

Nós chegamos nas coordenadas de Ella. Assim que a ilha se revela por entre as nuvens, um medo terrível se enrosca no meu coração. Meu tio não me dissera que era essa ilha! Aquele rato desgraçado! Sempre nos fazendo passar por testes, nos obrigando a provar que somos fortes.

— Que lugar é esse? — pergunta Bryce, olhando para as colinas cobertas por selva.

— Aqui — digo com os dentes cerrados —, foi onde eu comi o proulão.

Ela fica boquiaberta.

Eu me viro para Eldon.

— Leve-nos para a ilha! Agora!

Zarpamos passando por um pequeno barco, uma estrela cintilante na noite. Está ocupado por um homem adormecido. Provavelmente a pessoa que meu tio deixou encarregada de observar Ella e trazê-la de volta quando ela tivesse cumprido sua tarefa de provar que merecia sobreviver.

Logo, estou descendo pela escada de cordas e aterrissando na terra fofa da selva escura.

Minha tripulação observa do alto. Alguns imploraram para me acompanhar, mas eu não arriscaria nenhum deles. Não por causa de um dos ridículos ritos de passagem dos Urwin. As únicas coisas que trago comigo são o bastão e um mosquete automático.

Esse é o meu caminho.

Eu sigo.

Meu coração acelera com a visão da selva escura. Insetos atacam minha pele. Enquanto caminho pela vegetação, eu me recordo de como essa floresta é barulhenta. O burburinho de animais. O gorjeio dos insetos. Galhos balançando ao vento.

A única luz vem do meu mosquete automático. Um cristal, anexado na ponta do cano, ilumina com uma luz branca.

Entro nas sombras das árvores e passo sob as cortinas da selva.

A escuridão, como um ser vivo, curva-se ao meu redor. É dominante. Os pelos da minha nuca ficam eriçados. Ao virar cada curva, temo me deparar com aqueles olhos dourados de novo. Temo escutar a respiração estrondosa vindo dos pulmões enormes de um proulão.

A luz do dia pode ser o domínio da humanidade, mas a noite pertence ao proulão.

Meu cristal ilumina meu caminho o bastante para que eu não tropece nas rochas. Muitas sensações tentam desviar meus olhos da selva, mas eu me recuso a olhar para baixo. Não ficarei distraído porque algo nessa ilha me faz sentir fraco. Como uma criança de novo. Em algum lugar nessa ilha miserável e inclemente, eu perdi a minha inocência.

Uma imagem repentina da minha irmã sendo devorada se forma em minha mente. Parece tão real que os gritos dela provocam calafrios nas minhas costas.

Começo a correr. E não paro até minhas botas escorregarem em algo molhado. Longas listras de líquido marcam o solo.

Sangue.

Meu coração fica gelado. Levanto o mosquete, expondo mais da área no entorno. Ali perto, uma fileira de pegadas esmaga a vegetação, e um novelo de pelos repousa em uma clareira na qual parece ter ocorrido uma grande briga.

Meu estômago dói.

Sigo a trilha onde está claro que algo foi arrastado e perseguido por meio de duas árvores. Minhas palmas úmidas apertam o mosquete. O suor se acumula na testa.

Ela não pode estar morta. Não pode. Não depois de todo esse tempo. Eu prometi a ela que a protegeria. Que não deixaria que nada de ruim acontecesse! Porém, quando subo por um sulco pedregoso e olho além da beirada, algo dourado brilha em meio às rochas escarpadas. Uma fogueira? A esperança surge dentro de mim conforme o cheiro de fumaça enche o ar. Sim, uma fogueira!

Desço pela colina e quando afasto um galho do rosto, um acampamento aparece.

Uma cama de folhas e gravetos foi arrumada sob um abrigo feito de galhos. O solo cercando a fogueira está livre de destroços. Uma fileira de ferramentas, esculpidas em pedra afiada, repousa cuidadosamente organizada em cima de uma fronde.

Uma figura está sentada diante do fogo. Uma garota jovem, descalça, com as mãos ensanguentadas e gordura pingando do queixo. O cabelo branco é todo cacheado e seus olhos são de um verde escuro. Ela quebra um osso contra uma pedra e suga o tutano macio no interior.

Atrás dela, uma carcaça prateada está pendurada na árvore.

Quando eu sobrevivi ao proulão, estava emaciado. Porém, essa garota, ela não tem as bochechas pálidas ou olhos afundados. A pele também não está coberta de sujeira. Ela fez da selva seu lar de uma forma que eu nunca fiz.

Um graveto se quebra sob meu pé. Ella ergue o olhar e instintivamente leva a mão a uma das pedras afiadas. Os olhos dizem que ela vai arremessá-la no meu crânio. Que o veneno do nosso tio chegou ao seu âmago. Transformou-a em uma fera.

Porém, uma ruga de reconhecimento marca sua expressão de repente. E logo ela está abrindo um sorriso.

◆◆◆

Ella está quieta.

Quando voltamos para a *Gladian* e ela sobe a corda até o convés, nos sentamos juntos sob as estrelas. Nossa mãe vive em suas covinhas e no cabelo branco. Sua aparência me deixa dividido com uma aflição nostálgica.

— Eu sou um Urwin outra vez — digo.

Ella permanece em silêncio, os olhos verdes calculando. E por um instante, enxergo nosso tio nela, quando ela pode ter acabado de perceber que não é mais a primeira na linha de sucessão. Ficamos ali sentados, um pouco desconfortáveis, olhando um para o outro. Incertos do que fazer ou falar. Porém, não posso deixá-la se preocupar com seu status, não quando acabamos de nos reencontrar. E sei que o veneno do nosso tio percorre suas veias. Como não? Ela tinha apenas seis anos quando foi sequestrada.

— Isso — digo, soltando o bastão branco que levara comigo para a ilha —, era da nossa mãe. E acho que a intenção dela era que ficasse com você.

Eu jogo a arma para ela. Ela a agarra no ar facilmente. Gira nas mãos. Seus dedos seguem carinhosamente as rachaduras na superfície lisa. Ela treinou com o bastão. Nosso tio deveria estar treinando-a pessoalmente.

O olhar de Ella repousa no veado preto na ponta do bastão. Então a voz sai, macia e devagar:

— O tio não me disse que nossa mãe tinha um bastão de duelo.

— Você se lembra de quando nossos pais treinavam na Praça Urwin?

Ela morde o lábio inferior, e depois balança a cabeça. Isso já faz mais de metade da sua vida.

Eu tenho tantas perguntas. Ela tentou entrar em contato comigo? Sentiu minha falta? Ela se lembra de nossa mãe? Nosso pai? Porém, prefiro não sobrecarregá-la agora.

Ela enfia o bastão nas minhas mãos.

— Eu sou uma Urwin. Isso não é para mim.

Eu estendo o bastão de volta para ela.

— Você é parte de nossa mãe também, Ella.

Ela encara o bastão outra vez. E enquanto ela observa, uma ânsia aparece em sua expressão. Quando eu invadira a Mansão Urwin e me esgueirara para dentro do quarto dela, as paredes estavam cobertas por bastões de treino. Nosso tio ainda não lhe dera um bastão de verdade. Ela ainda não o "merecera".

— Nosso tio não aprovaria — diz ela.

Ah, como eu quero contar a ela tudo a respeito do tio. No entanto, quase consigo escutar nossa mãe em meu interior, implorando para que eu seja paciente. Porque se insistir demais agora, Ella pode se fechar.

— Então vai ser o nosso segredo — digo.

Ela desvia o olhar, analisando meu navio por um momento. Talvez ela também tenha perguntas. Como fui capaz de ascender. Talvez, julgando pela falta de uma joia em sua manga, ela sequer saiba que nosso tio agora é o Rei.

Ofereço o bastão. Ela precisa pegá-lo. Precisa me mostrar que ainda há esperança. Que o veneno do tio não a arruinou.

Por fim, ela morde o lábio e pega o bastão. Quando ela toca nas rachaduras, na história de nossa mãe, meu coração se expande.

Há esperança.

Há esperança.

— Isso também é seu — digo, desprendendo o colar do meu pescoço e entregando-o a ela. — Eu peguei... quando estava tentando tirar você da Mansão Urwin.

Ela espia o ouro, e seu olhar encontra o meu. Um segundo depois, ela pega o colar também. Quando ela o pendura em seu pescoço, pela primeira vez em muito tempo, eu me sinto completo outra vez.

Como se tudo estivesse certo.

Não vou quebrar a promessa que fiz de novo.

Minha tripulação vem conhecê-la, todos menos Pound, mas isso provavelmente é uma coisa boa, porque se existe alguém que Ella odiaria de imediato, aposto que seria um Atwood.

Roderick ri, olhando para ela.

— Ela é a versão garotinha do Conrad!

Ella faz uma careta.

— Não — diz Bryce. — Para mim, ela parece mais durona.

Isso faz Ella sorrir.

É estranho porque sempre imaginei a minha reunião com Ella como algo particular. Inteiramente dentro da família. No entanto, a minha família cresceu. Bryce, Keeton, Roderick e Ella são as pessoas mais importantes da minha vida. Minha mãe costumava me dizer que mesmo quando éramos Baixos, eu era o suficiente para ela. Eu não compreendia na época, mas agora entendo. E considerando o que nos aguarda no futuro, com a guerra cruel que vai apenas se intensificar, vou precisar deles mais do que nunca.

Quando Ella adormece encostada no meu ombro, eu a carrego. Como quando ela era pequenina. Ela está mais pesada agora. Eu a levo até a minha cabine e a coloco na cama. Depois de afastar os cabelos brancos dos olhos, eu me sento ao seu lado como me sentava ao lado de nossa mãe quando a febre queimava tão inclemente, que eu não pensava que ela sobreviveria à noite.

Seja quem for que Ella se tornou, vou defendê-la com a minha vida.

Ela não vai sair de perto de mim de novo.

✦✦✦

Nós encontramos Venator cercada por mais navios protetores da Caça do que nunca. Sou o primeiro a chegar ao convés, exceto por Eldon. É uma manhã fria e o sol brilha sobre a borda do horizonte.

Luzes douradas abarrotam a ilha de florestas. Um conjunto novo de Seleções, escolhido depois que o Rei e os Mestres deram a ordem para que todos os Ofícios reabastecessem suas posições, desembarca dos barcos de passageiros, seguindo em direção às fogueiras. Logo, eles partirão para competir em uma nova Provação. Porém, a sua Provação será diferente, porque também vai prepará-los para a guerra.

Como veteranos da Caça, temos o privilégio especial de voar diretamente para as docas da Escola. Quando chuto a alavanca para baixar a prancha, Eldon se aproxima de mim, segurando a bagagem na mão.

— Obrigado — diz ele. — Você nunca tirou as cordas de mim.

Quando chega à doca, ele levanta o olhar na minha direção.

— Espero que nossos caminhos se cruzem de novo, Conrad de Urwin. Se acontecer, talvez nós dois seremos Capitães. E vamos caçar juntos.

Abro um sorriso.

— Boa sorte, Eldon de Bartemius.

Ele assente, então se vira, andando pelas docas como um veterano da Caça. O melhor piloto que conheço.

Em seguida, meu coração bate vazio quando o maior bosta de pássaro que já conheci surge pela escotilha. Esse é um adeus que eu não achei que doeria. Ele vem até mim a passos duros e inclina o corpo enorme de encontro à grade. Casual.

É só depois que ele começa a falar que percebo que ele não está segurando bagagem nenhuma.

— Eu tenho algumas condições — diz Pound.

— Condições?

— Um: você vai recrutar um maldito novo Cozinheiro. Estou cansado de cozinhar pra você todos os dias de manhã, seu preguiçoso.

— Espera, você vai ficar?

— Dois: Eu vou ser o Estrategista. E se eu planejar alguma coisa que você acha que é loucura, você não pode passar por cima de mim. Eu vou ter autonomia completa.

— Preciso mesmo arranjar um novo Cozinheiro? Você é tão bom!

— Cala essa boca, Urwin. Três: você vai fazer uma reverência toda vez que eu entrar em uma sala.

Dou uma risada.

— Pro inferno com essa condição!

Ele sorri também.

Quase não consigo acreditar que ele mudou de ideia. Fico tão empolgado que acordo o resto da tripulação com a minha joia. E logo estão todos no convés, rindo. Veteranos da Caça, passando por nós, seguindo em direção à Escola, nos dirigem olhares estranhos. Provavelmente somos a única tripulação da Caça em que todos se abraçam.

— O que fez você mudar de ideia? — pergunta Roderick a Pound.

Pound apoia as mãos no quadril.

— Quando estávamos com a frota, recebi notícias de Holmstead. Minha família ascendeu outra vez. O caminho todo até virarem Superiores. Eles não precisaram de mim. E eu percebi uma coisa.

— O quê?

— Eles são todos uns cuzões.

Ficamos todos em silêncio, até que eu solto uma risada pelo nariz.

— Sabe, claro, alguns deles são ótimos — diz ele. — Eu amo minha irmã. Mas... era por eles que eu batia em criancinhas nos becos. Por causa deles, eu era um desgraçado que quebrou as costelas do Conrad antes do duelo. Pior do que tudo isso, eles me abandonaram. Por que é que eu lutaria pela aprovação da minha família quando já dei a eles tudo que tenho? Eu fui envergonhado na frente da minha ilha natal inteira. E quando mais precisei deles, eles me disseram que eu não era bom o suficiente.

— Bom, você também não é bom o suficiente para a gente — diz Roderick.

Pound dá um soco no braço dele, um pouco forte demais, e Roderick para de sorrir. Porém, Bryce, Keeton e eu continuamos.

Não demora muito e estamos andando de volta para a Escola, minha irmã e meus amigos seguindo ao meu lado.

Normalmente, o processo de recrutamento seria reservado apenas ao Capitão. Porém, como todas as famílias, decisões grandes devem ser tomadas em conjunto. Eu não sei o que o futuro reserva para mim ou o que vai acontecer quando o povo da Região Abaixo voltar. Porém, eu decidi que lutaria com essa tripulação. Nós somos Caçadores. E somos encarregados de derrubar a maior presa conhecida no mundo.

Juntos vamos ascender, ou juntos vamos cair.

Agradecimentos

O Limite do Céu é o livro que sonhei escrever desde que era um garoto. E publicá-lo não foi fácil. Felizmente, tive muitas pessoas que me ajudaram a fazer esse sonho acontecer. Primeiro, quero dar o devido crédito para a pessoa mais importante: minha esposa.

Ashley: Você é a minha melhor amiga, a mãe de nossos filhos, minha leitora alfa. Você esteve nessa jornada de escrita comigo desde que éramos adolescentes. Minha escrita, meus livros e meus personagens não existiriam sem o seu apoio.

Eu devo tudo a você, Ashley. Eu te amo.

Também gostaria de agradecer meus leitores beta: Anna Alger, Will Allen, Brandon Michie e Grace Gregson. Eles tomaram tempo para me dar seu *feedback* e me encorajaram a seguir em frente e nunca desistir, mesmo quando minha jornada fez alguns desvios. Em seguida, gostaria de agradecer a minha esforçada agente, Heather Cashman, que apostou em mim e me ajudou a virar o escritor que sou hoje. Sem ela, *O Limite do Céu* provavelmente não teria saído do meu disco rígido.

Além disso, gostaria de agradecer meu editor, Jonah Heller, que escolheu *O Limite do Céu* entre a pilha de submissões. Seu conselho editorial inspirador levou o livro a alturas maiores. Também ao incrível Amir Zand, cuja deslumbrante ilustração de capa retrata o mundo das Terras Celestes. Além disso, gostaria de agradecer à minha preparadora,

Pam Glauber, e ao revisor, John Simko. Eles me ajudaram a elevar o livro ainda mais. Também gostaria de agradecer Lily Steele, Kathy Landwehr e Derek Stordahl, e de verdade, à equipe inteira de Peachtree Teen. São todos pessoas magníficas e estou muito orgulhoso por ter trabalhado com eles.

Meus agradecimentos não estariam completos sem mencionar meus maravilhosos pais, Dave e Polly Gregson, que me forneceram exemplos de ouro dos frutos do trabalho duro e que me ensinaram a sempre ser eu mesmo.

Por último, gostaria de agradecer a vocês, leitores, por entrar nas Terras Celestes comigo. Espero que tenham aproveitado sua estadia. As Terras Celestes são um lugar brutal e perverso, cheio de perigo e pessoas traiçoeiras, mas espero que tenham encontrado receptividade em meio à ilha nevada de Holmstead e nos corredores frios da *Gladian*.

— MJG

MARC J. GREGSON frequentou a Universidade de Utah e recebeu seu Bacharelado em Língua Inglesa. Sua busca pelo aprendizado o levou à sala de aula como professor. Ele acredita no poder das palavras e nas histórias que podem unir pessoas de todas as origens. *O Limite do Céu* é seu primeiro livro de fantasia para jovens.

Copyrights © 2024 by Marc J Gregson
Jacket Illustration © 2024 by Amir Zand
Licença exclusiva para publicação em português brasileiro cedida à nVersos Editora. Publicado originalmente nos Estados Unidos na língua inglesa sob o título *Sky's End* e publicado pela Peachtree Publishing Company, Inc. Todos os Direitos reservados

Diretor Editorial e de Arte: Julio César Batista
Coordenação Editorial: Carlos Renato
Produção Editorial: Juliana Siberi
Preparação: Laura Pohl
Revisão: Jussara Nunes e Matheus Monteiro Molina
Ilustração de Capa: Amir Zand
Editoração Eletrônica: Juliana Siberi

Dados Internacionais de Catalogação na Publicação (CIP)
(Câmara Brasileira do Livro, SP, Brasil)

Gregson, Marc J.
  O limite do céu / Marc J. Gregson ; tradução Vic Vieira Ramires. – 1. ed. – São Paulo : nVersos Editora, 2024. – (Acima das nuvens ; 1)

  Título original: Sky's end.
  ISBN 978-85-54862-71-8

  1. Ficção inglesa I. Título. II. Série.

24-217034   CDD-823

Índice para catálogo sistemático:
  1. Ficção: Literatura inglesa 823
  Tábata Alves da Silva – Bibliotecária – CRB-8/9253

1ª Edição, 2024
Esta obra contempla o Acordo Ortográfico da Língua Portuguesa
Impresso no Brasil – *Printed in Brazil*
nVersos Editora
Rua Cabo Eduardo Alegre, 36 – CEP 01257-060 – São Paulo – SP
Tel.: 11 3995-5617
www.nversoseditora.com
editora@nversos.com.br

Impressão e Acabamento | Gráfica Viena
Todo papel desta obra possui certificação FSC® do fabricante.
Produzido conforme melhores práticas de gestão ambiental (ISO 14001)
www.graficaviena.com.br